古代ホメロス論集

プルタルコス／ヘラクレイトス

西洋古典叢書

凡例

一、本書には、ローマ帝政期成立のギリシア語によるホメロス論三篇を収める。

二、（伝）プルタルコス『ホメロスについてⅠ』、同『ホメロスについてⅡ』の翻訳のテキストとしては以下のトイプナー版を用いるが、ときにそれ以外の読み方に従うこともある。

[Plutarchi] *De Homero*, ed. J. F. Kindstrand, Leipzig, 1990.

三、ヘラクレイトス『ホメロスの寓意』のテキストは、原則として以下のビュデ版のものを用いる。

Héraclite, *Allégories d'Homère*, ed. F. Buffière, Paris, 1962.

しかし適宜、次の版その他による別の読みを採ることがある。

Heraclitus, *Homeric Problems*, edd. D. A. Russell, D. Konstan, Leiden/ Boston, 2005.

四、ギリシア語の表記は次の原則による。

（1）カタカナ表記で、θ, φ, χ と τ, π, κ とを区別しない。

（2）カタカナ表記で、固有名詞は原則として音引きを省く。流音の促音表記は原則行なわない。

（3）カタカナ表記で、固有名詞以外の原語は音引きを行なう。また、促音表記も行なう。

（4）原語を註などでローマ字に転記して示すことがある。そのさい、κ は k に、χ は kh に、ου は ū に、γγ（γκ, γχ）は ng（nk, nkh）などとする。ギリシア字のままの表記は必要な場合にのみ行なう。

五、訳文中の［　］には、訳者による意義上の補いや簡明な註を入れた。この括弧は、右記の底本では、いずれも、削除すべき部分を表わしているが、紛らわしいのでその点には従わず、本体の註でその部分の訳を略した等の断り書きをした。トイプナー版で、（　）の括弧を、原著本文での意味的補いないし挿入として表示する場合があるが、本訳書ではその意味ではそれに従わず、むしろ対応原語の表示のときなどに用いる。また、〈　〉は各校訂者による字句補い部であるが、本訳ではとくにその点を表示せずに註記で触れる。
六、固有名詞索引および専門用語日希対照表（修辞学的、文芸論的、文法的用語）を巻末に付ける。

目次

古代ホメロス論集

内田次信　訳

プルタルコス

ホメロスについて I

序

一　おそらく人によっては、ホメロスの両親や出身地のことについて詮索するのは[1]、無用な業《わざ》だと思われるであろう。なぜなら、彼自身が、自分に関することを述べるべきとは考えず、むしろ自制的に振舞って、自分の名さえ［作中で］言及していないほどだからである[2]。しかし、教育を受け始める者のための手ほどきとして、多くの点に考察を加えるのは有益なことなので、詩人について昔の人々がどのような研究をしてきたか、述べてみたいと思う。

詩人の生地、両親、「ホメロス」の名などに関するエポロスの説

二　キュメ人エポロス[3]は、『郷土誌[4]』と題された書物で、詩人がキュメ人であることを示そうとして、以下のように述べる[5]。アペレスとマイオンとディオスは、キュメ出身の兄弟だった。そのうちディオスは、借金のため、ボイオティアの村アスクラに移住し、そこでピュキメデと結婚してヘシオドスをもうけた[6]。アペ

(1) 後記四節、『ホメロスについて II』二参照。
(2) アリストテレス『詩学』一四六〇a以下参照。ディオン・クリュソストモスは、他作家と比較してこれをホメロスの美点に数えながらこう述べる。「［ホメロスは自作の］どこにも

自分の名を記さず、作品のなかで自分のことを語ることもしない……。他の作家はすべて、詩にせよ散文の作においてにせよ、才能があるという評判をとった者は、作品の初めでも終わりでも自分の名を記しているし、多くの者は、著述や詩作の中途においてもそうするのである。たとえば、ヘカタイオスや、ヘロドトスや、トゥキュディデスがそうである。最後の者は、じっさい、その歴史書の出だしのみならず、冬と夏ごとに、「これを書き記したのはトゥキュディデス」と繰り返し誓言しているほどなのだ。それに対しホメロスは、きわめて鷹揚であり高潔であって、そのゆえに、作品のどこにも彼が自分のことを語っている箇所は見出されないだろう。いや、ほんとうに神々の預言者のように、［神殿の］どこか見えない奥陣から彼は声を発しているのだ」（『弁論集』第五十三篇九）。

（3）前四世紀の歴史家。キュメは小アジア北西部のアイオリス地方の都市で、スミュルナの母市とも言われた（伝ヘロドトス『ホメロス伝』二）。以下の、スミュルナとの関連づけ参照。

（4）*Epikhōrion.* エポロス「断片」七〇F一（Jacoby）。

（5）ホメロスの生地をめぐる論争一般については『ホメロスについて II』二参照。

（6）ヘシオドス『仕事と日』六三三行以下で、ヘシオドスの父がキュメからアスクラに移住したと述べられるが、その名は記されていない。本箇所を含む、より後代の成立に属する伝承によると、ホメロスとヘシオドスが従兄弟同士にされたり、ここのように（母親の観点から言うと）ホメロスが一世代若い親戚にされる。しかし、逆にヘシオドスをより若いとする説もあり、たとえばアレクサンドリア時代の学者エラトステネスは、両詩人の地理的知識の比較から、そう判定した（ストラボン『地誌』一二三など）。ポルピュリオス（三世紀の哲学者）はヘシオドスをホメロスより一〇〇年後の人とした。

レスのほうは、祖国キュメで命を終え、クリテイスという名の娘を残したが、兄弟マイオンを彼女の保護者にしておいた。ところが彼はこの娘を犯し、このことで市民たちから非難を受けることを恐れて、読み書き教師（ディダスカロス・グランマトーン）だったスミュルナ人[1]ペミオス[2]に嫁がせた。この女が、メレス河[3]のほとりの洗濯場に通っていた折に、河畔でホメロスを産み落とし、このゆえに彼は［当初は］メレシゲネス[4]と呼ばれたが、後に彼が視覚を失ったとき、ホメロスと改名された。そのように、キュメ人とイオニア人[5]は、視覚を失っている者を呼んでいたのである。彼らが、ホメーレウエイン[6]する人を、つまり手を引いてくれる人[7]を、必要とするという理由からである[8]。以上のようにエポロスは説いた。

アリストテレスの説

三　他方アリストテレスは、『詩について』第三巻でこう述べる[9]。コドロスの子ネレウスがイオニア人移民団を率いて行った頃[10]のこと、イオス島[11]において、土地のある娘[12]が、ムーサイといっしょに踊る神霊[13]の一人に身ごもらせられた。お腹が大きくなってきたことで事の成り行きに恥じ入った彼女は、アイギナ[14]と呼ばれる場所に移った。ところが、そこに海賊たちが襲来し、彼女を捕えて奴隷にして、スミュルナに連れて行った。そこは当時、リュディア人の支配下にあった。賊たちは、知り合いだったリュディア人の王、名をマイ

(1) 現トルコ、イズミル。古くはアイオリス地域に属したが、後にはイオニアの一部とされた（住民の勢力変化か）。ホメロスの出生地を主張したなかで最有力候補の都市。生地に関する他の諸説は、何らかの形でスミュルナと関係を持とうと

する（ここの箇所のように他の場所ではらまれたが生まれたのはスミュルナだったとか、スミュルナから人質として他所へ行った、とか）。スミュルナにはホメロスの神殿ホメーレイオン（ホメロスの木像を含む）があったとストラボン（『地誌』六四六）らは記している。メレス河畔に、ホメロスが詩作したという場所が示されていた（パウサニアス『ギリシア案内記』第七巻第五章一二）。

(2)『オデュッセイア』において、オデュッセウスの館で、求婚者たちの求めに応じて歌う歌人の名を借りている。伝ヘロドトス『ホメロス伝』では、ホメロスは彼に（初等教育を）教えられた、とある（一九四―一九五（Allen））。

(3)スミュルナを流れる河。

(4)Melēsigenēs,「メレス」と「生まれ genos」の二要素が結合された名。別の説では、メレス河を父（母クリテイスはニンフ）とするのでそう呼ばれた、と（『ホメロスについて II』二、『ホメロスとヘシオドスの歌くらべ』二二六（Allen）、等）。

(5)イオニアは小アジア西海岸のほぼ中央部の地域で、スミュルナも含む。

(6)homēreuein「手を引く」（次註）の語を Homēros と言語的連想で結合。

(7)homēreuein の語は、そこの方言で hēgeisthai「導く」の意であると主張されている。

(8)「ホメロス Homēros」の名の語源について、古代で他にも多くの説があった。ここのエポロスの説では、「いっしょに（導く）」と「盲人」との意義が組み合わされているが、その「いっしょに（行く）homērein」の説は後記三節（アリストテレス）に見える。また、「盲人」説（homēros の語は pēros＝「盲人」の転じたもの、と）、「人質」説（homēros の語はギリシア語においてこの意味の普通名詞としてよく用いられ、近代の学者も賛同することがある）などがある。

(9)以下、四節の半ばまでは、アリストテレス『詩について』断片七六（Rose）。

(10)コドロスはアテナイ最後の王。ホメロスの時代をイオニア植民（アテナイから小アジアへの移民）の頃とした人としては、アリストテレスの他、アレクサンドリア時代の学者アリスタルコスが知られる。イオニア人移民は前一〇四四年頃とされる（二一頁註（8）参照）。

(11)エーゲ海中央、テラ（サン・トリーニ）島の北に浮かぶ島。

(12)名はやはりクリテイス（後出）。

(13)ダイモーン。「ムーサイの指揮者」と称されるアポロンを想わせる。

(14)アテナイ南方のサロニコス湾に浮かぶ島のことか。

オンという者に、彼女を［奴隷として］贈った。しかし彼は、その美しさのゆえに娘を愛し、結婚した。メレスの畔にいたとき、彼女は陣痛に襲われ、河の岸辺でホメロスを産み落とすにいたった。マイオンはこの子を受け入れ、わが子として育てたが、クリテイスは出産の後すぐに死んだ。しかし、それほど経たないうちに王自身も死んだ。［その後］リュディア人たちは、アイオリス族に苦しめられるので、スミュルナを去ることを決めた。そして指導者たちが、志願者は、町から出るため、ついて来るよう布告すると、まだ子供だったホメロスが、自分も同行（ホメーレイン）(1)したいと言った。それで、メレシゲネスの代わりに、ホメロスと呼ばれるようになった。

承前（アリストテレスの説、および別の説）

四　成人し、詩の技ですでに名声を得た彼は、神［アポロン］に、自分の両親は誰か、出身地はどこかと尋ねた。すると神はこう答えた。

　イオスの島が母の祖国。そこが、死んだお前を
受け入れるであろう(2)。だが、若者たちの謎かけに用心するがよい(3)。

もう一つ別の、次のような託宣も伝えられている。

幸福にして不運なる者よ。こう言うのも、お前は両方のために生まれてきたのだ。
父祖の地はどこかとお前は尋ねる。お前には母の地はあるが、父祖の地はない(4)。
母の町(5)は、ミノスの地たる広大なクレタから

遠くも近くもない島の中にある。
そこで命を終えるのが、お前の定め
――それはお前が、子供たち[6]の口から、
ひねった句で難解に言われた歌を聴いて、理解できないときのこと。
二重の生の定めをお前は受けている。一つは、二つの太陽の
光を持たない[7]ということ、もう一つは、神々に等しい定めを
生前も死後も享受するということだ――お前は死後もまだ長く不老でい続けるだろう。[8]
それからしばらくして、テバイのクロノスの祭へ――そこでは詩音楽の競技が行なわれる――航行する途

---

(1) Homēros と homērein とが言語的に通じ合っている。
(2) 他にも多くの伝承が、イオスをホメロスの死地と伝えている。たとえば『ホメロスとヘシオドスの歌くらべ』二一六(Allen)「その浜辺に埋められた」(下記の「ここに大地は……」の碑文もそこで引かれる)。これに異を唱える他の場所はなかったようである。
(3) 後出の虱《しらみ》に関する謎。
(4) 父は誰か不明(三節「神霊 daimōn」)。
(5) mētropolis, 多くは植民団を他地に送り出した「母市」を意味するが、ここでは母の出身地。
(6) 下記の漁師たちのこと(まだ少年たちらしい)。
(7) 両目の視力を奪われ(てい)るということ。盲目になったのは年少時からという説もあるが、通説的には長じてからとされ、伝ヘロドトス『ホメロス伝』一九六(Allen)では、(イタケで発症し)コロポンで失明したとされる。本詩のこの時点でもまだそうではないだろう。失明の原因は主に病とされるが、ヘレネの怒りのせいという、ステシコロスの伝説にならった説もある(『ホメロス伝 VI』二五二(Allen))。
(8)『ギリシア詞華集』第十四巻六六歌。

中、イオスに来た。そこの岩場に坐っていたとき、漁師たちの船がやってくるのを眺めていた彼は、何か獲物を得たかと尋ねた。すると彼らは、何も捕えられずに獲物がなかったので［代わりに］虱《しらみ》取りをしていたことから、こう答えた。

取った分は残してきたが、取らなかった分は携えている俺たちだ(1)。

これは、取ったかぎりの虱は、殺して［体外に］残してきたが、取らなかった分は、服の中に携えているという謎かけだった。これを理解できなかったホメロスは、失意のあまり死んだ。

イオス人たちは、彼を壮大に葬り、その墓にこういう碑文を記した。

ここに大地は、聖なる人を覆《おお》っている
——英雄たちの誉れを謳った神的なホメロスを(2)。

しかし、彼をコロポン出身であると証明しようとする人々もいる(3)。その最大の証拠として彼らが用いるのは、彼の像に刻まれたエレゲイオン(4)である。こういう詩句である。

メレスの子、ホメロスよ。あなたは、全ギリシアと
祖国コロポンとに永遠の名声をもたらし、
こういう乙女たち(5)を、神に等しい魂によって、
半神たちに関わる二つの詩作を書くことで、生み出した。
一方の乙女は、諸所をさまようオデュッセウスの帰国(6)を、
他方は、ダルダニダイが蒙った戦争(7)を歌っている(8)。

また、エピグラム(9)の作家アンティパトロス(10)によって書かれたエピグラムもなかなか堂々とした詩であり、看過すべきではない。以下のようである。

ある者は、あなたの乳母(11)としてコロポンを、ホメロスよ、
ある者は、美しいスミュルナを、ある者はキオス(12)を挙げている。
またある者はイオスを、ある者は豊かなサラミス(13)をそれだと唱える。

(1)『ギリシア詞華集』第九巻四四八歌。

(2)『ギリシア詞華集』第七巻三歌。「誉れを謳った」と訳した kosmētōr は、ホメロスの詩では「(兵士の)統率者」の意味で使われる。以上がアリストテレスの説らしい。

(3)コロポンはイオニアの都市。この説はアンティマコスらが唱えた(『ホメロスについて II』二)。

(4)一行目はダクテュロス(長短短格—◡◡)六脚(六個)、二行目はその変型のペンタメトロン(—◡◡—◡◡—|—◡◡—◡◡—)を組み合わせた詩形。

(5)後出「詩作」の原語 selides が女性名詞なので、娘に譬える。

(6)『オデュッセイア』のこと。

(7)『イリアス』のこと。ダルダニダイはトロイア人。

(8)『ギリシア詞華集』第十六巻二九二歌。

(9)ヘクサメトロンまたはエレゲイオンで書かれた、ほんらいは墓碑などのための詩だが、一つの文学ジャンルになっている。

(10)シドン出身、前二世紀の詩人。

(11)生みの母はムーサ(後出)。

(12)イオニアの島。スミュルナの次に有力な候補だった。キオス説を唱えたのは、ピンダロス(『ホメロスについて II』二)、テオクリトス(『牧歌』第七歌四七行)など。『アポロンへのホメロス風讃歌』一七二行参照。キオスに、ホメロスの子孫を自称するホメリダイの一族がいた。またここにもホメロス神殿(ギュムナシオンを含む)があったらしい。

(13)キュプロス島のサラミス(『ホメロスについて II』二参照)。

それからある者は、ラピタイの母国テッサリア[1]をそれだと言う。
各人が各様に、あなたの故郷[2]を述べ立てるが、ポイボス〔アポロン〕の
智恵ある託宣をわたしがはっきり述べるべきだとすれば、
あなたの祖国は偉大なる天空、そして母としては、死すべき女ではなく、
カリオペ[3]からあなたは生まれた[4]。

ホメロスの年代、その作品

五　彼の生きた時期[5]として、ある者はトロイア戦争の頃とし、その目撃者にもなったと唱え[6]、ある者は戦争の一〇〇年後[7]、またある者は一五〇年後[8]とする。
彼は二つの作品を著わした。『イリアス』と『オデュッセイア』である。しかしある者によると——正しい説ではないが——、彼は、練習と戯れのために、さらに『蛙と鼠の戦争』および『マルギテス』も書いたという[9]。

パリスの審判の話について

六　ある者の説では、トロイア戦争の原因は、ホメロスによると、女神たちの審判、つまりヘラ、アテナおよびアプロディテの美をめぐって、アレクサンドロス〔パリス〕を判定者として行なわれた審判とされて

いるという。詩人はこう述べている、と。

彼〔アレクサンドロス〕は、自分の中庭にやってきた女神たちを貶《おとし》め、

他方で、禍い多き歓楽を提供した女神を誉め上げた。(10)

(1) 詩人がアキレウスを『イリアス』の主人公として謳い上げたので、彼の故郷テッサリア（ギリシア北部）のプティア地方の同郷だとする。

(2) melathron, 直訳「館」。

(3) ムーサの一人。叙事詩を司る。

(4)『ギリシア詞華集』第十六巻二九六歌。

(5)『ホメロスについて Ⅱ』三参照。

(6) ホメロスをトロイア戦争と同時代にする説をヘラニコス（前五世紀、レスボス、ミュティレネ出身の歴史家）は唱えたらしい（『スーダ』「ホメロス」の項）。それによると、詩人の父が、「アマゾン族とともにスミュルナに来た」（スミュルナ建国伝説の一部）、という（アマゾン族はトロイア戦争の少し前にプリアモスと戦った、とホメロスは記している）。ルキアノス『デモステネスの称賛』九なども参照。なお、従兄弟とされるヘシオドスもトロイア戦争と同時代ということになる（『スーダ』同項目）。

(7) エラトステネスがそう考えたらしい（「断片」二四一F九(Jacoby)）。

(8) この説は誰のものか明らかでない。Raddatz (2210) は、「一四〇」（イオニア移民の頃、『ホメロスについて Ⅱ』三参照）の書き間違いだろうと言う。

(9) キオス島で、あるキオス人の子供たちのために、『蛙と鼠の戦争』などの「遊戯作品」を書いた、と伝ヘロドトス『ホメロス伝』二〇七 (Allen) にある。『マルギテス』は、アリストテレスによっても（喜劇の原型として）ホメロスの作として挙げられている（『詩学』一四四八b三〇以下）。『ホメロスとヘシオドスの歌くらべ』（二二六 (Allen)）では、ホメロスが読み書き（初等教育）を教えながら、詩作を始め、第一作として『マルギテス』を書いたという場所がコロポンで示されていたとある。

(10)『イリアス』第二十四歌二九行以下。「女神たち」はヘラとアテナ。「女神」はアプロディテ。

しかし、神々が人間によって裁かれると考えるのは適切ではないし[1]、ホメロスも他の箇所でこのことを提示してはいない。それで、今挙げた箇所が［学者の校訂本で］削除されているのは理にかなっている[2]。

トロイア戦争のおおまかな経緯

七　したがって、次のように述べるほうがよい。プリアモスの子アレクサンドロスは、ギリシア的な生き方を学びたいと欲し、スパルタへ航行した。メネラオスが不在の折、ヘレネにもてなされた彼は、自分についてくるよう彼女を説得した。クラナエ[3]と呼ばれる島に来たとき、初めて交わった。そこから船で、シドンとポイニケを経由して、イリオスに着いた。他方、事の次第を知ったアガメムノンとメネラオスは、ボイオティアの町アウリスに軍を集結した。そこで彼らが犠牲を行なっていたとき、一匹の蛇が近くの樹に登って雀のヒナ八匹を殺し、母雀も、九匹目として、殺されるものの中に加わった。この予兆は、ギリシア人たちが、九年戦って十年目にイリオスを攻略するということを表わしていた。航海してトロイアの地を踏み、最初の戦闘――プロテシラオスがこのとき殺された――のあった後、メネラオスとオデュッセウスを使者として派遣し、ヘレネの返却を求めさせた。しかし、トロイア側が拒んだのでふたたび戦闘が行なわれ、トロイア人たちを制圧して城壁内に閉じ込めた。そして自分たちは二つのグループに分かれて、一方には市の攻囲を続けさせ、他方は、アキレウスの指揮の下、周囲の町々を落としていって、トロイアの同盟勢力を削《そ》いでいった。そのうちの一つ、クリュサ[4]を落としたとき、彼らは、アポロン神官クリュセスの娘クリュセイスを、褒賞の品としてアガメムノンに与えた。すると彼［クリュセス］が、［ギリシア軍の］船の停泊地までやって来て、娘を身受けしようとしたが、アガメムノンに侮辱されたので、ギリシア人たちを懲らしめるようアポロンに祈願すると、祈りを聞き届けた神は、彼らに悪疫を送ってよこした。そのときになってアキレウスが、クリュセイスを返すよう忠告すると、アガメムノンは憤激して、アキレウスが褒賞に得ていたブリセイスを奪うと脅し〔実行し〕た。すると彼〔アキレウス〕は、ギリシア軍が敗北することになるようゼウスを説きつけてほしいと、母テティスに要請する。そしてそのとおりになると、パトロクロスが、ネストルにそうするよう勧められて、アキレウスに、船陣からトロイア軍を撃退するため、少しの間だけでも武具一式を貸してくれるよう懇願した。かくしてパトロクロスは出陣し、立派な手柄を立てたが、やがて倒された。これを悲嘆したアキレウスは、アガメムノンに対する敵意をおさめ、ヘパイストス製作の武具一式をまとって、他の多くの者を倒し、最後にヘクトルを殺した。

(1) ディオン・クリュソストモス『弁論集』第十一篇一二参照。

(2) 『イリアス』第二十四歌二五―三〇行古註A(エウスタティオス『ホメロス註解』一三三七参照)によると、ある学者たち(アリスタルコスら)はこの六行を削除した、それは、ホメロスが他の箇所ではパリスの審判に言及していない(もし詩人がそれを知っていたらもっと頻繁に触れたはずだ)等の理由からである。なお「削除 atherein」は、古代の学者たちが、真正の詩行か疑わしいという判断を示す印を校訂本の欄外に付けた、ということ。

(3) 『イリアス』第三歌四四五行に出る。ラコニア湾内の島(パウサニアス『ギリシア案内記』第三巻第二十二章一)、あるいはそれを出たキュテラ島ともいうが、不明。

(4) クリュセ、『イリアス』第一歌三七行等に出る。トロイア地方の西海岸にあったとされる。ここのアポロン神殿の神官をクリュセス(後出)が務めていた。

ホメロスの叙述法

八　諸事件の順序は以上のようである。しかし詩人は九年目から叙述を始めている。(1) なぜなら、アキレウスの怒り以前の局面はより緊張に欠け、そこで立てられた手柄も華々しいものでもなく、連続して起きたわけでもないからである。つまり、アキレウスがギリシア人といっしょに戦っていた間は、

トロイア人たちは、けっしてダルダニア〔トロイア〕の門の前に出てこようとしなかった。彼〔アキレウス〕の強力な槍を恐れていたからだ。(2)

しかし、彼が戦列を離れるに及んで、トロイア人たちは自信をもって出てくるようになった。そして戦闘が互角に行なわれるなか、英雄たちの勇武の業が——いろいろな人物が登場し、またそれが次から次へ継起するという形で——発揮されることになったのだ。(3)

(1) 九年をある程度過ぎた時点から。『ホメロスについて　II』七七で引用される「偉大なるゼウスの年は九回過ぎた」(『イリアス』第二歌一三四行) など参照。

(2)『イリアス』第五歌七八九行以下。

(3) 本篇は尻切れトンボに終わる感があるので、写本伝承上の問題があるとも見うる。

プルタルコス

ホメロスについて II

序　部

詩の第一人者

一　詩人ホメロスは、時代的にはたいていの詩人たちの、そしてすべての詩人たちの、そして創作力においてはすべての詩人たちの、第一番に位置する人であり、その彼をわれわれが最初に読むのは当を得ている。それによってわれわれは、言葉遣いと、ものの考え方と、世の中のことをよく知ることにおいて、最大に利せられるからである。彼の詩についてわれわれは論じることにしよう。しかしまず簡単に、その生まれに言及することにする。

ホメロスの生地と出自

二　ホメロスのことを、ピンダロスはキオス人かつスミュルナ人と唱え、シモニデスはキオス人とし、アンティマコスとニカンドロスはコロポン人とし、哲学者アリストテレスはイオス人とし、またある者は、大

（1）ホメロスを、オルペウスの子（ヘラニコス「断片」四F五b（Jacoby））、あるいはムサイオスの子（ゴルギアス「断

片」一二五（Diels-Kranz））、とする論があった。ときに、ヘシオドスよりも年少ともされた（『ホメロスについて Ⅰ』二参照）。しかし、ホメロスを時代的に最古とする見解もあった（ディオン・クリュソストモス『弁論集』第十一篇七三等）。「第一番」は、時代的かつ価値的な語。

（2）以下はホメロスの生地の栄誉をめぐる諸都市の論争を記す（スミュルナ、キオスの他、数多くのギリシア都市がそれを主張し、さらに、エジプト説、イタリア説などまであった）。エジプト王プトレマイオス四世（前三世紀）は、ホメロスの神殿を建ててその中にホメロスの立像を置き、その周りにそういう主張をしていた諸都市の像を取り巻かせたという（アイリアノス『ギリシア奇談集』一三-二二）。『ホメロスについて Ⅰ』二―四でも論じられている。

（3）ピンダロス「断片」二六四。複数の作品においてピンダロスが違った説を唱えたか。ただここの表現では「かつ te kai」とあるので、そうでもないかもしれない。スミュルナで生まれ、キオスで暮らしたという説を採っていたという解釈がある。

（4）シモニデス「断片」六五二（Page）。キオス説は、他に、ダマステス（「断片」五F一一（Jacoby））、アナクシメネス（「断片」七二F三〇（Jacoby））、テオクリトス（『牧歌』第七歌四七行）らが唱えた。

（5）いずれもコロポン（イオニアの都市）の人。アンティマコス（前四〇〇年頃の学者詩人、『リューデー』等）の「断片」一三〇ａ（Wyss）、ニカンドロス（前二世紀の教訓詩人、『有毒生物誌』等）の「断片」二七一、二七二Ｆ三六（Jacoby）。『スーダ』（「ホメロス」の項）ではホメロスはスミュルナから人質としてキオスに来たと言われている。他方、ホメロスが『マルギテス』を（第一作として）作ったのはこのコロポンで、という伝承もあった（『ホメロスとヘシオドスの歌くらべ』二二六（Allen））。『マルギテス』断片一（Allen）「ある老人の神的な男が、コロポンにやってきた」（第一行）参照。

（6）『ホメロスについて Ⅰ』三―四。バッキュリデス（「断片」四八）もそういう説を採った。歴史家エポロスはキュメ人とした。

胆にも、彼をキュプロスのサラミス人だと言い[1]、別の者はアルゴス人だとし[2]、アリスタルコスとトラキア人ディオニュシオスはアテナイ人だと言った[3]。

また詩人は、ある者によると、マイオンとクリテイスとの子とされ、別の者によると、メレス河の子である[4]。

ホメロスの年代

三　彼の出自についてと同様、生きた時期[5]についても意見の相違がある。アリスタルコスの一派[6]は、彼がイオニア人の植民の頃に生きたという。これは、ヘラクレスの子孫の帰還[7]より六〇年あとのことであり、このヘラクレスの子孫に関する事件はトロイア戦争より八〇年あとのことである[8]。他方、クラテス[9]の一派は、彼が、ヘラクレスの子孫の帰還よりも先に生きたとする。したがって、トロイア戦争より遅れること、八〇年にも満たないということになる[10]。しかし、大方の意見では、彼はトロイア戦争の四〇〇年後に、オリュンピア紀を数える起点となるオリュンピア祭創始の少し前に、生きたと信じられている[11]。

(1) カリクレス「断片」七五八F一三 (Jacoby)。パウサニアス（『ギリシア案内記』第十巻第二十四章二）の伝える神託でもそう言われている。

(2) ピロコロス「断片」三二八F二〇九 (Jacoby)。

(3) これらの学者は、ホメロスに見出されるとされるアッティカ方言的特徴（双数など、下記一二節参照）からそう判断したか、と言われる(『イリアス』第二歌三七一行古註D等)。最も偉大な詩人は、精神史的文化的に最も偉大な都市の出身であるはずだという信念からそう見なしたのかもしれない(Raddatz)。ホメロスはアテナイからスミュルナへ(一説では人質として)移住したと考えたか(『ホメロスについてI』三、Allen 246参照)。

(4)『ホメロスについてI』二参照。そこでは、マイオンの子をはらむクリテイスが、メレス河畔でホメロスを産み落としたとある。父をメレス河とする説は、『ホメロスとヘシオドスの歌くらべ』二二六(Allen)等に見える。『ホメロス伝VI』二五一(Allen)では、「大部分の論者は、スミュルナのメレス河を(ホメロスの)父とする」とある。

(5)原文 egeneto (genesthai) はあいまいで、「生まれた」ともとれるが、むしろ漠然と「生きた」あるいは「盛り akmē を迎えた」ということと解される(cf. Hillgruber 87 sq.)。『ホメロス伝VI』で、クラテスは、ホメロスがトロイア戦争の六〇年後に「盛りを迎えた akmasai」と考えた、と述べられている(二五二(Allen))。他方、アリストテレスの、「イオニア移民の頃」という論は、ホメロスの誕生時を意味している(『ホメロスについてI』三)。

(6)アリスタルコスはアレクサンドリア派の学者の代表(前二世紀に活躍)。「一派」はあまり意味がなく、要するにアリスタルコスは、ということ。

(7)ドリス族のペロポネソス半島への侵入を、神話的に、ヘラクレスの子孫(ヘラクレイダイ)の帰還と称した。

(8)トロイア戦争は、前一一八四ないし一一八三年に終結したというエラトステネスの特定が踏まえられ(「断片」二四一F一c(Jacoby))、その上で計算されている。したがってヘラクレスの子孫の帰還は前一一〇四ないし一一〇三年、イオニア人移民は前一〇四四ないし一〇四三年となる。

(9)アレクサンドリアの学派に対するペルガモン派の領袖。次の「一派」はあまり意味はない。

(10)前一一〇四(一一〇三)年以前に生きたという説。『ホメロス伝VI』では、「トロイア戦争の六〇年後(=前一一二四年頃)に盛りを迎えた」(前記)というクラテスの説も引かれているので、「盛り」を四〇歳頃とすると前一一六四年頃の生まれとしたわけである。

(11)写本は「一〇〇年後」だが、修正される。オリュンピア祭は前七七六年創設と伝えられる。タティアノス『ギリシア人への弁論』三一「ある者たちは、彼(ホメロス)がオリュンピア祭の前に生きたと述べる、すなわちトロイア陥落から四〇〇年後である」参照。ヘロドトス(『歴史』第二巻五三)は前八五〇年頃とした(ヘロドトス自身より「せいぜい四〇〇年前」)。

二つの作品、その巻分けと各詩の特徴の対比

四　彼の作品は二つある。『イリアス』と『オデュッセイア』である。そしてそれぞれが、字母の数の巻に分けられている。これは詩人によるものではなく、アリスタルコスの一派の文献学者たちによっている。(1)このうち『イリアス』は、イリオスにおいて、ヘレネの誘拐をきっかけとして行なわれた、ギリシア人と異国人の諸行為を、とくにこの戦争において発揮されたアキレウスの武力を、内容としている。他方『オデュッセイア』は、オデュッセウスがトロイア戦争後に祖国に帰ったことを、また、その帰還中に放浪しながら耐え忍んだことを、さらに彼の館に対して陰謀を企んでいた者たちに復讐した様子を描く。こういうことから、詩人は、『イリアス』を通じて肉体的勇武を、他方『オデュッセイア』を通じて精神的偉大さ(2)を、提示しようとしたということが明らかである。

諸情動の描写、神々の導入

五　彼が、その作品において、精神的な長所のみならず欠点も、つまり苦悩や歓喜や恐怖や欲望も提示しているとしても、詩人を咎めるべきではない。(3)なぜなら、詩人であるのだから、良い性質のみならず下劣なものも〔詩の技で〕模倣しないといけないからだ――そういうものがなければ、意表をつく（パラドクソス）行為は生じてこない――、そしてそれを聴く者は(4)、よりよいほうを選ぶことができるのである。

また彼が、神々まで人間たちと交わるようにさせているのは、聴衆の心を引きつけ驚かせようとするためばかりではない。この点においても、神々は人間たちのことを気遣い配慮している、ということを示すため

でもあるのだ。

叙述の神話的性質

六　全体として、諸事件を記す彼の叙述が、意表をつく神話的なもの[5]（ミュートーデース）になっているのは、読者をやきもきさせ驚異の念に陥らせるためであり、それを聴くことを驚愕に充ちた経験にするためである――それで、一部の記述は、もっともらしくないと思わせるようになっている、なぜなら、意表をつく、

（1）ギリシア語アルファベットは二四字ある。その大文字を『イリアス』各巻に、小文字を『オデュッセイア』各巻に当てる習慣。その巻分けは、アリスタルコス（前二世紀頃）その他のアレクサンドリア時代の学者に由来するというのが通説だったようだが（エウスタティオス『ホメロス註解』五等参照）、じっさいはもっと古いとする意見も近代の学者たちから出ている。前六世紀、ペイシストラトス（ヒッパルコス）時代に全作品を手分けして吟唱したラプソードスたちにそれはさかのぼるという説もある（M. L. West, "Geschichte der Überlieferung", in: J. Latcz/ T. Greub/ P. Blome/ A. Wieczorek (edd.), *Homer*, München 2008, 184）。

（2）それぞれ、andreiā sōmatos および psȳkhēs gennaiotēs.

（3）プラトンのホメロス批判（『国家』第三巻三八六A―三九二C等）が有名だが、アリストパネス『蛙』一〇五三行以下でも、「詩人はよいことだけを提示すべきだ」と言われるように、一般にそういう詩人批判論が、後代にまで続いていたのだろう。

（4）本篇では「聴く者、聴衆 akroatēs」（叙事詩の吟唱に関連）の他に、「読者たち entynkhanontes」とも言われる（六節等）。

（5）神話的要素（とくに『オデュッセイア』にあるとされた）は、「老婆的」とも笑われ（ストラボン『地誌』一-二-三）、ホメロスや詩一般の批判・弁護において重要な問題となる。以下では、読者に与える「驚異」の他に、アレゴリー的解釈で弁護される。

通常を超えた要素が見出される叙述は、いつも信じられるわけではないからだ――。このゆえに彼は、諸事件を高みに上げ、平常の領域からそれを逸らせるのみならず、詩句をもそうするのだ。そのときどきに新しく、ありふれたものの埒外にある事柄が、驚異の念を呼び、聴衆の心を引きつけるものであることは、おそらく誰にとっても明白である。

だが、そういう神話的な語句による記述においても、読者がお座なりにではなく精密に一つひとつの文辞を読んでゆけば、詩人が、あらゆる理知的な知識と技術に通じていること、あらゆる種類の言説と行ない(1)に関する種子とも言うべき手がかりを後代の人々にたくさん提供していること、それも、詩人たちのみならず、歴史や理論［哲学］といった散文の著作家たちに対してもそうであることが明らかになるであろう。

われわれは、まず、彼の表現法の多様な調べ（ポリュポーニアー）について、次いで、事物に関するその広い知識について、考察することにしよう。

---

(1)「行ない」については、たとえばピュタゴラス派の沈黙の行（一四九節）、義務論（一八四節以下）、養生論（二〇五節以下）等参照。実践論であり、それを「技術」的（前出）に教示している、と。

第一部　多様な表現法

韻律について

詩の韻律

さて、すべての詩は、組み合わされた詩句同士の一定の配列を通じた、リズム[1]と韻律によって人々に受容される。なぜなら、［日常語の］滑《なめ》らかに、うまく言われる［だけの］言葉[2]は、［韻律によって］厳かでかつ快い[3]ものにされ、聴く者を楽しませることで、それに心を向けるよう人々を引きつけるのだ。この同じ理由から、驚愕とともに魅了する語句に人は喜ぶのみならず、また、徳への志向に利する言葉に容易に従うということにもなるのである。

（1）韻律が生み出すリズム。
（2）日常の、平易で受け入れやすい言辞。
（3）英雄律（次註参照）の荘厳性を言う。

ホメロスの韻律

七　しかし、ホメロスの叙事詩は、最も完成された韻律を有している。すなわち六脚韻（ヘクサメトロン）であり、英雄律（ヘーローオン）とも称されるものである。六脚韻というのは、各行が六個の脚《きゃく》を持っていて、その脚のあるものは二つの長い音節から成り、スポンデイオスと称され、またあるものは三つの音節――その一つは長く、二つは短いもの――から成っていて、ダクテュロスと呼ばれる。これらの脚は、互いに等しい時間を有する。二つの短い音節は、一つの長い音節と同じ時間を占めるからである。[1] これらが互いに並置されて、六脚韻の詩句を成立させる。またそれが英雄律と言われるのは、これによって英雄たちの行ないが叙述されるからである。

ホメロスに見られる諸方言（古語を含む）

諸方言の混合

八　また彼は、多彩な表現法を用いながら、ギリシアのあらゆる方言の特徴をあれこれ混ぜ合わせた。これによって、彼が全ギリシアと各民族を訪れたことが明らかである。[2]

ドリス方言的特徴

九　そして、ドリス人[3]に慣《なら》わしの簡潔表現的字句省略（エッレイプシス）を利用して、「ドーマ［家］」を

「ドー」と言う。(4)

　すぐにその男の家は
　裕福になる。(5)

また「ホティ［ということで］」を、「ホ」にする。

　鷲がわたしのガチョウを殺したということで。(6)

また「オピソー［後ろへ］」を「アプス」と詩人は言うが、これは、「オ」を「ア」に、また「プ」と「ス」とをそれらと同等の一文字［「プス」］に、変えているのだ。(7) さらに「アッロテ［他の時に］」を「アッロ」に

---

(1) ダクテュロスは長短短格、スポンデイオスは長長の格。時間的長さは両者で同じ。

(2) ディオン・クリュソストモスも、ホメロスがすべての方言を知っていたという説に触れている（『弁論集』第十篇二四）。伝ヘロドトス『ホメロス伝』一九六（Allen）では、まず遠くのイベリア（スペイン）やエトルリアまで旅してからイタケへ来たと述べる（イタケでオデュッセウスに関する情報を集めた、と）。ツェツェスも、詩人がギリシアの各国を訪れた、という（『史談千篇』一三‐六五六）。

(3) スパルタ人、アルゴス人等。ドリス方言は、今日の通説では、ホメロスの叙事詩には見出されないとされるが、古代人は、含まれていると考えた。

(4) コリントス人グレゴリオス（十二世紀の文法学者）「語尾省略 apokopē はドリス方言の特徴で、末尾に生じ、Poseidōna が Poseidō に、dōma が dō となる」（『諸方言論／ドリス語』一一九（Schaefer））等参照。

(5) 『オデュッセイア』第一歌三九二行以下。テレマコスの言葉。「王位に就いた男の家は」の意。

(6) 『オデュッセイア』第十九歌五四三行。ペネロペが自分の夢見を語る言葉。

(7) ὀπίσω → ἄψ.

して、

すでに他の時にも、あなたがわたしに指図して、知恵を授けてくれたことがあります[1]

と言ったりする例がある。

同様に、真ん中の部分を切り詰めて、「ホモトリカス〔同じ毛色の〕」と「ホモエテイス〔同じ年齢の〕」とを、〔それぞれ〕「オトリカス」と「オイエテアス」にしている。[2]また「ホモパトリオン〔同じ父を持つ〕」を「オパトロン」に、「トレメイン〔震える〕」を「トレイン」に、「ティーモー〔敬う〕」を「ティーオー」とする。[3]同様の〔ドリス方言的な〕範疇に、字母を置き換えることも含まれる、たとえば「クラティストイ〔最強の者〕」の代わりに「カルティストイ」とする。[4]

アイオリス方言的特徴

一〇　またアイオリス人的な、合成語における語中約音[5]の技法を用いて、「カテドラトン〔眠った〕」の代わりに「カッドラテテーン」と言ったり、[6]「ヒュポバッレイン〔遮る〕」を「ヒュッバッレイン」とする。[7]さらに、未完了過去の時制で、三人称は、他の方言では「エイ」で〔語尾が〕終わるのが、アイオリス人においては「エー」の語形にされる、たとえば「エピレー〔彼は愛した〕」、「エノエー〔彼は気づいた〕」のようになる。[8]同様にホメロスも、

柳の枝で縛った[9]

という「「ディデー」の」形を、「エディ」――「縛った」の意である――の代わりに用いる。[10] また、こうも言う。

その繁みの中には、湿った強風も吹き通ら（ディアエー）ない。[11]

また、ときには「ス」を「ド」に変えることもそうである。たとえば「オドメー［匂い］」とか、「イドメン［われわれは知っている］」とかである。[12]

（1）『イリアス』第十四歌二四九行。ヒュプノスのヘラに対する言葉。ここの allo はふつう「他の事で（kata allo）」の意味と解される。しかし、それを allore の短縮とする古代・中世学者は他にもいた（エウスタティオス『ホメロス註解』九八三等）。

（2）homotrikhas → otrikhas, homoeteis → oieteas.

（3）homopatrion → opatron, tremein → trein, timō → tiō.

（4）kratistoi → kartistoi.

（5）「合成語」は、以下の例では、副詞（前置詞）と動詞との結合語が挙げられる。

（6）『オデュッセイア』第十五歌四九四行。katedrathon 対 kaddrathetēn. kate- の e が脱落（kated- → katd- → kadd-）。

（7）『イリアス』第十九歌八〇行。hypoballein 対 hybballein. hypo- の o が脱落（hypob- → hypb- → hybb-）。

（8）それぞれ ephilei, enoei の代わりに、ephilē および enoē となっている。

（9）『イリアス』第十一歌一〇五行。アキレウスが、トロイア人アンティポスを。

（10）didē と edei.

（11）diaē（吹き通った）を、diaei の代わりのアイオリス語形とする。『オデュッセイア』第五歌四七八行（同第十九歌四四〇行もほぼ同じ詩句）。二本の（野生と栽培種の）オリーブ樹が絡み合った繁みの中にオデュッセウスは休息のため入った、そこは風雨にも太陽光線にも侵されない場所だった、と。

（12）それぞれ odmē → osmē, idmen → ismen.

さらに、いくつかの単語における冗語法である。[1] たとえば「ヘケーロス〔気楽に〕」の代わりに「エウケーロス」としたり、「アタル〔しかし〕」の代わりに「アウタル」としたり、「ケクレーゴテス〔叫んで〕」の代わりに「ケクレーゴンテス」とする。[2] また、動詞二人称に〔語尾〕「タ」を付加することである。たとえば「ペースタ〔きみは言った〕」とか、「エイペースタ〔きみは言う〕」とかとする。[3]

他方、子音の二重化は、ドリス方言的とも、アイオリス方言的とも見なされている。例として、

押し寄せる死が彼を捕えた（エッラベ）[4]

とか、

どちらが（ホッポテロス）これを為したにせよ[5]

とかがある。

イオニア方言的特徴

一一　イオニア人的な方言特徴として、詩人は、動詞の諸過去時制において語頭省略を用いる。「ベー（bē）〔行った〕[6]」や、「ドーケン（dōken）〔与えた〕[7]」の類いである。イオニア人は、諸過去時制でも、現在時制と同じ字母で語を始める慣わしなのである。

さらに〔この方言的語法として〕、「エ」の語中省略を「ヒーレウス〔神官〕」や「ヒーレークス〔鷹〕[8]」で行なう。

また、付加として、〔語尾〕「シ」を接続法の三人称〔単数〕に対して、たとえば「エルテーイシ〔彼が来る〕」や「ラベーイシ〔彼が取る〕」のように行なう。[9] また与格形に対して、「テュレーイシ〔戸に〕」や「ヒューレーイシ〔森に〕」のように行なう。[10] また、「オノマ〔名〕」および「ノソス〔病〕」を「ウーノマ」および「ヌーソス」とし、「ケノス〔虚しい〕」および「メラス〔黒い〕」の代わりに「ケイノス」および「メイラス」とする。[11]「ア」の変換として、それが長音になるときは、「エー」に変える。[12]「ヘーレー」、「アテーナイエー」の類いである。[13] 逆に、「エー」が「ア」に変えられる場合もある。「レレースメノス〔忘れて〕」の代

（1）pleonazein. 文法学者トリュポン（後一世紀）が、『アイオリス方言における冗語法について』という論文を書いている。

（2）順に、(h)ekēlos → eukēlos, atar → autar, keklēgotes → keklēgontes.

（3）phēstha（phēs の冗語法）、eipēistha（eipēis の冗語法）。

（4）『イリアス』第五歌八三行等（ellabe）。

（5）『イリアス』第三歌三二一行（hoppoteros）。

（6）ebē の加音 e- を除いた形。

（7）edōken の加音 e- を取った語形。

（8）hiereus → hīreus, hierāx → hīrēx.

（9）elthēisi, labēisi.

（10）この文では写本に一部欠落があるらしい。ここのほんらいの趣旨は、与格（複数）では -ais (e.g. thyrais) となるべきところがイオニア方言では -i- が付加され、さらに -a- が -ē- (thyrēisi) に長くされるということへの言及と推測されている（Hillgruber）。

（11）onoma → ūnoma, nosos → nūsos, kenos → keinos, melas → meilas. 最後の例は、meilani という単数与格で、しかも一箇所にのみ現われる（『イリアス』第二十四歌七九行）。

（12）a → ā → ē.

（13）それぞれ、他方言の Hērā, Athēnā の代わりに、Hērē, Athēnaiē. 長音の ā のみならず、短音の a も ē にされる例が、alētheia → alētheiē（「真実」）において見出される。

わりに「レラスメノス」となる類いである。[1]

また、音節分解を、曲音になっている動詞〔のその約音〕に対して行なう。「プロネオーン〔考慮して〕」、「ノエオーン〔考えて〕」の類いである。[2] また〔他方言で〕「ウース」に終わる属格〔名詞形〕を〔音節分解して〕「ディオメーデオス（ディオメーデースの）」というようにする。[3] また女性〔名詞〕の属格で、〔他方言において〕「オーン」に終わるものを、「ピュレオーン〔門の〕」、「ニュンペオーン〔花嫁たちの〕」のようにする。[4] また中性〔名詞〕の複数形主格で、〔他方言で〕「エー」に終わるものを、「ステーテア〔胸〕」、「ベレア〔槍〕」のようにする。[5] それらの属格も同様である。[6]

またイオニア人は、独特の仕方で、「テトラパタイ〔向かっている〕」などとも言う。[7]

アッティカ方言的特徴

二　しかし、詩人はとくにアッティカ方言を利用している。[8] というのも、この方言は混合的だったからである。[9]

そしてアッティカでは「ラーオス〔民〕」が「レオース」と言われるので、[10] この通常語法に従って、ホメロスにおいては、「ペーネレオース」[11]や、「クレオース〔必要〕」[12]とかとされる。

アッティカの人は、また、ときに融音を行ない、二音節の代わりに一音節にする慣わしである。「ト・エポス〔語句〕」を「トゥーポス」[13]としたり、「ト・ヒーマティオン〔上衣〕」を「トイマティオン」[14]とする。

同様に、

トロイア軍は一塊《ひとかたまり》になって押し寄せた(15)

（1）lelēsmenos → lelasmenos.

（2）それぞれ（アッティカ方言での）phronōn, noōn の代わりに、phroneōn, noeōn となるということ。

（3）Diomēdūs の代わりに Diomēdeos となるということ。

（4）それぞれ pylōn, nymphōn の代わりに pyleōn, nympheōn となる。

（5）stēthea および belea. それぞれ stēthē, belē の代わり。

（6）stēthōn → stētheōn 等。

（7）「テトラパタイ tetraphatai」は、trepō（閉鎖音（muta）動詞）の完了受動形三人称単数。tetraptai の代わりに、p → ph となり、しかも a が ph に付される現象に言及している。

（8）アッティカはアテナイを中心とする地方。じっさいにはホメロスの詩の言語はイオニア方言を基本とし、アッティカ方言的要素は少ない。そういう要素の多くは後代の写本伝承の過程で混入されたと考えられている（ただし M. West, "Geschichte der Überlieferung", in: Latcz/ Greub/ Blome/ Wieczorek, 185 は、目立たないが多くのアッティカ語的特徴があるとしている）。しかし、ホメロスをアテナイ人としたアリスタルコスやトラキア人ディオニュシオス（『ホメロスについてII』二参照）、またアテナイを称揚する弁論を著わしたアリステイデス（『パナテナイコス』一-三二八参照）ら古代人は、しばしば、ホメロスの言語をアッティカ方言的とした。

（9）伝クセノポン『アテナイ人の国制』第二章八参照。著者の趣意は、アッティカ方言の多様さのゆえに、自己の詩に多彩さを望んだ（『ホメロスについて II』一四参照）詩人がこの方言を好んで取り入れたということらしい（Hillgruber）。

（10）lāos → leōs.

（11）Pēneleōs, トロイア遠征軍中のボイオティア勢の指揮者の一人。Pēnelāos の代わりだ、と。

（12）khreōs. khreos の形の代わりだ、と。

（13）to epos → tūpos（to e- → tū-）.

（14）to hīmation → thoimation（to hi- → thoi-）.

（15）『イリアス』第十三歌一三六行等。proetypsan（protyptō「押し寄せる」のアオリスト形）の初めの部分 -oe- が融音されて（prūtypsan）いる。

と言う。[1] また、

クローバーの（ローテウンタ）野を[2]

においてそれは、「ローテウオンタ」の代わりになっている。[3]
また「エー」の語中省略を希求法で行ない、「ドコイエース［思ってほしい］」から「ドコイス」に、「ティーモーイエース［敬ってほしい］」から「ティーモーイス」にしたりする。[4] この慣習に従ってこう言う。

他の者たちは、急いで決めてほしい。[5]

同様に、以下のものもアッティカ式である。
たいていの者は父より劣っていて（カキーウース）、より優れている（アレイウース）のは僅かだ。[6]
これをわれわれは、「カキーオネス」、「アレイオネス」と言う。[7]
また対格［複数］で、「ブース［牛たち］」、「イクテュース［魚たち］」のように音節分解をしない。[8]

ブース［牛たち］を切り分ける人々を[9]

とか、

イクテュース［魚たち］と鳥たちを[10]

と言うのである。
また以下の語句もアッティカ式である。

河の流れが、その力でそれ［丘の出端］をレーグニューシ［崩す］こともない。[11]

「ゼウグニューシ〔くびきに繋ぐ〕」、「オムニューシ〔誓う〕[12]」と同然である。

また、短い母音を除くこともアッティカ式である。「ルーエタイ〔水浴びする〕」が「ルータイ」に、「オイオマイ〔考える〕」が「オイマイ」になる[13]。同様に、「エリューエト〔解かれた〕」の代わりに「リュト」とされる[14]。

同じくアッティカ式なのは、「エ」を〔語頭に〕余分に付けて、「ヘオーローン〔見ていた〕」、「エオーネー

（1）トイプナー版で「proetypsan の代わりに」の語が補われている。

（2）『イリアス』第十二歌二八三行。

（3）-euon- という二音節（-eu- は複母音）による lōteuonta の代わりに、eun- という一音節の形 lōteunta に融音されている。lōteunta を、ここのように lōteuonta という分詞形ではなく、lōtoenta という形容詞形にさかのぼらせる見解も古代にはあった。

（4）dokoiēs → dokois, tīmoiēs → tīmōis.

（5）『イリアス』第三歌一〇二行。「決めてほしい」＝ diakrintheite は、diakrintheiēte の ē を略した形。

（6）『オデュッセイア』第二歌二七七行。kakīūs（より劣って）、areiūs（より優れ）。

（7）kakīones, areiones.「われわれ」は、共通語（コイネー）を用いる者、の意。

（8）būs, ikhthȳs（それぞれ boas, ikhtyas の代わり）。ただしこれらの「音節分解」形もホメロスで見出される。「音節分解をしない」形は、要するに縮約した形。

（9）『オデュッセイア』第二十四歌一一二行。

（10）『オデュッセイア』第十二歌三三一行。

（11）『イリアス』第十七歌七五一行。rhēgnȳsi は、rhēgnyūsi の代わりの縮約形。

（12）zeugnȳsi, omnȳsi（それぞれ zeugnyūsi, omnyūsi の代わりの縮約形）。

（13）lūetai → lūtai, oiomai → oimai. モイリス（後二世紀の文法学者）は、oiomai, oimai 両方ともアッティカ方言的とする。

（14）elȳeto → lyto.

サメーン〔買った〕」とすることである。[1] ここから、「エオーノコエイ〔酒を注いだ〕」も由来する。[2]

また「イ」の合音を、「エーイオネス」と「エーオネス」、「ネーレーイデス」と「ネーレーデス」等で行なう。[3] 同様に、

お前たち二人はとても乗り気だった[4]

もそうであり、また、「ア」が語尾から二番目にあるときの与格で、純粋な[5]「イ」に終わるものでもそうである。「ケライ〔角に〕」と「ケラー（イ）」、「ゲライ〔名誉の品に〕」と「ゲラー（イ）」、「セライ〔輝きに〕」と「セラー（イ）」のようである。[6]

さらに、やはりアッティカ式なのは、「エストーサン〔あるべし〕」や「ヘペストーサン〔従うべし〕」の代わりに、「エストーン」、「ヘペストーン」と言うことである。[7]

また双数の使用もこのアッティカ方言の通常語法に属するが、ホメロスはそれを頻繁に使う。[8]

そして、女性名詞に、男性形の冠詞や分詞や形容詞を付けることもそうである。「トー・ケイレ〔双方の手〕」や、「トー・ギュナイケ〔双方の女性〕」の類いである。[9] プラトンにおいても、「イデアー・アゴンテ・カイ・ペロンテ〔双方の種類（の恋）が導き連れて行って〕」[10] とあり、他方で、「ヘー・ソポス・ギュネー〔賢女〕」[11]、「ヘー・ディカイオス〔正義の女性〕」と言われる。[12] 同様にホメロスも、ヘラとアテナに関してこう言う。

いったん雷電に打たれたら（プレーゲンテ）、お前たちの車に乗って……。[13]

またこう言う。

（1）それぞれ、heōrōn（h- は勘定に入れない）は他方言の hōrōn（horaō の未完了過去形）の代わり、eōnēsamēn は他方言の ōnēsamēn（ōneomai のアオリスト形）の代わり。

（2）eōnokhoei は ōnokhoei（oinokhoeō の未完了過去形）の代わり。eōnokhoei 等の e- を、とくにアッティカ方言に限定しない見解も古代にあった。

（3）それぞれ ēiones, Nēreïdes. -ēï- という二つの異なる母音（二音節）になっているのを、-ēi- という一つの複母音（一音節）ēones（ᾐόνες）, Nērēdes（Νηρῇδες）にする。後者のケースで、弱い i は発音されなくなり、「下書きイオータ」の扱いになる。

（4）『イリアス』第十一歌七八二行。ほんらいの sphōï の形が sphōi に（さらに sphō）になる。

（5）katharon. 母音の次に位置する場合。その前に位置して半母音になるケースとは異なる。

（6）それぞれ keraï → kerā (i), geraï → gerā (i), selaï → selā (i). -aï という複母音を「合音」。-a- はこのとき長母音になり、i は発音されなくなってゆく。

（7）それぞれ estōsan → estōn, hepesthōsan → hepesthōn.

（8）ツェツェスは、「双数はすべてアッティカ方言的だ」と述べている（『イリアス註解』八五（Lolos））。「アッティカに関するかぎりは、またとくにホメロスでは、双数はとても優勢である」と文法学者ディオメデスも言う（『ラテン文法学者たち』一-三三五（Keil））。

（9）それぞれ tō kheire および tō gynaike.

（10）ideā agonte kai pheronte. プラトン『パイドロス』二三七D七（ideā arkhonte kai agonte）参照。

（11）プラトン『パイドロス』二三五B七参照（palaioi .... sophoi andres te kai gynaikes).

（12）それぞれ hē sophos gynē および hē dikaios.形容詞を女性名詞に掛ける場合でも、男性語尾（-os）を用いることを、コイロボスコス（後四ないし五世紀の文法学者）も、アテナイ人の慣習と述べて、やはり hē sophos や hē klytos の例を挙げる。

（13）『イリアス』第八歌四五五行。「オリュンポスに帰ることはできないだろう」という文意（ゼウスの言葉）。ここの双数男性形「プレーゲンテ plēgente」は、同女性形 plēgeisā の代わり。

アテナは黙って（アケオーン）いた。[1]

またこう言う。

名高き（クリュトス）ヒッポダメイア。[2]

統語法（シュンタクシス）での諸方言

一三　また、統語法に関しても、諸方言は固有の特徴を多く有しているが、詩人が、

さあ、誉れ高きメネラオスを狙って（メネラーウー）矢を放て[3]

と言うときは、アッティカ方言的な通常語法を示している。[4] 他方、詩人が、

彼から（ホイ）王杖を受け取った[5]

とか、

頬うるわしいテミスから（テミスティー）
杯を受け取った[6]

とか言うときは、ドリス方言的である。[7]

古語また共通語的特徴

一四　詩人が、すべてのギリシア人の言語を集めて言辞を多彩にしながら、ときには上記のような特異な

〔諸方言の〕言語を、ときには「アオル〔剣〕」や「サコス〔盾〕」と言って古語(8)を、ときには「クシポス〔剣〕」や「アスピス〔盾〕」と言って共通語(9)的な通常語法的な言語を、用いていることが明らかである。共通語的な表現までが、彼においては、言辞の荘厳さを保っていることに人は驚くであろう。以下はそういう句である。

栗毛の馬一五〇頭を。(10)

---

(1)『イリアス』第四歌二二行＝第八歌四五九行。akeōn は、女性形 akeūsa の代わり。

(2)『イリアス』第二歌七四二行。男性形「クリュトス」＝klytos は、女性形 klytē の代わり。

(3)『イリアス』第四歌一〇〇行（アテナがトロイア人ラオドコスに化けてパンダロスをそそのかす言葉）。

(4)「メネラーウー Menelāū」（属格）は、前置詞句 kata Menelāū の kata を略した表現と見なされる（エウスタティオス『ホメロス註解』四四八）。そして一般に前置詞の省略はアッティカ風と言われる（グレゴリオス『諸方言論／アッティカ語』六等（Schaefer））。

(5)『イリアス』第二歌一八六行。オデュッセウスがアガメムノンから。

(6)『イリアス』第十五歌八七―八八行。ヘラがテミスから。

(7) それぞれ hoi, Themisti, いずれも与格。para ＋属格の代わりの表現と言われる（『イリアス』第二歌一八六行古註A等）。文法学者レスボナクスは、それを「(ドリス語圏の）シケリア的」特徴とする（『文彩論』九（Blank））。

(8) それぞれ aor, sakos. 両語は後代には用いられない。

(9) それぞれ xiphos, aspis.「共通語」は諸方言に対する概念で、必ずしも現実の「コイネー（共通ギリシア語）」ではない。

(10)『イリアス』第十一歌六八〇行。ネストルが、エリス人から略奪したものの一部。「散文（日常語）的詩行 logoeidēs stikhos」と古代の学者に（称賛的に）評された一例（エウスタティオス『ホメロス註解』七四二等）。

転化と文彩

転化（トロポス）と文彩（スケーマ）

一五　ところで、凝った言辞は、通常語法からの離反を好み、そのことでそれはより生き生きとなり、あるいはより荘厳に、あるいはともかくより快くなる。語句上の離脱は「転化」と呼ばれ、文構成上のそれは「文彩」と言われる。(1) それらの種類については、専門書に(2)書き上げられている。そこで、ホメロスがそれらのうちで用いていないものがあるか、あるいは彼が言い始めずにおいたのを後世の人々が考案したものがあるか、考察することにしよう。(3)

擬音的造語（オノマトポイイアー）

一六　さて、いろいろな転化法のなかで、擬音的造語(4)は詩人にとてもよく用いられる。彼が、諸単語の古い起源を——すなわち初期の人類は、自然に起きる現象から多くの事柄を命名してそれに単語を付与し、音節不明瞭な(5)音に、文字化された音の型を嵌めたということを——知っているからだ。「ピューサーン［ヒューヒュー言う、吹く］」、「トリゼイン［きいきい鳴く］」(6)、「ミューカーン［もーもーと鳴く］」(7)、「ブロンターン［ごろごろ言う、雷が鳴る］」(8)その他の類いである。(9)

それで詩人自身も、それ以前にはなかった単語を、表示されるものに合わせながら造ったのだ。「ドゥーポス［ドサリという音］」、「アラボス［ガラガラという音］」、「ボンボス［ブーンという音］」、「ロクテイ［唸った］」、「アネブラケ［ピッと鳴った］」、「シゼ［シューシューと言った］」[10]その他の類いであり、物事をよりよく表わす

(1)「転化（法）」= tropos は、trepein「転じる」の派生語で、単語レベルにおける、通常の語法からの離脱・変化（ektropē）を表わす（英和辞書などで trope を「転義」とするのは意味範囲的に狭すぎる）。「語転化」あるいは「語彩」とも訳しうる。他方、「文彩 skhēma（ラテン語 figura）」は、文章の「（美的な、通常から逸れた独特な）形姿」に関係する（後記二七節以下）。同様にキケロ『ブルトゥス』六九で、「語句の改変 verborum immutationes」は「転化」、「文と言説の諸形姿 sententiarum orationisque formae」は「文彩」と呼ばれる、とある。ただし、「転化（語彩）」を「文彩」の一種とする見方もあった（クインティリアヌス『弁論家の教育』第九巻第一章二参照）。また、「文彩」を「転化（語彩）」から区別するのは困難と言われることもあった。

(2)文法学者たちによる論説書。

(3)ここは、やはりホメロスが最初の考案者だという含意（二六、七一節参照）。

(4)onomatopoiiā.「擬音」を含むが、より広い語形成的概念を表わす。

(5)anarthros「関節で分かたれない（音）」。自然界のさまざまな音。

(6)tais engrammatois (phōnais) という読み方（Bernardakis）に従う。「文字化」=「音節化」。

(7)ektypoō.「型 typos」は、鋳型等。

(8)phȳsān, trizein. 写本の prizein「のこぎりをかける」はホメロスのテキストには現われないので、こちらの変更案（Barnes）を採る。

(9)mȳkān, brontān. これらは「擬音」である。この、自然音の言語への写し取りを、「（言語の通常語法からの）転化法」の概念に含めることに対しては、違ったプロセスに属するということで、疑念も呈されている。しかし、「通常言語からの」転化という概念が、より緩やかに、「自然音からの」言語への転化（応用）、および語の新造という、通常言語から逸脱的に発展する方法に拡大適用されていると思われる。

(10)以上は dūpos, arabos, bombos, rhokhthei, anebrakhe, size.

語句は見つからないであろう。

また、共通語的な表現を、それが関係するほんらいの物事とは別の事柄に適用し直す。以下のような例である。

ひどい炎（プレグマ）を運んで。[1]

これは、火災（プレゲイン）の働きを表わしているわけである。[2] また、「火（ピュール）」の代わりに「熱病（ピュレトス）」という語を［「火」の意味で］使う。[3] 同様の例は、

青銅武具の打撃による（カルコテュポイ）傷を[4]

である。青銅武具によって打たれた（テテュポーメナイ）傷のことを言おうとしているのである。[5] 総じて、語句に関して大いに新機軸を行ない、とても自由に、[6] ある場合は通常語法から逸れる改変をし、ある場合はよりよく意味を表わす語を置いて、自己の言辞に美と偉大さを生じさせようとするのである。

修飾句

一七　修飾句も詩人は豊かに用いる。それらは、修飾される対象に適切にぴったりと合わせられて、固有名詞と同等の価値を持っている。神々のおのおのに特有の呼び名を付与するように、ゼウスを「メーティエタ［知恵ある者］」とか、「ヒュプシブレメテース［高みで轟《とどろ》く者］」と言い、太陽神を「ヒュペリーオーン［高みを行く者］」と、アポロンを「ポイボス［輝く者］」と呼ぶのである。[7]

造語の後に[8]われわれは、他の転化法も考察することにしよう。

転用（カタクレーシス）

一八　転用は、ある句を、[9]［それによって］ほんらい指示されるものから、他の、それ固有の語を持たない

（1）『イリアス』第二十一歌三三七行（phlegma）。嵐が、ヘパイストスの引き起こす炎をトロイア方に向けて。

（2）引用詩句の phlegma は、（筆者にとっての）共通（日常）語では「炎症（あるいはそれから起きる粘液）」を意味するが、それを変えて詩人は、熱風を表わすために、火災（phlegein）という比喩的意味で用いている、と。本節後半部の論は、「擬音」とどう関連するかよく分からないところがある。ほんらい言語表徴を持たない（asēmos）自然現象（ここではフェーン現象）を「造語」的に表現した、という広い意味か（日常語からの変更を含む）。

（3）『イリアス』第二十二歌三一行（pyr および pyretos）。アキレウスがシリウス星に喩えられる箇所。pyretos ——「共通語」では「熱病」——は、引用詩句では太陽の「火」つまり「暑熱」を意味する。

（4）『イリアス』第十九歌二二五行（khalkotypoi）。

（5）tetypōmenai.「共通語」では khalkotypoi は、青銅または銅を「打って」物を作る（鍛冶屋）、の意を表わすが、引用詩句では受動の意味で用いられている。

（6）詩的（詩人の駆使する）自由（ホラティウス『詩論』五一、クインティリアヌス『弁論家の教育』第八巻第三章三〇参照）。

（7）それぞれ mētieta, hypsibremetēs, hyperiōn, phoibos.

（8）修飾句を「造語」の範疇に入れるのは、これらの例がホメロスの考案によるものという捉え方によるらしい（Hillgruber）。

（9）写本の khrēsin を phrasin にトイプナー版は換える。

別のものに移す[1]ことであり、詩人が、「黄金の綱[2]」というときに用いられている。なぜなら、「綱」は、ほんらいはロープ[3]に適用される語である。また詩人が「山羊革の被り物[4]」というときもそうである。頭の覆いが「被り物（キュネエー）」と詩人によって呼ばれるのは、それが犬の（キュノス）革から作られる慣わしだったからである。ところが「アイゲイアー[5]」は言うまでもなく山羊の（アイゴス）革なのである[6]。

メタファー

一九　メタファーは、ほんらい指示される物事から他の物事に、両方の類比的相似に即して、［適用が］移される表現であるが[7]、詩人のもとでしばしば、多様な形で、見出される。たとえば、

　彼は、大きな山の頭をもぎ取って投げた[8]

とか、

　周囲を広大無辺な海が取り巻いている島[9]

と言われる。頭の人間に対する関係と同じものを、頂は山に対して持っているし、冠が、それを置かれる人間に対して持つのと同じ関係を、海は島に対して有するのである[10]。だが、ほんらいの語の代わりに、相似した語を用いることは、言辞をより美しく、より生き生きとさせるものである[11]。

メタファーの多様さ

二〇　彼の用いるメタファーは多様でもある。あるものは、生命あるものから生命あるものへ［の移転］、という場合である。たとえば、

（1）「移す」は metapherei. 転用 katakhrēsis は、メタファー（次節）その他の一形態とも見なされるが、両者は厳密には区別される（次節参照）。ここの説明のように、katakhrēsis はほんらいは、固有の名辞を持たないものを表現する間に合わせ的な手段であるが、詩人たちが、とくにその必要もないのに「転用」的方法を好んだので、学者たちの詩批評において、「誤用」という否定的な意味合いの用語として使われるようになる。

（2）『イリアス』第八歌一九行。

（3）skhoinion（「スコイニオン」、イグサ等を綯った綱）。引用箇所の黄金の「綱 seirā」は、天上でゼウスが操るもので、「綯ったロープ」とはほんらい異なる。

（4）『オデュッセイア』第二十四歌二三一行（aigeiē kyneē）。

（5）引用箇所では aigeiē は形容詞だが、ここでは名詞形（aigeiā）を言っている。

（6）kyneē, kynos, aigos.「犬」と「山羊」との矛盾を言う。

（7）メタファー（メタポラー）metaphorā は「移転」の意。転用（katakhrēsis）との違いについて、文法学者トリュポン『転化法について』で、「メタファーは、名辞のあるものから、（別の）名辞のあるものへの（移転の）ことを、他方、転用は、名辞のあるものから名辞のないものへのそれのことを言う」とある（一九三（Spengel III））。

（8）『オデュッセイア』第九歌四八一行。キュクロプスが、オデュッセウスの船を目がけて。

（9）『オデュッセイア』第十歌一九五行（「取り巻いている」＝stephanoō）。キルケの島のこと。

（10）「頭」＝koryphē,「冠」＝stephanos. 後者の引用詩句では、大海が、あたかも冠のように島の上方ぐるりを取り巻いている状態を言っていると見なす（high seas という英語の high 参照）。

（11）メタファーの効果について、アリストテレス『弁論術』一四〇五 a 八以下等参照。

紺青色の舳の船の御者が述べた(1)

では、「船乗り」の代わりに〔「御者」と〕言われている。(2)また、

彼は、アトレウスの子、民の羊飼いたるアガメムノンのところに行った(3)

の句では、「王」の代わりに〔「民の羊飼い」と〕なっている。

またあるものは、生命あるものから生命なきものへ、という場合である。たとえば、

イダのいちばん下の脚部に(4)

では、〔「脚部」は〕「ふもと」のことを言っているし、(5)

耕地の乳房(6)

というのは、その肥沃さを表わしている。

生命なきものから生命あるものへ、というのは、たとえば、

あなたの心は鉄製です(7)

という句で、〔「鉄製」は〕「強情」の代わりになっている。

また生命なきものから生命なきものへ、というのは、たとえば、

火種を保存して(8)

において、〔「種」は〕「生産的な始原」の代わりになっている。

名詞の場合と同様、動詞に関するメタファーも彼の作品で見出される。たとえば、

岸辺は、外の海が轟くなかを、叫び立てる(9)

で、［「叫び立てる」は］「鳴り響く」の代わりである。

取り替え（メタレープシス）

二一　また別の転化法は、「取り替え」と呼ばれるもので、同義関係に即して、異なる物事を示す表現法である。たとえばこういうのである。

そこから彼は、トオス［尖った］な島々へ船を向けた(10)。

なぜなら詩人は、ほんらいは「オクシュス」な島々と言われるものを表わしたいのである。「トオス」は「オクシュス」と同義であるからだが、他方で「オクシュス」は、動きが速いということのみならず、形が

（1）伝ホメロス「英雄律詩断片」XVI-一五〇（Allen）。
（2）ほんらいは（日常語的には）、海上の乗り物を操る人間が言い表わされるべきだが、それから、陸の乗り物のそれへと表現対象ないし領域が「移転」されている。
（3）『イリアス』第十四歌二二一行（行頭は ēe「行った」から bē（同義）に変えられている）。「彼」はネストル。
（4）『イリアス』第二歌八二四行。
（5）「脚（部）」は、人間の身体の一部で、ほんらいは「生命あるもの」に属すると言っている。
（6）『イリアス』第九歌一四一行等。
（7）『イリアス』第二十四歌二〇五、五二一行。ヘカベおよびアキレウスのプリアモスに対する言葉。
（8）『オデュッセイア』第五歌四九〇行。
（9）『イリアス』第十七歌二六五行。
（10）『オデュッセイア』第十五歌二九九行。テレマコスがイタケへ帰るところ。

尖って先細になっていることも表わすのである。[1] 同様に、

　わたしはそばに立ってそれを尖らせた。[2]

提喩法（シュネクドケー）

二三　別の転化法は、提喩法[3]と呼ばれるもので、ほんらい表示されるものから、他の、しかし同じ種類に属するものを表わす方法である。この転化法もやはり多様である。

われわれは、ある場合は、全体［の表現］からその部分を了解する。

　彼らは、まっしぐらに、よく築かれた壁に向かって、乾いた牛［＝牛革盾］を［掲げながら[4]］

「牛（ブース）」によって「牛革（ビュルサ）」を――それから盾が作られるわけである――示そうとしている。[5]

あるいは、部分によって全体を示す。たとえば、

　それほどの頭［＝人間］をわたしは待ち焦がれている。[6]

「頭」によって、その人のことを示しているのである。「白い腕の」と言うときも、「美しい」女性を意味するし、「立派な脛当ての」と言う場合は「立派な武具の」ということである。

あるいは一によって多を示す。たとえば、オデュッセウスについてこう言う場合である。

　彼は、トロイアの聖なる都を滅ぼしてから。[7]

なぜなら、［じっさいには］彼一人で、ということではなくて、他のギリシア人たちといっしょにトロイアを

滅ぼしたのだから。
　また多によって一を、という例として、
　　魅力的な胸（ステーテア）を(8)

(1) メタレープシスを、文法学者トリュポンは、「同義関係によって同音異義語を表わす表現法」と定義づける（一九五 (Spengel III)）。クインティリアヌス『弁論家の教育』第八巻第六章三七―三九参照。本箇所に関して、「オクシュス oxys」には (1)「尖った」、(2)「速い」の二義がある。(1)と(2)は同音異義語とされる。他方、「トオス thoos」はほんらい「速い」の意義しか持たないと見なされたようである。詩人が、引用箇所で、「尖った」の意味として、通常語法的な oxys の代わりに thoos を用いるのは、両語の同義関係（「速い」）によるが、さらに「同音異義関係」によってけっきょく「尖った」という「異なる」意味のほうに「取り替え」られている、という文法学者たちの説がここで踏まえられている。しかし、thoos にもともと「尖った」の意義が、同音異義語として、あったと、今日の学者たちは考える。

(2)『オデュッセイア』第九歌三二七行（thoōi）。オデュッセウスが、キュクロプスの棍棒の先を尖らせる件り（彼の目をそれで潰す準備）。

(3) synekdokhē は、「（他のものも）いっしょに了解」させる、の意の用語。「部分から全体を a parte totum」あるいは「全体から部分を a toto pars」了解させる、など。

(4)『イリアス』第十二歌一三七行。トロイア軍が、ギリシア軍の陣営（船陣）の囲壁へ押し寄せる箇所。

(5) būs および byrsa.

(6)『オデュッセイア』第一歌三四三行（一部原典と異なる）。ペネロペがオデュッセウスを。

(7)『オデュッセイア』第一歌二行。

(8)『イリアス』第三歌三九七行（stēthea）。アプロディテの胸。

がある。〔複数形ステーテアは〕「〔単数形〕ステートス」のことを表わす。[1]
また、下位種類[2]によって種類[3]を示す。たとえば、

恐るべき大理石を投げつけて[4]

である。大理石は、石の下位種類なのである。
また種類によって下位種類を、という例は、

鳥たちを認識し、運命を語ることに彼は〔長けていた[5]〕

である。なぜならすべての鳥たちを、ということではなくて、占いに関わる鳥たちのことを詩人は言おうとしているのだから。

また付随する物事によって、〔それに関わる〕活動を表わす。たとえば、

アポロン自ら弓まで授けたパンダロス[6]

においては、「弓」によって、弓に関する熟練を示している。また

彼らは、〔漕ぎ座に〕坐って、〔櫂で〕水を白く泡立たせた[7]

とか、

彼らは、一日中くびきを揺すり続けた[8]

とかで、随伴する事柄によって、前の箇所では「〔船を〕進めた」ということを、二番目の箇所では「走り続けた」ということを示すのである。

また、先行する事柄によって、それに後続する事柄を示す。

そして乙女の帯を解いた(9)。

このことに、彼女の花を散らしたということが続くのである。

また、後続する事柄によって、先行する事柄を示す例は、殺すことを「武具を剝ぐ」と言って、武具を奪うことにより示すときである。

---

(1) stêthos. 引用箇所ではアプロディテという一人の神に関係するから、という論旨。じっさいは、おそらく胸部に複数の小部分があるという考えから、一人に関しても複数形 stêthea が用いられるのであろう。

(2) eidos「種概念」。

(3)「下位種類」は eidos「種概念」。「種類」と訳したのは genos「類概念」。

(4)『イリアス』第十二歌三八〇行等。

(5)『オデュッセイア』第二歌一五九行。ハリテルセスというイタケの老人のこと。

(6)『イリアス』第二歌八二七行。

(7)『オデュッセイア』第十二歌一七二行。オデュッセウスの部下たちが。

(8)『オデュッセイア』第三歌四八六行等。馬たちが、テレマコスとペイシストラトスの乗る車を引きながら。

(9)『オデュッセイア』第十一歌二四五行。ポセイドンが、テュロの帯を。

メトニミ

二三　別の転化は、メトニミ(1)である。ほんらいは他のことについて言われる語句が、別のことを、関連性に基づいて示すというものである。詩人にこういう例がある。

若人たちがデメテルの四肢を切り取るとき。(2)

ここでは、小麦の実りを、それを発見したデメテルの名によって呼ぶことで示している。また、

彼らは、内臓を串に刺してヘパイストスの上にかざした(3)

と言うときは、ヘパイストスの名で、火のことを語っている。同様の例は、

わたしのコイニクスに
触れる者は(4)

である。一コイニクス(5)分に含まれるもの〔穀物〕のことを言っているのである。

換称（アントノマシアー）

二四　別の転化法は換称である。修飾句や表徴を通じて、元の名称を示す表現法である。(6)たとえばこういう詩句に見られる。

ペレウスの子はふたたび刺々《とげとげ》しい言葉で
アトレウスの子に話しかけた。(7)

こういう語でアキレウスおよびアガメムノンのことを表わすのである。また、

安心しなさい、トリトゲネイアよ、わが愛する子よ(8)

とか、

髪を切らざるポイボス(9)

という句である。一方はアテナを、他方はアポロンを表わしている。

反対語法（アンティプラシス）

二五　反対語法というものもある。反対のことを、反対のもので(10)あるいは対比的なもので、示す表現法である(11)。たとえば

（1）メトーニュミアー metōnymiā、「換喩」とも訳される。「名辞の変更」の意の用語。
（2）伝ホメロス「英雄律詩断片」XV-一四九（Allen）。
（3）『イリアス』第二歌四二六行。
（4）『オデュッセイア』第十九歌二七─二八行。わたしテレマコスの家のパンを食べる者は、の意。
（5）コイニクスは、一人の一日分の穀物の量。
（6）「換称 antonomasiā」は代替的な名辞。「表徴 syssēmon」は、しるし、記章（ここでは父称句 patrōnymikon）。
（7）『イリアス』第一歌二二三─二二四行。
（8）『イリアス』第八歌三九行等。
（9）『イリアス』第二十巻三九行。
（10）「反対のもので」はトイプナー版での補い。
（11）「反対語法」は、「皮肉」における意図的偽り（『ホメロスについて II』六八参照）を伴わない点でこれと区別される（litotēs とも呼ばれる技法）。

両者を見てアキレウスは喜ぶことはなかった[1]である。なぜなら反対のことを、つまりアキレウスは両者を見て苦痛を覚えたということを詩人は言おうとしているのである。

暗示的強調（エンパシス）

二六　また暗示的強調というものがある。ほのめかし（ヒュポノイア）を通じて、語られることに緊張（エピタシス）をもたらす方法である。[2]たとえば、

しかしわれわれが、エペイオスの造った馬［木馬］の中に降りて行ったとき[3]

では、「降りて行った」の句において、馬の大きさをほのめかし的に強調するのである。[4]同様の例は、

剣の全体が少し血で温まった[5]

で、ここではより大きな意味を、つまり剣が温まるほどに血を浴びたということを表わしている。[6]以上が、初めてホメロスによって作られた語句上の転化である。

文彩（スケーマタ）の意義

二七　ではわれわれは、統語法に関わる離脱、[7]つまり「文彩」と呼ばれるものの諸例も考察し、それらもホメロスが初めて提示したものであるかどうか、確かめることにしよう。

文彩とは、通常語法的なものから変えられた言辞である。それは装飾を作り出すため、あるいは有用性のために用いられる。なぜならそれは、多彩さと、言辞の変化とのゆえに、言辞に美を付与し、字句をより荘厳にするし、他方では、対象に元からそなわっている性質や力を高めて強めるという点で有用なのである。

〔冗語法（プレオナスモス）〕

二八　文彩で、ある場合は冗語法によってそれを行なう。ときにはそれは韻律のためである。(8) たとえば

　オデュッセウスが全部で一〇タラントンの黄金を〔秤で〕量ってから(9)

においては、意味に寄与するところはまったくない「全部で」の語句が挿入されている。またあるときには、

(1)『イリアス』第一歌三三〇行。

(2) トリュポン「エンパシスとは、ほのめかしを通じて、表示されることを増大させる表現法である」参照（一九九(Spengel III)）。「ほのめかし（隠れた意味）」を伴うということの用法は、単なる「強調」的表現法（やはり「エンパシス」だが）とは異なる。

(3)『オデュッセイア』第十一歌五二三行。オデュッセウスがアキレウスの霊と話す箇所。

(4) 深みの中に降りるような動作自体の他、未完了過去形 katebainomen で、底まで降りるのにある程度の時間が必要だったという含みを示す。

(5)『イリアス』第十六歌三三三行および第二十歌四七六行。小アイアスおよびアキレウスの戦闘に関して。

(6)「温まる」という穏やかな字句以上の事態（どっさり血を浴びたということ）を暗に示す、ということ。

(7) ektropē. tropos 同様、日常的語法からの「逸れ」を意味する（一五節参照）。

(8) 韻律を完成させるための「埋め草」ということ。

(9)『イリアス』第十九歌二四七行（第二十四歌二三二行参照）。

装飾のために、次のように言う。

たしかにメノイティオスの強い息子はすでに死んでいる。(1)

寄与するところはまったくない「たしかに」の語句が挿入されている。この冗語は、アッティカ語的な習慣による。(2)

迂回語法（ペリプラシス）

二九　他の場合には、余分の語句によって表示されるものを示す。これは迂回語法と呼ばれる。たとえばアカイア人［ギリシア軍］を「アカイア人の子たち」と言ったり、ヘラクレスのことを「ヘラクレス的強力《ごうりき》」(3)と言うときである。

入れ替え（エナッラゲー）

三〇　同様に文彩を、入れ替えによって行なう。習慣的な［字句］配列を転倒させるのである。そして、あるいは中間に何も入れずに、置き換えが急に生じるようにする――これがほんらいの倒置である――、たとえば、

比べれば鳥のさまで(4)

のようである。

またあるときは、中間に語句を入れる。これは飛び越え（ヒュペルバトン）と称される。たとえば、

　血まみれで、ちょうど雄牛を尽《ことごと》く食らったライオンのようだった(5)

においては、「雄牛を食い尽くしたライオン」と言う代わりに、語句を飛び越えさせている。(6)あるいはまた全体の言辞をそうする。たとえば、

　こう言った。するとアルゴス人たちは大きく喚いた――そして周りの船々が、
　アカイア人たちの叫びに応じて、恐ろしくどよめいた――、
　神のようなオデュッセウスの話をよしとしたので。(7)

順番に従って言えば、「アルゴス人たちは大きく喚いた、神のようなオデュッセウスの話をよしとしたので」

（1）『イリアス』第十八歌一二行。パトロクロスのこと。
（2）「たしかに」＝ mala の語を、文法学者アポロニオス・デュスコロス（『副詞について』一九〇（Schneider））その他も、アッティカ式冗語と見なしている。
（3）biē Hērakleeiē.
（4）ornithes hōs（『イリアス』第三歌二行）。通常の語順 hōs ornithes「鳥に比べられるさまで」の転倒。
（5）『イリアス』第十七歌五四二行。ギリシア人アウトメドンの様子。
（6）通常の語法で leōn kat-edēdōs tauron となるところが、ここでは leōn kata tauron edēdōs となっていて、edēdōs と tauron とが「入れ替」わり、tauron が直前の語を「飛び越え」ているという説明。合成語の二部分（kat-edēdōs）が分けられるこういう例は、より狭くは、「語分離 tmēsis」と呼ばれる語法に属する。
（7）『イリアス』第二歌三三三―三三五行。

となる。(1)

挿入（パレンボレー）

三一　同じ［「入れ替え」の］種類に属するものに、挿入と呼ばれるものがある。これは、［本題の］外部から、主題にまったく関係しないことを挿入するときに生じ、かりにそれを取り去っても、統語構造から何かを奪うことにはならないというものである。たとえば、

この杖にかけて――これは、いったん切り株を後にしたからには、
けっして葉や枝を生やすことはないだろう、
芽を吹くこともないだろう、青銅の斧がその皮を剝いだのだから――(2)

というのや、それに続く、この杖に関する言葉である。それから、初めに相応する句を付け加える。(3)

きっと［後で］、アキレウスに恋い焦がれる気持ちが、すべてのアカイア人に
生じることだろう。(4)

繰り返し（パリンロギアー）

三二　詩人には繰り返しという方法も見出される。一単語を、あるいはより多くの語句をふたたび取り上げて繰り返すものであり、反復とも呼ばれる。(5)たとえば、

わたしは彼に向かって行くつもりだ、たとえその両手が炎のようだとしても
——その両手が炎のようだとしても、そしてその意気はきらめく鉄のようだとしても。[6]

またあるときは、他の語句が挿入され、それから同じ語句がふたたび取り上げられて、という形になることもある。たとえばこうである。

だが彼は、遠くに住むエチオピア人たちのもとへ行っていた
——二手に分かれて、世界の果てに住むエチオピア人たちのもとへ。[7]

この文彩は語り手の心の動きを表わし、聴く者の心をも同時に動かす。

節頭反復（エパナポラー）

三三　同じ種類に属するものに節頭反復というのもある。複数の文節の頭で、同じ字句が繰り返される場

(1) 引用訳文のダッシュで囲った部分が前の部分を「飛び越え」、順序が「入れ替」わったと説明している。
(2)『イリアス』第一歌二三四—二三六行。アキレウスの言葉。
(3)「この杖にかけて」の句。
(4)『イリアス』第一歌二四〇—二四一行。アキレウス自身の言葉。
(5)「繰り返し palillogia」、「反復 anadiplōsis」また「再言及 epanalēpsis」を、修辞学者アレクサンドロスも同義の用語として扱っている（『文彩について』二九（Spengel III））。
(6)『イリアス』第二十歌三七一—三七二行。ヘクトルが、アキレウスを目して言う言葉。
(7)『オデュッセイア』第一歌二二—二三行。「彼」はポセイドン。「二手」は東と西。

合である。詩人における例はこうである。

ニレウスはシュメから釣り合いの取れた船を三隻率いてきた、
ニレウスはアグライエとカロポス王との息子、
ニレウスはイリオスに来た者で最も美しい男だった。(1)

この文彩も同様に、人の心を動かし、美しい句にするのにふさわしいものである。

後戻り(エパノドス)

三四　詩人には、後戻りという方法も見出される。二つの名詞と事柄を述べながら、まだ意味が完結していない間に、名詞のそれぞれに立ち戻って、趣意を補うというものである。たとえばこうである。

人間を滅ぼすアレスと、飽くなき欲望のエリスと(2)
…………
一方は、戦闘の向こう見ずな「喧騒」を従え、
アレスの方は両手に大きな槍を揮っていた。(3)

この文彩の機能は、多彩さと明瞭さである。

同音節末尾(ホモイオテレウトン)、同格語尾(ホモイオプトートン)

三五　同音節末尾の文彩も彼にはある。(4)諸文節が、音において同じ語句に終わり、最後の音節が同じとい

うものである。たとえばこうである。

人は、その場にいる友人は愛さねばならない、彼がそう欲するときは送り出さねばならない。(5)

また、こうである。

オリュンポスへ［アテナは立ち去った］、そこには、人々が言うには、神々のとこしえに不動の座所が
ある。風に揺らされざる、雨に
濡らされざる、雪に襲われざる場所で、雲のない澄んだ空が
拡がっている。白い光輝に覆われた処だ。(6)

他方、文(7)や文節が、同様の語形変化をしていて、しかも同様の格語尾形を持つ名詞で終わるときは、とく

（1）『イリアス』第二歌六七一―六七三行。シュメは、ロドスとクニドスとの中間にある島。ニレウスはアキレウスに次いで美しい男とされたギリシア人。

（2）『イリアス』第五歌五一八行。

（3）『イリアス』第五歌五九三―五九四行。この二行の前では、「彼らを導いていたのはアレスと女神エニュオ」（五九二行）とある。五九二行と五一八行とを、著者あるいは彼の利用した写本が取り違えていたらしい。

（4）以下、三八節までは「ゴルギアス的文彩」が扱われる。

（5）『オデュッセイア』第十五歌七四行。各文節の最後 philein（愛する）と pempein（送り出す）とが同じ音節で終わる。

（6）『オデュッセイア』第六歌四二―四五行。それぞれの文節の最後「ある emmenai」、「揺らされざる（ūte）tinassetai」、「濡らされざる（ūte）deuetai」、「襲われざる（ūte）epipilnatai」、「拡がっている peptatai」は、すべて -ai（-nai, -tai）という末尾で共通する。

（7）periodos, 複数の文節を含み、初めと終わりを有する完結したもの、「総合文」。

に同格語尾と呼ばれる。たとえばこうである。

ちょうど、蜜蜂の一団がぎっしりとした群れでやって来るように、
それがうつろな岩からどんどん新しい群れで出て来るように。(1)

今述べた例や、その類いのものは、言辞にとくに美と喜びを付与する。(2)

二つの文彩の結合

三六　また、複合の観点の技巧志向が、しばしば同一の詩行で文彩を二つも用いることがあるということで示される。節頭反復（エパナポラー）と同音節末尾を合わせるのである。たとえばこうである。

よく槍を尖らせよ、よく盾を整えよ、
よく馬に食事を与えよ——脚速き馬どもに——、
よく戦車を点検して闘いに心せよ。(3)

均等文節（パリソン）

三七　これらに関連するのが均等文節と呼ばれる文彩である。(4)これは、文節が二つまたはそれ以上で、それも互いに同じだけの［数の］語句を持つというときに生じる。(5)これもホメロスが最初に創始した。こうである。

拒むことは恥じ、受けることは恐れた。(6)

また、

　怒りを捨て、情愛を抱くこと。(7)

これも、字句を大いに装飾することは明らかである。

同音並列（パロノマシアー）

三八　同様の優美さに関わるのが同音並列である。先行する単語に、別の似たものを、(8)すぐに、あるいは(9)

（1）『イリアス』第二歌八七―八八行（ギリシア軍がトロイアの浜辺で集結するさま）。原文において、各文節の最後はadināōn（密集した）とerkhomenāōn（来る）で、いずれも複数属格で同じ語尾形。

（2）二七節で文彩一般に関して言われた「美」等の付与の働きが、この種類のものでは「とくに」顕著だとする。

（3）『イリアス』第二歌三八二―三八四行。ネストルのギリシア兵たちへの注意。「よく eu」が節頭反復され、「尖らせよ thēxasthō」、「整えよ thesthō」、「心せよ medesthō」が同音節末尾（-thō）になっている。

（4）parison（isokōlon とも称する）。

（5）同じ数の音節を持つ、と定義される場合もある（修辞学者アレクサンドロス『文彩について』四〇（Spengel III））。

（6）『イリアス』第七歌九三行。原文で、前半の文節も後半のそれも二語ずつ（men および d' は、前の語に付けて数える）。

（7）『イリアス』第十六歌二八二行。それぞれの文節は二語ずつ。

（8）音は似ている単語を、しかし意味は異なるものを、という点を修辞学者アレクサンドロスは定義で付け足している（『文彩について』三六（Spengel III））。

（9）トイプナー版でこの語を補っている。

適当な距離を置いて、並べる場合である。(1) たとえばこうである。

また、ドリュアスの子、力強きリュコエルゴスも
長くは生き長らえなかった。(2)

また他の例では、

彼らを率いていたのは、脚速き（トオス）プロトオス。(3)

省略（エッレイプシス）

三九　前記のものは、冗語法か、あるいは［他の］何らかの形成法(4)による文彩である。別の種類のものは、語句の欠如による。その一つが、いわゆる省略である。ある語句が言われなくても、それまで述べられたことから意味が明らかという場合である。たとえばこうである。

はっきり言う、わたしは船では人々の町を十二滅ぼした、
陸を行っては十一を。(5)

［後半では］「滅ぼした」が欠けているが、前の言葉から理解されるのである。次のも省略による。

一つの前兆だけが良いものなのだ、祖国のために防衛するということが。(6)

「なのだ」(7)が欠けているのである。また、

ああ、わたしには、大いなる心のアイネイアスのための心痛が。(8)

「ある」とか「生じた」とかいった語句が欠けているのである。他の種類の省略も彼にはたくさんある。この文彩の機能は速さをもたらすことである。

無連辞（アシュンデトン）

四〇　そういうものに無連辞もある。句をつなぐ連辞が取り去られる場合であり、これは速さのみならず、情動的な強調のためにも行なわれる。次のもそういう例である。

　われわれは、あなたの命令どおり、輝かしいオデュッセウスよ、繁みを行きました、
　谷間に、よく造られた家を見つけました。[9]

ここでは、「二行目で」「そして」の連辞が取り去られている。話し手が、できるだけ速い仕方の報告をしよ

（1）この文彩は parēkhēsis「同音響並列」と同一とされる（ゾナイオス『文彩について』一六九（Spengel III））。
（2）『イリアス』第六歌一三〇—一三一行。dēn（「長くは」）とēn（「生き長らえ」）とが並べられている。
（3）『イリアス』第二歌七五八行。原文では Prothoos thoos.
（4）「（他の）形成法」は、三五—三八節の「ゴルギアス的文彩」を念頭において言っているらしい（Hillgruber）。
（5）『イリアス』第九歌三二八—三二九行。アキレウスの言葉。
（6）『イリアス』第十二歌二四三行。ヘクトルの言葉（トロイア軍の目の前で、空飛ぶワシが、摑んでいた蛇を落としたという前兆を不吉とするプリュダマスに対して）。
（7）esti（「……である」）。
（8）『イリアス』第二十歌二九三行。ポセイドンの言葉。
（9）『オデュッセイア』第十歌二五一—二五二行。「われわれ」は、オデュッセウスの部下たち。

うと思っているからである。

不一致（アシュンタクトン）または改変（アッロイオーシス）

四一　文彩には、不一致と呼ばれるものもある。これは改変とも称する。通常語法的な統語法が変えられるときであり、装飾や優美さを言辞にもたらすため、多彩な統語法となる。[1] 通常語法的な統語法には従っていないように思われるが、改変された統語法には、適切な関係性を通じて、従っているというものである。[2]

不一致――性に関する場合

四二　それ［不一致］はしばしば名詞の性の入れ替えに関わる。たとえば、

名高き（クリュトス）ヒッポダメイア[3]

では、「クリュテー」の代わりの語が置かれ、[4]

しとどな（テーリュス）露《つゆ》[5]

では、「テーレイア」の代わりの語が使われている。[6] というのは、古人においては、とくにアッティカにおいては、女性形の代わりに男性形を用いることが――こちらのほうがより力強いということで――通常語法的だったのである。ただそれは、度を越した、あるいは不合理な仕方で用いられることはない。話題が向けられている主体の外に属する［外的属性の］形容語を用いる必要があるときにそうするのである。主体に関

係する［内的属性の］場合は、「ホ・メガス［大きい男］」あるいは「ヘー・メガレー［大きい女］」とか、「ホ・カロス［美しい男］」あるいは「ヘー・カレー［美しい女］」といったように［男女形を区別して］言うのである[7]。しかし、外部に関する［外的属性の］場合は、「エンドクソス［名声ある］」や、「エウテュケース［幸運な］」のように［男女を区別しない形に］なる[8]。一般的に合成語［の形容詞］は、すべて、どちらの性にも共通する。また、男性および女性の名詞に動詞や分詞が共通にかかるときは、男性形［の動詞等］が支配的である。たとえばこうである。

　無邪気な心の乙女たち、また若者たちが[9]。

（1）文法的不一致ないし規則からの改変について、修辞学者カイキリオスは、改変は、単語、格、数、人称、時制において生じる、と述べている（「断片」七五（Ofenloch））。

（2）後半部分の写本伝承は不完全。「改変された統語法には、適切な関係性を通じて」は Hillgruber 提案の読みによる。

（3）『イリアス』第二歌七四二行。

（4）ヒッポダメイアは女性だが、形容詞の女性形 klytē ではなく男性形 klytos が付いている。なお「名高き」は、ケンタウロイが、ペイリトオスの新婦ヒッポダメイアを、その結婚式でさらおうとしたという有名な神話を指す。

（5）『オデュッセイア』第五歌四六七行。

（6）露＝eersē は女性名詞。やはり形容詞の女性形 thēleia ではなく男性形 thēlys が用いられている。

（7）順に ho megas, hē megalē, ho kalos, hē kalē.

（8）endoxos や eurykhēs は、性の点で「共通」（男女同じ形）の合成形容詞。

（9）『イリアス』第十八歌五六七行。「（無邪気な）心の」は原文では分詞 phroneontes の男性形だが、両方にかかっている。

性の不一致――方言その他による場合

四三　いくつかの場合は、方言の特徴によって、あるいはそのときの通常語法によって、［今日とは］異なる仕方で言われている。こういう例である。

自分の体で、
大地と天を分ける長い柱を支えている。(1)

性の不一致――文意による場合

四四　またしばしば性が、思慮の上で、入れ替えられる。次のような例である。

わたしも、いとしい子よ、この贈り物をあなたにあげます。(2)

なぜなら、「テクノン［子］」の語は中性の名詞だが、人物に言辞を合わせて、男性形の「ピレ［いとしい］」の語を付けたのである。(3)ディオネのアプロディテに対する言葉も同様である。

我慢しなさい、わが子よ、そして、嘆かわしくても耐えるのです。(4)

同じ関係性を以下の例も有している。

次いでテバイ人テイレシアスの魂も来た、
黄金の杖を手にして。(5)

つまり「手にして（エコーン）」は、「魂（プシューケー）」にではなく、主体の性に、すなわち「テイレシアス」に合わせられている。(6) しばしば言葉ではなく、意味のほうに対応がされるのである。次のような例である。

皆の心が騒いだ、戦闘隊列は動揺した、
船陣から、ペレウスの優れた子が出てきたと思って。(7)

「思って（エルポメノイ）」というのは、「戦闘隊列（ハイ・パランゲス）」がそうしたというのではなく、その戦闘隊列を成している男たちが、ということである。(8)

（1）『オデュッセイア』第一歌五三―五四行。アトラスのこと。柱＝kīonasという（著者の考えではアッティカ語ではほんらい）男性の名詞が、ここでは女性形の形容詞（makrās, hai）と結合している。エウスタティオスもこれをイオニア方言的と説明するが、ただアッティカ語でも女性として用いられると付記している（『ホメロス註解』一三九〇）。

（2）『オデュッセイア』第十五歌一二五行。ヘレネの、テレマコス（オデュッセウスの息子）への言葉。

（3）「子」＝teknon,「いとしい」＝phile. 文法用語で、文意に合わせた構文（constructio ad sensum）と呼ばれる例だが、著者は、文彩、修辞の観点から論じている。

（4）『イリアス』第五歌三八二行。「嘆かわしくても（kēdomenē）」は女性形だが、「（わが）子（よ）」という中性名詞に合わせられている。

（5）『オデュッセイア』第十一歌九〇―九一行。

（6）順に ekhōn, psȳkhē.

（7）『イリアス』第十六歌二八〇―二八一行。トロイア軍が、「ペレウスの子」アキレウスの武具を着けたパトロクロスを目にしたときの件り。

（8）エルポメノイ＝elpomenoi, ハイ・パランゲス＝hai phalanges.

性の不一致の他のケース

四五　また、他の仕方で性を替えることがある。(1)　たとえば、こう言うときである。

黒い雲〔ネペレー〕がそれを
取り巻いている。それは消え去ることはない。(2)

「ネペレー」と「ネポス」は同義語なので、先に〔女性名詞の〕「ネペレー」と言っておいて、次に中性形を「ネポス」に対するように持ち出したのだ。(3)　これと同様なのが、以下の詩句である。

彼ら〔ギリシア軍〕の群れは、ちょうど、翼のある鳥たちの
――ガンや、鶴や、首の長い白鳥の――大群〔エトネー〕が、
翼を誇りつつあちらこちらへ飛び回っては、
騒がしく場所を取ってゆく。(4)

先に、鳥の一族を総称的に、中性形で(5)言っておいてから、

翼を誇りつつあちらこちらへ飛び回っては、

と、女性形で言い(6)、それから、

騒がしく場所を取ってゆく

と、総称的な名詞「群」のほんらいの性〔中性〕を示している。(7)

数の不一致

四六　性とともに、数も、詩人はしばしば替える。こう言う。

兵卒は、アカイア人の船々へ戻っていった。(8)

先に単数形で言っておいて、次に複数形を持ち出した。もちろん、意味に合わせてである。「兵卒」の語は、表向きは単数だが、じっさいはそのなかに多数を含んでいるからである。(9)

複数から単数へ

四七　逆の場合も、同様に［意味に即して］言われる。複数形が先に置かれてから、単数形が持ち出される。

(1) 以下は、より連想的な原理による性の変換。
(2)『オデュッセイア』第十二歌七四行以下。スキュラの岩山に関して。
(3)「に対するように」という読みは Hillgruber に従う。ホメロス原文では「ネポス」の語そのものは出てこない。「ネペレー nephelē」は女性名詞だが、原文でその次に中性形の指示詞「ト to」がそれを受けている。それを「ネポス nephos」の意味と解する。
(4)『イリアス』第二歌四五九―四六〇行および四六二―四六三行。そのようにギリシア軍は出てきた（大意）、と原文で続く。
(5)「大群」とした ethnē は、中性名詞（複数）。
(6)「誇りつつ」とした agallomenai は女性形の分詞。
(7)「場所を取ってゆく」とした prokathizontōn は中性形の分詞。
(8)『イリアス』第十五歌三〇五行。
(9)「兵卒」＝ plēthys は単数名詞、「戻っていった」＝ aponeonto は複数三人称の動詞。

たとえば、こうである。

彼ら〔スズメバチ〕は、勇猛な心を持つので、
皆が、前方へ飛び出てくる。(1)

「皆」は、単語としては単数だが、多数のものに関して用いられ、意味上、「皆々」に等しい。(2)同じ種類の文彩が、以下の例である。

彼ら〔テレマコスたち〕は、ネレウスの、よく築かれた町ピュロスに
着いた。町の人々は、海岸で、犠牲式を行なっていた。(3)

〔ここの動詞複数形は〕ピュロスの人々が念頭に置かれているからである。(4)

格の入れ替え

四八　また格の改変に関しては、主格と呼格の間の入れ替えが以下の諸例で見られる。

だがそれ〔王杖〕をまたテュエステスが、アガメムノンに、持つよう遺した(5)

とか、

雲を集めるゼウスが(6)

とか、

ほどこしを、親切なお方よ。あなたは、卑しいアカイア人には見えませんから。(7)

また、属格と与格との入れ替えは、以下の例に見られる。

トロイア側で（トローシン）、先頭で戦うのは、神に似たアレクサンドロス。

これは、［属格］「トローオーン」の代わりである。[8] 逆のケースとして、

そこにはぶどうの樹が、中空の洞窟の周りに、伸び広がっていた

においては、［原文の属格表現は、］「中空の洞窟の周りを」［という与格］の代わりになっている。[9]

（1）『イリアス』第十六歌二六四行以下。

（2）「皆」＝pas（単数形）、「皆々」＝pantes（複数形）。

（3）『オデュッセイア』第三歌四行以下。

（4）複数形「rhezon（行なっていた）」が、単数形「Pylos（ピュロス）」を受けている。

（5）『イリアス』第二歌一〇七行。原文 Thyest(a) はここで、主格 Thyestēs の代わりの呼格と説明される（今日では、前者も主格の一つの形とされることが多い）。この例に関連して、古代の学者は、「呼格が主格の代わりに用いられるのは、マケドニア語的あるいはテッサリア語的」と論じた。

（6）『イリアス』第一歌五一一行等。他の古代学者たちも、この nephelēgereta「雲を集める」という語を、hippota（Nestōr）「騎士の（ネストル）」の語と同様、主格の意味で使われた呼格と考え、アッティカ語的あるいはアイオリス語的特徴とする。他方、a で終わるそういう語を、詩的な特殊主格形とする意見もあった。

（7）『オデュッセイア』第十七歌四一五行。乞食に変装したオデュッセウスの言葉。「philos（親切なお方よ）」は、主格形だが、呼格として使われている（しばしばアッティカ語的として説明された特徴）。

（8）『イリアス』第三歌一六行。ほんらいの属格 Trōōn が、原文では与格 Trōsin になっている、と。

（9）『オデュッセイア』第五歌六八行。原文の属格表現 peri speūs glaphyroio は、ほんらいの与格 speei glaphyrōi の変換だ、と。

こういうこと〔格の交替〕の原因は、主格と、対格と、呼格とが互いに同類であると思われたからである。かくて、中性においても〔この三格は〕語形が同じであるし、男性と女性においても、多くの場合、主格と呼格が同形である。同様に、属格も与格とある程度同類である。この点は、双数の場合でも、あらゆる名詞に関して認められる。それで詩人が、通常語法から逸れて、格を替えるのは、もっともなことなのである。ときには、〔格の〕入れ替えの他の理由を見出すこともできる。(1)たとえば、

〔馬たちは〕平野のあちこちを
追いかけ、逃げることに巧みで(2)

においては、「平野を突っ切って」の代わりとなっており(3)、また

〔兵隊は〕平野を横切った(4)

では、「平野を横切って渡った」に等しくなっている。(5)

両詩冒頭での格の転換

四九　また格を、二叙事詩の冒頭で転換しているのは巧みである。すなわち、いずれにおいても、先に対格を置いてから、次に主格を持ち出す。こう述べるのである。

怒りを（メーニン）歌え、女神よ、……
それは（ヘー）アカイア人たちに多くの苦痛を与えた。(6)

また、

あの男のことを（アンドラ）語りたまえ、ムーサよ、その人は（ホス）、諸処を
さまよった(7)。

属格から主格へという場合

五〇　属格の後に主格を付けることもある。こういう例である。

人間たちの（トーン）——それは（ホイ）今の人間たちのことだが——［誰も］……(8)。

（1）以下、本章末まで、トイプナー版は削除する。上記で、格の間の「同類」という観点から説明したのとそぐわないからである。しかしHillgruberは、別の種類の説明を著者は付け足そうとしていると見て、「他の」という語を挿入する。

（2）『イリアス』第五歌二二二行等（epistamenoi pedioio）。「あちこちを……逃げることに」の部分はトイプナー版での補い。

（3）「平野の」＝pedioio（単独属格）と、「平野を突っ切って」＝dia tū pediū（前置詞＋属格）。

（4）『イリアス』第二歌七八五行等（dieprêsson pedioio）。

（5）「平野を横切って渡った」はeperôn dia tū pediū. Hillgruberの言うごとく、著者はここで、引用原文において、対格の代わりに、diaプラス属格に等しい表現になっている（diaを略）と論じようとしているか（dieprêsson pedioio ＝ tên pediada diênysson（『イリアス』第三歌一四行古註T））。

（6）『イリアス』第一歌一—二行。「怒りを mênin」＝対格、「それは hê」＝主格。

（7）『オデュッセイア』第一歌一—二行。「アンドラ andra」＝対格、「ホス hos」＝主格。

（8）『イリアス』第一歌二七二行。「トーン tôn」は属格、「ホイ hoi」は主格。

破格構文

五一　また、別の文彩もしばしば用いる。次のような場合である。

わたしは言う、卓絶した力のゼウスが、あの日、
――われわれアルゴス人が、トロイア人に死と殺戮をもたらそうとして、
速い船々に乗り込んだとき――、
右手に稲妻を走らせつつ吉兆を示しながら、嘉《よみ》してくれた、と。[1]

これと同様の例が以下のものである。

そして彼［馬］は、おのれの［身体の］輝かしさを恃みながら
――彼を脚が速やかに運んで行く。[2]

こういう言い方も、ある古来の通常語法によって、行なっている。そしてそれは、不合理なやり方ではないのである。つまり[3]、こういう分詞を動詞句に分解すれば、首尾一貫性が見つかるだろう。「稲妻を走らせつつ（アストラプトーン）」は、「稲妻を走らせたときに（ホテ・エーストラプテ）」に等しいのであり、「恃みながら（ペポイトース）」も、「恃んでいるので（エペイ・ペポイテ）」ということである。

似た例[4]が以下のものである。

二つの岩山は、その一方は広大な天に達する。[5]

また、

　二人は分かれて、一方はアカイア軍のほうへ
　行き、他方はトロイア勢の中へ向かった。(6)

また、その類例である。二つ一組のものについて語ろうとして、両方に共通するものを先に言い、それぞれに主格を保持するのは不合理ではない。(7)また、言辞の新味が、大いに魅力をもたらすことは明らかである。(8)

（1）『イリアス』第二歌三五〇—三五三行。「わたし」はネストル。kataneusai …. Kroniōna は、対格（主語）プラス不定法の構文だが、原文の三行目で主格の分詞構文 astraptōn, phainōn に変わっている（ほんらいは astraptonta 等の対格になるべき）。なお、訳文での順序は原文どおりではない。

（2）『イリアス』第六歌五一〇行以下。主格分詞「（彼は）恃みながら（pepoithōs）」による構文から、対格「彼を」による構文に変わる。

（3）これ以下の部分「つまり……ということである」はトイプナー版で削除されているがその必要はとくになかろう。

（4）「古来の通常語法」という点で同類ということ。

（5）『オデュッセイア』第十二歌七三行。

（6）『イリアス』第七歌三〇六行以下。アイアスとヘクトルのこと。

（7）二つの引用文で、出だしの部分（主格の表現）は、ほんらいは、属格の表現によって「二つの岩山のうちの」、「分かれた二人のうちの」となるべきだという考えに基づく議論。

（8）「（通常の語法とは異なる）新味 kainon」は、トイプナー版による（他の読みでは「共通性 koinon」）。

双数から単独表現へ

五二　また、［二者に］共通の格を先に言っておいてから、一人［だけ］に関する言辞を述べるという場合がある。こういう例である。

　両人が坐っていると、より立派だったのはオデュッセウスだった。(1)

形容詞の級、動詞の法

五三　形容詞の形(2)を替えることも多い。誇張的に、比較級を原級の代わりに置くことがある。たとえばこうである。

　お前が無事に（サオーテロス）帰れるようにするため。(3)

ときには、最上級を、同様に原級の代わりとする。こういう例である。

　ケンタウロスたちのうち、最も正しい（ディカイオタトス）者。(4)

形容詞に関して、このような入れ替えが行なわれる。

動詞に関しては、まず、法の入れ替えが、不定法を命令法の代わりに用いるときなどに、起きる。たとえばこうである。

　今は自信を持って、ディオメデスよ、トロイア軍と戦うこと。(5)

これは「戦え」の代わりである。あるいは、直説法が、希求法の代わりにされる。こういう例である。

［ギリシアの］軍勢を語ることはわたしにはできないだろう、また彼らの名前を言うこともできないだろう。(6)「語れるだろう」と「言えるだろう」の代わりである。(7) また、逆に、希求法が直説法の代わりにされる。たとえばこうである。

(1)『イリアス』第三歌二一一行。主格の双数 amphō d' hezomenō は、通常の語法なら、ほんらいは属格表現「坐っている両人のうちで hezomenōn」であるべきと思われ、ゼノドトスはそう書き換えることを提案した。じっさい、この文と組み合わされている、直前の箇所では、「立っているときは二人のうちで（stantōn men）」メネラオスのほうが背が高かった、と属格表現になっている。本著者は、これも「古来の通常語法」と見なしているようである。

(2) ここでは、原級、比較級、最上級の形ということ。

(3)『イリアス』第一歌三二行。古註（同箇所）でも、この比較級 saōteros は原級（saos, sōs）の代わりと説明されている。「誇張」、強調のための転換と見なしている。なお、他にもたとえば、「女性の」という表現で、原級 thēlys の代わりに比較級 thēlyteros がよく用いられることを、プルタルコスも指摘している（『食卓歓談集』六七七D）。

(4)『イリアス』第十一歌八三二行。ケイロンに関して言う。彼は、ケンタウロス、つまり半人半馬の怪物の一員だが、アキレウスのような英雄たちを養育するなど、人間に親愛的だった。ケンタウロス一族は、ふつう、無法な乱暴者たちとされるので、「正しいケンタウロス一族のなかで最も正しい者」ととれるここの表現はそぐわない。本著者は、dikaiotatos は、原級表現（monos .... dikaios）「ケイロンだけが正しい者」の代わりという、古註にも見られる解釈に従っている。

(5)『イリアス』第五歌一二四行。「戦うこと makhesthai」は不定法。

(6)『イリアス』第二歌四八八行。「語ることは……だろう mȳthēsomai」は、mȳtheomai の直説法（未来形）だが、「言うことも……だろう onomēnō」は、onomainō の接続法（アオリスト）とすべきである。

(7) それぞれ mȳthēsaimēn および onomēnaimi. これらは希求法。

そして今やアレスはそこで滅んだことだろう。[1]

これは、「滅んだ［ろう］」の代わりである。[2]

動詞の時制

五四　時制の交替は、現在時制が未来時制の代わりに置かれるとき起きる。たとえばこうである。

彼女をわたしはけっして解放しないだろう、老年が彼女にやって来るまでは。[3]

これは「来るだろう」の代わりである。[4]　あるいは過去時制の代わりにされるときである。

そこには、年中使われる洗い場があった、そして美しい水が
［泉から］多量に流れ出ている。[5]

これは「流れていた」の代わりである。[6]

また、未来時制が現在時制の代わりにされる。

［エチオピア人の］一方は、太陽が沈むであろうところに、他方は、昇るところに［住む］。[7]

それは「沈む」の代わりである。[8]

あるいはそれ［未来］は、過去時制の代わりになる。

女神が、すべてを真実ありのままに言っていることになるのではないか（エイペーイ）と、わたしは恐れる。[9]

これは、「言った（エイペ）」の代わりである。[10]

動詞の態

五五　また、態(11)もしばしば替えられ、能動態の代わりに受動態あるいは中動態が置かれる。こういう例である。

　そして彼は、鞘から大きな剣を引き抜こうとした（ヘルケト(12)）。

（1）『イリアス』第五歌三八八行。「滅んだことだろう apoloito」は、apollȳmi の希求法。

（2）apōleto. こちらは直説法（アオリスト）。

（3）『イリアス』第一歌二九行。

（4）引用文の「やって来る epeisin」は、epeimi（epienai）の現在形。他方、「来るだろう epeleusetai」は、eperkhomai の未来形。なお、(ep-)ienai の現在形は、標準文法で、もともと未来的意味を持つと説明されるが、ローマ帝国時代には、意味も現在的と理解されるようになっているので、ここのような議論がされる。

（5）『オデュッセイア』第六歌八六行以下。

（6）流れ出ている（hypekprorheei）と「流れていた errhee」。

（7）『オデュッセイア』第一歌二四行。「太陽が沈むであろう dȳsomenū」は、dȳnō（dyō）の未来形。こういう未来形の用法は、古代の学者たちによって、詩的自由に基づくと説明された（たとえばヘロディアノス『ギリシア文法学者たち』三‐一‐四四七（Lenz））。

（8）この文はトイプナー版の補い。「沈む」は、dȳnō（dyō）.

（9）『オデュッセイア』第五歌三〇〇行。女神はカリュプソのこと。

（10）写本では eipēi（エイペーイ）と eipe（エイペ）との両形が伝えられ、今日の刊行本ではふつう後者が採用される。なお、eipēi は、標準文法では、eipon の接続法アオリストだが、接続法はもともと直説法未来と意味的に区別しがたく、語形もホメロスでは未来形と同一になることがある。

（11）diathesis（英語 voice）. 日本語では「態」の他、「相」、「形」の訳語も当てられる。

（12）『イリアス』第一歌一九四行。「引き抜こうとした helketo」のはアキレウス。

これは、「ヘイルケ」の代わりである。(1) また、

大地を見下ろして（カトローメノス）(2)

では、「ホローン」の代わりになっている。(3) 逆に、能動態が受動態の代わりにもなる。

黄金の耳付きの三脚かなえを贈ろう（ドーレーッソー）(4)。

これは「ドーレーソマイ」の代わりである。(5)

数（アリトモス）の入れ替え

五六　詩人が、単数の代わりに複数を置いて、数も替えることも見られる。これは、通常語法でよくあることで、人が、自分のことを語りながら、その話を多くの人間に適用するときに生じる。たとえばこうである。

そういう話題のどこからなりと、ゼウスの娘である女神［ムーサ］よ、われわれにもお話しください。(6)

これは「わたしに」の代わりである。(7)

人称（プロソーポン）の転換

五七　詩人は、人称の転換も行なう。一つの仕方はこのようである。

他の、オリュンポス住まいの神々は、皆、

あなた〔ゼウス〕に服従し、われわれのめいめいが、おとなしくしています。[8]たくさんいる神々のうち──そのなかに、これを話している登場人物〔アレス〕も含まれるが──、いずれの側[9]をも巧みに提示して、「〔神々は〕服従し」および「〔われわれは〕おとなしくしている」の両方〔の人称〕を用いている[10]。

別の仕方は、そのときに話していることを脇に置いて、一つの人称から別の人称へ移る場合である。これは、人称切り替え（アポストロペー）と適切に称される。[11]そして、感情的効果によって聴衆を動かし、引き付ける。たとえばこういうのがある。

（1）heilke. 引用文では helkō の中動態が、本文ではその能動態が掲げられている。
（2）『イリアス』第十三歌四行（kathorōmenos）。ゼウスのこと。
（3）horōn. 引用文での（kat）horōmenos は（kat）horaō の中動態（現在分詞）、本文ではその能動態が掲げられている。
（4）dōrēssō,「英雄律詩断片」XVII（Allen）。
（5）dōrēsomai.
（6）『オデュッセイア』第一歌一〇行。
（7）「われわれに」＝ hēmīn,「わたしに」＝emoi.
（8）『イリアス』第五歌八七七行以下。
（9）神々一般（第三者）およびアレス（当人）。
（10）初めの「服従し peithontai」の三人称から、後の「おとなしくしている dedmēmestha」の一人称へ転換。
（11）apostrophē を「頓呼法」と訳す近代の用語は、客観的叙述から突然二人称による誰かへの呼びかけを導入する技法を指すのに対し、ここでは、「頓呼法」も含め（後出参照）、より広く、諸人称の突然の転換を表わす。なお、直前に挙げられた『イリアス』第五歌八七七行以下の例では、三人称にすでに一人称が含まれていたが、これから引かれる例ではそういう含意的関係はない。

ヘクトルは、大声で叫びながら、［ギリシアの］船々を襲うよう、
そして血まみれの武具はほうっておくよう、命じた。
「もし俺が、船々から離れて他の場所にいる者を目にしたら、
その場で死ぬようにしてやるぞ[1]」。

叙述的方法から、模倣的なそれに移ったのである[2]。また、叙述的方法に留まりながら、しばしば、人称切り替えを用いることがある

あなたの回りで、ペレウスの子［アキレウス］よ、戦に飽き足らないアカイア人たちは［態勢を整えた[3]］。

しかし、模倣的な提示法のなかにおいても、しばしば人称の切り替えと転換を用いる。たとえばこうである。

まったくお前たちの集会は、戦の業など念頭にない
愚かな子供同然のやり方だ。
しかしアトレウスの子［アガメムノン］よ、あなたは、揺るぎない決意を持って、
以前のようにアルゴス軍を、苛烈な戦闘のなかで主導したまえ[4]。

さらに別の種類の人称切り替えは、こういう例である。

テュデウスの子［ディオメデス］が［ギリシアとトロイアとの］どちらの側に交じっているか、あなたには分からなかっただろう[5]。

「誰も分からなかっただろう」の代わりなのである。また、こういうのもある。

混酒器から、快い、素晴らしい［ぶどう酒の］香りが
漂ってくるのだった。そうなると、あなたは、それをこらえようとは思わなかっただろう(6)。

動詞の代用としての分詞

五八　また、分詞を動詞の代わりに用いることがある。たとえば、

それ［ケシ］は庭の中で、
実で重くなって（ブリートメネー(7)）

---

(1)『イリアス』第十五歌三四六―三四九行。
(2) それまでの客観的叙述からドラマの台詞的な表現法「もし俺が……」へ転換。
(3)『イリアス』第二十巻二行。「頓呼法」の例。ギリシア軍が態勢を整えたという三人称的叙述のなかに、アキレウスへの呼びかけが突然挿入される（一行目以下 thōrēssonto/ amphi se …… を参照）。
(4)『イリアス』第二歌三三七―三三八行および三四四―三四五行（話し手はネストル）。引用文全体は「模倣的」台詞で、カギ括弧でくくることもできるが、そのなかにアガメムノンへの呼びかけが入る、ということ。
(5)『イリアス』第五歌八五行。ここの「あなた」は、仮定的人間を表わし、「誰でも」の意。しかし、とりあえず「あなた」への語りかけだが、周りの文章は三人称的叙述になっている。
(6)『オデュッセイア』第九歌二一〇行以下。やはり三人称的叙述のなかに、（一般的な）「あなた」への語りかけが入る。
(7)『イリアス』第八歌三〇六行以下。

では、「重くなっている（ブリーテタイ）」の代わりになっている。[1] また、

そこ［イタケの湾］へ、彼ら［パイエケス］は、そこを知る前に、船を漕ぎいれた[2]

では、「知ることより以前に」の代わりになっている。[3]

結合詞（アルトロン）と関係代名詞

五九　また結合詞[4]も、しばしば入れ替える。後置辞[5]の代わりに前置辞[6]を用いるのである。[7] こういう例である。

それらを（トゥース）、ハルピュイアのポダルゲが、西風のために産んだ。[8]

また、こういう例がある。[9]

また胸甲も［お願いする］。彼［アキレウス］にあったもの（ホ）は、忠実な朋友が失くしてしまったので。[10]

前置詞の変換

六〇　同様に前置詞も変換するのがつねである。

昨日、彼［ゼウス］は、饗宴の場に赴いた（メタ・ダイタ）[11]。

これは、「エピ・ダイタ」の代わりである。[12] また、こうである。

彼［アポロン］は、ひどい疫病を、軍中に（アナ・ストラトン）引き起こした。[13]

これは、「軍の中で（カタ・ストラトン）」の代わりである。[14]

(1)「ブリートメネー brīthomenē」は brīthō の分詞（受動、現在）。「ブリーテタイ brīthetai」は三人称単数。しかし、古註（bT同箇所）は、この引用文において esti「いる」を補い、「動詞の代用としての分詞」という説明法を斥ける学者（ニカノル）に言及している。こちらの解釈のほうが正しいであろう。

(2)『オデュッセイア』第十三歌一一三行（「そうと知る前に」= prin eidotes）。

(3)不定法の代わりの分詞（「知る［訪れてそこの知識を得る］以前に= prin eidenai」）と言う説明だが、じっさいは原文の句は、「彼らはそれ以前からそこを知っていて」を意味すると考えられる（prin は前置詞ではなく副詞）。しかし、著者同様、やはり古註（H）でも動詞代用の分詞という捉え方をし、先に引かれた『イリアス』第八歌三〇七行（brīthomenē）と同じだとしている。

(4)結合詞とした arthron（arthra）は、原義「関節」で、文法用語において、「冠詞（英語 article）」を含むが、ほんらいは「関節」的に結合する語として、より広く用いられる。ここでは、関係代名詞も arthron の一つとして論じられる。英語 article は、ラテン語 artus, articulus（やはり「関節」）に由来する。ただし一二節では arthron は「冠詞」の意味である。

(5)ここでは名詞（先行詞）の後に来る「関係代名詞」のこと。

(6)ここでは名詞の前に来る「定冠詞」のこと。

(7)アッティカ語の文法では定冠詞（もと指示詞）は関係代名詞にはならないが、ホメロスではそういう用法がある。

(8)『イリアス』第十六歌一五〇行（名馬の話）。「前置辞」の冠詞 tūs を、「後置辞」の関係代名詞（hūs）の代わりとする。

(9)トイプナー版に従い「逆に」の句を削除する。両例とも、関係代名詞の代わりの冠詞という趣旨で論じている。

(10)『イリアス』第十八歌四六〇行。冠詞 ho を、関係代名詞 hos の代わりとする。

(11)『イリアス』第一歌四二四行。

(12) meta daita および epi daita. なお meta の代わりに kata とする写本もある。

(13)『イリアス』第一歌一〇行。

(14)最後の文は、トイプナー版の補遺による。「ana（アナ）を kata（カタ」の代わりに用いるのはアッティカ語式」という説明もされる（作者不詳『ホメロス「イリアス」第一巻語彙分析』同箇所）。

前置詞の支配する格について

六一　同様に、前置詞の後に、それに適合しない格の名詞を付けることもある。たとえば、

ひょっとして［トロイア軍が］夜間に（ディア・ニュクタ）戦いを仕掛けようとしているか［知れたものではない］[1]

では、「ディア・ニュクトス」の代わりになっている。[2]

前置詞の省略

六二　詩人はときには、前置詞を取り除くこともある。こういった例である。

彼女［ブリセイス］のことで（テース）怒って、彼［アキレウス］は、寝ころんでいた。[3]

これは、「彼女に関することで（ペリ・ヘース）」の代わりである。[4]　また、

自分に何か言ってくれる（エイポイ）かと待ちながら[5]

では、「話しかけてくれる（プロスエイポイ）」の代わりになっている。[6]　他の前置詞も、同様に、入れ替えたり、取り除いたりしている。

副詞の入れ替え

六三　また、副詞のいくつかも替えることがある。ある場所に向かうという意味のものと、ある場所においてというものと、ある場所からというものとを、区別なしに用いるのである。こういった例である。

彼らは、別の処へ（ヘテローセ）坐っていた。(7)

これは、「別の処において（ヘテローティ）」の代わりである。(8) また、

アイアスが、近くに（エンギュテン）来た(9)

では、「近くへ（エンギュス）」の代わりになっている。(10)

（1）『イリアス』第十歌一〇一行（dia nykta）。

（2）dia nyktos. 通常語法から言うと、この場合、dia プラス属格（nyktos）のほうが、対格（nykta）よりもふさわしいということ。『オデュッセイア』第七歌四〇行における古註（P）では、「詩人（ホメロス）は、通例、dia を対格名詞と結合する」と言われている。

（3）『イリアス』第二歌六九四行（tēs）。

（4）peri hēs.

（5）『オデュッセイア』第二十三歌九一行（eipoi）。ペネロペが、自分オデュッセウスに。

（6）proseipoi（eipoi に前置詞 pros がついた形）。

（7）『イリアス』第二十歌一五一行。「彼ら」は、トロイア方に味方する神々。

（8）heterōse と heterōthi. 前の例の接尾辞 -se は多くは「のほうへ」を表わすが、ここでは、通例は後者の語の -thi が表わす「において」を意味する、と（次註参照）。

（9）『イリアス』第七歌二一九行等。

（10）engythen と engys. 前の引用例では、heterōse は「別の処へ行ってから、そこに坐っていた」という表現を短縮したものと解しうるが、二つ目の engythen ＝「（ほんらいの意義で）近くから」を、engys「近くへ（において）」の意味で使うのは、「通常語法」から見ると奇妙であり、こういう類いの例を「誤用 soloikismos」と評する古代学者もいた（たとえば弁論家ポリュビオス『ソロイキスモスについて』二八九（Nauck)）。

接続詞の入れ替え

六四　詩人においては、接続詞の入れ替えも見られる。こういう例である。

ベッドで交わることはしなかった。というのは（デ）、妻の怒りを避けたのだ。(1)

これは、「なぜなら（ガル）、妻の怒りを避けたからだ」の代わりである。(2)

以上が、語句の上での文彩である。これらは、［後代の］他の者たちも、皆、詩人たちにかぎらず、散文の著作家たちも使っている。

思考法の彩《あや》

思考法の彩

六五　また、思考法もいろいろな彩を与えられている。(3)そのうちの一つが、予告の言（プロアナポーネーシス）である。これは、叙述の途中で、位置的に他の箇所の記述に属することを、先に述べるときに起きる。たとえばこうである。

まことに彼は、矢を最初に味わうことになっていたのだ。(4)

また、締めくくりの言（エピポーネーシス）というのがある。(5)こういう例である。

愚か者は、事が起きてから、悟る。(6)

人物創造（プロソーポポイイアー）

六六　彼［ホメロス］においては、人物創造の彩も多く、また多様である。(7) 多くの、さまざまな人物を導入

(1)『オデュッセイア』第一歌四三三行（de）。ラエルテスが、妻アンティクレイアをはばかって、奴隷女エウリュクレイアに手を出さなかった。

(2)「なぜなら」＝ gar.

(3) 以下で論じられる「思考的彩」は、個別的語句表現による文彩（skhēmata lexeōs, figurae elocutionis）に対して、陳述をより総合的に組み上げるための思考法に関わる仕上げ方ないし修飾法（skhēmata dianoiās, figurae sententiarum）を言う。両者の違いは、修辞学者アレクサンドロスによって、「語句の文彩は、その主要な語句が変動を受けると、その文彩が解消するのに対し……思考の彩は、たとえ単語を変動させ他の単語で表わしても、旨とする事柄は残る」（『文彩について』一〇（Spengel III））と説明される。ただし、学者によって、一つの例をどちらに分類するかで意見が分かれることがあった。なお、認知言語学で言う「概念メタファー」参照。

(4)『オデュッセイア』第二十一歌九八行。第二十二歌で叙述される、求婚者アンティノオスのオデュッセウスによる殺害の先取り的言明。

(5) 陳述の仕上げ的な言。「ホメロスの詩にも、これ（締めくくりの言）が充ちている」と、修辞学者デメトリオスは述べている（『文体論』一〇七）。

(6)『イリアス』第十七歌三二行。

(7)「人物創造 prosōpopoiiā」は、「性格創造 ēthopoiiā」との違いがあいまいだが、修辞学者ニコラオスは、「性格創造は、一定の人物に関して行なうものだが、人物創造では、人物をも創作し、それに発言させる」とし、人物創造は、とくに詩人に許されていて、無生物をも（作中）人物にして言葉を付与する、と説明している（『予備演習』六五（Felten））。英和などの辞書で、prosopopoeia を「活喩法」と訳すのは、最後の、無生物（や死者ら）に発言させる、という点のみに関連する。しかし、本著者は、性格創造と人物創造とをはっきり区別していないかもしれない。

して会話させ、それらに、あらゆる種類の性格も与える。ときには、そこにいない人物も創作する。(1)たとえばこう述べるときである。

きっと、馬を駆る老人ペレウスも、大いに嘆くことだろう。(2)

鮮明な描写(ディアテュポーシス)

六七　鮮明な描写という彩もある。過去の、現在の、あるいは将来の事柄を入念に叙述しながら、語られる対象をより生き生きとさせる方法である。こういう例である。

〔ある者は〕男どもを殺し、炎が市を焼き尽くし、
他の者は、子どもや深い帯の女たちを引き立てて行く。(3)

あるいは、それは、憐みをもよおさせるために用いられる。

〔憐れんでくれ、〕不運なわたしを。老いの敷居にいるそのわたしを、父神ゼウスが、
つらい禍いのなかで滅ぼすことだろう、多くの不幸を
――恐ろしい戦闘で、息子たちは殺され、娘たちは引いて行かれ、
部屋という部屋は荒らされ、幼い子供らは
地に叩きつけられるというさまを――わたしが目撃してから。(4)

皮肉

六八　彼［ホメロス］にはまた、皮肉［の技法］も見出される。逆のことを通じて逆のものを表わす言辞であり、ある種の人格的偽装を伴っている。(5) たとえば、アキレウスのこういう言葉である。

他のアカイア人を［婿に］選ぶがよい、
彼［アガメムノン］によりふさわしい男で、より王者らしい者を。(6)

アキレウスは、彼［アガメムノン］が、より王者らしい者を見つけることはないだろうということを匂わせているのである。また、こういう例である。

(1)「いない」は、トロイア戦場にいない、の意。以下の引用句の話し手は、トロイア戦士ネストルで、ギリシア本土にいる人物ペレウスを話題に持ち出す。修辞学者アプシネスは、「裁判所にいない（旅行中などの）人物を……（法廷に）導入するのが、人物創造（の技法）である」と述べている（『修辞学』一―二（Spengel/ Hammer)）。

(2)『イリアス』第七歌一二五行。

(3)『イリアス』第九歌五九三行以下。

(4)『イリアス』第二十二歌六〇―六四行。プリアモスのヘクトルへの訴えかけ。六一行目は、ホメロスの写本では「つらい運命のなかで」。「老いの敷居」にいるという句は、老い始めた、の意ではなく（すでにプリアモスはかなりの老齢）、「老いという生と死との境目」にいる、という意義かと解されている。

(5) 皮肉は、文的・大意的レベルで用いれば「彩」だが、単語レベルに関わる場合は、転化法と見なされる（クインティリアヌス『弁論家の教育』第九巻第二章四四以下参照）。

(6)『イリアス』第九歌三九一行以下。

だが、オデュッセウスよ、彼［アガメムノン］は、お前や、他の王たちといっしょに、
［ギリシア軍の］船隊から敵の火を防ぐ方法を考えるがよい。(1)

この転化法は、誰かが自分を貶めて語りながら、じっさいは逆の考えを示そうとするときに用いられるものである。別の方法は、他の者を誉めると見せかけて、じっさいはけなそうとするときのものである。これも、ホメロスにおいて、テレマコスによる言葉として見出される。

アンティノオスよ、あなたは、父親が子に対してそうするように、よく心遣いしてくれる。(2)

敵対する者に向かって、父が子にするようにあなたは配慮してくれる、と言っているからである。さらに、誰かがふざけて、近くの者を誉め上げるときである。求婚者たちがこう言うような例である。

きっとテレマコスはわれわれの殺害を考えているぞ、
砂多きピュロスから援助者を連れてこようとしているか、
それともスパルタからそうしようとしてるかだな。あんな勢いで行くのだから。(3)

皮肉な嘲笑（サルカスモス）

六九　皮肉の一種として、皮肉な嘲笑というのもある。人が、逆の表現を通じて、誰かを、偽りの微笑みとともに、なじるときである。たとえばアキレウスがこう言う。

彼ら［他の将軍たち］には、それ［褒賞］はそのまま保たれているのに、アカイア人のうちわたしだけからは、彼［アガメムノン］は、それを奪った、そして心にかなう妻を［自分のもとに］留め置いている。彼女と添い寝し

て、
愉しむがよい(4)。

寓意（アッレーゴリアー）

七〇　これらに、寓意も近い(5)。別のことを、別の表現で提示するのである。こういった例である。

今はお前は、メランティオスよ、しっかりと、夜の番をすることになるだろう、
やわらかいベッドに横たわりながら――お前にお似合いのようにな(6)。

彼［メランティオス］は、縛られて吊るされているのに、やわらかい臥所で眠ることになろう、と言っている

(1)『イリアス』第九歌三四六行以下。
(2)『オデュッセイア』第十七歌三九七行。
(3)『オデュッセイア』第二歌三二五―三二七行。
(4)『イリアス』第九歌三三五―三三七行。アキレウスの戦線離脱のせいでギリシア軍が苦境に陥っている今は、ブリセイス（アキレウスから奪った捕虜女）を「愉しむ」ゆとりをもう持たないアガメムノンに、皮肉なあざけりを浴びせている。
(5) 寓意（allēgoriā）の語は、「他のことを（alla）述べる（agoreuein）」という原義を持つ。詩の、表層的表現とは異なる隠された内容を読み取る「寓意」的解釈法に関しても使われるが（ヘラクレイトス『ホメロスの寓意』参照）、ここでは修辞学的に、皮肉の技法などの同類として扱っている。たとえば、寓意を、暗示（ainigma）、ことわざ（paroimiā）、そして皮肉（eirōneiā）に区分する議論があった（ピロデモス『修辞論』一-一八一（Sudhaus））。
(6)『オデュッセイア』第二十二歌一九五行以下。メランティオスは、求婚者たちに仕える山羊飼い。ここの話し手エウマイオス（オデュッセウスの味方）に縛り上げられた。

のである。(1)

誇張（ヒュペルボレー）

七一　また、しばしば誇張を用いる。これは、真実を超越することで、大いに強調することになる。

〔馬たちは〕雪よりも白く、走れば風と同じ〔速さ〕だ。(2)

ホメロスは、以上のような転化法と彩とを用いることで、後代の者たちにもそれらを教示し、そのことで、正当にも、卓越した名声を得ているのである。

諸文体について

文体（カラクテール）・文様式（プラスマ）のあれこれ

七二　また、言辞にはいろいろな文体――いわゆる文様式(3)――がある。そのうちの一つは力強い文様式、別の一つは素朴な文様式、そしてもう一つは中間的文様式である。(4)これらすべてがホメロスにあるかどうか、考察してみよう。彼より後の者たちは、詩人であろうと、散文作家であろうと、おのおのが、これらのうちの一つに専心する。そして模範例も示されており、トゥキュディデスの文は力強い種類のものを、リュシアスのは素朴なものを、デモステネスのは中間的なものを、呈している。

さて、力強い文様式は、表現の形成法によって、また、観念に関わるそれによって、対象を大いに強調して提示するものである。こういう例である。

　［ポセイドンは］こう言って、雲を集め、
　両手に三叉ほこを取って、海をかき乱した。
　あらゆる風のはやてをあおり立て、雲で、
　大地も海も覆った。天から、夜が襲いかかった。(5)

また、素朴な文様式は、対象の題材においても卑近で、表現法も練磨されている。こういった例である。

　このように輝かしいヘクトルは言って、わが子に手を伸ばした。
　だが子は泣いて、帯うるわしい乳母のふところの方へ
　身をのけぞらせた。愛する父の外見に怯えたのだ

(1) 文法学者トリュポンは、この箇所を、皮肉な嘲笑（sarkasmos）の例としてあげる（Ⅱ一六―二四三（West））。直前の文で、エウマイオスは、「あざけって epikertomeōn」言った、とある（『オデュッセイア』第二十二歌一九四行）。
(2) 『イリアス』第十巻四三七行。
(3) 「文体 kharaktēr」という用語は、より古くから使われている（アリストパネス『平和』二二〇行参照、また文体論に関する古い著作として、ヘラクレイデス・ポンティコスや、アンティステネスのものがあった）。同義の「文様式 plasma」のほうは、クラテスの弟子タウリスコスが導入した用語と考えられる（Hillgruber）。
(4) 諸文体の分類について、デメトリオス『文体論』第三十六章参照（「四つの文体」）。
(5) 『オデュッセイア』第五歌二九一―二九四行。

――青銅の武具と、馬毛を垂らしたかぶとの前立てに肝をつぶしたのだった。(1)

また中間的様式は、素朴なものと力強いものとの両方の間に位置する。たとえばこうである。

だが、策に富むオデュッセウスは、襤褸を脱ぎ捨て、
高い敷居の上に跳び上がった。弓と、矢でいっぱいのえびらを手にしていた。
そしてその速い矢玉を、その場に、自分の足の前に
注ぎ出すと、求婚者たちに向かいこう言った。(2)

華やかな種類の文特性

七三　また、詩人［ホメロス］には、花のように人を愉しませ喜ばせる美しさと優美さとを有する華やかな種類の言辞(3)が大いにあることを、述べる必要はあるまい。彼の詩は、そういう工夫に充ちているのである。詩句の形式は、ホメロスにおいて、以上で論じたような多様性を有している。少しだけ例を掲げたが、それらから、他の例も察することができるだろう。

（1）『イリアス』第六歌四六六—四六九行。
（2）『オデュッセイア』第二十二歌一—四行。
（3）「華やかな種類のもの（anthēron）は、独自の文様式ではないが、すでに述べたものの数々（「力強い文様式」等の三様式）といっしょに表わされ、それらに混じっている」（プロクロス『クレストマティア』八（Severyns））と言われるように、本書でも、独立した文様式（文体）としてというより、それらのどれにも現われうる特徴として論じている（ホメロスにはすべての文体が含まれるという立場なので）。しかし、キケロ『弁論家』第九十六章では、（弁論においては）この種類の文特性は、崇高文体や荘重体からは排斥され、中間文体のなかに納まった、と言われている。とくに、イソクラテスの文体にこの特徴が認められるとされた。

第二部　事物に関する広い知識

言説の各種

言説（ロゴス）の三種類

七四　人の間で行なわれる、工夫を凝らした言説は、全部で、次の三種類になる、すなわち歴史的〔叙述的〕なもの、理論的〔哲学的〕なもの、政治的〔現実的〕なものである。[1] そこで、これらの起源も、彼〔ホメロス〕のもとにないかどうか、調べてみよう。

歴史的（叙述的）言説

歴史的（叙述的）言説

歴史的な言説は、すでに起きた事柄の叙述を行なう。また、すべての叙述において、その素材となるのは、人物、場所、時間、原因、道具、行為、受動事象、[2]様態である。叙述に含まれる素材は、これ以外にはない。詩人には、多くの事柄が、起きたこととして、あるいは現在あることとして、叙述されていて、ときには、一つの素材に複数の叙述が加えられているのも見出される。

素材の叙述――人物

七五　人物の叙述には、こういう例がある。

トロイア方に、ダレスという、裕福な名士がいた。
ヘパイストスの神官をしていたが、その彼に二人の息子がいた。

(1) 順番に、(logos) historikos（物事の経緯や背景を物語る種類のもの）、theōrētikos（理論的・哲学的なもの）、politikos（政治的または現実的目的のために人を説得するもの）。キケロ『弁論家』第百八十章で、「弁論の種類」を、genus narrandi（物語る種類のもの）、genus docendi（教える種類のもの）、genus persuadendi（説得する種類のもの）に区別しているのを参照。そこでは弁論の種類を言っているが、本箇所ではむしろ内容に着目した言説一般の分類。「批評技術（クリティケー・テクネー）」を、「論理学（ロギコン）」、「実践学（トリビコン）」、「歴史学（ヒストリコン）」の三分野に分ける理論（セクストス・エンペイリコス『学者たちへの論駁』第一巻二四八以下）も参考に引かれるが、完全には対応しない。なお、「理論的なもの」の語句は写本にないが、校訂者たちによって補われている。

(2) pathos. 人が外的影響によって蒙ること、すなわち心的な情動や、肉体的な傷害などを表わす。

ペゲウスとイダイオスという、戦の業を心得た男たちであった。(1)

また、姿形を描写する場合もある。テルシテスに関する以下のような例である。

彼は、えび足で、一方の脚が不具であり、両肩は
曲がって、胸のほうへ合わさっていた。また、上の部分では、
頭は尖り、まばらな毛が乗っかっていた。(2)

他にもたくさん例があり、人物の生まれや、姿形や、性格や、行為や、運を頻繁に叙述する。たとえば、

最初にダルダノスを、雲を集めるゼウスがもうけた

という詩句と、それに続く箇所である。(3)

素材の叙述——場所

七六　場所の叙述としては、たとえば、キュクロプス一族の島に隣接する島に関して行なっているものがある。そのなかで、場所の形状や、大きさや、状態や、その中の様子、周囲のものについて描写している。また、カリュプソの洞窟の周りの様子について、

また洞窟のぐるりに、ハンノキや、黒ポプラや、香りのよい杉の木の
繁った森が、生えていた(4)

などと叙述する。他にも、そういう例がいっぱいある。

素材の叙述――時間

七七　時間の叙述としては、こういう例がある。

偉大なるゼウスの年は九回過ぎた。(5)

また、こういうのもある。

昨日かおとついのことだ、アカイア人の船々が、プリアモスとトロイア人に禍いをもたらそうとして、アウリスに集まったのは。(6)

(1)『イリアス』第五歌九―一一行。

(2)『イリアス』第二歌二一七―二一九行。

(3) 引用文は、『イリアス』第二十巻二一五行（「最初」は、トロイア王家初代、の意）。この後に、ダルダノス以降の詳しい系図や、王家の者たちに起きた事件が、アイネイアスの口から語られる。ダルダノスは、ゼウスとエレクトラとの子で、アルカディアからサモトラケに移住し、そこからさらに小アジアへ来て、イダ山のふもとにダルダニア市を建設。その孫のトロスが、トロイア人の祖。その曾孫イロス（プリアモスの祖父、アイネイアスの曽祖父）が、より海岸沿いにイリオス（トロイア）市を建てた。

(4)『オデュッセイア』第五歌六二行以下。

(5)『イリアス』第二歌一三四行。「ゼウスの」というのは、年月の流れが神に管理されている、ということ。

(6)『イリアス』第二歌三〇三行以下。ギリシア、アウリス港に船隊が集結したのは、ついこの間のことだ、と思えるほどに、皆そのときのことをよく覚えているはず、の意。

素材の叙述――原因

七八　原因の叙述も行ない、そのなかで、ある事柄が、何によって生じるか、生じたかを示す。たとえば、『イリアス』の冒頭でこう語られることである。

どの神が、両人［アガメムノンとアキレウス］を敵対させ、互いに争わせたのか?
それは、レトとゼウスの子［アポロン］。神は、王［アガメムノン］に怒り、
ひどい悪疫を軍中に引き起こしたのだ。そして兵士たちは死んで行った。
それというのも、神官クリュセスを、アトレウスの子［アガメムノン］が
侮辱したからである。(1)

また、それに続く箇所である。これらの詩句では、アキレウスとアガメムノンの間の不和の原因および悪疫の原因がアポロンの怒りであること、また、この怒りの原因が、神に仕える聖職者への辱めであることを述べているのである。

素材の叙述――道具

七九　道具の叙述とは、たとえば、ヘパイストスがアキレウスのために造った盾に関して述べる箇所である。また他に、ヘクトルの槍に関する簡略なものがある。

そこ［パリスの家］へ、ゼウスに親しいヘクトルは入っていった。手には、
一一ペーキュスの槍を持っていたが、その先端では青銅の切っ先が

きらめき、回りに黄金の輪が巡らされていた。(2)

素材の叙述――行為

八〇　行為の叙述としては、他にもあろうが、次のような例もある。

彼ら［ギリシア・トロイア両軍］は、一つの場所に来てぶつかると、
盾を、槍を、青銅の胸甲の男たちの
力を、打ち合わせた。突起のある盾同士が
突き合わされ、大きなどよめきが起こった。(3)

素材の叙述――受動事象（パトス）

八一　受動事象に関する叙述では、［人に］生じることを、原因から、あるいは目に見える事柄により明らかにする。たとえば、怒りや、恐怖や、苦悩に捉われている者に関して、あるいは、傷つけられたり、殺されかけたりしている者に関して、あるいは、他の類似のことを蒙っている者たちに関して記述する場合である。原因からの叙述には、こういった例がある。

(1)『イリアス』第一歌八―一二行。
(2)『イリアス』第六歌三一八―三二〇行。
(3)『イリアス』第四歌四四六―四四九行＝第八歌六〇から六三行。

［アガメムノンは］むっとして［立った］。彼の心全体が、怒りによってどす黒く充たされていた。その両眼は、輝く火のようだった。(1)

目に見える事柄による叙述というのは、こういう例である。

彼［エウポルボス］の、カリテス（優美女神）のに似た髪の毛や、黄金と銀［の糸］で締められたその房は、血まみれになった。(2)

素材の叙述――様態（トロポス）

八二　様態とは、行為や受動事象やありさまに関わる創作的な意味での様態である。(3) それによって、あるものが、これこれの仕方で行動を現わしたり受動したりすることや、これこれの状態にあることが、またそういうもろもろの叙述に付随する事柄が示される。例としては、以下のような箇所が挙げられるだろう。

彼［アンティノオス］の喉を目がけて、オデュッセウスは矢を放った。すると彼は一方に倒れ、手から盃が、(4)矢を当てられたときに、落下した。たちまちその鼻孔から、人間の血の柱がどっと噴き出した。(5)

また、それに続く部分である。

広がりのある叙述と緊張したそれ

八三　また彼〔ホメロス〕の叙述は、大部分は、主題に合った広がりのある言い回しと詳細さを有しているが、ときにはそれは、緊張したものになる。以下のような例である。

パトロクロスは横たわっている。そしてその剥き出しの死体の回りで、
彼らは戦っているが、武器のほうは、かぶとをきらめかせたヘクトルが持っているのだ。(6)

この種類の叙述法は、しばしば有益である。語りの速さが、語る者をも聴く者をもより緊張させ、目標とすること(7)を容易に得るからである。

---

(1)『イリアス』第一歌一〇三行以下。『オデュッセイア』第四歌六六一行以下で、アンティノオスに関して同じ詩句が用いられる。

(2)『イリアス』第十七歌五一行以下。

(3) tropos の語が用いられるが、修辞用語の「転化」ではない。ホメロスの詩において、ある事件や行動などが、どのような仕方で起き、行なわれるかという点に関して、しばしば詳細な叙述がなされることに関連する。

(4) 前の行に続く「柔らかい首を、切っ先は突き抜けた」(『オデュッセイア』第二十二歌一六行)が、本引用では落ちて(略されて)いる。

(5)『オデュッセイア』第二十二歌一五行、および一七―一九行。

(6)『イリアス』第十八歌二〇行以下。アンティロコスがアキレウスに、パトロクロスの戦死を告げているところ。彼ら＝ギリシア・トロイア両軍。「武器」はパトロクロスのそれで、ヘクトルが彼の死体から奪って、わが身に付けている。

(7) 詩作(朗唱)の成功。

比喩表現の種類あれこれ

八四　また彼は、あるときは単純に叙述するが、あるときはイメージ的譬えや、比較や、対応的比喩を用いてそうする。(1) イメージ的譬えは、こう述べるような場合である。

するると、思慮あるペネロペイアは、奥部屋から出てきた、アルテミスか、黄金のアプロディテさながらの姿だった。(2)

比較とは、このような例である。

彼自身は、雄羊のように、兵士の列を見て回っている。(3)

また、対応的比喩は、類似の事柄同士を並置するときに生じ、しかも旨とする叙述に対応する分節を有している種類のものである。(4) そして彼［ホメロス］には、多様な種類の比喩(5)が見出される。頻繁に、また種々の仕方で、人間の行動や様子を、他の動物の活動や性質と比べるのである。

昆虫との比較

八五　あるときは、最小の動物たちを引き合いに出すが、それは、体の大きさに基づくのではなく、それぞれの動物の性質に注目して比較するのである。それで、人間の向こう見ずなことを、蝿に譬える。

そして彼女［アテナ］は、蝿の大胆さを、彼［メネラオス］の胸中に入れた。(6)

また、兵の密集した様子を同じ動物になぞらえる。

　あたかも、群れなす蝿たちの数多くの集団が……。(7)

さらに、集結して人数は多いが、秩序を保っている状態を、蜜蜂たちに譬える。

　あたかも、群れなす蜜蜂の集団が出て来るように……。(8)

同様に、怒りを含んだ追撃を表わしてこう言う。

　道端の
　スズメバチのように……。(9)

---

(1)「イメージ的譬え eikōn」は、何か具象物になぞらえる比喩表現法、「比較 homoiōsis」は、同様の表現法だが、より簡略なものを意味するらしい。「対応的比喩 parabolē」は、「対応分節」(後出)を基にするより詳しい比喩。ただ、比喩に関する用語法は、修辞学者によっていろいろ異同がある。

(2)『オデュッセイア』第十七歌三六行以下=同第十九歌五三行以下。

(3)『イリアス』第三歌一九六行。

(4)「対応分節 apodosis」とは、それぞれ数文節を持つ比喩部分と本文部分とが対応し合っているもの。「父が(a1)、放蕩息子に関して(a2)、用いた(a3)、言葉のような(a4)、そのような言葉を(b4)、神も(b1)、人間たちに(b2)、適用する(b3)」(Lausberg §846)といった例。

(5)原語は parabolē だが、これ以降は著者は、上記の、比較の下位分類に関わる修辞用語的区別にはこだわらずに論説する(Hillgruber)。ここの「種類」は、そういう修辞形式的なものではなく、内容的なもの。

(6)『イリアス』第十七歌五七〇行。

(7)『イリアス』第二歌四六九行。

(8)『イリアス』第二歌四六九行。

(9)『イリアス』第十六歌二五九行以下。「(パトロクロス率いる手勢は陣から)出てきた」の語が略されている。

さらに付け加えて、
それ［スズメバチ］を子どもたちが、いつものことで、怒らせる。(1)

生来怒りやすいこの蜂たちの性質を、子どもたちが刺激する、ということを通じて、いっそう強烈にさせるのである。

また、途切れなく続く声についてこう言う。

［弁の］巧みな者たちで、［その話し方は］蟬のようであり……。(2)

この動物は最高におしゃべりで、それを止めることがないのである。

鳥その他との比較

八六 また、(3)無秩序に進む者たちの声が雑然と混じり合っているのを、このような譬えで言う。

あたかも、鶴たちの鳴き声が空の下で湧き起こるように……。(4)

他方、整然と行く兵隊を、［浜に］飛び降りる鳥たちになぞらえる。

鳴き声とともに、前方へ飛んで降り立つ［鳥たちの］……。(5)

また、視覚の鋭さや行動の敏捷さを、あるときは鷹に譬える。

［アポロンは飛んだ、］鳥の中でいちばん敏速な、速い鳩殺しのように。(6)

またあるときは、鷲になぞらえる。

高空にいても、足の速いウサギがその目を逃れることはできない［という鷲のように］(7)。

鋭い視覚を、離れているものも見つけるということによって表わし、速さのほうは、いちばん足の速い動物を捕えるということで示すのである。また、敵を見て驚愕するのを、蛇を見ることになぞらえる。爬虫類からも例を引くことを躊躇わないのである。

ちょうど人が、蛇を見て、あとに飛びのくように……(8)。

他の動物では、臆病さに関しては、野うさぎを、また同様に鹿を、引き合いに出す。

お前たちは、どうしてそのように茫然として、小鹿のように突っ立っているのか(9)。

また、犬については、あるときは勇猛さの譬えにする。

ちょうど、狩に慣れた、牙の鋭い二匹の犬が……(10)。

---

(1)『イリアス』第十六歌二六〇行。

(2)『イリアス』第三歌一五一行。

(3) ここでは、中くらいの動物に関して説く。

(4)『イリアス』第三歌三行。トロイア軍の騒々しい行軍に関して。

(5)『イリアス』第二歌四六三行。ギリシア軍の、スカマンドロス平原への進軍について。

(6)『イリアス』第十五歌二三八行。「鳩殺し」は、鷹の一種の名称。

(7)『イリアス』第十七歌六七六行。メネラオスに関して。

(8)『イリアス』第三歌三三行。パリスが、メネラオスを見て、自軍の中に隠れるさまを言う。

(9)『イリアス』第四歌二四三行。

(10)『オデュッセイア』第十歌三六〇行。オデュッセウスとディオメデスに関して。

しかしまた、子への愛情を言うときにも用いる。

まるで、ひ弱な子犬たちをかばう雌犬のように……。(1)

また、熱心な見張りに関しても引き合いに出す。

ちょうど犬たちが、中庭で羊の群れを、苦労して番するように……。(2)

狼その他との比較

八七　また、猛烈に、ひたすら行なう襲撃を、狼のそれに譬える。(3)

ちょうど狼たちが、子羊や子山羊に襲いかかるように……。(4)

さらに、力強さや、たじろがない勇気を、猪や、豹や、ライオンを通じて表わすが、それぞれの性質にふさわしい特徴を割り当てる。猪については、戦闘において猛進的なところを、敵しがたい性質として示す。

猪のように力のあるイドメネウスは、先頭の列にいた。(5)

また、豹については、押し止めがたい大胆さのことをこう述べる。

だが、槍に貫かれても［攻撃を］止めない［豹のように］……。(6)

そしてライオンの、時間はかかるが最後に表わされる雄々しさについて言う。

尻尾で、［自分の］両側の脇腹や腰を

鞭打つ。(7)

さらに、立派な戦士の疾走を、食い足りた馬のそれに譬える。

ちょうど、厩にいた馬が、飼い葉桶で腹を充たしてから〔野を走るように〕……。[8]

それとは逆に、歩みは遅いが、打ち負かしがたい不屈さを、このように表わす。

ちょうどロバが、麦畑の脇を行くときに、子どもたちを無理やり引っ張ってゆく〔そしてその中に入り、穂をかじる〕ときのように……。[9]

また、王者らしい、傑出した姿を、こういう言葉で描出する。

あたかも雄牛が、群れの中で、どの牛よりも抜きんでているように……。[10]

---

(1)『オデュッセイア』第二十歌一四行。ここはむしろ、(オデュッセウスが)そういう犬のように猛々しい気持ちで(不忠な召使い女たちに怒った)、という意味合いの比喩。

(2)『イリアス』第十歌一八三行。ギリシア軍の見張り兵に関して。

(3)以下、本章では、猛獣や、大型の動物の比喩を挙げる。

(4)『イリアス』第十六歌三五二行。

(5)『イリアス』第四歌二五三行。

(6)『イリアス』第二十一歌五七七行。

(7)『イリアス』第二十歌一七〇行以下。アキレウスに関する比喩。自分自身をあおって、の意。

(8)『イリアス』第六歌五〇六行(パリスに関して)、および『イリアス』第十五歌二六三行(ヘクトルに関して)。

(9)『イリアス』第十一歌五五八行。

(10)『イリアス』第二歌四八〇行。アガメムノンに関して。

海の動物

八八　海の動物との比較も、なおざりにしてはいない。タコの、岩から容易に退かず、固くしがみついている性質を、こう述べる。

ちょうど、住処から引き出されたタコの……(1)。

またイルカが、他の生き物を率い、支配する様子をこう言う。

あたかも、大きな腹のイルカの前を他の魚たちが……(2)。

ある行為を別の行動に譬える

八九　しばしば、人のすることを、他の似た行動になぞらえる。こういう例である。

彼ら［ギリシア・トロイア両軍］は、ちょうど［麦穂の］刈り手が、向き合った方向から［刈り進むように］……(3)。

人々が、相対しながら、忍耐強くことを行なうさまを示している。

また、不様《ぶざま》に涙を流す者を、生き生きとした比喩で非難する。

なぜお前は泣いているのか、パトロクロスよ、まるで頑是ない少女のように(4)?

自然の諸要素との比較

九〇　彼［ホメロス］はまた、大胆にも、自然の諸要素に人間の行動をなぞらえる。以下のような例である。

彼［アガメムノン］はこう言った。するとアルゴス人らは、大きく叫んだ。それは、ちょうど、南風が吹いて
駆り立てられた波濤が、高い海岸の上の
突き出た岩にぶち当たるときのようだった。四方から生じるあらゆる風によって
あおられる波濤は、そこを去ることがない(5)。

この箇所において、詩人が誇張と拡充を用いていることは、一目瞭然である。叫び声を波の音になぞらえるだけで事足りるとはしない。いや、高い海岸に押し寄せる波濤が、宙に舞って、より大きな音を出す様子にも譬えるのである。そして単に波というだけではなく、湿気を最ももたらす南風に駆り立てられる波、とする。そして、海に張り出し、潮《しお》に周囲を洗われて、波浪がけっして去ることのない突き出た岩に、種々の風

（1）『オデュッセイア』第五歌四三二行。「吸盤に石ころがくっついているように」と続く（漂流中のオデュッセウスに関して）。

（2）『イリアス』第二十一歌二二行。「逃げ回るように」という趣旨の句が続く（アキレウスに追われるトロイア兵たちのこと）。「大きな腹の megakētēs」は、「貪婪な食欲の」という意味。「大きな怪物である」の意義とも解される。

（3）『イリアス』第十一歌六七行。刈り手のグループが、二手に分かれて、両側の別々の端から刈ってゆく様子を引いている。

（4）『イリアス』第十六歌七行以下。

（5）『イリアス』第二歌三九四―三九七行。大きな風の動きは「南風」だが、海岸突出部には「あらゆる風」が四方から吹き付ける。

の吹き下りるのに応じて、波は押し寄せる。

このような形で詩人は、叙述の仕上げを行なっている。これらの僅かな例を基に、他のたくさんの箇所でも、そういう点を確かめることができる。(1)

他の言説に関する議論への移行

九一　では、言説の残りの種類(2)について、それらもホメロスにおいて初めて見出されるのではないか、その考案を行ない明確に作り上げたのも彼なのではないかどうか、調べてみよう。上記と同様に、僅かな例証が、他の例も理解させるであろう。

理論的（哲学的）な言説

理論的な言説の区分

九二　理論的な言説は、いわゆる理論の数々を含むものである。それは、真実の認識を、方法的に行なう。それによって、存在する物事の、神的な、また人間的な事柄の、本質を知ることができる。(3)また、人格に関わる徳と悪徳とを見分け(4)、真実を理性的方法で追究したいという人の場合は、それを学びとることができる。(5)これらを、哲学を行なう人々は、対象にした。その部門は、自然学に、倫理学に、論証法である。(6)これらすべてにおいて、ホメロスが起源と萌芽を与えている(7)ことがもし認められたら、彼を誰にもまして讃嘆するこ

とが当然ということになるのではないか。(8)

また、かりに彼が、暗示と神話的な物語を通じて思想を表わしているとしても、奇妙なことと考えるべきではない。(9) 彼がそうする理由は、詩の本質と、古代人の慣わしとにある。すなわち、学問を好む者が、文芸的な喜びとともに心的誘導を得て、それだけ容易に真実を探求し発見することができるようにするためであり、他方で無学な者が、自分たちに理解できないことを軽侮してしまうことがないようにするためであった。というのも、隠れた意味を通じて表わされることは人を引きつけるが、あからさまに語られることは安っぽいのである。

(1)「歴史的言説」の論がここで終わる。
(2)「理論的」なものと「政治的」なもの（七四節参照）。
(3) 自然学（今日の自然科学の他、神学なども含む）のこと。
(4) 倫理学のこと。
(5) 論理学のこと。次出の用語 dialektikon「論証法」（「問答法」）は、ヘラクレイトス『ホメロスの寓意』三三での logikon「論理学」に相当する。ディオゲネス・ラエルティオス『哲学者列伝』第一巻一七（physikoi, ēthikoi, dialektikoi）、第七巻四一（logikon = rhētorikē, dialektikē）参照。
(6) 哲学の三分（野）については、セクストス・エンペイリコス『論理学者たちへの論駁』第七巻一六（プラトンに遡る、と）その他参照。
(7) ホメロスにすべて見出されるという含意だが、論理学関連の説明は以下では現われない。
(8) ホメロスは最初で最大の哲学者とするテュロス人マクシモス（二世紀の弁論家）参照（『弁論』二六-八）。
(9) ここは、ホメロスの寓意（アレゴリー）的な読み方に関連する。

始原、四元素について

九三　では、宇宙の始原と源のことから論を始めよう。それを、ミレトス人タレスは、水という原質(1)に帰したが(2)、最初にホメロスがそういう考え方をしていないかどうか、考察してみよう。彼はこう言う。

また、すべてのものの源たるオケアノス(3)。

タレスの後に、コロポン人クセノパネスが、第一の始原を水および土(4)と見なしたが(5)、その発想は、ホメロスのこの箇所から得ているように思える。

だがお前たちは、皆、水と土になるがよい(6)。

宇宙の源たる元素への分解を言っているのである。

最も真実に合致する思想は、四つの元素を立てている。火、空気、水、土である(7)。これらをホメロスが知っていたことは明らかである。多くの箇所で、それらの一つひとつに言及しているのである。

諸元素の位置関係

九四　また、それら［元素］の位置がどのようであるか、という点も彼［ホメロス］は学び知っている。大地が、すべて［の元素］のなかでいちばん下にあるという点を考察してみよう。宇宙は球状なので、全体を包含するもの、つまり天が、上方の場所を占めていると述べることは理にかなっているであろう。他方、大地は、あらゆる方向から全体の中心になるので(8)、それを包含するものの下側に位置するのである。この点を詩人は、とくに次の箇所で明らかにしている。そのなかでゼウスは、自分がオリュンポスから綱を垂らしたら、地をも海をも引き上げて、全部を宙吊りにすることになるだろうと言う。

だが、わたしが本気で引き上げてやろうという気になったら、
大地ごと、また海ごと［全部を］引き上げることになるだろう。
それから、オリュンポスの峰のぐるりにわたしが綱を
巻くと、すべてが宙吊りになるだろう。[9]

（1）ūsiā. 以下で、stoikheion「元素」との概念的区別は明瞭ではない。
（2）タレス「断片」A一二（Diels-Kranz）参照。
（3）『イリアス』第十四歌二四六行。
（4）以下では、gēを、「土」（より元素的な観点から）、あるいは「大地」、「地」（位置的、場所的な観点から）と適宜訳し分ける。
（5）クセノパネス「断片」三三（Diels-Kranz）参照。
（6）『イリアス』第七歌九九行（メネラオスが、ギリシア人たちの臆病さをなじっていう言葉）。
（7）ただし、第五の元素アイテル（オリュンポス）のことが、下記九六や九八節で含意ないし言及される。四元素を立てるのは、エンペドクレス（「断片」六）以来の論。なお、他の三元素はともかく、「空気」は、靄《もや》状などでなければ目には見えないが、それも物質として存在するという思想は、エンペドクレス（「断片」一〇〇）などによって示されている。
（8）天動説の考えから、地を、全体が球状の宇宙の中心に置く。
（9）『イリアス』第八歌二三―二六行。ゼウスが、他の神々に対して、自己の力を誇示する箇所。天から吊るした黄金のロープに彼ら全員が下で取り付き、上方のゼウスと一種の綱引きをしたとしても、こういう状態になるだけだろう、と。

アイテル、オリュンポス

九五　また、大地の上に空気があるが、アイテルはさらに高所にあることを、詩人はこのように言っている。

［眠りの神は］とても高い樅の木に登った。それはイデの峰に生え、空気を抜けてアイテルにまで達していた。(1)

また、アイテルの上に天があるとする。

そのように、彼ら［両軍］は戦った。鉄のような物音が、不毛なアイテルを通って、青銅の天にまで届いた。(2)

また、こういう箇所でも言っている。

彼女［テティス］は、空気を通って、大いなる天、オリュンポスにまで昇って行った。(3)

それは、上方にあるので空気から浄められ、大地やそこからの発散物からいちばん離れているがゆえに、完全に輝かしい場所として、オリュンポスという名称を与えられているのだと言われる。(4)

ヘラとゼウス、空気とアイテル

九六　ヘラが、兄妹ではあるが、ゼウスと結婚生活を送っていると詩人に言われる箇所(5)では、こういうことを寓意していると思われる。つまりヘラとは空気のことと見なされるのであり(6)、これはすなわち湿った原質のことである、(7)と。

　ヘラは、濃い霧を
　彼ら［トロイア兵たち］の前に拡げた。(8)

（1）『イリアス』第十四歌二八七行以下。本著者の理解（ストバイオス『抜粋集』一‐二二‐二（Wachsmut）等参照）に従って「空気（の層）」とした āēr は、ホメロスの原文では、山の端に漂う「靄」の意で、アイテル（aithēr）は、現代科学で言う「成層圏」ではなく、単に澄んだ上天を表わすようである。

（2）『イリアス』第十七歌四二四行以下。パトロクロスの遺骸をめぐる戦いの場面。「鉄のような」は、弱まることのない、強い、の意。「不毛な atrygetos」は、意義不明の形容句（多くは、海について用いられる）。広大で、（雲など）何もない状態の、ということか。

（3）『イリアス』第一歌四九七行。著者の理解に合わせて、「空気を通って ēeriē」（āēr「空気」に関連づける）と訳した語は、通例、「早朝に」（ēri「早く」参照）の意と解される。

（4）「完全に輝かしい holos lampros」の句によって、Olympos の名の語源を説明する（伝アリストテレス『世界について』四〇〇a七以下等にも同様の説が見出される）。

（5）『イリアス』第四歌五八―六一行、その他参照。

（6）Hērā の名を、āēr「空気」の語と関連させる（[H]ERA を AER のアナグラムとする）。ヘラクレイトス『ホメロスの寓意』四〇、その他参照。

（7）次に引用される詩句を念頭においている。āēr は、「霧」（ホメロスではこの意義）とも「空気」とも解される。空気が、水蒸気から成っているという考えと関連する（Hillgruber）。空気と湿気との同一視について、プルタルコス「断片」一五七‐一一八（Sandbach）、その他参照。

（8）『イリアス』第二十一歌六行以下。

また、ゼウスはアイテルである。これはすなわち、火のような、熱い原質である。(1)

ゼウスは、アイテルと雲間とにある広い天空を得た。(2)

それで、両者は接し合っているし、どちらも軽く動きやすいという類似の性質を持っているので、兄妹と思われたのである。結婚し、しとねを共にしているというのは、両者が合わさることですべてが生じるという観点からである。このゆえに、彼らはイデで交わり、大地が二人のために草花を生えださせる。(3)

ヘラの宙吊りおよび世界の三分割の話

九七　同じ趣旨に関連するのが、あのゼウスの言葉が言われる箇所である。彼は、ヘラを［天から］吊り下げ、さらに彼女の両足に二つの鉄床《かなとこ》を結びつけよう、と述べる。(4) この二つのものは大地と海のことである。(5) また、とくにポセイドンから彼［ゼウス］に言われる(6)言葉が含まれるあの箇所で、諸元素の論を展開している。

われわれは、クロノスを父とし、レアが生んだ三人兄弟だ
——ゼウスとわたし、そして三人目に、下界を治めるハデスと。(7)

さらに、

そして全体は三分され、めいめいが栄誉の領地に与った(8)

とし、全体の分割において、ゼウスは火の原質を、ポセイドンは水のそれを、ハデスは空気(9)のそれを得た、

（1）アイテルを第五の元素とする考えによっている（アリストテレス『天について』二七〇b二一以下、伝アリストテレス『世界について』三九二a五以下参照）。なお、aithō「燃える」と同語源のアイテルは、炎の圏（したがってすべてが焼きつくされている）、という説に結びつけうる（ピンダロス『オリュンピア祝勝歌集』第一歌六行とその古註一〇a参照）。

（2）『イリアス』第十五歌一九二行。

（3）『イリアス』第十四歌三四六―三五一行。

（4）『イリアス』第十五歌一八―二一行。その箇所では、第十四歌でヘラがゼウスを色仕掛けで惑わしてからトロイア軍を阻止するということがあったあと、さらに以前に、ヘラのヘラクレスへの迫害の件で、ゼウスがヘラを懲らしめるためそのようにしたことがある（彼女の両手には黄金の綱を引き回した）、それを思い出して今後は従順にせよとゼウスが脅す、という箇所だが、ここでは現在形で引いている。

（5）ヘラクレイトス『ホメロスの寓意』四〇、その他にも同様の解釈がある。

（6）ここで引用される箇所では、ポセイドンの言葉は、じっさいは、ゼウスの使いイリスに向けられる。

（7）『イリアス』第十五歌一八七行以下。「下界（下にいる者たち）enerois」は、『イリアス』では冥界を意味するが、著者はここで地上付近の空気と解する説に従っている（ハデス＝空気説に関し、後記参照）。

（8）『イリアス』第十五歌一八九行。

（9）寓意説で、（ヘラ＝空気という等式の他に）ハデス＝空気という説も唱えられた。エンペドクレス（アイドネウス＝空気）「断片」A一（Diels-Kranz）、クリュシッポス『初期ストア派断片集』II一〇七六（von Arnim）、ヘラクレイトス『ホメロスの寓意』二三等参照。ちなみに、死後の霊魂の滞在地を地下世界としない説で、それはしばらく地上と月の間の領域（つまり空気層）をさまよってから、月または太陽へ行くと唱える説も行なわれた（プルタルコス『月面の顔について』九四三A―C。「ハデスの草地」と呼ばれる一帯（地と月との中間域の一部）に関して、同九四三C参照）。一般に、F・キュモン『古代ローマの来世観』（小川英雄訳）、平凡社、一九九六年、索引「ハデス」の項参照。

とする。(1) 空気のことを、「靄《もや》の掛かった闇(2)」と言うのである、なぜなら、固有の光を持たず、太陽や月や他の星々に照らされるからである。(3)

大地とオリュンポス

九八　四つ目のものとして、またすべてに共通するものとして残っているのは、大地である。他の三つの元素の原質は、つねに動くものであるが、大地だけは動かずに留まっている。これにさらにオリュンポスも、彼［ホメロス］は付け加えた。(4) それが山であるなら、大地の一部にしているわけである。また天の一部であるなら、最も光り輝く清浄な部分である。(5) これも、著名な哲学者たちの考えたとおり、諸元素のなかで第五の原質として数えられる、というわけである。(6) それで、彼は正当にも、それらを共通のものとし、大地は、その重さのゆえに、いちばん下にあるもの、またオリュンポスは、その軽さのゆえに、いちばん上にあるものとした。それらのほうへ、中間にある要素は、ある場合は降りて行き、ある場合は上昇するからである。

諸元素の融合と離反

九九　諸元素の本質は、反対的なものから、つまり乾と湿および温と冷から成り立っているので、また、互いの割合関係と混合度によって宇宙全体を形成し、変化は部分的に受け入れるものの、全体の分解は許容しないので、エンペドクレスは、世界全体の生成について、このように言った。

あるときは、「友愛」によって、すべてが一つのものに合わさり、
　あるときはまた、「争い」の憎悪によって、それぞれが別々に行く。(7)
諸元素の協調と合一を友愛と呼ぶ一方、反目を争いと称している。

(1)「全体の分割において」以降は、ホメロスの寓意はそうである、ということで、「ゼウスは火の原質を、うんぬん」と原文に明示してあるわけではない。
(2)『イリアス』第十二歌二四〇行、その他。
(3) ハデス即空気、という説の根拠として述べる。伝統的な神話観念では地下の「闇」を支配するとされるハデスだが、ホメロスの「靄の掛かった闇」という句を、空気の層の特徴たる靄（霧、雲）と関連づけ、この「闇」は空気のことだとする。
(4)「世界の三分割」の話題の後に来る文章「大地と、高いオリュンポスは、（ゼウス、ポセイドン、ハデス）すべてにまだ共通のままだ」（『イリアス』第十五歌一九三行）を言う。ここで、オリュンポスは大地の一部なのか、それとは別個のものなのか、という点で解釈が分かれる。
(5) アリスタルコスは、ホメロスにおけるオリュンポスをマケドニアの山と同一視し、オリュンポス即天という古来の見方（パルメニデス「断片」一一（Diels-Kranz）等）に反対した。また後者の解釈で、Olympos の語を (h)ololampēs「全的に (holos) 輝く (lampein) もの」と釈義することがあった（九五節参照）。
(6) オリュンポスないしアイテルを第五の元素として立てる哲学者たち（アリストテレスの他、古アカデメイア派も含まれる）の考えが、すでにホメロスに先取りされている、という解釈。プルタルコス『神託の衰微について』四二二E以下参照。
(7) エンペドクレス「断片」一七-七以下（Diels-Kranz）。

オケアノスとテテュス

一〇〇　だが、彼より前にホメロスは、友愛と争いのことを、あの、ヘラに言わせている言葉において、暗示している。

というのは、わたしは、肥沃な大地の際へ、
神々の祖オケアノスと、母テテュスとのお姿を見るために、行くつもりなのです。
…………
彼らのお姿を見るために行き、その解決しがたい争いを解こうと思うのです。(1)

アプロディテとアレス

一〇一　アプロディテとアレスも同様のことであると、神話は暗示する。前者は、友愛がエンペドクレスにおいて持つのと同じ意味を有し、後者は、彼の言う争いに当たる。(2) それで両者は、あるときはいっしょになり、あるときは分かれる。(3) 彼ら［の不義］をあばくのは太陽神である。(4) 彼らを縛めに掛けるのはヘパイストスであり、解放するのはポセイドンである。この箇所で明らかなのは、熱く乾いている原質と、(5) それと反対の、冷たくて湿っているものが、(6) あるときは全体を合一させ、あるときはそれを解くということである。

一〇二　これと軌を一にするのが、他の詩人たちにおいて言われていること、(7) すなわちアレスとアプロディテの交わりからハルモニア［「調和」］が生まれたということである。(8) これは、重いものと速いものという反対物同士が、お互いに釣り合いよく混合することから起きるのである。(9)

(1)『イリアス』第十四歌二〇〇―二〇一行および二〇五行。オケアノス（世界を取り巻く大河）とテテュスは夫婦で、ここでは神々の祖とされる（水が万物の元、という考えに由来する）。ウラノスやクロノスをゼウスたちの祖先とする標準的な系図とは異なる。著者のここの寓意的解釈では、オケアノスは水を、テテュスは大地を表わし、夫婦の仲たがいは、両要素の敵対を暗示しているとする（エウスタティオス『ホメロス註解』九七八参照）。

(2) ホメロスにおいて、アプロディテは「愛」を、アレスは「戦い」を、しばしばメトニミ的に表わす。アプロディテとアレスの物語を、ヘラクレイトス『ホメロスの寓意』六九も、エンペドクレスの説と結びつけて、寓意的に読む。

(3) ここからの箇所では、上記のアプロディテ＝「友愛」等という解釈法ではなく、二人の交わりを「友愛」、離反を「争い」とする、視点の異なった読み方に基づいて論じる（Hillgruber 226）。クリアな議論の進め方とは言えない。

(4) この文はトイプナー版では削除されるが Hillgruber に従って残す。これ以下は、『オデュッセイア』第八歌二六七―三六六行にわたって語られる神話を論ずる。ヘパイストスの妻アプロディテは、アレスと密通していた。そのことを、太陽神がヘパイストスに告げた。夫は、ベッドに、目に見えないほどのクモの巣のような網を仕掛けておいた上で、留守すると見せかけ外出した。アプロディテたち二人がベッドに入ると、その網に絡まり、身動きできなくなった。ヘパイストスが神々を呼び集め、結納として収めた金品を返してもらわなければ二人を解放しないと、憤って言うと、ポセイドンが、アレスに弁償させることを請合うから、と約束して、縛めを解かせた。

(5) ヘパイストス＝火。

(6) ポセイドン＝水。

(7) ヘシオドス『神統記』九三七行、ピンダロス『ピュティア祝勝歌集』第三歌九一行等参照。

(8) ヘラクレイトス『ホメロスの寓意』六九にも同様の説がある。

(9) アレスたちの交わり＝「友愛」から、「調和」が生じるという神話を、重い元素＝水や土と、速い（そして軽い）元素＝火や空気との調和的混合の寓意とする。

神々の戦いの神話

相反する本質を有する諸元素が、互いにいかに対立しているかということを、詩人は、神々の戦闘においても暗示しているようである。[1] そのなかで詩人は、ある神々はギリシア側に、ある神々はトロイア側に加担させながら、それぞれの力を寓意的に表わすのである。そしてポイボス［アポロン］[2]をポセイドンと、つまり熱く乾いたものを、湿った冷たいものと対峙させる。またアテナをアレスと、つまり理知的なものを非理知的なものと、言い換えれば善を悪と、対立させ、ヘラをアルテミスと、つまり、前者は静止し、後者はよく動くという理由で、空気を月と向き合わせる。[3] ヘルメスをレトに立ち向かわせるわけは、理性（ロゴス）[4]がつねに探求を行ない、覚えているのに対して、忘却（レーテー）はこれに対立するものだからである。[5] ヘパイストスを［スカマンドロス］河に対峙させるのは、太陽を海と対立させる[6]のと同じ理屈である。そして、これらの戦いを観戦しながら喜ぶのは、第一の神である。[7]

宇宙は一つで有限

一〇三　上で述べたことから、ホメロスがこういうことも示していることが明らかとなる。すなわち、宇宙は一つであり、有限であるということである。なぜなら、もしそれが無限であったなら、限りを持つ数にそれが分かたれる[8]ことはなかっただろう。単語においても、世界全体を表わす。他の多くの場合と同様、単数の代わりに複数を［それに関し］用いるのである。[9] 詩人は、より明瞭に、同じもの［世界全体］を、

大地の際《きわ》の数々(10)

と言ったり、さらにまた、

たとえお前［ヘラ］が、大地と海の

いちばん底の際の数々に達しようとも(11)

---

(1) 以下は、神々同士の戦いがトロイアの戦場で行なわれる『イリアス』第二十一歌三四二―五〇一行に関する議論（ゼウスが、ギリシアとトロイアのいずれか好きな側について戦え、と神々に命令する同第二十歌二三―二五行も参照）。

(2)「ポイボス（輝かしい者）」はアポロンの別名または称号。アポロンと太陽との同一視は、資料的にはエウリピデス『パエトン』断片七八一（Nauck）に初めて現われるが、より古くからの観念と考えられる。

(3) アルテミス＝月という観念は、アイスキュロス「断片」一七〇で最初に確認される。月は、「静止」している空気を、突っ切って動く、ということが、アルテミスとヘラの戦いの寓意とされる（ヘラクレイトス『ホメロスの寓意』五七参照）。

(4) ロゴスはほんらい「言葉」の意味で、雄弁を司るヘルメスの本領だが、言葉を操る能力、つまり理性の意義に拡大される。

(5) ヘラクレイトス『ホメロスの寓意』五五参照。レト（アポロンとアルテミスの母）は Lētō、「忘却」の原語は lēthē で、ある程度音が通じるので、こういう解釈がとられる。語呂合わせ的議論は、必ずしも戯れに行なわれたわけではない。

(6) 太陽＝アポロンに対するに海（水）＝ポセイドン（上記）。

(7) 神々同士の闘いの間、ゼウスはオリュンポスに坐ってそれを愉しむ（『イリアス』第二十一歌二二行以下、第二十一歌三八八―三九〇行）。

(8) 上記、ゼウスたちの「世界三分割」神話を指す。

(9) 複数表現は、世界三分割に呼応するという考え。

(10)『イリアス』第十四歌二〇〇行等。

(11) わたしゼウスは気にしない、という文意。『イリアス』第八歌四七八行以下。

と言う一方で、

多くの峰を持つオリュンポスのいちばん先端の頂に(1)

と述べる。先端があるところに際がある(2)。

太陽の巡回

一〇四　また、太陽について彼［ホメロス］がどのように認識していたかという点も明確である。すなわち太陽は、巡回する能力を持ち、あるときは大地の上に現われ、またあるときは大地の下へ去る、ということを、こう語って明らかにするのである。

友たちよ、どの方面に西が、どの方面に東があるのか、
またどの方面に、人間を照らす太陽が、地下へ沈むのか、
またどの方面に昇ってくるのか、われわれには分からない(3)。

また、それがつねにわれわれの上方を行く（ヒュペル・イオーン）こと——ここからヒュペリオンと詩人自身に呼ばれている(4)——、さらにそれが、大地を取り巻く水から、すなわちオケアノスから昇ってきて、そこに沈むこともはっきり示している。日の出のことは、こういう言葉で述べる。

太陽は、美しい海を去って、
青銅を巡らした天へ、神々に光を与えるために、昇った(5)。

また、日没のことをこう言う。

オケアノスの中へ、太陽の輝く光は落ちていった、
麦をもたらす地の面に、黒い夜を引き寄せながら。(6)

太陽の外見や力

一〇五　また太陽の外面を示して、
それは太陽のように輝いていた(7)
と言い、大きさについても、
輝く太陽が、大地の上に昇ったとき……(8)

---

(1)『イリアス』第一歌四九九行＝第八歌三行。
(2)ここの「先端」、「頂」は単数形。「世界全体」という同じ対象を、単数形でも複数形でも述べることが、「それは一つで有限」という著者の主張の根拠とされる。
(3)『オデュッセイア』第十歌一九〇―一九二行。
(4)『イリアス』第八歌四八〇行等。
(5)『オデュッセイア』第三歌一行以下。
(6)『イリアス』第八歌四八五行以下。
(7)『オデュッセイア』第十九歌二三四行。オデュッセウスのキトーン（肌着）に関して。
(8)『イリアス』第十一歌七三五行。この句と次の引用句とが、太陽の大きさをどう表わすかという説明文が、原文テキストには欠けていると Hillgruber（235）らは見なす。多くの哲学者が、それは、大地より大きいと考えていた（ヘラクレイトス『ホメロスの寓意』四六参照）。

と述べ、さらにまたこう言う。

太陽が巡って、中天に達したとき……。(1)

また、その力についてこう言う。

すべてを見下ろし、すべてのことを聞いている太陽。(2)

また、太陽が魂を有し、その動きを自分で決定していることを、その脅し文句でこのように示す。

わたしはハデスの国に沈んで、死者たちを照らすことにしよう。(3)

それに対し、ゼウスがこう懇請して言う。

太陽よ、あなたは神々の間で、また、
麦をもたらす地の面で、死すべき人間たちのために、光を放ってほしい。(4)

こういう言葉で、詩人は、太陽が火ではなく、別のもっと優れた原質(5)であることを明らかにしている。この考えをアリストテレスも抱いていた(6)――火は上方に向かう性質のもので、魂を持たず、断続的(7)で、滅びるものであるのに対し、太陽は巡回し、魂を有し、永遠なるもので、滅びない、とするのであれば。

星座のこと

一〇六　また、天にある他の星々についてもホメロスが無知ではなかったことは、こういう詩句から明らかである。

すばる（プレーイアデス）とヒュアデスと力強いオリオンを［神は造った］[8]。

さらに、つねに現われている北極[9]の回りを巡り、宙に浮いているので地平線に接することがない大熊座（アルクトス）に言及した[10]。大熊座が巡る最小の円と、オリオンが巡る最大の円とは、宇宙の回転において、同じ時間をかけて回られるのである[11]。

（1）『イリアス』第八歌六八行＝『オデュッセイア』第四歌四〇〇行。

（2）『オデュッセイア』第十一歌一〇九行＝第十二歌三二三行。

（3）『オデュッセイア』第十二歌三八三行。

（4）『オデュッセイア』第十二歌三八五行以下。

（5）第五元素としてのアイテル（火の上方にある）。アリストテレス『天について』二七〇b二一以下（アナクサゴラスはアイテルと火とを同一視したと批判されている）等参照。

（6）星々がアイテルから成っているという説について、アリストテレス『天について』二八九a一一以下、『気象論』三三九b一九以下等参照。

（7）写本の adialeipton「絶えざる」を、eudialeipton と読む案（Stephanus）に従う。

（8）『イリアス』第十八歌四八六行（ヘパイストス製作の盾の模様の一部）。

（9）天の北極。北半球の人間の視点から言っている。伝アリストテレス『世界について』三九二a一―三参照（それに対し南極は、つねに地の下に隠れている、と）。

（10）「言及した」は原文にはない。『イリアス』第十八歌四八七―四八九行＝『オデュッセイア』第五歌二七三―二七五行のこと。大熊座（北斗七星を含む星座）は、地平線をかすめるだけで、沈むことはなかった（現在は、ギリシアの緯度において沈むようになっている）。

（11）『イリアス』第十八歌四八八行＝『オデュッセイア』第五歌二七四行「熊（大熊座）は、同じ場所を巡りながら、オリオンを見守っている」の説明。熊は、狩人のオリオンを用心深く見守りながら、同じ場所を巡っている＝「最小の円」を描いている、そしてその間オリオンは「最大の円」を描きながら、あたかも熊を狙い続けているという、星座や星の運行に関する知識を、ホメロスは踏まえている、と。

また、沈むのが遅い牛飼い座（ボオーテース）に言及する。[1] 遅いというのは、長い時間をかけて沈むからで、位置的に、まっすぐ降下しながら四つの宮[2]といっしょに沈むのである――一晩で沈むのは、全部で、六宮ごとなのであるが。[3]

星々に関して観察されることを、詩人が、アラトスなどの著者のようにすべて叙述していないとしても、不審に思うべきではない。それが彼の目的ではなかったからである。

地震と日食の原因

一〇七　諸元素に生ずる現象の原因も、詩人は知っている。たとえば、地震や日食[4]のことである。大地は、全体が、自分を取り巻いている空気や火や水の一部を自分の中に含んでいる[5]ので、当然ながら、その深部に気息（プネウマ）のような蒸気が形成される。これが、［地の］外部に出てくると空気を掻き動かし、他方で、閉じ込められると膨張し、無理やり出てこようとして地震を生ぜしめるのだと言われる。[6]

また、［大地内部に発生する］息が大地の中に閉じ込められる原因は海であると人々は考える。海は、ときに、外部への出口を塞ぎ[7]、ときには後退して、大地の一部が崩れることをもたらす。

それで、こういうことをホメロスも知っていて、地震の原因をポセイドンに帰しながら、「地を動かす者[8]」とか、「地を揺する者[9]」とかと彼を呼ぶのである。

（1）『オデュッセイア』第五歌二七二行。

（2）「黄道十二宮」のうちの。「宮 zōidion」は、「獣帯記号」とも称される。

（3）アラトス『星辰譜』五五四行以下で、毎晩六つの宮が沈み、六つが昇る、と言われている。

（4）ekleipsis. ここでは、ほんらいの、月の位置によって生じるものの他、靄《もや》等によって太陽が翳《かげ》る現象も指す（次節参照）。

（5）伝アリストテレス『世界について』三九五b一八以下参照。

（6）「地震を生ぜしめる」は、トイプナー版の補い。「地震は、大地の中の水分が、分離して空気の中に出てくるものである」とストア派は考えていた（プルタルコス『哲学者たちの自然学説誌』八九六C＝『初期ストア派断片集』II二〇七（von Arnim））。

（7）海が「息」を堰くことで起きる地震は、とくに海際に多いと、アリストテレス『気象論』三六六a二三—三三で言われている。

（8）『イリアス』第九歌一八三行等でポセイドンに用いられる gaiēokhos という形容句。その前半部は「大地 gaia」だが、後半部 -okhos の語源と意義は不明である。ekhō「持つ」に結びつけ、「大地を支える者」の意だとする説は今日では否定される。ラテン語 veho「運ぶ、（中動相的に）運ばれる、乗る」と同語源とし、「（地下水の流れに）乗って走る（そのさいに地を揺り動かす）者」とする説や、「夫として、妻の大地に乗りかかる者」とする見解の他、語根を wegh「揺する」と見なす考えがある。いずれにせよ、本著者も、「大地を（揺り）動かす者」の意味と解しているようである。なお、ポセイドン＝「水神、地震の神」という点に関連して、現実に、地下水の汲み上げや、地中への注水によって、地震が誘発されることがあるらしい。

（9）enosikhthōn（『イリアス』第七歌四四五行等）。

日食等

一〇八　息が大地の内部に閉じ込められると、無風状態と闇と太陽の翳《かげ》り(1)とが起きる。(2)このことも詩人が知っていたか、考察してみよう。

詩人は、アキレウスが戦場に［ふたたび］出てきた後、ポセイドンに地震を起こさせる。(3)しかし、その前日の空気がどういう状態にあったかということを、詩人はそれ以前に述べているのである。すなわちサルペドン［の死体］に関連して、

ゼウスは、破滅的な暗闇を、［両軍の］力のこもった戦闘の上に広げた(4)

とあり、さらにパトロクロス［の死体］に関連して、

そして、太陽も月も
まともな状態であるとは言えなかっただろう。
それらは、靄《もや》に覆われていたのだ。(5)

そしてすぐ後に、アイアスが祈る。

父ゼウスよ、アカイア人の子たちを、靄の下から救い出したまえ、
そして空を晴らし、この眼で［あたりを］見られるようにしてください。(6)

息が［大地の］外に出て、地震が起きた後、強い風が生じる。それでヘラが言う。

だがわたしは、西風と、雲を散らす南風とのひどい疾風《はやて》を

　海から起こすために、行って来ましょう。(7)

それから次の日にイリスが、パトロクロスの［遺体の載る］薪山へ、風たちを呼び寄せる。

　彼ら［北風と西風］は、ものすごい音とともに
　湧き上がり、雲の群れを追い立てていった。(8)

同様に、自然に起きる日食のこと(9)も［ホメロスが］知っていたのは明らかである。それは月が、太陽との合《ごう》(10)において、その直下に至り、それを翳らすときの現象である。

　月が滅び、また立つときに(11)

---

(1)「日食」の一種類として扱っている。

(2) 地震（閉じ込められた「息」の奔出に続く現象）は、しばしば無風状態によって予告されると言われた（アルケラオス「断片」A一六a（Diels-Kranz）等参照）。また、奔出した「息」（蒸気的な靄）が、大地の中に戻ろうとして、太陽を翳らすとされた（アリストテレス『気象論』三六七a二三—二五参照）。

(3)『イリアス』第二十歌五七—六五行。

(4)『イリアス』第十六歌五六七行。

(5)『イリアス』第十七歌三六六—三六八行。

(6)『イリアス』第十七歌六四五—六四六行。

(7)『イリアス』第二十一歌三三四行以下。

(8)『イリアス』第二十三歌二一二行以下。

(9) ほんらいの日食。「自然に起きる physikôs ginomenên」の語は、天体の位置関係によって自然に、機械的に生じる現象、ということ。

(10) synodos（英語 conjunction）、地球から見て月や惑星が太陽と同じ方向に位置すること。とくに月に関係する場合、邦語で「朔」とも言う。

(11)『オデュッセイア』第十四歌一六二行＝第十九歌三〇七行。

オデュッセウスは〔帰って〕来るだろうと、詩人は予告する。これはすなわち、月が太陽と合の位置になり、〔暦の〕月が終わってかつ始まる〔新月の〕ときのことである。そして、彼が来るのと同時に〔次のようになるだろうと〕、予言者は求婚者たちに言う。(1)

おお、惨めな者たちよ、何たる禍いが、お前たちにこのように降りかかることか！　お前たちの頭と、顔と、下のほうの膝は暗闇に覆われている。

……………

戸口の前は、また中庭は、エレボスに向かおうとする
亡霊に充たされ、天の太陽は
消えて、ひどい靄《もや》が広がっている。(2)

風たちの性質

一〇九　また、風たちの性質についても正確に認識した。まず、それは湿気から生じるということである。水から空気への変化が起きる、そして風とは流れる空気なのである。このことを詩人は、他の多くの箇所でも示しているが、こういう詩句もある。

湿気を吹きよこす風たちの力。(3)

また、それらの位置関係がどのようであるかということを、こう記述する。

東風と、南風と、強風の西風と、

アイテルから生まれ、大波をうねらせる北風とが、いっしょになって［オデュッセウスを］襲ってきた(4)。

これらのうち、一つは東方から、一つは南方から、一つは西方から、一つは北方から吹いてくる。そして東風(5)は、湿っているがゆえに、熱い南風に変わり、南風は［湿度が］希薄になって西風へ、西風は、さらに希薄になって、北風へと浄化される(6)。それで、詩人はこうも言う(7)、

［アテナは］速い北風を起こした、そして［オデュッセウスの前の］波濤を砕いた(8)。

---

(1) テオクリュメノスという、メランプス一族（アルゴスの占者の家系）の者で、イタケ島に来ている。

(2)『オデュッセイア』第二十歌三五一—三五二行および三五五—三五七行（エレボス＝闇の世界）。オデュッセウスが新月に戻ってきたとき（一つ前の引用句参照）、日食（「靄」等参照）が生じる、という意味と解されている。ただしここの「靄」は、彼らの破滅の比喩的表現ともとれる。日食は新月のときに起きるという、アラトス『星辰譜』八六四行古註などの記述参照。

(3)『オデュッセイア』第五歌四七八行＝第十九歌四四〇行。

(4)『オデュッセイア』第五歌二九五行以下。風たちの原語は、順番に、Euros, Notos, Zephyros, Boreēs.

(5) 引用句での Euros の代わりに、Apēliōtēs という、著者当時一般的な語が用いられている。

(6) ここで述べられる風たちの循環交代（periodos tōn pneumatōn）について、アリストテレス『問題集』九四六b二五—二九参照。この循環は、太陽が動くに従って風の源も動くことにより生ずるとされる（同『気象論』三六四b一四—一七）。

(7)「詩人はこうも言う」、および次の引用句中の「起こした」はトイプナー版の補い。論旨的にまだ連結が不十分なので、Hillgruber (244) は、さらに語句が脱落していると考え、次の引用句の直前で言われる、「アテナは他の風たちは抑えて」という詩句（『オデュッセイア』第五歌三八三行以下）への言及が、ほんらいここに含まれていたとする。

(8)『オデュッセイア』第五歌三八五行。

また、風たちの対立を自然学的に叙述した。

あるときは南風が、〔オデュッセウスの筏を〕北風のほうへ吹きやって運ばさせ、

あるときはまた東風が、西風に譲って、それを追わせた。(1)

北極と南極

二〇　また詩人は、あのことも知っていた、すなわち〔天の〕北極は、この地帯(2)に住むわれわれの観点から言って、大地の上に浮かんでいること、他方南極は、逆の位置にあり、底にあること(3)を。それで、北極についてこう言う。

アイテルから生まれ、大波をうねらせる北風が……。(4)

他方(5)、南極についてはこう言う。

そこでは、南風が大波を左の岩壁に押し寄せさせる。(6)

そして、「うねらす」の語では、上から落ちてくる風の勢いを、他方で「押し寄せさせる」の語では、それが窪んだ〔低い〕部分から上り坂へ無理やり進む様子を、表わすのである。(7)

雨の原因、血の雨、にわか雨、雷電のこと

二一　また、雨が湿った蒸気から生じるということも、こういう言葉で明らかにしている。

［ゼウスは］高みのアイテルから、血の混じった
露を降らせた。(8)

また、こういう詩句である。

そして［ゼウスは］血を含む雫を、地へしたたらせた。(9)

その前の箇所では、こう言っている。

今や彼ら［戦死者］の黒い血を、流れのよいスカマンドロスのほとりで、

(1)『オデュッセイア』第五歌三三一行以下。風たちが、漂流中のオデュッセウスが乗る筏（小舟）を、アザミの玉のようにもてあそぶ様子。上記の、風たちの循環交代の論に関連させる。
(2) ギリシア等の位置する北半球の地帯。
(3) 北半球の人間から見て、それは宇宙全体の底部の位置にある。
(4)『オデュッセイア』第五歌二九六行。
(5)「他方……語では、」の部分はトイプナー版での補い。
(6)『オデュッセイア』第三歌二九五行。「そこ」は、クレタ南岸パイストス付近。
(7)「うねらす、うんぬん」の詩句では、風は高天アイテルから落ちる。他方、後の引用句に関して、ポルピュリオス『ホメロスに関する諸問題』二一-三六（Schrader）で、「われわれの住む世界は、北方にあって、高いのに対し、裏側の世界（南半球）は、南方にあって、われわれのと比べると低い」と言われるように、南半球は低くなっていると考えられた（ヘラクレイトス『ホメロスの寓意』四七も参照）。その南方から、北の「上り坂」へ、南風が吹く様子が描かれているという。
(8)『イリアス』第十一歌五三行以下。
(9)『イリアス』第十六歌四五九行。息子サルペドンの死を悼み、ゼウスが血の涙をしたたらせる、という箇所。

速いアレスが撒き散らした。そして、彼らの魂はハデスへ降りて行った(1)。

ここから明らかなのは、大地のあたりにある血混じりの水の湿気が上昇し、上から降ったということである(2)。同じ理屈に属するのが、次の詩句である。

晩夏の日に［ゼウスが］とても激しい雨を降らせるときのように……(3)。

すなわち、そのとき太陽は、底の方から吸い上げるとき、大地が乾いているので、土の混じった濁った水を上昇させる、するとそれは、重さのため、激しい雨となって迸《ほとばし》り落ちるのである。さて、湿った蒸気は雨を生むが、乾いたそれは風を起こす(4)。ところが、風が雲の中に閉じ込められ、雲が強烈に破れると、それは雷と稲妻を結果として生ぜしめる。そしてより大規模に稲妻が落ちると、雷電を放つ(5)。こういうことを知っている詩人は、次のように言う。

［ゼウスは］稲妻とともに大きく轟いた(6)。

また、他の箇所でも言う。

ゼウスはすぐに雷を鳴らし、雷電を［オデュッセウスの］船中へ投じた(7)。

神々の存在

一二二　また、正しく考える者なら、誰でも、神々が存在すると見なす。そして最初にそう考えたのはホメロスである。なぜなら彼は、いつも神々に言及しながら、「至福の神々(8)」とか、「安楽に生きる者たち(9)」とかと言うのである。というのも、不死であるがゆえに、安楽で尽きることのない生を送るというのが彼らの本質であり、死すべき動物の肉体が必要とする糧は、彼らには要らないのである。

なぜなら彼ら〔神々〕は、穀物を食べず、ぶどう酒を飲まない。

それゆえ彼らには血はなく、また不死の者たちと言われている。(10)

---

(1)『イリアス』第七歌三二九行以下。

(2) ホメロスが述べる血の雨に関するこういう科学的説明は、ポルピュリオス『ホメロスに関する諸問題』一-一六一以下(Schrader) 等にも見出される。アポロニア人ディオゲネス(前五—四世紀の自然哲学者)の説にさかのぼる可能性があると言われる。

(3)『イリアス』第十六歌三八五行(トロイア軍の戦車が逃走するさいの物音に関する比喩)。

(4)「乾いた」蒸気(xēra anathymiāsis)とは、流れる空気のこと。それが湿気を含むとされた。他方、「風たち……は湿気から生じる」と一〇九節にある。エウスタティオス『ホメロス註解』一四六三「風の素材は、湿った蒸気(atmis)のみならず、またとくに乾いたそれでもある」参照。ポセイドニオスにさかのぼる説と解される(Hillgruber 247, 次註引用のセネカの文参照)。

(5) セネカ『自然学の諸問題』二-五四「ポセイドニオスの意見に戻りたい。大地と大地的なすべてのものから一部は湿った、一部は乾いた煙的な風が吹く。後者は稲妻の、前者は雨の糧となる。空気の中に、乾いた煙的な状態で達したものは、雲の中に閉じ込められることに耐えられず、自分を閉じ込めるそれを破って出る。そこから、われわれが雷と呼ぶ音が生じる」参照。

(6)『イリアス』第十七歌五九五行。

(7)『オデュッセイア』第十二歌四一五行=第十四歌三〇五行。

(8)『イリアス』第一歌四〇六行等。

(9)『イリアス』第六歌一三八行等。

(10)『イリアス』第五歌三四一行以下。

神々の擬人化

一一三　他方、彼の詩は、神々の考えを読者に分からせるため、彼らに行動させる必要があったので、彼らに身体をまとわせた。しかし、人間の身体以外に、知識と理性を受け入れうるものはない[1]。それぞれの神を、大きさと美しさによって装い上げながら、それと似通うようにさせ、同時に、人間の姿に正確に合わせた神々の肖像・彫像を〔崇拝の対象に〕据えることを教えた。それは、思慮の足りない者たちにも、神々が存在することを忘れさせないためであった。

最高位の、思惟的な神

一一四　これらの神々すべての長であり指導者である第一の神[2]は、無身体で[3]、思惟だけによって把握されると、最も優れた哲学者たちは考えているが[4]、ホメロスもそのように見なしていたようである。ゼウスは、

人間と神々の父[5]

とか、

われわれの父、クロノスの子よ、支配者たちのうちで最高の者よ[6]

とかと言われている。そしてゼウス自ら、

どれほどわたしが、神々にも人間たちにも優っていることか[7]

と述べるし、アテナも、彼に向かって、

わたしたちも、あなたの力には勝てないということをよく知っています(8)と言うのである。

さらに、神は思惟的な存在であることを詩人が知っていたかどうか、という点も考究すべきであるとするなら、直截的な形ではないが——詩においては神話的な要素が多く含まれるから——、それでもこういう詩句からそれを確かめることができる。

(1) 非理性的な動物のそれでは不可である。

(2) プラトン『パイドロス』二四六E(ゼウスに関して)「天における偉大な指導者」、「彼に、神々とダイモンたちの一隊が従う」参照。

(3) asōmatos. プラトン的な思想と見なされた(彼がこの点を明確に述べている箇所は見出しがたい)、キケロ『神々の本性について』第一巻三〇(sine corpore 等)参照。ストア派は、神を、火という物質から成っていると考え、無身体とはしない。

(4) このあたりの議論は、中期プラトン主義者たちへの依存が大きいと Hillgruber (51) は述べる。たとえばアルキノオス(後二世紀)に、「神は無身体であろう」(『プラトン哲学講義』一六六(Hermann))、「彼は思惟によってのみ把握される」(同、一六五)という発言がある。

(5) 『イリアス』第一歌五四四行等。

(6) 『イリアス』第八歌三一行等。

(7) 『イリアス』第八歌二七行。『イリアス』写本では、最初の語は、ここの hosson の代わりに、「それほど tosson(わたしは……)」。

(8) 『イリアス』第八歌三二行。

はるかまで轟くクロノスの子が、他の神々と離れて坐っているのを［テティスは］見出した。[1]

また、神自身が述べるこういう言葉である。

だがわたしは、オリュンポスの襞《ひだ》にずっと坐って、
［戦いのさまを］見物しながら、わが心を楽しませることにしよう。[2]

なぜなら、こういう［ゼウスの］単独性――他の神々には交わらず、むしろ自分自身と交流して自分を友としながら、閑暇を保ちつつ、いつもすべてを統率しているという状態は、思惟的な神の本質を表わしているのである。そして、すべてを知り、すべてを司る神は、知性（ヌース）であるということを、詩人は知っている。こう言うのである。[3]

たしかに両方［ゼウスとポセイドン］の、生まれと出処は同じである。
だがゼウスが先に生まれ、より多くの知恵を持っていた。[4]

また、こういうこともしばしば言われる。

そこで彼［ゼウス］は、また別のことを考えた。[5]

これは、神がいつも思考していることを示すのである。

神の摂理

一一五　神的な思考に、摂理（プロノイア）と運命もまた関係する。これらについては、哲学者の間で多く

の言説が語られている。しかし、それらすべてのきっかけを与えたのはホメロスである。神々が、その作品全体を通じて、人間たちに関することを互いに話し合うだけではなく、さらに、地上に降りて人間たちと交流するのであるから、彼らの摂理ということは言うまでもなかろう。しかし、例証として、僅かな箇所［だけ］を見ることにしよう。ゼウスが、兄弟［ポセイドン］に向かって話すところである。

あなたも、地を揺する神よ、なぜわたしが［神々をオリュンポスに］呼び集めたか、
この胸中の考えを分かっているはずだ。彼ら［人間たち］が滅んでゆくのが、気にかかるのだ。(6)

また他の箇所でこう言う。

おお、何たることか、いとしい男が、［トロイア］城壁の回りを追いかけられているのを
わたしはこの目で見ている。悲しいことだ。(7)

---

(1)『イリアス』第一歌四九八行。観照的思惟的態度の表われと解している。プラトン的デーミウールゴスについて、プロクロスは、「自分一人で、永遠に、自己の観照のうちに――神的な（ホメロスの）詩によるとオリュンポスの頂きに――坐しながら」と述べる（『プラトン「ティマイオス」註解』三-一九九（Diehl））。

(2)『イリアス』第二十歌二二行以下。

(3) ここは地の文なので、写本およびトイプナー版「ポセイドンはこう言う」の「ポセイドンは」を、Hillgruber らに従い削除する。

(4)『イリアス』第十三歌三五四行以下。

(5)『イリアス』第二十三歌一四〇行、他。

(6)『イリアス』第二十歌二〇行以下。

(7)『イリアス』第二十二歌一六八行以下。

ゼウスの威厳と人間愛

二六　さらに、〔ゼウスの〕王者的威厳と、人間を愛する性質を示しながらこう言う。

それで、わたしがどうして神のごときオデュッセウスを忘れることができよう
――知恵は衆に優れ、広い天空に住む不死なる神々への犠牲も
誰にもまして捧げてくれたあの男のことを？(1)

この箇所では、この男を、まず知恵があるという点で、次いで神々を敬っているという点で、讃えている(2)ことが明らかである。

人間の援助者たる神々

二七　詩人が神々を人間たちとじかに交わらせ、協力者にしていることは、多くの箇所から知られる。たとえばアテナも、あるときはアキレウスの、また恒常的にオデュッセウスの、援助者になるし、ヘルメスも、プリアモスを、あるいはまたオデュッセウスを援ける。総じて言って、神々はいつも人間たちを援助すると考えている。こう言うのである。

そして神々は、外国のよそ人に身を似せて、
あらゆる姿になり、町々を歩き回りながら、
人間たちの乱暴な振舞いや、掟にかなった行動を見守っている。(3)

正義を愛する神々と人間の敬虔さ

一一八　神々の摂理に固有の性質として、人間たちが正しく生きることを彼らが望んでいるということがある。このことも詩人は明瞭に言っている。

至福の神々が愛するのは、悪逆な行為ではなく、
むしろ人間たちの正義と、掟にかなった行為だ。(4)

また、こう述べる。

集会で、横暴にも、曲がった決定を下す人間たちに
ゼウスが怒り、荒れ狂う……。(5)

人間たちのことを配慮する神々と同様に、どんな境遇においても神々のことを忘れない人間たちを詩人は描出する。好運に恵まれている将軍がこう言う。

わたし［ヘクトル］は、ゼウスと他の神々に祈りながら、

---

(1)『オデュッセイア』第一歌六五―六七行。
(2) 主語として、ゼウスが、とも、それを通じて詩人が、とも解せる。
(3)『オデュッセイア』第十七歌四八五―四八七行。「よそ人に」はトイプナー版の補い。
(4)『オデュッセイア』第十四歌八三行以下。
(5)『イリアス』第十六歌三八六行以下。初秋の頃、天空神ゼウスが、人間の不正の懲罰に、大雨を降らし洪水を引き起こす、そのようにパトロクロスはトロイア軍相手に暴れ回った、という比喩の一節。

死神に駆り立てられている犬たち［ギリシア軍］を、この地から追い出してやろうと願っている。(1)

他方、危険に陥っている者が言う。

父ゼウスよ、アカイア人の子たちを靄《もや》の下から救い出したまえ。(2)

さらに、殺す側の者が言う。

この男［ヘクトル］の打倒を神々がかなえてくれたので……。(3)

他方、死んでゆく者が言う。

今は、わたし［ヘクトル］がお前［アキレウス］にとって、神々の怒りの元とならないか、考えるがよい。(4)

ストア派の宇宙即一ポリス論とホメロス

一一九　したがって、ストア派のあの教義も、引用してきた詩句の数々以外に源を持たないであろう、すなわち、宇宙は一つであり、(5)そのなかで神々と人間たちが、本性上、正義を分有しながら、共同の市民になっているという教義である。(6)というのも、詩人が、

ゼウスはテミスに、神々を集会へ呼び寄せるよう命じた(7)

とか、

いったい何の用で、輝く雷光の神よ、神々を集会へ呼び寄せたのか？

あるいは、トロイア人とアカイア人とのことで、何か考えていることがおありなのか？(8)

とかと記すとき、言い表わそうとしているのは、こういうことに他ならない、すなわち、宇宙は国家（ポリス）的法によって統べられているのであり、その評議員を務めるのが[9]、神々と人間たちの父を長とする神々である、ということである[10]。

運命論、自由意志

一二〇　運命論に関することは、こういう言葉で明瞭に示している。
宿命を逃れることは、優れた者であろうと劣った者であろうと、
いったんこの世に生まれたからには、誰にもできないと言っておく[11]。

(1)『イリアス』第八歌五二六行以下。
(2)『イリアス』第十七歌六四五行。アイアスの言葉。
(3)『イリアス』第二十二歌三七九行。アキレウスの言葉。
(4)『イリアス』第二十二歌三五八行。
(5) 宇宙無限説に対して、それは一つで限定されている（完結している）という説（一〇三節参照）。
(6)「神々と人間たちの共同」という点について『初期ストア派断片集』III三三三―三三九（von Arnim）参照。宇宙即一国家（ポリス）という考えについては、次で述べられる。
(7)『イリアス』第二十歌四行。
(8)『イリアス』第二十歌一六―一七行。
(9) probûleuontai「プロブーロス（一般市民の民会を指導する評議員）として働く」。
(10) アレイオス・ディデュモス（前一世紀）「宇宙は、神々と人間たちから成るポリスのごときものである。神々がそれを指導し、人間たちはそれに従属している」（『初期ストア派断片集』II五二八（von Arnim））、キケロ『神々の本性について』第二巻一五四等参照。
(11)『イリアス』第六歌四八八行以下。

他の箇所でも、運命の力を強調している。しかし、彼の考えは、彼より後の名ある哲学者たち、つまりプラトンやアリストテレスやテオプラストスの場合と同様である[1]。すなわち、すべてが運命に基づいて生じるのではないこと、いや、あることは人間に委ねられており、自由意志的な面が存在する、しかしそれが、何らかの仕方で、〔運命による〕強制的な側面とつながることになる、つまり自分が欲することをなしながら、欲していないことに陥るのである。

この点も、多くの箇所で明らかにしている。たとえば、それぞれの叙事詩の冒頭部においてである。『イリアス』においては、アキレウスの怒りがギリシア人たちの滅びの元となったこと、そしてそのときゼウスの企てが成就したことを述べる。『オデュッセイア』においては、オデュッセウスの仲間たちが、彼ら自身の愚かしさによって滅びに落ちたことが叙述される。つまり彼らは、太陽神の聖なる牛たちに手を出してしまったが、それを控えることもできたはずなのである。なぜならこういう言われていたからである。

それらの牛を害さないまま、帰国のことを心がけていれば、
苦難を味わいはするものの、まだとにかくイタケに着くことはできるだろう。
だが、それらを害してしまえば、そのときは滅亡だと予言しておく[2]。

このように、不正をなすことは彼ら自身の責任だが、不正をなしてしまった者が滅ぶということは、運命による結果だったのである。

摂理による救助

一三二　また、さもなければ起きてしまうことを、摂理のおかげで逃れることもありうる。このことを、以下の箇所で示している。

そこでオデュッセウスは哀れにも、宿命を超えて、滅んでいたことだろう、
もしもきらめく眼の女神アテナが、彼の心に、ある思いつきを与えなかったら
――彼は、急いで岩を両手で摑み、
呻きながらしがみ付いて、大波が過ぎるのを待ったのだ。(3)

ここで彼は、逆に、(4)不運にも滅びる危険にさらされていたのを、摂理によって救われたのである。

---

(1) このあたりは中期プラトン主義的な運命論によるらしい。テュロス人マクシモス「人間の生は両様であり、自由（意思）と必然（運命）とが混じったものである」（『弁論』一三-八b）等参照。

(2) 『オデュッセイア』第十一歌一一〇―一一二行＝第十二歌一三七―一三九行。予言者テイレシアスの霊が、オデュッセウスに向かって述べる言葉。

(3) 『オデュッセイア』第五歌四二六および四二七―四二九行。引用の最初の行＝四三六行の次には、ホメロスのほんらいのテキストでは、「もしもきらめく眼のアテナが知恵を授けなかったら」（四三七行）と続き、オデュッセウスが、しがみ付いている岩から離れて、上陸できる場所を探しながら泳ぐ、という描写に進む。著者の記憶に混乱があるらしい。

(4) 前節で述べた、人間自身の責任という決定要素とは逆に、摂理の力が優位の場合を言う（Hillgruber）。

魂の不死性、その翼

二三　神々のことに関して、哲学者の数多くの多彩な言説が、大多数の源をホメロスから得ているが、人間に関する事柄においても同然である。まずは、魂に関わる議論について考察することにしよう。ピュタゴラスとプラトンの諸教義のうちで、最も高貴な説は、魂の不死論である。彼の説のなかでプラトンは、それにまた翼をも付している。(1)これを最初に言い表わしたのはホメロスに他ならない。詩人は、他のことどもに、このように述べている。

魂は、四肢を飛び去って、ハデスへと向かった。(2)

つまり、それを空気の中に置く(3)にせよ、地下に位置させるにせよ、形の見分けがたい、見えざる(4)領域へと向かった。

そして『イリアス』では、パトロクロスの魂が、眠るアキレウスの枕元に立つ、という詩作を行なっている。

すると、哀れなパトロクロスの魂が〔アキレウスに〕現われた。(5)

そして彼〔パトロクロス〕にいろいろ言葉を言わせるが、こういうことも述べる。

わたしを、亡霊たちが、死者たちの幻影が、〔冥界の門から〕閉め出しているのだ。(6)

また『オデュッセイア』では、『死霊呼び出しの巻（ネキュイア）(7)』全体を通じて、他でもない、死後も存続し、血を飲むと同時に言葉を発するようになる魂たちを描出する。それは、血が、気息の糧、食物であったこと、気息は魂そのもの[8]、あるいは魂の乗り物であることを[9]、詩人が知っていたからである。

人間はすなわち魂

一二三　また、人間は魂に他ならない[10]と考えていることも、以下の箇所で明瞭に表明している。

するとテバイ人テイレシアスの魂が現われた。
黄金の杖を持っていた[11]。

すなわち詩人は、意図的に、魂という［女性］名詞から、男性形に移っているのであるが[12]、これは、その魂がテイレシアスであったことを示すためである。また、後出の箇所でもこう言う。

（1）プラトン『パイドロス』二四六C―E、二五一B―D。この翼によって魂は、天の神々の領域まで飛翔する、と。
（2）『イリアス』第十六歌八五六行＝第二十二歌三六二行。
（3）ハデスの領域を空気とする説については、九七節参照。
（4）ハデス（Hādēs, ここの引用文では Aidēs）の語源を、a-「ない」および idein「見る」または eidos「形」とする考えに基づく。
（5）『イリアス』第二十三歌六五行。
（6）『イリアス』第二十三歌七二行。
（7）『ネキュイア』は、古代の学者によって『オデュッセイア』第十一歌全体に与えられた巻名。
（8）一二七節参照。
（9）一二八節参照。
（10）プラトン『アルキビアデス　I』一三〇Cでも述べられている考え。
（11）『オデュッセイア』第十一歌九〇行以下。
（12）psȳkhē「魂」という女性名詞を受ける分詞が、ekhōn「持って」という男性形になっている。

その後でわたし〔オデュッセウス〕は、偉大な力のヘラクレスを、
その幻影を、認めた。彼自身は、不死の者たち〔神々〕の間に〔いる〕(1)。

ここでもまたこういうことを明らかにしている、すなわち、肉体から飛び去ったものである幻影は、もはやその〔肉体の〕物質を何ら引きずらないものとして現われたということ、他方、魂の最も浄らかな部分は離脱したが、それがヘラクレス自身であったということをである(2)。

肉体は魂の監獄という説

二四　ここからまたあの、肉体は魂にとって一種の監獄であるという説(3)が、哲学者たちに奉じられるようになったと思われる。そしてこのことも、ホメロスが最初に明らかにしたのである。すなわち詩人は、生きている者たちの場合は、いつもそれをデマス〔身体〕(4)と呼ぶ。こういった例である。

身体においても性質においても(5)

とか、

身体を、ある女に似せた(6)

とか、

わたしの優れた性質も、姿も、身体も(7)

とかである。他方、魂を放出したものの場合は、ソーマ〔肉体、死体〕としか呼ばない。以下のような例で

ある。

わたしの遺体は、家まで返してほしい(8)

とか、

彼ら［求婚者たち］の遺体は、葬られずに、オデュッセウスの館で横たわっている(9)

とか、

（1）『オデュッセイア』第十一歌六〇一行以下。冥界でのオデュッセウスの体験談に属する部分。

（2）死後のヘラクレスが、冥界では「幻影 eidōlon」として、また天上では神々の一員として過ごしているというここの『オデュッセイア』の箇所は、古くから論争の的になっている。アレクサンドリアの学者たちは、神々の間にいるという詩句（第十一歌六〇二―六〇四行）を、真正ではないとして削除した。他方、この詩句に関連して、肉体以外の要素を魂と知性（後者をほんらいの人間自身とする）とに分ける説（プルタルコス『月面の顔について』九四四F―九四五A）、あるいは魂をより高次のものと低次のものとに分ける説（プロティノス『エンネアデス』第一巻一-一二等）があり、本著者の考えも、こういう二分法に基づいているかもしれない。

（3）この説の起源は、プラトンによって、オルペウス派に帰せられている（『クラテュロス』四〇〇C）。

（4）demas の語を、deō「緊縛する」や、desmōtērion「監獄」と関連付けている。プルタルコス『魂について』断片一七七（Sandbach）等に、そういう説明法が記されている。

（5）『イリアス』第一歌一一五行等。

（6）『オデュッセイア』第四歌七九六行等。

（7）『オデュッセイア』第十八歌二五一行等。

（8）『イリアス』第七歌七九行＝第二十二歌三四二行。遺体（ホメロスでは sōma はつねにこの意味）は返還してほしいという、殺される者の側からの要請。

（9）『オデュッセイア』第二十四歌一八七行。

彼［エルペノル］の遺体を、われわれは、キルケの館に残して来ていたのだった[1]とかと言われるのである。同じものが、その人が生きている間は魂の監獄であり、死ねば、あたかもセーマ［墓］のように残されるわけである。[2]

魂の輪廻説と動物との親縁性

一二五　これに付随するのが、死者の魂は他の種類の肉体に移るという、別のピュタゴラス的教義である。[3]しかし、これもホメロスの思想の外にあるものではない。ヘクトルに、アンティロコスに、またアキレウスその人にも、馬たちと対話させ、対話させるのみならず相手の返答も聞く、[4]という創作をし、また犬が、人間たちよりも、家族の者たちよりも、先にオデュッセウスを認識する[5]という形の詩作をする詩人は、人間と他の動物たちとの理性の共通性[6]と、それらの魂の血縁性[7]とを示しているのに他ならないではないか？　また、太陽神の雌牛たちを食べ、そのことで滅びに落ちた者たち[8]は、牛のみならず他のすべての動物も、同じ生命的本質に与っているという理由で、神々に尊ばれていることを明らかにしている。[9]

キルケと輪廻

一二六　また、オデュッセウスの仲間たちを豚やその類いの動物に変身させる[10]のは、無思慮な人間の魂が獣の肉体の姿に変わること、そして万有の円環的（エンキュクリオス）な経巡りに陥ることを暗示している。そ

してこれをキルケと呼んで、適切にも太陽の子と見なし、アイアイアの島に住まわせているが、これは人間[11]

(1)『オデュッセイア』第十一歌五三行。

(2)「ソーマ」との語呂合わせになっている。「ソーマ」を遺体には限定せずに、それを「魂の（自由を奪って幽閉する）墓」のようだとするプラトン『クラテュロス』四〇〇C、マクロビウス『「スキピオの夢」註釈』第一巻第一章一三などでは、生きている者の身体をすでにこの「ソーマ＝セーマ」の譬えに結びつける。「遺体」に限定する本箇所では、論旨が違ってきている。

(3)アリストテレス『魂について』四〇七b二〇―二三、その他参照。

(4)『イリアス』第八歌一八四行以下、第二十三歌四〇二行以下、第十九歌三九九行以下。馬が返答する、というのは、最後の箇所のみ。

(5)『オデュッセイア』第十七歌二九一行以下（アルゴスという犬が、帰郷した、しかし乞食に身をやつしているオデュッセウスを、最初にそれと認めた。）。

(6)魂を持つものは、（その程度はともあれ）理性も有するというプルタルコス『陸の生き物と水の生き物とどちらが賢いか』九六〇C等参照。

(7)上記、ピュタゴラス主義的輪廻説による（「他の種類（または姿）」の肉体にも生まれ変わる）。しかし、ここはストア派の思想にも関係する（次々註）。

(8)『オデュッセイア』第十二歌二六〇―四五三行。

(9)セクストス・エンペイリコス『学者たちへの論駁』第九巻一二七で、ストア派の気息論に関連して、それは魂の様態で宇宙に行き渡り、人間と動物とを結び合わせる、とあるのを参照。「生命的本質 physis zōtikē」もストア派的用語かもしれない（cf. Hillgruber）。

(10)『オデュッセイア』第十歌二三八―二四三行（魔女キルケによってオデュッセウスの部下たちが豚に変えられる。それより前に他の人間たちがライオンや狼に変えられていた）。

(11)enkyklios「円環（輪廻）的」の語と、Kirke の名と、kirkos「環」の語とを関連づけている。キルケの物語を魂の輪廻論と結びつける解釈法は、ストバイオス（『抜粋集』一-四九-六〇）が引用するポルピュリオス「断片」三八二（Smith）＝プルタルコス「断片」二〇〇（Sandbach）にも見出される。

たちが、死ぬさいに嘆き（アイアゼイン）悲しむことから言ったのである。

他方、思慮ある人間、オデュッセウスその人は、そういう変身を味わわずに済んだが、それはヘルメスすなわち理性[1]から、受難を免れる力を授かっていたからである。[2] また彼が自ら冥界にも下るのは、魂を肉体から分離することができると言うかのようであり[3]、また良い魂と悪い魂の観察者になったかのようである。

ストア派の霊魂論とホメロス

一二七　霊魂そのものについてストア派は、それをわれわれに生来の気息と定義し、肉体の中にある湿気[4]から発する、感覚を有する蒸気と定義する。[5] これは、次のように言うホメロスに従っている。

息が
胸の中に留まっている間は……[6]、

また、

［パトロクロスの］魂は、地の下へ、煙のごとく、
きいきい言いながら向かった。[7]

これらの箇所で詩人は、生者の気息を、湿っているがゆえに、「息（アユトメー）」の語で明らかにし、すでに滅んだ者のは、「煙」になぞらえている。また、気息（プネウマ）という名称そのものを魂について用いる。

こう言って、大きな力を、民の牧者に吹き込んだ（エンプネウセ）[8]。

また、

命を吐き出して（アポプネイオーン）……[9]

とか、

彼女［アンドロマケ］が息を吹き返し（アンプニュート）、その胸に意識を取り戻すと[10]

とか言われる。ここは、拡散していた気息が集められたということである。また、

（1）この同定については、一〇二節参照。

（2）オデュッセウスは、ヘルメスから、キルケの魔法にかからないようにするモーリュという薬草を授かった（『オデュッセイア』第十歌三〇二―三〇五行）。これを理性的な力のことと解する寓意的解釈は、ヘラクレイトス『ホメロスの寓意』七二などでも見出される。また「受難を免れる力」とここで訳した apathes は、ストア派的な apatheia（情動から免れた状態）の用語を思わせる。

（3）「ことができると言うかのようであり」と訳したここの写本原文 hōsper einai legōn は不明確で、Hillgruber はこの句を hōsperei meletōn と書き直し、「（魂を肉体から分離する）訓練をしているかのようであり」として、哲学者の「死の訓練」と関連づける（プラトン『パイドン』六七E等参照）。

（4）もっぱら血液のこと（一二二節参照）。「われわれに」はトイプナー版の補い。

（5）『初期ストア派断片集』I 一三五―一三八、II 七七三―七八九（von Arnim）参照。

（6）『イリアス』第九歌六〇九行以下＝第十歌八九行以下。

（7）『イリアス』第二十三歌一〇〇行。二行目はトイプナー版の補い。

（8）『イリアス』第十五歌二六二行＝第二十歌一一〇行。以下の箇所は、pneuma「気息」の派生語が用いられている例。

（9）『イリアス』第四歌五二四行＝第十三歌六五四行。

（10）『イリアス』第二十二歌四七五行。

ふたたび彼〔サルペドン〕は息を吹き返した。ボレアスの息が彼の回りに
吹きかけて、命を吐き出しつつあった彼を蘇らせた(1)

と言われる。命を失いつつあった者の気息を、それと本性を同じくする〔風の〕息が外部からあおり立てることで、生き返らせたのである。この説の補強として、詩人が外部の息〔風の息吹〕に関しても魂（プシューケー）の語を用いていることが挙げられる。こう言うのである。

ほんのそっと吹きかけて（プシュークサーサ）……(2)。

「気息を吹きかけて（プネウサーサ）」ということを言わんとしているのである。

プラトンおよびアリストテレスの霊魂論とホメロス

一二八　プラトンとアリストテレスは、魂を非肉体的なものと見なすが、ただそれは、つねに肉体の周囲にあり、これを乗り物のように必要としている、とした(3)。それで、肉体からそれが離れた後も、気息的なもの（プネウマティコン）を引きずっており、しばしば、それが肉体に有していた刻印のようなものを、形として保持しているのである、と(4)。

同様に(5)ホメロスも、魂を肉体と呼んでいる箇所は、その作品のどこにも見出されないだろう。むしろ、魂を奪われているものを、つねにこの語〔「肉体」〕で呼称するのである。上記で、そのいくつかの例に言及したとおりである。

(1)『イリアス』第五歌六九七行以下。

(2)『イリアス』第二十歌四四〇行。psȳkhē「魂」の語は、psȳkhō「息を吹く」と同源。魂＝気息の理論の一例証として、この動詞のこういう用例を挙げている。

(3)魂を、肉体と不分離に結びついている気息という物質と見なすストア派（前節参照）に対して、プラトンは魂と肉体とを互いにはっきり分け（『パイドン』八〇B等参照）、後者をじっさいに魂の乗り物 okhēma と表現している（『ティマイオス』六九C）。アリストテレスの霊魂論はより微妙で、魂を肉体の完現態（エンテレケイア）と呼び（『魂について』四一二a二七以下）、「魂は身体そのものではなく、身体に属する何かなのであり……物体のうちに、しかもある特定のあり方の物体［身体］のうちに存在する」（中畑正志訳）ものとする（同四一四a一九以下）。肉体と魂との関係を、封蝋とそれに捺された印型とに喩える（同四一二b六以下）彼の霊魂論は、プラトンの二元論に対してむしろ一元論的（魂を肉体と不即不離の関係におく）と言われる。ただ、そのアリストテレスも、魂の諸能力のうち、（不死的な）理性のみは肉体から離れて存在しうるとし（同四一三b二四以下）、必ずしも首尾一貫していないと見うる。なお、霊魂論の関連でアリストテレスが「乗り物」という語を用いることはないようである。

(4)『オデュッセイア』第十一歌六〇一行以下における、死後のヘラクレスの「幻影 eidōlon」についての詩句に関連して、プルタルコス『月面の顔について』九四五Aで、「魂は理性によって刻印され、他方で肉体を刻印し、周囲全体からそれを包み込んで形を捺しつける。それで、（この形は）どちら（魂と肉体）から離れても存在するようになり、長い間相似性と刻印を保持しているので、正当にも幻像と呼ばれるのだ」とあるのを参照。また、ポルピュリオス『英知界へ導くための諸教説』二九「それ（魂）が、固い肉体から出てくると、諸天球から集まっていた気息がそれに同行する。そして肉体への愛着のゆえに……心象（phantasiā）の型が気息の中に捺しつけられ、かくて幻影（eidōlon）を引きずることになる」参照。本箇所は、こういう説と通じると思われるが、これらは新ピュタゴラス主義的、中期（新）プラトン主義的な説で、プラトンやアリストテレスその人の教説とは必ずしも言えない。折衷主義的に中期プラトン主義も本書には含まれていると考えられる。

(5)上記「プラトンとアリストテレスは、魂を非肉体的なものと見なす」を受ける。

魂の諸部分

一二九　また魂は、哲学者たちもそう考えているように、理性的な部分（ロギコン）を頭の中に宿し、他方で、非理性的な部分のうちの激情的［気概的］な部分（テューミコン）は心臓に、また欲望的な部分（エピテューメーティコン）は胃の周囲に収めているが、[1] それより先にホメロスがこの区別を知っていたのではないか。彼は、アキレウスに関する描写で、理性的な部分を激情的なそれと戦わせ、危機的瞬間において、苦痛を与えた者［アガメムノン］に復讐すべきか、怒りを止《とど》めるべきか、同時に思考させる。

　このように彼［アキレウス］が、心（プレーン）の中で、また胸（テューモス）中で、思いを巡らしていると……。[2]

これはすなわち、思慮（プロネーシス）と、それに相対する激情的（テューミケー）怒りとに即して、ということであり、［けっきょく］後者に思慮が勝つ様子を描いている。つまりこのことを、アテナの顕現は、アキレウスにとって意味するのである。

　他の箇所でも、理性を、激情に対する忠告者にし、あたかも支配者が従属者に命じるような形に描いている。

　耐えよ、わが心よ。これより屈辱的なことも、かつて耐えたお前なのだ。[3]

そして激情は、多くは、理性に従う。このような箇所においてである。

　このように彼［オデュッセウス］は、胸中で、自分の心に語りかけながら言った。
彼の心は、耐えながら、おとなしく従った。[4]

同様に、苦悩の情もそうである。

だが、起きたことについては、恨みはあっても、何も言わないことにしよう、
胸の中の激情を無理やり抑えて[5]。

しかし、ときには激情が理性に勝つ場合を描く。それを詩人がよしとはせず、むしろ非難していることは明らかである。たとえば、ネストルがアガメムノンに、アキレウスに対する彼の侮辱を批判しながら、こう述べる箇所である。

それは、われわれの心にかなった行為ではなかった。わたしのほうから
大いに諌めたのに、あなたは、傲岸な激情に負けて、
最も優れた男［アキレウス］を、神々が尊ぶ彼を、
侮辱したのだ[6]。

同様のことを、アキレウスもアイアスに対して、こう言う。

あなたが話したことは、すべてもっともなことだと思う。

（1）魂の三区分説については、プラトン『国家』第四巻四三九D以下、『ティマイオス』六九C以下（肉体中のそれぞれの位置）参照。
（2）『イリアス』第一歌一九三行。
（3）『オデュッセイア』第二十歌一八行。
（4）『オデュッセイア』第二十歌二二行以下。
（5）『イリアス』第十八歌一一二行以下＝第十九歌六五行以下。
（6）『イリアス』第九歌一〇八―一一一行。

だが、アルゴス人の間でわたしに侮辱を加えた
あの男［アガメムノン］のことを思い出すと、わたしの心は怒りで膨れるのだ。(1)

そのようにまた理性が、恐怖のゆえに、離れ去る場合もある。ヘクトルが、アキレウスと戦うため、踏みとどまろうと考える。

すぐにまた手合わせをし、闘い合うほうがよい。

オリュンポスの神［ゼウス］が、どちらに誉れを授けるか、見てやろう。(2)

それから、アキレウスが近づいてくると、しり込みする。

それに気づいたヘクトルを、恐怖が捉えた。そしてそこに留まる勇気はもうなかった。背後の門を後にし、逃げ出した。(3)

心臓と情動

一三〇　また、情動の座を心臓のあたりに置いていることも明らかである。怒りについてはこう言う。
心の臓は彼の内部で吠えた。(4)
また、苦痛については、
いつまで嘆き、苦悶しながら、
お前の心臓を貪り続けるのか？(5)

また、恐怖については、

わたしの心臓は胸の外に

躍り出て、立派な膝は下でがくがく震えている。(6)

同じ理屈で、恐怖と同様に大胆さも心臓の周りにあることを示す。

そして各人の力を奮い立たせた

——その心の中に、たゆまず戦い戦闘しようという気力を。(7)

他方、これらの箇所から、ストア派の者たちには、指導的部分は心臓のあたりにあると考えられた。(8)

他方、欲望的部分が胃のあたりにあるということは、多くの箇所で明らかにしているが、次のような例も

---

(1)『イリアス』第九歌六四五—六四七行。

(2)『イリアス』第二十二歌一二九行以下。

(3)『イリアス』第二十二歌一三六行以下。

(4)『オデュッセイア』第二十歌一三行。オデュッセウスが、召使い女たちのふしだらさを目撃して、犬が唸るような憤激を胸中抱いた、という箇所。

(5)『イリアス』第二十四歌一二八行以下。女神テティスが、親友パトロクロスの死を嘆くわが子アキレウスに話しかける言葉。

(6)『イリアス』第十歌九四行以下。アガメムノンが、老将ネストルに向かって言う言葉。

(7)『イリアス』第二歌四五一行以下。一行目はトイプナー版（Stephanus）の補い。女神アテナがギリシア軍を駆り立てるという箇所。

(8)心臓に、情動ではなく理知的部分 logistikon（= hēgemonikon「指導的部分」）を置いたストア派（クリュシッポス等）に、（批判的に）言及している（ガレノス『ヒッポクラテスとプラトンの学説』第三巻第二章一一以下参照）。

ある。

だが、悪さをする胃が、わたしを
駆り立てる。(1)

また、

逸る胃を抑え込むことはできない。(2)

激情の諸原因

一三二　また、魂の激情的部分に生じることの諸原因が、〔身体の〕自然に従っていることを認識した。(3) 怒りは、苦痛によって起こるもので、血液と、その中にある気息との沸騰であるということを示す。(4) このような箇所である。

彼はむっとしていた。その心は憤怒（メノス）に充たされ、
一面どす黒くなり、両目は輝く火のようだった。(5)

気息のことを憤怒と称しているようである。そしてこれ〔気息〕が、憤激している人間の場合に拡張し、燃え上がると考えている。

他方、恐怖を抱く人間の気息が収縮し、冷やされると、身体の総毛を立たせ、震えや蒼白状態を引き起こすことになる。これらすべては、冷却から生じるのである。蒼白状態は、温かみが奥にひきこもり、赤みが

表面を去るときになるのであり、震えは、気息が内部に閉じ込められ身体を打つからである。[6]また総毛が立つのは、湿気が凝固して体の毛が圧されて立ち上がるのである。[7]

こういうことすべてを、ホメロスは明白に示している。こう述べるのである。

恐れのために蒼ざめて[8]

とか、

蒼ざめた恐れが捉えた[9]

(1)『オデュッセイア』第十八歌五三行以下。
(2)『オデュッセイア』第十七歌二八六行。
(3)身体上の変化を伴う心理的諸現象を、自然学(科学、生理学)的な観点から説明する方法が、ペリパトス派でよく行なわれたが、他の哲学派や医学においても用いられた。そういう説の元祖をホメロスとする。
(4)プラトン『クラテュロス』四一九E(「憤激(テューモス)は、魂の猛り(テュシス)と沸騰から名を得ている」)、アリストテレス『魂について』四〇三a二九―b二等参照。魂、血液と気息のつながりについて、一二二節参照。
(5)『イリアス』第一歌一〇三行以下(アガメムノンについて)=『オデュッセイア』第四歌六六一行以下(求婚者アンティノオス)。
(6)アリストテレス『呼吸について』四七九b二二―二四「恐怖を抱く者は上部(表面)において冷やされる、そして温かみが去り、収縮して狭いところに押し込められるので、動悸を生ぜしめることになる」参照。気息が、大地の中に閉じ込められて、地震を生ぜしめる、という説(一〇七節、アリストテレス『気象論』三六六b一五―一七)も参照。
(7)伝アリストテレス『問題集』八八九a二八―三一にも、類似の自然学的説明がある。
(8)『イリアス』第十五歌四行。
(9)『イリアス』第七歌四七九行等。

とか、

　見事な足が下のほうで震えた[1]

とか、

　こう［従者が］言った。すると老人［プリアモス］の心はうろたえ、大いに恐れた。
　そして、曲がる手足の毛がまっすぐに立った[2]。

そういう仕方で、「彼は恐れた」を「震えた[3]」と言い、「恐怖」を「ぞっとする[4]」と形容する一方、逆に、「温かみ[5]」を安心と希望の意味で用いる。劣った情動[6]のあれこれについては、詩人は、このような仕方で解明する。

良い情動

一三二　他方、アリストテレスの周囲の者たちは、憤りと憐れみを良い情動[7]と見なすが——近い人間が不相応に幸運な場合に善良な者が覚える苛立ちを「憤り」と称する一方、不相応に不運な場合のそれは「憐れみ」と呼ぶ[8]——、これをホメロスも、善良な者にふさわしい情動であると考えている。ゼウスにもそういう感情を帰するのである。こういった描写をしている。

　テラモンの子アイアスとの戦闘は［ヘクトルは］避けていた。
　より優れた男と彼が戦うことを、ゼウスが憤っていたからである[9]。

別の箇所では逆に、同じ男［ヘクトル］をゼウスは憐れむ。

　城壁のまわりを追われる彼を……。(10)

魂の徳性と劣性

一三三　また、魂の徳性と劣性とについてどういう考えを持っているか、多くの箇所で示している。魂のある部分は知的で理性的である一方、ある部分は非理性的で情動に動かされやすいので、そしてこのゆえに人間は神と動物との中間的なものになっているので、最高の徳性は神的と、また最悪の劣性は動物的であると

---

(1)『イリアス』第十歌九五行。

(2)『イリアス』第二十四歌三五八行以下。

(3)『イリアス』第三歌二五九行等（thigēse）。

(4)『イリアス』第九歌二行（kryoeis）。

(5)『イリアス』第六歌四一二行等（thalpōrē）。

(6) 怒りや恐怖を、次節で扱う「良い情動」と対比する。

(7) asteia pathē. アリストテレス『弁論術』一三八六b一三での pathē ēthūs khrēstū「良い性質の（人間の）情動」に対応する。

(8) アリストテレス『弁論術』一三八六b九―一六等に基づいた論。

(9)『イリアス』第十一歌五四二行以下。ゼウスは、好意を持つヘクトルの戦いを今援助しているが、より優れた勇士アイアスと戦って「不相応」な手柄を立てることは許さない。なお、五四三行はアリストテレス『弁論術』一三八七a三一―三五等でも引用されるが、ホメロスの諸写本（流布版）そのものにはない。流布版とは異なる系統の版に属する。

(10)『イリアス』第二十二歌一六八行（ヘクトルがアキレウスに追われる場面）。

見なす。それは、ちょうど後代にアリストテレスが考えたとおりである。(1) そしてそれを比喩のなかで表わす。すなわち、優れた者たちをいつも「神に似ている(2)」と、あるいは

その知謀はゼウスに匹敵する(3)

と称する。他方、劣った人間のうちで臆病な者を、「逃げる鹿(4)」や、羊飼いのいない羊や(5)、追われるウサギに(6)譬え、怒りのため向こう見ずに無思慮に駆り立てられる者についてはこう言う。

豹も、ライオンも、それほどに猛々しくはない、
また、どの獣よりも激しい心を胸に荒れ狂わせる
破滅的な野猪もそれほどではない
——パントオスの、良い槍を持つ息子たちの鼻息が荒いほどには。(7)

また、情動的に過ぎる悲しみ方をする者たちの悲嘆を、夜鳴き鳥の声になぞらえる。(8)

その雛たちを、
飛べるようになる前に、田舎の人間が奪い取った［という鳥たちのように嘆いた(9)］。

ストア派の無情動説

一三四　ストア派は、無情動(10)のなかに徳を置くが、これは、すべての情動を排斥しようとする［ホメロスの］詩句の数々に従っている。悲嘆については詩人はこう言う。

いや、死んだ者には、一日だけ涙を流してやってから、

無情の心を持って、埋葬を行なわねばならない[11]。

また、こうも言う。

どうして泣いているのだ、パトロクロスよ、まるで乙女のようではないか[12]?

また、怒りについては、

争いが、神々からも人間の間からもなくなればよいのに[13]!

---

(1)『ニコマコス倫理学』第七巻一一四五a一八—二五参照。
(2)『イリアス』第二歌六二三行等。
(3)『イリアス』第二歌一六九行等。
(4)『イリアス』第十三歌一〇二行。
(5)『イリアス』第十歌四八五行。
(6)『イリアス』第十歌三五九—三六一行参照。
(7)『イリアス』第十七歌二〇—二三行。メネラオスのエウポルボス(トロイアのアポロン神官パントスの子)に対する言葉。
(8)以下で引用される箇所では、再会したオデュッセウス父子の悲嘆(これまでの苦難を想って。ただし喜びの気持ちも交じる)が、夜鳴き鳥(aēdōn, ナイチンゲール)ではなく、オジロワシ(phēnai)やヒゲワシ(aigypioi)のそれになぞらえられる。わが子を殺した運命を嘆く夜鳴き鳥の悲嘆は神話的に有名で(『オデュッセイア』第十九歌五一八行以下等)、著者はそれと混同したか。
(9)『オデュッセイア』第十六歌二一七行以下。
(10)apatheia. 情動に動かされない、振り回されない、という態度。
(11)『イリアス』第十九歌二二八行以下。オデュッセウスのアキレウスに対する言葉。
(12)『イリアス』第十六歌七行。アキレウスの言葉。
(13)『イリアス』第十八歌一〇七行。アキレウスの言葉。アガメムノンとの争いと怒りとから生じた結果(パトロクロスの死)に関連して。

と述べ、恐怖については、

逃走ということを口にするな、きみが説得できるだろうとは思わないから[1]

とか、

お前たちのうち、

当てられたり打たれたりして、死と定命に遭う者は、

死ぬがよい[2]

とかと言う。そのようにして、単戦するよう促される者たちも、恐れることなく応じ、一人ではなく何人もが立ち上がる。傷つけられても、踏みとどまる勇気を減じることはない。次のような例である。

お前は今、俺の足の甲を引っ掻いて、無益な法螺を吹いている[3]。

そして立派な戦士は、皆、ライオンや猪や奔流や嵐に譬えられる。

ペリパトス派の唱えるほどほどの情動

一三五　他方、ペリパトス派の者は、無情動を人間には到達できない境地と見なし、むしろほどほどの情動（メトリオパテイア）という概念を導入して、情動の過剰を除くことにより、中庸を徳の定義とする[4]。ホメロスも、つねに勇士たちを、高貴な人間たちではあるが、完全に恐怖や苦悩や怒りから免れてはいない者たちとして、ただし情動にあまりにも支配されることはない点で劣った者たちとは異なる人間として、提示する。

こう言うのである。

臆病者の顔色は次々と変化し、
胸中の心が、じっと坐っているよう抑えることもできない。
心臓は、死を予感する彼の胸の中で
大きく打ち、歯もかたかたと打ちならす。
だが勇士の顔色が変わることはないし、ひどい恐れを
抱くこともないのだ。(5)

詩人が、勇士から、過剰な恐れを除外して、ほどほどの情動を残していることが明らかである。他の類似の情動、つまり苦悩や怒りについてもそのように考えるべきである。

また、あの箇所も同様である。

トロイア勢は、一人ひとりが、手足を恐ろしく震わせた。

(1)『イリアス』第五歌二五二行。ディオメデスのステネロスに対する言葉。

(2)『イリアス』第十五歌四九四行以下。ヘクトルの、トロイア兵に対する叱咤激励の言葉。

(3)『イリアス』第十一歌三八八行。ディオメデスが、パリスの矢に足を射られたときの言葉。

(4)ディオゲネス・ラエルティオス『哲学者列伝』第五巻三一参照。

(5)『イリアス』第十三歌二七九—二八〇行および二八二—二八五行。クレタ人将軍イドメネウスの、同国人メリオネスへの言葉。

ヘクトルその人も、胸の中で、心臓が激しく打った。[1]

他の［トロイア軍の］者たちは、相手を見るだけで震えたが、彼［ヘクトル］のほうは、危険のさなかに立たされていながら、勇敢なので、ただ懊悩しただけなのである。

それで、恐怖に捉われたドロンやリュカオン[2]の描写と、アイアスやメネラオスが周囲を睨みながら、家畜小屋から押しやられるライオンたちのように、一歩一歩しりぞいてゆく[3]ところの描写とが異なるのである。同様に、悲しんでいる者や喜んでいる者の間の相違も同じ仕方で示している。オデュッセウスが、キュクロプスたちを欺いたやり方を語りながら、こう言う。

わたしの心は笑った。[4]

他方、求婚者たちは、乞食［イロス］が倒れたのを見て、

両手を上げて、死ぬほどに笑った。[5]

両方の箇所で、中庸という点に関する相違が認められる。

また、オデュッセウスは自分の妻を愛していながら、そして彼女が自分のことで泣くのを目にしながら、それをこのように耐える。

彼の両目は、まるで角《つの》か鉄であるかのように、たじろがなかった。[6]

ところが、同じ彼女を愛する求婚者たちは、彼女を目にして、

彼らの膝は頽《くずお》れ、その心を愛情がとろけさせた。

そして誰もが、臥所で添い寝したいものと恋い焦がれた。(7)
以上のように詩人は、魂の強さや情動について描いている。

魂の徳、アキレウスとオデュッセウス

一三六　善と幸福とについて、哲学者たちは多くの論を述べているが、魂の徳が最大の善であるということは、彼らすべてにおいて一致している。だが、ストア派は、幸福のためには、徳だけで十分であると考える。(8) その手がかりを、彼らは、ホメロス

(1)『イリアス』第七歌二一五行以下。アイアスが、ヘクトルの提案した単戦に応じて、前に出てきたときのこと。
(2) トロイア人ドロンは、ギリシア陣地の偵察に出かけたとき、オデュッセウスとディオメデスに見つかり、逃げ出すが、けっきょく捕まって殺される（『イリアス』第十歌三一四行以下）。トロイア王子リュカオンは、スカマンドロス（クサントス）河畔でアキレウスと直面し、助命嘆願しようとして彼の膝に取りすがるが、殺される（『イリアス』第二十一歌三四行以下）。
(3) アイアスの撤退については『イリアス』第十一歌五四四行以下、メネラオスのそれについては第十七歌一〇八行以下参照。
(4)『オデュッセイア』第九歌四一三行。
(5)『オデュッセイア』第十八歌一〇〇行。イロスが、（やはり乞食姿に身をやつしている）オデュッセウスと拳闘をし、倒れたときのこと。
(6)『オデュッセイア』第十九歌二一一行。
(7)『オデュッセイア』第十八歌二一二行以下。
(8)『初期ストア派断片集』Ⅰ一八七―一八九、Ⅲ四九―六七等（von Arnim）参照。

において、最高に思慮深い賢明な者〔オデュッセウス〕が、名声のために苦労を蔑み、快楽を見下すという描写が行なわれる箇所から得ている。最初の点に関してはこう言われる。

だが、あの強い男は、何ということを仕出かし、耐えたことか！
自分の姿を、惨めな鞭打ちによって卑しめ、
ひどい襤褸で肩を覆って、下僕に身を似せながら、
敵の町に潜入したのだ。(1)

また、二番目の点についてはこう言う。

わたしを女神カリュプソはそこに引きとめようとした、
同じように、アイアイアの狡知なキルケも、わたしを夫にしようとして、
その館に留めておこうとした。
だが、わたしのこの胸の中の心を説きふせることはできなかった。(2)

とりわけ徳の誉れを示しているのは、こういう点においてである。すなわちアキレウスについては、勇敢であるのみならず、容貌もいちばん美しく、足も最速であり、生まれも申し分なく(3)、名だたる祖国を持ち(4)、最大の神〔ゼウス〕から援けられる、という形で描写するが、オデュッセウスに関しては、思慮もあり、精神的に忍耐力もあるが、他の点では、〔アキレウスと〕同様の運には恵まれておらず、年齢(5)も見目も同じではないし、けっして言うに足る祖先を持っていたわけではなく(6)、祖国(7)も有名ではなく、もう一人の神〔ポセイドン〕に憎まれていた(8)。しかし、そういうことも、何一つ、彼の名声を妨げることはなかった。魂の徳を有

していたからである。

ペリパトス派の幸福論とホメロス

一三七　ペリパトス派は、魂の持つ善、たとえば思慮や勇気や節制や正義を第一位のものと考え、[9] 身体の善、たとえば健康や力や美や速さを第二位のものとし、[10] 外的な善、たとえば生まれのよさや名声や富を第三位のものと見なす。[11] 苦痛や病や困難や望まざる逆境のなかで、不運に抵抗する魂の徳を発揮することは、称賛と感嘆に価するというのである。ただ、それを願わしい至福の状況とはしない。恵まれた境遇のなかで知性を

（1）『オデュッセイア』第四歌二四二行、二四四―二四六行。オデュッセウスが、偵察のためにトロイアへ忍び入ったときのこと。
（2）『オデュッセイア』第九歌二九行、三一―三三行。
（3）父ペレウス、祖父アイアコスを介して、ゼウスが曽祖父に相当する。母テティスは女神で、海神ネレウスの娘。
（4）本土中央部テッサリアのプティア。
（5）下記一九九節参照。
（6）父ラエルティオスの先祖にはとくに有名な者はいない。ただ母アンティクレイアは、アウトリュコスを父とし、祖父としてヘルメスにさかのぼる。
（7）小島イタケ。
（8）オデュッセウスの放浪は、ポセイドンの怒りのせいとされる。
（9）アリストテレス『ニコマコス倫理学』第一巻一〇九八ｂ一四以下参照。
（10）ディオゲネス・ラエルティオス『哲学者列伝』第五巻三〇等参照。
（11）ディオゲネス・ラエルティオス『哲学者列伝』同箇所等参照。

保つことがほんとうの幸福であると考える。[1] また、徳を有することだけではなく、さらにそれを用い実現させることがよいことであるとする。[2]

こういう考えをホメロスもはっきり表わしている。つねに神々を、

良いことを授ける者たち[3]

すなわち、恵みの授与者となし、じっさいに人々は、それを叶えてくれるよう神々に祈るのである。それは、もちろん、彼ら［人間］にとって無益なものではないし、どちらでもよい[4]というものでもなく、むしろ幸福にとって有用なものであるからである。

具体的な善

一三八　では、人間たちが求めるのはどういう善であり、どのようなことによって幸せと見なされるのか、という点を、詩人は多くの箇所で明らかにしている。ヘルメスについては、すべての点をまとめて言う。

あなたは、体つきにおいても見目においても何と立派なことか、
そして聡い心をお持ちだ。幸せなご両親の子だ。[5]

彼［ヘルメス］の身体の美と、思慮と、生まれのよさを証言しているのである。[6] また、個別的にはこう述べる。

彼に神々は、美と、好ましい男らしさを授けた。[7]

また、

　莫大な富をクロノスの子は〔ロドス人たちに〕授けた[8]

とも言われる。これも神の贈り物だからである。

　オリュンポスのゼウス自らが、人間たちに幸せを分け与えるのです。[9]

名誉、子宝、家族

一三九　ときには、名誉をもよいものと見なす。[10]

アテナとアポロンが敬われているほどに、わたしも敬われたいもの。[11]

(1) アリストテレス『政治学』一三三二a一九以下参照。
(2) アリストテレス『ニコマコス倫理学』第一巻一〇九八b三一以下参照。
(3)『イリアス』第八歌三二五行。
(4) 善でも悪でもない（どちらにも関係しない）もの（adiaphora）というストア派の用語。
(5)『イリアス』第二十四歌三七六行以下。プリアモスのヘルメス（若者の姿を取っている）への言葉。
(6) この節の幸福論については、アリストテレス『弁論術』一三六〇b一八以下参照。
(7)『イリアス』第六歌一五六行以下。ベレロポン（ベレロポンテス）に関して。
(8)『イリアス』第二歌六七〇行。
(9)『オデュッセイア』第六歌一八八行（ナウシカアの言葉）。
(10) 名誉と子宝（次出）もアリストテレスは、『弁論術』一三六〇b二〇等で幸福の要件に数えている。
(11)『イリアス』第八歌五四〇行=第十三歌八二七行（ヘクトルおよびネストルの言葉）。

またあるときには、子宝をそう見なす。
死ぬときに子を遺しておくことはどんなによいことか[1]。
またあるときは、一家の者とともにいられる喜びをそう見なす[2]。
酒注ぎを行なってから、わたしをつつがなく送り出してください。そしてあなた方自身もご機嫌うるわしく！
わたしの心が望んだことは――送り出していただくことと、贈り物を授かることは、
すでに成就しましたから。この贈り物を、天の神々が
幸いあるものになしたもうことを！　そして家に帰ったわたしが、申し分のない妻と、
安泰な一族とに再会できますように！
またあなた方は、ここに留まりながら、愛する妻や
子どもたちを喜ばせ、神々があなたたちをあらゆる点で
優れた民になし、禍いが見舞うことのないことを[3]！

富と力と思慮と

一四〇　善い物の数々の比較において、富よりも力のほうが優れていることを、こういう言葉で示す。
彼は、娘のように黄金を身に着けながら、戦争にやってきた
――愚かなこと――、これで惨めな死を防ぐことはできなかったのだ[4]。
また、こうも言われる。

それでわたしは、こういう財産を愉しみながら、王位にいるわけではないのだ。[5]
他方、力よりも、思慮のほうがいつも優れているとする。
他の者は、見目では冴えない男であっても、
神が、その姿を、言葉で飾り上げる。[6]

外的な運の必要性、ネストルとオデュッセウス

一四一　身体の条件と外的な好運とを善と見なしていることも明らかである。これらなしに、徳だけで、幸福のために充分になることはないということを、次の点で示している。すなわち、二人の男、ネストルとオデュッセウスとが、徳の極致にいたっていることを描き、彼らが他の者たちを凌駕しながら、互いには、思慮と勇気と雄弁とにおいて同等であることを示しつつ、運においてはもはや同等ではないことを表現する。

(1)『オデュッセイア』第三歌一九六行。
(2) 以下の引用に出る「妻」という点そのものはアリストテレス(『弁論術』一三六〇b二〇等)によって挙げられていないが、子宝という条件を一族(philoi)全体に拡張する。
(3)『オデュッセイア』第十三歌三九―四六行。オデュッセウスの、パイエケス(スケリア)人への別れの言葉。
(4)『イリアス』第二歌八七二行以下。トロイア方カリア人のアンピマコスが、黄金の装身具を帯びて参戦した、ということに関連して。
(5)『オデュッセイア』第四歌九三行。メネラオスが、兄の悲劇を悲しんで言う言葉。
(6)『オデュッセイア』第八歌一六九行以下。雄弁と思慮が充分に補う、の意。

神々は、ネストルには、
結婚したときにも、生まれたときにも、幸せな運命を授けた。
彼自身は館の中で恵まれた老年を迎え、
息子たちは賢明で、槍を持っては勇士である、という運命を。(1)

しかしオデュッセウスのほうは、雄弁で、聡く、思慮ある男ではあるけれど、しばしば彼を惨めな者と呼ぶ。ネストルは、帰還に向け速やかにつつがなく航行したが、オデュッセウスのほうは、長い期間放浪し、無数の苦労と危険を受難した、と述べる。このように、運が徳と協力し、それに敵対しない場合が望ましく、至福であるということである。

実践されてこそ有益な徳

一四二　徳を有していることが、実行に移されないなら、何の益にもならない(2)ということは、以下の箇所から明らかにされている。パトロクロスがアキレウスを責めて言う。

恐ろしい禍いをもたらす勇士よ。後の世の者が、あなたから、どんな利益を受けられるだろう、
もしあなたが、アルゴス人たちから、恥ずべき破滅を払うことがないのなら?(3)

このような形で、無為によって徳［勇武］を無用にしている男に呼びかけている。アキレウスのほうも、この無為を嘆きつつこう言う。

だが俺は、船の傍らに坐しながら、大地の無益な重荷になっている。
他の、青銅のよろいを着たアカイア人の誰も及ばないこの俺なのに。(4)

勇武の性質を得ているのに、それを用いず、アカイア［ギリシア］人に怒り続けていることを、心苦しく思っているのである。

人に誉れをもたらす集会の場にも行かなかった。
戦闘にも出なかった。(5) そこ［自分のテント］に留まり、おのが心を腐らせながら、
雄たけびや闘いに焦がれていた。(6)

なぜなら、ポイニクスが、

よい弁じ手となり、戦の業にも励む(7)

よう教えていたからである。それで、死んだ後も、自分の無為を悲しんで言う。

地上にいながら、他の男のもとで――生活の糧が乏しい小作人のもとで――
雇い人になったほうがましだ

（1）『オデュッセイア』第四歌二〇八行および二一〇―二一一行。
（2）上記一三七節で触れたことを今論述する。
（3）『イリアス』第十六歌三一行以下。
（4）『イリアス』第十八歌一〇四行以下。
（5）この文はトイプナー版の補い。
（6）『イリアス』第一歌四九〇―四九二行。
（7）『イリアス』第九歌四四三行。

――滅んでしまった死者たちすべてを治めるよりも。(1)

そしてその理由を付け足して言う。

なぜなら俺は、昔、広いトロイアでそうしていたように、

陽の下で戦友たちを援けることができないのだから。(2)

ストア派の、優れた人間は神々の友という説

一四三　さらに、ストア派は、優れた人間は神々の友であると言明しているが、この考えもホメロスから受け継いでいる。詩人は、アンピアラオスについてこう言う。

彼を、アイギスを持つゼウスと、アポロンとが、心中大いに愛していた。(3)

またオデュッセウスについてもこう述べる。

アテナは、この男の賢明で正しいことを喜んだ。(4)

ストア派の、徳は教育しうるという説

一四四　また、同じ派の教説で、徳は教育しうる、というのがある。その根源は、生まれの良さである。このことにホメロスも言及している。

そのような父を持っている、それであなたは賢明な言葉を述べるのだ。(5)

そして教育によってそれが完成に導かれる、と。[6] なぜなら、徳とは、正しく生きることに関する知識である。すなわち、よく生きようとする者が行なうべき事柄の知識なのである。詩人はこう言う。

年少のあなたを［お父さんは送り出した］。差別のない戦闘も、
集会での議論も知らないあなた［アキレウス］を。[7]

また、ほかの箇所でも言う。

わたしの心も、そうするようには言わない。勇者であるように教えられているから。[8]

そしてポイニクスは、アキレウスについてこう述べる。

それで彼［アキレウスの父］は、［あなた、アキレウスに］こういうすべてのことを

(1)『オデュッセイア』第十一歌四八九―四九一行。
(2)『オデュッセイア』第十一歌四九八行以下。
(3)『オデュッセイア』第十五歌二四五行。アンピアラオスは、アルゴスの将軍で、また有名な占い師（メランプスの子孫）。
(4)『オデュッセイア』第三歌五二行。しかし、ここはペイシストラトス（ネストルの子）のことで、オデュッセウスには関係しない（著者の記憶違いらしい）。ただアテナが、オデュッセウスの知恵を誉めながら親愛感を示すという箇所が同第十三歌二八七行以下にある。
(5)『オデュッセイア』第四歌二〇六行。メネラオスが、ペイシストラトスに向かって言っている。
(6) たとえばクリュシッポスは、徳を、各人の本性の完成されたもの、と述べている（『初期ストア派断片集』III二五七(von Arnim)）。
(7)『イリアス』第九歌四四〇行以下。老人ポイニクスの言葉。「差別のない」は、誰にもとっても危険な、の意。
(8)『イリアス』第六歌四四四行。ヘクトルが、戦場に出ないよう懇願する妻アンドロマケに対して言う言葉。

教えるよう、わたしを送り出した、
——よい弁じ手となり、戦の業にも励むようにと。[1]

人生は、行為と言葉とから成り立つので、自分がこの若者に対して、そういうことの教え手になっていると述べるのである。

以上のことから、詩人が、すべての徳は教えうると言明していることが明らかである。このようにホメロスは、倫理学的な、また自然学的な事柄において、最初の哲学者だったのである。[2]

ピュタゴラス派の数論とホメロス

一四五　同じく理論的議論に属するのが、数論と音楽論である。それらをピュタゴラス派は大いに重んじた。だから、こういう点についても詩人が論じていないか、見てみることにしよう。だが、それはたくさん認められる。多くの事例から、僅かの例を出すだけで十分であろう。

ピュタゴラスは、数が最大の力を持っていると見なし、すべての事柄を数に帰した[3]——星々の周回や、[4]動物の生誕[5]といったことである。

そして二種の始原を想定する。一つは、限定されるものでモナス［一なるもの］と称し、もう一つは無限定で、デュアス［二なるもの］と呼ぶ。[6]前者は善いものの始原であり、後者は悪いもののそれである。というのは、「一なるもの」の本性は、環境のなかに生ずれば温和を、魂のなかに生ずれば徳を、身体のなかに生ずれば健康を、都市［国家］や家のなかに生ずれば平和と一致した心とをもたらすというものである。善いものはすべて、協調に固有のものだからである。他方、「二なるもの」の本性は、あらゆる点で反対である。空気には嵐を、魂には悪性を、身体には病を、都市や家には内紛と憎悪をもたらすのである。というのは、悪いものはすべて、分裂や不一致から生まれるからである。

それで彼［ピュタゴラス］は、それらに続く数も、偶数のものは不充分で不完全なものとし、奇数のものは充たされた完全なものであるとした。後者は、偶数と混じっても、つねに自分の力を保持する。そういう場合でも奇数が支配的なのである。そして自分自身と合わさると、偶数を生む。それは生産的であり、始原の力を有し、分けられることができず、自分のなかにつねに「一なるもの」が残っている。しかし偶数は、

(1)『イリアス』第九歌四四二行以下。

(2)テュロス人マクシモス『弁論』二六参照。

(3)たとえばアリストテレス『形而上学』A巻九八五b二三以下で、ピュタゴラス派は、「数学的原理を、万物の原理と見なした」、「数に万物への類似を見た」等と言われている。

(4)アリストテレス同箇所で、この派は、宇宙全体を音楽的音階、数と見なした、とある。

(5)この学派の議論に基づくヒッポクラテス派の説において、健康は数的比（食物の適正な割合）に拠る、胎児の成長は（音楽的な観点からの）適切な調和いかんであるとされた（『食餌法』一-八-二）。七カ月生まれの子は、九（九ヵ月）という完全数を得ていない（したがって虚弱である）という論に関連して、エウリュステウスの神話例が挙げられた（『イリアス』第十九歌一一八行古註Ge）。

(6)無限定のものを「二」とするのは、ピュタゴラス派というより、それを修正したプラトンの説に拠るらしい（アリストテレス『形而上学』A巻九八七b二五以下参照）。ピュタゴラス派では、奇数も偶数も「一（ヘン）」（全体として調和している）とされた（同九八六a一七以下）。

互いに合わさっても、奇数を生むことはなく、分けられないものでもない。

そしてホメロスが、「一（ヘン）」の本性を善いものの領域に、「二なるもの」のそれを反対の領域に置いていることがしばしば明らかとなる。善い人間を、しばしば、

親愛な（エネーエース）男[1]

と呼ぶし、そういう心的態度を「親愛さ（エネーエイエー）[2]」と称するのであり、他方で禍いを「悲惨（デュエー）[3]」と言っているのである。また、

指導者が多いのはよくない。それは一人であるべきだ[4]

とか、

戦においても、評議の場でも意見を異にせず、
むしろ理知的に思慮深く心を合わせて[5]

とかと述べる。

そして、いつも奇数を、より優れたものとして扱う。すなわち、全宇宙は五つの部分から出来ているとし、そのうちの三つを真中に置いて分割する。

全体は三部に分けられ、おのおのが、栄誉の領域を得た[6]。

それで、アリストテレスが元素を五つ想定したのも[7]、奇数の完全なる数が、宇宙において力を有するとしたからである。

そして彼［ホメロス］は、天の神霊たちに奇数を割り当てる。なぜなら、ネストルはポセイドンに九の九倍の数の雄牛を捧げるし(8)、オデュッセウスに対してテイレシアスは次のような供犠を命ずるのである。

　雄羊に、雄牛に、雌豚に乗りかかる雄豚を［捧げよ］(9)。

他方アキレウスは、パトロクロスへの供犠には、すべて、偶数のいけにえを捧げる(10)。馬は四頭、

　また誇り高いトロイア人の、優れた息子を一二人(11)

---

(1)『イリアス』第十七歌二〇四行等。ここではenēēsをhen（一）と関連づけている。

(2)『イリアス』第十七歌六七〇行。

(3)『オデュッセイア』第十四歌二一五行。ここではdyēとdyas「二なるもの」とを関連づけている。

(4)『イリアス』第二歌二〇四行。

(5)『オデュッセイア』第三歌一二七行以下（トロイアにおいて、オデュッセウスと自分とが協力しあったことをネストルが追憶する言葉）によるが、一二七行のテキストは改変されている。原文では、「（二人は）集会でも、評議の場でも意見を異にしたことはなかった」。

(6)『イリアス』第十五歌一八九行。ゼウス（天）、ポセイドン（海）、ハデス（地下）の三神が、宇宙を分けあったということ。「五つ」というのは、大地とオリュンポスとを共同領域として数えるから（同一九三行）。

(7)伝アリストテレス『世界について』三九三a一等。上記九八、一〇五節参照。

(8)『オデュッセイア』第三歌八行以下。ピュタゴラス派では、天の神々には奇数の犠牲を、地下の神々には偶数のそれを捧げるよう命じた（プルタルコス『ヌマ伝』一四等）。

(9)『オデュッセイア』第十一歌一三一行＝第二十三歌二七八行。ポセイドンへの奇数の犠牲の別例として挙げている。

(10)地下の死者パトロクロスに対する犠牲。前註（8）参照。

(11)『イリアス』第二十三歌一七五行。

捧げる。また、犬が九頭いるうちで、二頭を薪山の中に投じ、七頭が自分のために残るようにする。

多くの箇所で、三、五および七の数を、とくに九の数を〔詩人は〕用いる。

そのように老人〔ネストル〕はなじった。すると全部で九人の男が立ち上がった。(1)

また、こうである。

彼ら〔オトスとエピアルテス〕は、九歳で九ペーキュスの肩幅があり、

背丈は九オルギュイアになった。(2)

また、こう言う。

九日間、〔ギリシア軍の〕陣中を、神〔アポロン〕の矢は襲った(3)

また、こうである。

九日間、彼〔リュキア王〕は饗応をし、九頭の牛をほふった。(4)

では、なぜ九は、最も完全な数なのか。それは、最初の奇数〔三〕の平方であり、(5)奇数に奇数を乗じたものだからである。三個の三に分けられ、その一つひとつがふたたび三個の一に分けられるからである。

計算法、ギリシア兵とトロイア兵の数

一四六　また数の力のみならず、計算の仕方も示している。船のカタログでこう述べる。

彼らの船は五〇隻やってきた。そしてその一つひとつには

ボイオティアの若者が一二〇人ずつ乗っていた(6)。

またこう言う。

　各船に
　五〇人の男たちがいた(7)。

こういう箇所から、船は全部で約一二〇〇隻あり、おのおのが一〇〇人の男を乗せていたので、総数は一二万人ほどになると計算できる(8)。

　また、トロイア人に関してはこう述べる。

---

(1)『イリアス』第七歌一六一行。
(2)『オデュッセイア』第十一歌三一一行以下。九ペーキュスは四メートルほど、九オルギュイアは約一六メートル半。
(3)『イリアス』第一歌五三行。
(4)『イリアス』第六歌一七四行。
(5)トイプナー版で補われている prōtos の語（「最初の（平方）」）は略す。
(6)『イリアス』第二歌五〇九行以下。
(7)『イリアス』第十六歌一七〇行。アキレウスの部下たちのこと。
(8)詩人は、船のカタログで搭乗員数の最高値と最小値とを示し、平均値で総数を計算するよう読者に教示している、という趣旨らしい。トゥキュディデス（『歴史』第一巻第十章）は、一二〇と五〇（アキレウスの船のほか、ピロクテテスの船も同様）との中間を平均値として計算している。本著者は平均値を大雑把に一〇〇とする（正確な平均値八五を記す写本もあるが、後代の書き換えと解されている）。『イリアス』第二歌一二八行古註Tでも、一二万人（トロイア軍は五万人、後記参照）とされている。なおギリシア軍の船の総数は、厳密には、一一八六隻。

平野では一〇〇〇の薪火が燃えていた。おのおのの傍らに
五〇人の男がいた。(1)

同盟軍を除くと、[トロイア軍は] 五万人いたと計算させるのである。(2)

音楽の重視、ピュタゴラス派とホメロス

一四七　音楽は、異なる諸要素が相混じった調和であるがゆえに、魂に最も親近性のあるものである。(3) そして、旋律とリズムとによって、魂の弛緩している部分を緊張させ、激越な部分を緩める。そういう音楽を、ピュタゴラス派は重んじたが、彼ら以前にホメロスがそうであった。そして、セイレンたちに関連して音楽の讃美を行ない、こういうことも言っている。

そういう者は、喜びを味わい、知識を増して帰ってゆく。(4)

またあるときは、饗宴の場に、竪琴を持ち出す。求婚者たちのいる場所にもそうする。

竪琴が
鳴っている。それを神々は宴の友になしたのだ。(5)

またアルキノオスの面前でも、竪琴歌人が
美しい歌声を上げるため、弦を鳴らした。(6)

また結婚式においても、

笛と竪琴が鳴らされていた(7)。
また農作業においても、果実が収穫されるときに、
少年が、音の鋭い竪琴で
愛すべき響きを奏で、リノスの歌を歌った(8)。
戦においても、
笛やシュリンクス笛の音が(9)
聞かれると言う。同様に、悲嘆の場にも音楽を持ち込む。

(1)『イリアス』第八歌五六二行以下。
(2)古註でも同様に、ホメロスの詩句から、両軍の総数を推定する記述がある(『イリアス』第八歌五六三行(古註bT)、同第二歌一二八行古註T)。
(3)魂は、熱冷乾湿その他の要素の混合と調和(ハルモニアー)であるという説(プラトン『パイドン』八六B—C、八八D)参照。音楽的な調和と魂の調和との類比性に、音楽学者アリステイデス・クインティリアヌスも言及している(『音楽について』二―一七)。
(4)『オデュッセイア』第十二歌一八八行。セイレンたちの歌声を聴いた者は、の意。
(5)『オデュッセイア』第十七歌二七〇行以下。「鳴っている」はトイプナー版での補い。
(6)『オデュッセイア』第八歌二六六行。
(7)『イリアス』第十八歌四九五行。
(8)『イリアス』第十八歌五六九行以下。リノスは作者または、その主題の人物。
(9)『イリアス』第十歌一三行。

嘆きの先導(1)

をして、なだらかな歌により、魂の辛さを緩和する歌い人たちを描くのである。

高い音と低い音についての論

一四八　音楽に二種類あること、つまり、声によるものと、楽器──吹きこむもの、および弦を張るもの──によるものとがあることは明らかである。またその音色には、低いものと鋭い［高い］ものとがあるが、この区別もホメロスは知っていた。彼は、女性、子供、老人を、その息の細さのゆえに、鋭い声の持ち主とする一方、男性のほうは低い声の持ち主として描く。このような箇所である。

低い声で呻く彼［アキレウス］のそばに、母なる女神が立った。

そして鋭い声を発しながら、わが子の頭を抱いた(2)。

そのように低い声で嘆きながら、アルゴス人たちに向かって言った(3)。

また、こうである。

また老人たちは、

蟬のように(4)

という句で、鋭い声の生き物になぞらえられる。

また楽器においては、弦が細く、引き締まった状態で振動するものは、空気を容易に切るので、鋭い音を出すことになる。他方、太い弦のものは、震動が遅く、音も低くなる。この理屈でホメロスも、鞭を、「鋭い音の」と呼ぶ[5]。細いので、鋭い音を出すからである。

以上が、ホメロスにおいて見出される音楽関係の論である。

沈黙の徳

一四九　こういう議論で、言葉を慎むこと（エケミューティアー）[6]、話すべきでないことは沈黙するということをよしとしたピュタゴラスにも言及したので、ホメロスもそういう考えを持っていたかどうか、考察することにしよう。酩酊している者について、詩人はこう言っている。

　そして、言わなければよかった言葉を発する[7]。

またテルシテスをなじって言う。

　テルシテスよ、言葉をわきまえない男よ、きいきいと話す奴だな。

（1）『イリアス』第二十四歌七二一行。
（2）『イリアス』第十八歌七〇行以下。
（3）『イリアス』第九歌一六行。主語はアガメムノン。
（4）『イリアス』第三歌一五一行。
（5）『イリアス』第十一歌五三二行。
（6）ekhemȳthiā.
（7）『オデュッセイア』第十四歌四六六行。主語は、一般的に、「酔った人間」。

黙るがよい(1)。

また、イドメネウスを［小］アイアスが非難してこう述べる。

お前はいつも、でたらめなことを言う。

でたらめな口をきくことを、お前は止めるべきだ(2)。

また、両軍勢が戦闘へ向かい合おうとするとき、

トロイア人は、鳥のように叫び、雄たけびを上げながら進んだ。

だがアカイア人のほうは、声は出さずに、気迫を発しながら進軍した(3)。

叫ぶのは異国人的だが、沈黙はギリシア人的である。それで、思慮のある者たちが舌を抑制する、という描写もするのである。その例として、オデュッセウスも、息子に対し次のように指示する。

もしお前がほんとうにわたしの息子であるなら、そして母が生んだ子であるのなら、

ラエルテスにも、豚飼いにも、このことを知らせるな、

また家の者の誰にも、さらにペネロペ自身に対しても、そうするのだ(4)。

また、ふたたび息子に警告してこう言う。

黙っていよ、お前の心のうちに留め、このことを尋ねるな(5)。

以上のようなことが、有名な哲学者たちの教説で、ホメロスに起源を有するものである。

その他の学派とホメロス

一五〇　また、一種独特な学派を立てた者たちのことにも言及しなければならないとすれば、彼らもまたホメロスから数々のきっかけを得ていることが分かるだろう。

デモクリトスは、次の詩句から、幻像を作り出した。

　だが、白銀の弓のアポロンは、幻像を作った。(6)

他の者は、詩人が、自分の主義に従ってではなく、そのときどきの状況に合わせて示したことに惑わされた。

---

(1)『イリアス』第二歌二四六行以下。ギリシア軍中で、将軍たちに悪態をつくテルシテスを、オデュッセウスが懲らしめて言う台詞。

(2)『イリアス』第二十三歌四七八行以下。

(3)『イリアス』第三歌二行および八行。

(4)『オデュッセイア』第十六歌三〇〇行および三〇二行以下。ただし、三〇〇行後半（emoi de se geinato mêtêr）は流布版のテキスト（kai haimaos hêmeteroi）とは異なる。

(5)『オデュッセイア』第十九歌四二行。アテナ女神が、ランプで部屋（武器を収める庫）を照らしたときの奇跡に関して。ストバイオス『抜粋集』（三-三三-一六）では、この箇所を引用しつつ、「ピュタゴラス派は、これを、沈黙（eksigêsis）と称して、神々とは何かと、向こう見ずに安易に質問する者たちに、解答を与えようとしなかった」とある。

(6)『イリアス』第五歌四四九行。アポロンがアイネイアスを戦場から救い、代わりに彼に似せた幻像（eidôlon）を戦場へ置いた、という一節。デモクリトスは、ある物体からその幻像が発して人の目に入ってくることで、その物が見えるという理論を立てた（「断片」A一三五（Diels-Kranz））。

オデュッセウスが、快楽と贅沢に耽るアルキノオスのもとに滞在しているとき、彼のご機嫌を取ってこう言った。

それ以上に快い究極の境遇はないとわたしが思うのは、
愉楽が民全体を覆い、
家々では宴の人々が並んで坐って歌に耳を傾け、
その傍らの食卓にはパンと肉がいっぱい積んであり、
混酒器からは酌人が酒を汲んで、
盃に注ぎいれる、というときだ。
これがわたしの心には、いちばん素晴らしいと思える。(1)

この詩句に迷わされてエピクロスも、快楽を、幸福の究極(2)と見なした。また、このオデュッセウス自ら、あるときはウールの柔らかい外套をまとい、あるときは襤褸とずだ袋を使用したので、またある場合は［ニンフの］カリュプソといっしょに休み、ある場合は［乞食］イロスや［悪い下僕］メランティオスに侮辱を受けたので、アリスティッポスは、これを、人生［の真実］を写した描写ととって、貧乏と苦労に雄々しく親しむとともに、快楽にもたっぷり耽ったのである。(3)

賢者たちの箴言とホメロス

一五一　賢者たちの見事な箴言（アポプテグマ）の多くを、彼が先に表明しているということも、ホメロスの智恵の証拠として認められる。たとえば、「神に従え」[4]という箴言である。

神々に服従する者には、彼らも耳を傾ける。[5]

また、「何事もほどほどに」[6]という言葉である。

他の人間の場合でも、あまりに強く愛し、あまりに強く憎むという者を

わたしは不快に思う。ほどを弁えているほうがよい。[7]

また、「保証人になるのは、禍いの元」[8]という箴言である。

まともでない者のための保証を受け入れるのは、まともではない。[9]

（1）『オデュッセイア』第九歌五―一一行。

（2）または「目的 telos」。『オデュッセイア』引用文の最初の行で、telos の語が使われている。

（3）アリスティッポスは、「快楽主義者」と呼ばれるキュレネ学派の創始者。しかし、必要な場合は、快楽を断固として拒絶する態度も示し、「お前だけは、（贅沢な）外套も、襤褸もまとうことができる」とソクラテスに言われたという（『ソクラテス派拾遺』四A五七（Giannantoni））。

（4）七賢人の言葉とされる（ストバイオス『抜粋集』三-一-一七三）。また、ピュタゴラスの言ともされる（イアンブリコス『ピュタゴラス的生き方』八六等）。

（5）『イリアス』第一歌二一八行。

（6）mēden agān, 七賢人がデルポイ神殿に刻ませたという箴言の一つ。これは、具体的にソロン、またキロン（スパルタの賢人）に帰せられる。プラトン『プロタゴラス』三四三E等参照。

（7）『オデュッセイア』第十五歌七〇行以下。

（8）直訳すると、「保証せよ、そうすれば禍いが近くに来る」。キロンまたタレスに帰せられる（エピカルモス「断片」二五（Diels-Kranz））。

（9）『オデュッセイア』第八歌三五一行。

また、「友とは何か」と尋ねた者に、ピュタゴラスが答えた言葉「別の自分[1]」に関して、こういう句がある。

わたしの頭と同様に［大切だった[2]］。

格言

一五二　同じ種類に属するのが、格言（グノーメー）と呼ばれるものである。これはすなわち、人生の諸点に関して、簡潔な言葉で教える普遍的な言説である。これを、詩人たち、哲学者たち、著作家たちの誰もが使用し、格言的に何かを表明することを努めて行なうのであるが、最初にホメロスが、その作品全体を通じて、多くの優れた格言を表わしたのである。

一つには、自分が描こうとする現実はどういうものかということを表わす。こういう例である。

王が、より劣る者に怒るときは、彼のほうが強い[3]。

また一つには、どのようになすべきかということを示す。こういう例である。

はかりごとをなす者は、一晩じゅう眠っていてはならぬ[4]。

後代の者によるホメロス詩句のパラフレーズ

一五三　多くの優れた箴言や忠告をホメロスが示しているのを、後代の少なからざる人々がパラフレーズしている。それらのいくつかの例を掲げるのは、不適切ではない。たとえばホメロスのこういう句である。

馬鹿なわたしたち――愚かにもゼウスに向かって腹を立てるとは。
まだ今でも彼に近づいて、言葉でなり力でなり、彼を止めようと試みるわたしたちだが、
彼は一人離れて坐り、気にもかけず
平気でいる。自分が不死の神々のなかで、
力と強さで、だんぜん優れていると思っているから。
だからあなたたち〔神々〕は、彼が一人ひとりに送ってよこす禍いを、何にせよ、耐えなさい。(5)

これに沿っているのが、次のピュタゴラスの言葉である。

神々が遣わす運によって人間たちが味わう苦しみは
――定めとして経験することは――、それに耐え、不平を言うな。(6)

(1) アリストテレス『ニコマコス倫理学』第九巻一一六六a三一等。
(2)『イリアス』第十八歌八二行。アキレウスが、死んだパトロクロスに関して言っている。
(3)『イリアス』第一歌八〇行。
(4)『イリアス』第二歌二四行=六一行。
(5)『イリアス』第十五歌一〇四―一〇九行。ヘラの言葉(その前の場面で、イダ山に一人坐るゼウスを色仕掛けでたぶらかし、戦争の成り行きを少し変えたが、けっきょく一時的で、ゼウスが主導権を取り戻す、という経緯の後の発言)。
(6) ピュタゴラス『黄金詩句』一七―一八。

さらに、エウリピデスの次の詩句である。

世の出来事に腹を立てるべきではない

――彼ら［神々］はそれに無頓着なのだから。いや、それを経験する者が、

それに正しく対処すれば、仕合わせということになるのだ。(1)

一五四　また、ホメロスはこう言う。

わが子［アキレウス］よ、いつまで嘆き悲しんで

お前の心を蝕むのか？(2)

他方、ピュタゴラスはこう述べる。

命を惜しむがよい。その心を食い尽くしてはならぬ。(3)

一五五　さらにホメロスはこう言っている。

地上に住む者たちの心は、その日ごとに、

人間と神々との父が導くとおりになる。(4)

これをアルキロコスは――他の詩句も模倣しているが――、パラフレーズしてこう述べる。

死すべき人間の心は、レプティネスの子グラウコスよ、

ゼウスがその日ごとに導くとおりになるのだ。(5)

一五六　また、他の箇所でホメロスがこう言う。

神は、ある者には戦の業をなさしめるが、
ある者の胸には、広きを見そなわすゼウスは、優れた知恵を
授ける。彼から、多くの人間が恩恵を受け、
町々が救われる。そのことを彼自身が知っている。(6)

エウリピデスは、これに沿ってこう書いた。

一人の男の思慮によって、町々や家は
よく治められ、戦に対しては大いなる強さを示す。
ただ一人の賢慮が、たくさんの者の腕力を
凌駕するからだ。大衆とともにある無知は、最大の禍いである。(7)

一五七　またホメロスは、イドメネウス(8)が朋友に対して次のように激励する様子を書いている。

友よ、もしもわれわれがこの戦争を逃れれば
永遠の不老や不死を得られるというのなら、

---

(1) エウリピデス『ベレロポンテス』断片二八七。
(2)『イリアス』第二十四歌一二八―一二九行（テティスの言葉）。
(3) ピュタゴラス「断片」一六（Nauck）。
(4)『オデュッセイア』第十八歌一三六―一三七行。
(5) アルキロコス「断片」一三一（West）。
(6)『イリアス』第十三歌七三〇、七三二―七三四行。
(7) エウリピデス「断片」二〇〇（Nauck）。
(8) サルペドンの誤り。以下はグラウコスへの言葉。

わたしも第一線で戦うことはないだろうし、
恥知らずの戦闘へお前を送り込むこともしないだろう。
だがじっさいは、無数の死の運命が待ち構えていて、
それを逃れることは人間にはできない。
だから進もう、誰か［敵］にわれわれが誉れを与えるか、誰かがわれわれにそうするか、ということになるだろう。(1)

その後、アイスキュロスがこう言っている。
だが人は、胸に多くの傷を受けても、
生の終点に［まだ］至らないときは、死ぬことはない。
また人は、屋内で炉《いろり》の脇に坐っていても、
定めの運命をより確実に逃れるわけではない。(2)

また散文ではデモステネスがこう述べる。
なぜならどの人間にも、生の終わりとして、死があるのであり、それは誰かが、家の中に閉じこもって、自分を守ろうとしても同然である。良き男たちは、そのときどきのうるわしき事柄をすべて試み、神が与えることは、何事でも、気高く耐えねばならない。(3)

一五八　またホメロスは言う。
神々からの誉れ高い贈り物を斥けるわけにはいかない。(4)

それをソポクレスがパラフレーズして言う。

これは神の贈り物だ。神々が贈ってくることは、
何事にせよ、けっして逃れてはならない(5)。

一五九　またホメロスがこう言う。

彼［ネストル］の舌からは、蜜よりも甘い言葉が流れ出た(6)。

これから、テオクリトスがこう書いた。

なぜなら彼の口に、ムーサが、甘いネクタルを注いだのだ(7)。

一六〇　同様にアラトスも、次の詩句

これだけは、オケアノスの流れに与らない(8)

のパラフレーズとして、こう言った。

---

(1)『イリアス』第十二歌三二二―三二八行。
(2)アイスキュロス「断片」三六二（Radt）。
(3)デモステネス『冠について（第十八弁論）』九七。
(4)『イリアス』第三歌六五行。
(5)ソポクレス「断片」九六四（Radt）。
(6)『イリアス』第一歌二四九行。
(7)テオクリトス『牧歌』第七歌八二行。「彼」山羊飼いコマタスは、生きたまま櫃《ひつ》に閉じ込められたが、ムーサに授けられていた甘美な声（「甘いネクタル、うんぬん」の比喩参照）のおかげでミツバチがやってきて、その蜜で養われた。
(8)『イリアス』第十八歌四八九行。熊座（北斗星）に関して。

熊たちは、紺青のオケアノスを用心して……(1)

また、ホメロスの句

彼らは、かろうじて死を逃れながら、運ばれてゆくに沿って、アラトスはこう言う。(2)

僅かに木材によってハデスを防ぐ(3)。

こういう点については以上で十分である。

政治的（現実的）言説

弁論術について

弁論術の第一人者

一六一　政治的な言説は、弁論術のなかに存する(4)。それ［弁論術］に最初に習熟した人がホメロスと見られる(5)。なぜなら、弁論術とは説得的に語る能力だとすれば、誰が、この能力において、ホメロスを凌駕しているだろう。彼は壮大な表現によって皆に優り、思考においても、言辞に劣らぬ力を示しているのであるから。

配列法（オイコノミアー）

一六二　彼のこの技術［弁論術］の第一の特長は、作品全体を通じて、とくに話の始め方において示している配列法である。というのは、『イリアス』の出だしを前の方の時点にではなく、出来事がまさしく激烈化し[6]、山場に達してきた[7]時点に置くのである[8]。そしてそれ以前に起きた、より実質の少ない出来事は、他の箇所で簡潔に、ついでの形で叙述する。同じことを『オデュッセイア』でもしている。つまりオデュッセウスの漂流の最終局面から始めるのだが、これは、今や［息子］テレマコスを導入し、求婚者たちの暴慢を描写

（1）アラトス『星辰譜』四八行。

（2）『イリアス』第十五歌六二八行。嵐のなかの船乗りたちに関して。

（3）アラトス『星辰譜』二九九行。「木材」は船の板、ハデス＝死。

（4）「政治的」な、公的な生活や社会を支える言説（演説等）は、弁論（修辞）術に依存する、という考え。本篇の「政治的」言説は、「実践的」な分野を立てる理論を思わせる。七四節と一〇一頁註（1）参照。

（5）ホメロスを弁論術の祖とする見方。ソフィスト時代から唱えられ、ローマ帝国時代の修辞学者たちの間で支配的になった考え方（二二一頁註（2）参照）。たとえばコルメラは、ホメロスを「雄弁の父 parens eloquentiae」と呼んでいる（『農業について』一-序三〇）。クインティリアヌス『弁論家の教育』第十巻第一章四六も参照。

（6）energoterai ＝ energeia（力強さ、激烈さ）を持つ、という形容詞。

（7）akmaioterai ＝ akme「頂点」から作られた形容詞。

（8）『イリアス』冒頭での、アキレウスとアガメムノンとの争いの場面を指す。

するのに適切な時点である。[1] 他方、これ以前の、漂流中のオデュッセウスに起きた事柄は、彼自身に語らせる形にするが、これによって——それを経験した当人によって語られるのであるから——、より鮮烈で信じうるものと思われることになったのである。[2]

導入部（プロオイミア）

一六三　どの弁論家も、つねに、聴衆がより注意を向け、好意を持ってくれるようにする目的で導入部を用いるが、まさしくこの詩人は、自分の詩に耳を傾けてくれるよう、人々を動かし引きつけるだけの力を持つ導入部を用いている。『イリアス』〔冒頭〕でも、アキレウスの怒りとアガメムノンの暴慢によってギリシア軍に生じた事柄を叙述することをあらかじめ告げるし、『オデュッセイア』〔冒頭〕でも、オデュッセウスが、どれだけの苦労と危険に遭遇しながら、己《おの》が心の思慮と忍耐力によってそれらすべてに打ち勝ったかという叙述を予告する。また、どちらの導入部でもムーサに呼びかけ、叙述する事柄の誉れがそれだけ神的に、偉大になるようにしている。

聴衆に合わせた弁のふさわしさ（プレポン）

一六四　詩人によって多くの人物が導き入れられるが、家人に、友人に、敵に、民衆に彼らが話しかけるとき、それぞれにふさわしい種類の弁が与えられる。[3] たとえば、〔『イリアス』〕冒頭部でクリュセスが、ギリシア軍に対する弁舌において、たいへん有益な導入部を用いる様を描く。[4] つまり彼は、まずギリシア軍のために、敵に勝って帰国できるよう祈る。それは、彼らから好意を引き寄せておいて、それからそういう状態で、自分の娘の［解放の］ために彼らに話しかけようとしたのである。

またアキレウスは、アガメムノンの脅しに怒ったとき、自分のための弁とギリシア軍のための弁とを混ぜて述べる。彼らもそれを聴くことで、好意的になってくれるようにするためである。すなわち彼の言うには、誰にせよ、この戦争に遠征してきたのは、自分自身の抱く敵意のためではなく、むしろアガメムノンとその弟メネラオスを喜ばせるためであった、彼は多くの働きをなしたが、褒賞の品を受け取ったのはこの二人からではなく、ギリシア軍から公にもらったのだ、と。それに反論するアガメムノンも、大衆の機嫌を取るすべを知っている。というのも、アキレウスが、自分の蒙った侮辱のゆえに故郷へ帰ってしまうつもりだと言ったとき、アガメムノンは「立ち去れ」とは応えずに、「逃げるがよい」と言って、相手の率直な言葉を、

（1）トロイア戦争終結後十年目の時点、オデュッセウスの帰国直前のことから叙述が始まる。そのとき故郷では息子はほぼ成人する一方、求婚者たちが館に詰めかけている。

（2）deinoterai の原級 deinos「恐ろしい」は、「巧妙な」の意義も有するが、ここでは「力強い、鮮烈な（表現）」の意味合いであろう。

（3）弁論の言の「ふさわしさ prepon」という一般的課題があるが（プラトン『イオン』五四〇B参照）、ここでは聴き手の関心に適合した弁、という観点から述べる。

（4）トロイア沿岸地方のクリュセにおけるアポロン神殿の神官クリュセスが、戦争捕虜としてアガメムノンの妾になっている娘クリュセイスを解放してもらうため、ギリシア軍陣地を訪れた時のこと（『イリアス』第一歌一二行以下）。

彼にとって不名誉なものに転じた上で、[1]「お前に留まれとは求めない、なぜなら他にも、わたしの名誉を認めてくれるはずの者たちがいるから[2]」と述べる。この発言も、聴いている者たちに快いものだったのである。

ネストルの弁

一六五　その後に、弁論者[3]ネストルが導入される。彼を、「甘美な言葉の［者］」とか、「鋭い話し手」とかと呼んでいる[4]。

　彼の舌からは蜜よりも甘い言葉が流れ出た[5]。

これよりも高い称賛は弁論者にとってないだろう。

では彼は、言辞を用いてどういう働きをしているか。初めに述べる導入部では、争い合っている王たち[6]に思い直しをさせようと試みながら、二人のいさかい合いが敵たちを喜ばせるきっかけを提供するだろうという点に気付かせようとする。さらに進んで、おのおのを諫め、老人たる自分に従うよう勧告しながら、一方に分別を持たせることによって他方の気にかなうようになることを弁じる。すなわちアガメムノンには、多くの骨折りをした男に与えられた褒賞品を奪い取らないことを、アキレウスには、王として選ばれた者と争わないことを、勧める。またそれぞれの者にふさわしい称賛を与え、一方はより多くの人間を支配する王、他方はより強力な者であると述べる。こういう仕方で、彼らをなだめようと試みるのである。

アガメムノンとオデュッセウスの弁

一六六　ではどうか？　続く箇所で、[7]夢が、よい希望をゼウスのもとからもたらしつつ、ギリシア軍を武装させるよう促すのを［就寝中に］見たアガメムノンが、その後、自軍を相手に弁をふるうときにも、弁論術を用いているではないか？　彼は、自分の望みとは反対のことを話し、[8]彼らの意気を試して、自分のために彼らが戦うよう強いた結果憎まれる、ということがないようにするのである。だが、彼自身は、彼らの意にかなうような弁舌を行なう、しかし彼らを説得する力を持つ者［オデュッセウス］が、王の真意はこちらだとして、そこに留まるよう促す。つまり兵たち相手の弁で、王は、自分の望んでいることはその反対だということを暗に示しているが、この弁を受ける男がオデュッセウスであり、その場にふさわしい率直さを用いな

(1) アガメムノンの言葉は『イリアス』第一歌一七三—一八七行。アキレウスの怒りにまかせた発言の動機を、憤りよりも、戦場から逃げ出したいという「本心」に帰す。
(2)『イリアス』第一歌一七三—一七五行を言い換えている。
(3) 職業的な弁論家ではなく、ギリシア軍中で優れた話し手、の意。
(4)『イリアス』第一歌二四八行。
(5)『イリアス』第一歌二四九行。
(6) アガメムノンとアキレウス。
(7) 以下は『イリアス』第二歌一—三三五行で、ゼウスの遣わした「夢の神」がアガメムノンの夢枕に立ち、今やトロイア攻略がかなうことになったから、ギリシア軍を武装させて総攻撃に打って出るよう促す、その後目覚めたアガメムノンが、全軍を集めて、まずは——彼らの士気を試そうとして——「帰国しよう」と提案する、するとそれを真に受けた兵たちが一斉に船を出そうとする、それをオデュッセウスが収拾する、という場面に関して。
(8) 戦場トロイアを去って帰国することを提案する。

がら、彼は、領主たちに対しては優しい言葉で説得し、劣った者たちには、より上の地位の者たちに従うよう、脅すようにして強いるのである。そして軍の無秩序と騒々しさを抑えながら、思慮ある言葉ですべての者をまとめて説得する。彼らが約束したこと(1)をもはや果たさないままになるだろうという点をほどよく非難し、同時に、長い年月を不首尾のまま留まり続けて、愛する者たちから遠ざかっている点では斟酌に価すると述べ、さらに、占いから得られている希望と励ましを基に(2)、そこに留まるよう説き伏せる。

ネストルの弁

一六七　同様にネストルも、［オデュッセウスと］異なる言葉を用いてはいるが、同じ趣旨のことを述べ、今や和らいでいるギリシア軍を相手に、より率直な言い方で軍を説得する。(3)そして［王への］軽視の原因を、価値のない少数の者(4)に帰して、大多数の者を鼓舞する。また、従わない者には脅しを加え、ただちに王に、軍の諸隊の勢を数え上げるよう忠告する。

ディオメデスの弁

一六八　また、諸戦闘において、ギリシア人のある者は手柄を立て、ある者はしくじって恐慌に陥るが、ディオメデスは、若さゆえの大胆さと、勇士であるがゆえの率直さとを持っているので、勇者ぶりを示す前に王から受けた侮辱には沈黙で応じたが(5)、そのときは(6)アガメムノンに対して、臆病さから［敵前］逃亡を勧めていると言って非難する。

アトレウスの子よ、まずは愚かなことを言うあなたに反対することにしよう。
それは、王よ、衆議の場では許されていることだから。あなたは腹を立てないでいただきたい。(7)

ここでは、相手に忠告をしようと試みるとともに、怒らないよう彼に求めている。また、自分の以前の功業を、相手の気を害さないような形で想起させる。

そういうことすべてを
アルゴス人は、若者も長老も知っている。(8)

次いで、ギリシア軍を鼓舞しながら、巧みに彼らを賞賛する。(9)

---

(1) 故郷出立の折に、トロイアを落として帰る、と約束したこと。
(2) ギリシア軍中の占い師カルカスが、トロイア陥落は出征十年目に成ると予言していた（『イリアス』第二歌三〇〇行以下）。
(3) 『イリアス』第二歌三三七―三六八行。
(4) テルシテスという兵卒級の男がアガメムノンを罵る（『イリアス』第二歌二一五行以下。）。
(5) 『イリアス』第四歌三六四―四〇二行で、攻撃前にアガメムノンが諸部隊を閲兵した折、勇気をふるいたたせるため将たちをわざと臆病者などとなじった、ディオメデスもそういう扱いを受けたが、じっと耐えて何も応えなかった。
(6) 以下で扱う『イリアス』第九歌の場面。
(7) 『イリアス』第九歌三二―三三行。
(8) 『イリアス』第九歌三五―三六行。アルゴス人＝ギリシア軍。
(9) 以下の引用文で、「戦に向かない」等の否定語を、むしろ逆の意味に向ける弁じ方を「巧み（技術的）tekhnikōs」と称している。否定表現を通じてむしろ肯定的に強調する litotēs の一種ということか。

おかしな人よ。あなたはそれほどにアカイア人の子たちを、
　あなたの言うような、戦に向かない弱虫だと思っているのか。(1)

そして、アガメムノンその人を辱めながら、そう欲するなら立ち去るがよいと許す。他の者たちで十分だ、あるいはギリシア人すべてが逃げ出しても、自分だけは朋友［ステネロス］と留まって戦う、と言う。

　われわれは、わたしとステネロスは、戦うだろう。(2)

ネストルは、彼の考えと行動の優れていることを証言するが、協議で結論の一致しないことに関しては、長老ということで自分が助言すべきだとする。それから、アキレウスに対する使者派遣を準備させるべく、言葉を重ねる。(3)

アキレウスへの使者派遣場面

一六九　また使者派遣場面そのものでも、弁論者たちが巧みな技術を用いる様を描いている。すなわち、話を始めた(4)オデュッセウスは、アガメムノンが、ブリセイスを［アキレウスから］奪ったことを後悔してこの娘を返すこと、また贈り物を、一部はすぐによこし一部は将来与えると約束していることを、すぐには述べない。なぜなら、まだアキレウスの怒りが盛んなときに、そういう点を思い出させるのは有益ではなかったからである。いや、まず、ギリシア軍の逆境に対するアキレウスの同情を引き起こそうとする。次いで、後になってから不幸を修復しようとしてももはやできないだろうと述べ(5)、それから［アキレウスの

父」ペレウスが与えた助言を思い出させる。自分の弁が相手の気持ちを害するのを防ぎ、彼をよりその気にさせうる人物、つまり父に仮託して弁じるのである。(6) そして、相手が穏やかになったと思われたときに、やっとアガメムノンの贈り物のことにも言及するのである。そして、ふたたびギリシア軍の懇請のことに話を戻す——アガメムノンを非難するのは正当としても、彼［アキレウス］に対して何ら罪を犯していない者たちを救うのはよいことである、と。これは、結語も、聴き手を苦しめない(7)ようにすべきだからである。なぜなら、最後の言葉がいちばんよく記憶されるのである。最後の呼びかけの語は、敵［トロイア人］に対して奮起させる言葉も含んでいる——彼のことを彼らは軽侮もしている、と。「今は」とオデュッセウスは言

（1）『イリアス』第九歌四〇—四一行。
（2）『イリアス』第九歌四八行。
（3）『イリアス』第九歌九六—一一三行。
（4）『イリアス』第九歌二二五行以下。アキレウスをアガメムノンと仲直りさせるために派遣された三人のうち、オデュッセウスが口火を切る。なお、この派遣場面は、弁論術の観点から古代の学者たちによってしばしば言及される（クインティリアヌス『弁論家の教育』第十巻第一章四七、『イリアス』古註諸箇所、その他）。
（5）今アキレウスがアガメムノンの宥和の申し出を拒否することでギリシア軍が不幸に陥っても後の祭りとなる、という趣旨のことをオデュッセウスは言う（『イリアス』第九歌二四九—二五〇行）。
（6）『イリアス』第九歌二五二—二五八行。アキレウスの出征のさいにペレウスが与えた、「いさかいを起こすな」という戒め。同じ箇所について『イリアス』第九歌二五二行古註bT参照。
（7）ここでは（アガメムノンへの）怒りで苦悶させない、の意。

う、「ヘクトルが正面から立ち向かってきたときに、倒すこともできる。彼は、ギリシア人の誰も自分には匹敵しないと言っているから」[1]。

またポイニクスは[2]、アキレウスへの懇請がしかるべき結果を得られないことになるのを恐れて、まず涙を流す[3]。そして最初に、アキレウスの［帰国への］衝動に話を合わせて、もし彼が出航するなら、自分もあとには留まらないだろうと述べる。こう言うのが、相手にとって喜ばしかったからである。それからその理由[4]を述べる、すなわち彼がペレウスから、幼児のアキレウスを預かって育てるよう信任されたこと、そして彼の行ないと言葉との教師になることを任された、ということをである。またついでに、自分の若い頃のあやまちを語り、そういう年齢は無思慮であることを匂わす。そうしてから話を進め、あらゆる論点を弁論術的に扱って、彼を促す手段を一つもなおざりにしない。すなわち、懇願しながら贈り物をよこし[5]、彼に最も尊重される勇者たちを使者として派遣してきた者［アガメムノン］と仲直りするのはよいことである、養育者であり教育者である自分の要望も認められてしかるべきである、今の好機を逃したら後悔することになるだろう、と。さらに、メレアグロスの物語を教訓に用いて、彼も、祖国を救援するよう家人から求められたのに応じず、最後に、祖国を災禍が襲いそうになったとき、余儀なく防御に向かわざるをえなくなった[6]、ということを述べる。

またアイアスは[7]、同情や嘆願はまったく求めずに率直な言葉を用いて、アキレウスの思い上がりを取り除こうと決意している。ある点ではずばりと非難するが、ある点では紳士的に要請して、相手を完全に刺激するのを避ける。それが、［アキレウスと］同じ徳[8]を有する者にふさわしい態度だからである。

アキレウスは、彼らの一人ひとりに答えながら、高貴でまた率直な性質を表わす。他の者たちには、反論的に、昂然として応酬しながら、怒るべき合理的な理由を並べるが、アイアスには弁明的に話す。そしてオデュッセウスには、翌日船で立ち去るつもりだと言うが、ポイニクスの懇願には少し折れて、出航については相談し合おうと述べる。しかしアイアスの率直さには負かされて、自分がしようとしていることをすべて打ち明ける、つまり、ヘクトルが多くのギリシア人を殺し、彼［アキレウス］の営舎と船のところまで迫ってくるまでは、戦場に出るつもりはないと言うのである。(9)「そのときになって、激しく戦うヘクトルもそれ

(1)『イリアス』第九歌三〇四行—三〇六行に基づく。これまではヘクトルはあえてアキレウスに敵対するのを避けてきたのでその機会がなかったが、今は好機だ、の意。

(2)幼少時のアキレウスを育て、出征時にはいっしょについてきている老人。

(3)『イリアス』第九歌四三一行以下。弁じる前に、まず涙によってアキレウスの注目と同情を引く、と『イリアス』第九歌四三二行古註bTでも記されている。

(4)アキレウスと行動を共にする、ということの。

(5)正確には贈り物の約束をして。

(6)カリュドン市の王子メレアグロスが、自分を呪う母に怒って閉じこもったこと、敵の攻撃で市が危うい状態にいたったこと、妻の懇望によってやっと出撃し、国を救ったことについて、『イリアス』第九歌五二九行以下参照。テントに閉じこもっているアキレウスの行動や状況とよく似ている。

(7)最後の弁論者アイアスは、簡潔に発言する(『イリアス』第九歌六二四—六四二行)。

(8)autēs の語は Dübner による補い。アイアスはアキレウスに次ぐ勇者と言われる。

(9)アキレウスは、三人の弁によって出航の決意をだんだんと鈍らせてゆくと解釈されている(プラトン『ヒッピアス(小)』三七一B—D、『イリアス』第九歌六五一行以下古註bT等も同様)。

を止めると思う」[1]と言う。これは、先にオデュッセウスが述べた、ヘクトルの攻撃に立ち向かう、ということに対する答えである。

弁論術は技術

一七〇　またポイニクスの弁において、弁論術は技術であるということを示している。[2]ポイニクスは、アキレウスに対してこう言うのである。「お前を［父から］預かったのは」、

少年のときだった。差別のない戦闘も、
人々が頭角を現わす議論のこともまだ知らないお前だった。
それで彼［父］は、こういうことすべてを教えさせるために、わたしを送り出したのだ
――お前がよい弁じ手となり、戦の業《わざ》にも励むようにと。[3]

この箇所ではまた、とくに言葉の能力が男たちに誉れを与えるということも明らかにしている。

論難と弁明の例

一七一　他の作品箇所でも、弁論術に関する発言が数多く見つかる。論難の、また弁明の仕方を、とくにヘクトルが弟［パリス］に譴責《けんせき》を加える箇所で示している。[4]彼の臆病さと放縦ぶりを批判し、また、そういう性質のゆえに彼が、遠くの人々に害をなし、同族の者に禍いをもたらす原因となった、と述べる。
アレクサンドロス［パリス］のほうは、兄の叱責を正当であると認めることで、またメネラオスとの戦闘

を約束して臆病とのそしりから自らを解放することで、兄の怒りを解く。

ホメロスが言葉の技術者であったことには、思慮ある者は異議を唱えないだろう。他の例も、読めば明らかである。

弁論者の性格づけ

一七二　弁論者たちの性格づけ［カラクテーリゼイン］も怠らなかった(5)。ネストルは、言葉が甘美で、聴く者の意にかなう弁者として登場させ(6)、メネラオスのほうは、言葉少なで、快く、要点を得た話し方をする者と

---

(1)『イリアス』第九歌六五五行の表現を変えている。

(2)「技術」は、単なる自然的能力ではなく、教授・学習しうる体系ということを表わす。弁論（修辞）術の歴史で、シケリアのコラクスとテイシアス（前五世紀）とによってそれは始められたとする説に対し、すでにホメロスがその「最初の発明者」だとする説（コラクスらがそれを継承した）に加担している（『イリアス』第九歌四四三行古註T等参照）。

(3)『イリアス』第九歌四四〇―四四三行。

(4)『イリアス』第三歌三八―七五行。弁論の三種類「政治的 symbūleutikon」、「法廷的 dikānikon」、「演示的 epideiktikon（祭典的 panēgyrikon）」のうち、「(原告の）論難」や「(被告の）弁明」は法廷弁論的技術に属する（「政治的」弁論は、ある政策の認可・不認可について、「演示的」弁論はある対象の賞賛・非難に関わる。『イリアス』第二歌二八三行古註bTで、ホメロスの諸箇所を挙げて説明している）。ホメロスは、これの先例を示しているということ。

(5)各「文体（カラクテール）」（七二節）を体現する三英雄を以下に挙げる。ネストルは「中間的」、メネラオスは「素朴な」、オデュッセウスは「力強い」文体（文様式）を表わす。「弁論者」の「性格づけ」は「文体」の区別でもある。

(6)『イリアス』第一歌二四七―二四九行参照。

して[1]、またオデュッセウスは、言葉多く、雄弁で、聴き手に迫る力強い弁論を行なう者として描[2]いている。こういう点を［トロイア人］アンテノルが、後の二人の英雄について——彼らがトロイアに使者としてやってきたとき、その弁を聴いたと言って——、証言するのである。こういう種類の数々の弁論をホメロスは、作品全体にわたって提示している。

対照法（アンティテシス）

一七三　詩人はまた弁論の対照法も知っている。つねに、あらゆる事柄に関して反対し合う論が立てられ、言論の技のゆとりある力を介して、同じことを肯定したり否定したりする[3]。こう言うのである。

人間の舌はよく廻り、あらゆる種類の話がたくさん行なわれる。
言葉の牧場は、あちらこちらと広大に拡がっている。
お前が言うようなことを、自分が人からも聞かされることだろう[4]。

要約（アナケパライオーシス）

一七四　また詩人は、同じことを多くの言葉で言うことも、僅かな言葉でふたたび取り上げてまとめることもできる。後者は要約と呼ばれ、弁論者たちが、既述の多くの事柄を簡潔に想起させる必要がある場合に用いるものである。オデュッセウスは、［漂着先の］パイアケス人のもとで四巻にわたって叙述したこと[5]を、ふたたび［妻相手に］こういう言葉で短く語る。

彼は話し始めた――まずキコネス族を制圧し、その次には……[6]
というように続けるのである。

法と国家について

法

一七五　政治的な言説[7]には、法に関する知識も関係する。これについてもホメロスが門外漢ではないことをわれわれは見出すであろう。「法（ノモス）」という名詞が彼の用法にあったかどうかは、はっきり確定する

（1）『イリアス』第三歌二一三―二一五行に基づく。クインティリアヌス、『弁論家の教育』第十二巻第十章六四（その他の古代学者）に同趣旨のコメントがある。
（2）『イリアス』第三歌二二一―二二三行に基づく。クインティリアヌス、『弁論家の教育』第十二巻第十章六四も同様。
（3）以下の引用の箇所を目して、ホメロスは最初のアカデメイア派（真偽確定を保留する懐疑派）として、（同じことについて）賛否両論を立てるすべを知っている、とも言われた（『イリアス』第二十歌二四九行古註T）。
（4）『イリアス』第二十歌二四八―二五〇行（アイネイアスのアキレウスに対する言葉）。引用句の最後の行に関しては、ヘシオドス『仕事と日』七二一行「お前が悪口を言えば、すぐにそれ以上のことを自分が聞かされることになろう」参照。主張に、反対主張でもって応酬される、の意味と解されている。
（5）『オデュッセイア』第九―十二歌。
（6）『オデュッセイア』第二十三歌三一〇行。
（7）七四節参照。

ことはできない。(1) なぜなら、ある者は、詩人がその名詞を知っていたことは、次の句から明らかであると唱える。

> 人間たちの暴慢と掟の順守（エウノミエー）とを調べながら……(2)

しかしアリスタルコスは、「エウノミエー」の語は、「よく〔正しく〕（エウ）、分配される（ネメスタイ）」から来ていると考えた。(3) とはいえ、じっさいに「ノモス」の語は、全員に等しいものを「分配する（ネメイン）」、あるいは応分のものを各自にそうする、ということから言われていると思われる。(4)

法の力が、成文化されてはいなくても、人々の心のなかに保たれているということを詩人は知っている。その点を、多くの箇所で明らかにする。アキレウスには、〔弁論者の持つ〕杖に関してこう述べさせる。

> 今はそれ〔杖〕を、アカイア人の子たちが、
> 正義を司りながら手に持っている――ゼウスの定めた掟を
> 守る人々が。(5)

法とは掟と仕来りのことであり、ゼウスがそれをもたらしたと人々は伝える。クレタの王ミノスも、ゼウスの親交を得たと詩人は言うが、(6) この親交が、法を学ぶためだったことは、プラトンも証言しているのである。(7) また以下の箇所では、法に従い、不正を犯してはならないということを明瞭に示している。

> だから、人は誰も、掟に反した振舞いをけっしてしてはならない、
> いや、神々が与える贈り物には、何でも、黙って耐えるべきなのだ。(8)

国家の様態

一七六　さて、国家の様態を最初に分析したのがホメロスである。ヘパイストスが——すなわち気息的な力が(9)——、宇宙の模像として制作した［アキレウス用の］盾(10)には、二つの都市が描写に含まれている。一方は、平和と愉楽のうちに時を過ごし、他方は戦争にうつつを抜かしている。そしてそれぞれにふさわしい事柄を加えて、一方には政治的な生活が、他方には戦闘的な日々があることを示す。三つ目の生活、つまり農業的な種類のものも見過ごしてはいない。これも叙述しながら、表現を生きいきとさせ、美しくしている。

(1) ホメロスに、後代の「法 nomos」の語が現われない点に古代の学者たちは注目した（ヘシオドス『仕事と日』二七六行古註等参照）。ただ eunomiē という nomos の派生（合成）語と見うる単語は見出されるので（本文）、テキストそのものにはなくても知られていたという説が唱えられたが、反対論もあった。

(2)『オデュッセイア』第十七歌四八七行。

(3) eunomiē の語を「正しい分配、公平さ」と解しているらしい。アリスタルコスは前三—二世紀の学者。

(4) アリスタルコスの語源説は、もう一方の説と対立するものではない、「公平な分配」はけっきょく「法」なのだから、という趣旨。

(5)『イリアス』第一歌二三七—二三九行。

(6)『オデュッセイア』第十九歌一七八—一七九行。

(7) プラトン『ミノス』三一九C。

(8)『オデュッセイア』第十八歌一四一—一四二行。

(9) このダッシュ部分は、ここの文脈に関連しない挿入句として削除されるべきである（Hillgruber）。「気息」は、鍛冶神のふいごのイメージからの、アレゴリー的説明。

(10) 盾の浮彫の模様全体をそのように解するのは、クラテスに始まるらしい（『イリアス』第十一歌四〇行古註T）。

評議会

一七七　またどの都市にも決まりとなっていること、つまり評議員の会議があり、これが民会の議論よりも先に協議するという仕来りが［すでに］あることは、次のホメロスの詩句から明らかである。

彼は、まず、大いなる心の長老たちの協議を催した。(1)

すなわちアガメムノンは、長老たちを呼び集め、彼らとともに、どのようにして軍を戦闘へ準備させるか、検討するのである。

王の務めと、配下の者の本分

一七八　また、王たる者は、他の誰よりも、全体の救済のことを顧慮せねばならないという教えを、同じ人物［アガメムノン］に即して与える。彼にこういう忠告がされる。

はかりごとをなす者は、一晩じゅう眠っていてはならぬ。(2)

また、指導者に配下の者は従うべきこと、長に選ばれている者は各人に優先されるべきことを、オデュッセウスが、名望のある者に対しては優しい言葉で説得し、一般兵の者には厳しい調子で叱責して、諭している。(3)

会席での礼儀

一七九　目上の者には、［会席の場で］立ち上がる［という礼を尽くす］ことは、どこでも行なわれている。[4] それを、［ホメロスにおいて］神々自身が、ゼウスに対して示している。

彼［ゼウス］が近づいてくると、誰もあえて
［席上に］留まることはせず、皆が彼を迎えて立ち上がった。[5]

発言権と年齢

一八〇　たいていの土地では、最長老の者が最初に発言するのが決まりである。しかしディオメデスは、戦争の状況に強いられあえて最初に発言することを、許してほしいと求める。

あなたたち［他のギリシア将軍たち］のどなたも、
生まれにおいてわたしが、皆の最年少の者だという点に、怒らないでいただきたい。[6]

（1）『イリアス』第二歌五三行。
（2）『イリアス』第二歌二四行＝六一行。
（3）一六六節で出た例。
（4）クセノポン『ソクラテス言行録』第二巻第三章一六、キケロ『老年について』六三等参照。
（5）『イリアス』第一歌五三四―五三五行。
（6）『イリアス』第十四歌一一一行以下。

故意の、および不作為の罪

一八一　次のことも、どこでも決まりになっている。すなわち、故意の犯罪は罰せられるが、不作為のものは許される、ということである。この点もまた、詩人は、［作中の］歌人がこう述べる箇所で明らかにしている。

そして、テレマコスが、あなた［オデュッセウス］の愛する息子が、このことを話してくれるでしょう
――けっして自ら望んであなたの館を訪れては、
宴をする求婚者たちに、歌を聞かせようとしたわたしではない、
いや、ずっと数も多く力もある彼らが、わたしを無理やり連れてきていたのだ、と。(1)

各種の政治制度

一八二　国の政治として、正義と遵法を旨とするものには、王政、貴族政、民主政との三種類があり、さらにそれと反対の、不正と無法とに向かう国政として、僭主政、寡頭政、衆愚政の三種類があるが、ホメロスはこれらも知っていたようである。

王政には、全作品を通じて言及し賞辞を捧げる。たとえばこうである。

ゼウスに養われる王たちの怒りは強烈だ。
その誉れはゼウスに発し、はかりごとをなすゼウスが彼らを愛している。(2)

また王とはどういう人間か、はっきりと示している。

［オデュッセウスはイタケの］民に君臨していた、そして父のように優しかった。[3]

また、こうも言う。

国のなかで、誰にも不正なことをせず、
そういうことも言わない彼［オデュッセウス］だった―神のような王には慣わしのことであるが。[4]

また貴族政については、ボイオティアの五人の領主を数え上げ[5]、パイアケス人のもとでも、

国では十二人の卓越した領主たちが
裁きをなし、十三人目がわたし［アルキノオス］である。[6]

また民主政の模像を、盾の造りのなかで生き生きと描き出す。そのなかには、二つの都市を造り込み[7]、一

(1)『オデュッセイア』第二十二歌三五〇―三五三行。ペミオスという歌人が、求婚者たちの殺戮後、自分を罰しないようオデュッセウスに求める言葉。
(2)『イリアス』第二歌一九六―一九七行。
(3)『オデュッセイア』第二歌二三四行＝第五歌一二行。
(4)『オデュッセイア』第四歌六九〇―六九一行。最後の「神のような、うんぬん」は、王には暴慢行為がありがちということで、エウスタティオス『ホメロス註解』(一四三三)は、「あらゆる人間に害をなす」エケトス王（『オデュッセイア』第十八歌八五行等）を例に出している（下記一八三節で僭主として挙げられている）。
(5)『イリアス』第二歌四九四―四九五行。アガメムノンのような大君主に仕える地方の「領主（王）basileus」をここで「貴族 aristoi」として扱っている。
(6)『オデュッセイア』第八歌三九〇行以下。
(7)『イリアス』第十八歌四九〇行以下で、平和の中にある国に対して、もう一方は戦争中の国を描く。

方を民主政の国として描いて、指導者は誰もいず、各人がそれぞれの意思に従い、法を守りながら暮らしている。そこには裁判所も導入されている。また次の箇所でも民主政を描いている。

〔彼は〕民を恐れて〔オデュッセウスに救いを求めた〕。というのは、前から民はとても怒っていたのです、彼が、海賊のタピオイ人たちといっしょになって、

テスプロトイの人々を――わたしたちと親密な国だったのに――苦しめていたことで。(1)

僭主政

一八三　暴力的に、また非合法的に治める者を詩人は僭主とは呼んでいない。この名称は新しいからである。(2)しかし、どういう行為をする人間かという点は、次の箇所で明らかにしている。

あらゆる人間に害をなすエケトス王のもとへ〔送ってやる〕、

彼が〔お前の〕鼻と両耳を、無慈悲な青銅具で切り取ることだろう。(3)

またアイギストスをも僭主として示す。彼はアガメムノンを殺してミュケナイを治めていたが、「もしメネラオスがそこにやって来ていたら、倒されたときには」と詩人は言う、「埋葬もされなかっただろう(4)」。それが僭主に定められた決まりだからである。(5)

人々が、彼に、死んだ後でも盛り土をすることはなく、

むしろ犬や鳥たちが、地面に横たわる彼を貪ったことだろう。

じっさい、とんでもないことを企んだ彼なのだから。(6)

また寡頭政のことは、求婚者たちの強欲を通じて表わしていると思われる。彼らについてこう述べる。

また岩がちなイタケを治める領主たちが……。(7)

衆愚政については、トロイアの国政のなかにそれが含まれることを示している。それによって、皆がアレクサンドロスと協同した結果、禍いに見舞われることになった。そしてプリアモスは、そういう禍いを引き起こしたとして、自分の子供たちを難詰する。

急げ、厄をもたらすろくでもない子供らよ。(8)

---

(1)『オデュッセイア』第十六歌四二五―四二七行。ペネロペが、求婚者たちの頭領アンティノオスを責めながら、彼の父のことに言及する。

(2) 僭主 tyrannos の語は、アルキロコス（前七世紀の抒情詩人）の時代に初めて使われるようになったというヒッピアス（前五世紀のソフィスト）の論が、ソポクレス『オイディプス王』梗概で引かれている。

(3)『オデュッセイア』第十八歌八五行以下。アンティノオスの、乞食イロスへの脅し。

(4)『オデュッセイア』第三歌二五八行以下参照。オレステスが帰還してアイギストスと母を討ち、両人を埋葬した（同三〇六行以下）。メネラオスはその直後に帰国。

(5) 後代までそういう慣わしだった。たとえばシュラクサイの僭主ヒエロニュモス（前三世紀）は、臣下の者に憎まれていたので、「その遺骸は埋葬されずに横たわるまま」にされた（リウィウス『ローマ建国以来の歴史』第二十四巻第二十一章三）。

(6)『オデュッセイア』第三歌二五八―二六一行。

(7)『オデュッセイア』第一歌二四七行＝第十六歌一二四行。続く行で、彼らがオデュッセウスの館の財を蕩尽していると言われる。寡頭政の特徴としての「強欲」についてアリストテレス『ニコマコス倫理学』第八巻一一六〇b一二―一四等参照。

(8)『イリアス』第二十四歌二五三行。

また、別のトロイア人、アンティマコスは、
　黄金の素晴らしい贈り物をアレクサンドロスから受け取っていたので、
　金髪のメネラオスにヘレネが返されるのを認めようとしなかった。(1)

義務、慣例について

敬　神

一八四　世の中では、それぞれの者に然《しか》るべき報いを与えることが正義であると見なされているので、そしてとくに神々をあがめ、両親や家族を敬うことがそうであると見られているので、神々に対する敬虔さを多くの箇所で教えている。英雄たちが、神々に犠牲をささげ、祈願をし、贈り物を供え、讃歌で彼らを敬うという情景を、また敬虔の報酬に神々からの援助を受けるという経緯を、作中に織りこむのである。

両親、家族等への愛

一八五　両親に対して尽くす礼のことは、とくにテレマコスという人物において示している。また、オレステスのことを誉める次の箇所においてである。

　お前は、神のようなオレステスが、父の殺害者を倒してから、

あらゆる人々の間で、どのような名声を得ることになったか、知っているであろう。[2]
また年老いた両親が子供たちから養われるのは、自然に即した正義であり、返報の義務にも基づいているということを、一つの詩句で言い表わす。

また愛する両親に
育てられた恩を返さなかった。[3]

また、兄弟同士の好意と信頼をアガメムノンとメネラオスとの関係で、朋友同士のそれをアキレウスとパトロクロスとの関係によって示す。また、妻の思慮と夫思いの情をペネロペによって、夫からの妻への憧憬をオデュッセウスによって描いている。

祖国への義務、真実を言うこと

一八六　また祖国のためにどう行動すべきかという点に関して、とくに次の箇所で明らかにする。

(1)『イリアス』第十一歌一二四行以下。このエピソードにはアイリアノスも言及するが、「衆愚政」との関連ではない(『動物の特性』一四-八)。プリアモスの子たちやアンティマコスは王族、貴族なので、この関連の例としては適切ではない(Hillgruber)。衆愚制の道徳的堕落という観点から、これらの箇所に言及している。

(2)『オデュッセイア』第一歌二九八行以下。アテナからテレマコスへの言葉。

(3)『イリアス』第四歌四七七行以下=第十七歌三〇一行以下。

よい前兆は一つだけ――祖国を防衛するということだけだ(1)。

また、一国を共にする者たちは、友愛を重んじるべきだという点について、こう述べる。

思慮のない、掟を知らない、故郷《くに》を持たない人間だ、

おぞましい内乱を愛する者は(2)。

また、真実を言うことは尊ぶべく、その反対は避けるべきであることを、こう述べる。

そういう男は、ハデスの門同様にわたしにはうとましい、

心のなかに別のことを隠しているのに、口では他のことを言う者は(3)。

またこういう箇所である。

彼らは口ではよいことを言うが、陰では悪いことを考えている(4)。

妻の務め

一八七　妻が、夫の口外すべからざる考えを穿鑿せず、また、その了解なしに何かことをなそうとしないときに、家はいちばんよく保たれる、ということについて、いずれの点もヘラに関連させながら示している。前者の点は、ゼウスにこう言わせて表わす。

ヘラよ、わたしが心に持つ考えをすべて知ろうとは思わないことだ(5)。

また後者の点は、ヘラに言わせる。

わたしが、深い流れのオケアノスの家まで、黙って行こうものなら、
後であなたがお怒りになるのではないかと思って。(6)

家族らに言葉を言い残すということ

一八八　また、戦争に出向く者や、危険のなかに陥っている者が、家族に何かをことづけるという習慣はどこでもあるが、それを詩人も知っている。すなわち、アンドロマケは、［戦死した］ヘクトルのことを嘆きながら、こう言う。

あなたは、死の床からわたしに手を差し伸ばすこともしなかったし、
わたしがいつもそれを思い出して夜も昼も泣き続けるような、

(1)『イリアス』第十二歌二四三行。ギリシア軍の船陣に攻め入ろうとするヘクトルに、兄弟のプリュダマスが、思いとどまるよう忠言した——彼らの左手（凶兆）にワシが飛んだ、しかも捕まえていた蛇を地上へ落としてしまった、と。しかし、前兆には拘泥しないと応え、突撃を始めるときのヘクトルの言葉が引用句。
(2)『イリアス』第九歌六三行以下。
(3)『イリアス』第九歌三一二行以下。アキレウスが、アガメムノンについて述べる言葉。
(4)『オデュッセイア』第十八歌一六八行。ペネロペの、求婚者たちに関する評。
(5)『イリアス』第一歌五四五行以下。
(6)『イリアス』第十四歌三一〇行以下。「先に了解を取りに来た」という趣旨。オケアノス（「大河」）は、神々の祖。

重みのある言葉を言ってもくださらなかった(1)。
またペネロペは、オデュッセウスの言いつけをこう思い出す。彼が出征したときのことである。
だから、神がわたしを帰らせてくれるか、それともトロイアの地で
倒れることになるかどうか、分からない。お前には、ここのすべてのことに目を配ってほしい、
館の父と母のことを、今まで同様、
いや、わたしがいない間はこれまで以上に、気遣ってほしい。
だが、子が顎ひげを生やすようになったのを目にしたら、
お前がそうしたいと思う相手と結婚［再婚］し、お前の家を離れるがよい(2)。
また、［不在中の］管理者のことも詩人は知っている。
そして、［オデュッセウスはトロイアへ］船で赴くさいに、彼［メントル］に館のすべてを任せた、
老人［ラエルテス］の指示に従いながら、すべてをしっかり守るように、と(3)。

哀悼について

一八九　家族の者の死を悼むさいに、度を過ごしてはいけないとするが――これは品《ひん》がよいことではないから――、また、完全にそれを抑圧するのもよしとはしない。人間においては無感情ということは不可能だからである(4)。そこで、次のように述べる。
いや、［人間は］泣いたり嘆いたりした後でそれを止めるものです。

西洋古典叢書

月報 103

2013＊第4回配本

オリュントスの廃墟

目次

2013年10月
京都大学学術出版会

ケンブリッジ古図書館瞥見

時枝　正

今日はケンブリッジ大学トリニティ・ホール（一三五〇年創立）の古図書館をご案内しましょう。蔵書目的に建てられ、以来不断に使用され、引っ越さなかった図書館のうちでは、同大学最古です。

まず外壁のまんなかに妙な扉が目につきます［1］。向かいにMaster's Lodge（学長館）があるのですが、嘗ての学長が、中庭を冬横切るのは寒い、自分の寝室から図書館へパジャマで行きたい、と空中廊下を造らせたのです。昔の石版画にはその廊下が見えます。後世とりこわされ、跡には図書館側の扉のみ残りました。

1

調度品はすべて図書館が建てられた十六世紀、エリザベス朝のもののままです［2］。本は貴重品でしたから、鎖で本棚に繋ぐのがならいでした［3］。見台の展示本はエラスムス『箴言』（一五二三年）およびFaberの『アリストテレス自然学註解』*Paraphrases in Aristotelis philosophiam naturalem*（一五

2

一二年)、大学の教科書で、西洋印刷術初期の作品です。けしからぬことに少なからず落書——尤もラテン語の落書——されております。

　一つご注意。写真の左上、*Paraphrases* の裏表紙はどうも変ですが、これが何だかお判りになるかしら? 実は写本の一葉が貼付けてあるのです(ちなみに下の棚に見えるのはエラスムス全集)。印刷術の初期人々は、新時代だ、もう写本など要らぬとばかり、写本を印刷物の表紙の材料としてリサイクルし始めました。後悔して写本を再び大切に保存するようになったのは暫く経ってからのことです。現今、電子版の時代には紙の本は要らぬ、という議論は、五〇〇年昔の議論のむしかえしな訳です。歴史は鑑。

3

　さて写本を二点だけ紹介します。長老は *Vita S. Martini* (St Martin de Tours)、紀元一〇〇〇年頃の聖人伝[4]です。聖マルタンが Igitur の頭文字に化けました。文芸的価値は同時代の『源氏物語』などと比べるべくもありませんが、羊皮紙に書いたのは強みで、驚く程きれいな保存状態で今日まで伝わりました。仮に『枕冊子』の原冊子が発見されたと想像してごらんなさい。国文学者には喉から手のでる……その点西洋の古典学者は恵まれています。それからボエティウス『哲学の慰み』[5]。ユーモラスな挿絵が各頁を飾る一四〇〇年頃の写本(moyen français)で、色刷りで掲載できないのが残念です。写真の頁は『イリアス』『オデュッセイア』にちなみ、ギリシャ戦士がトロイアを攻めている場面と、オデュッセウスがポリュフェモスの眼をつぶす場面。そろって中

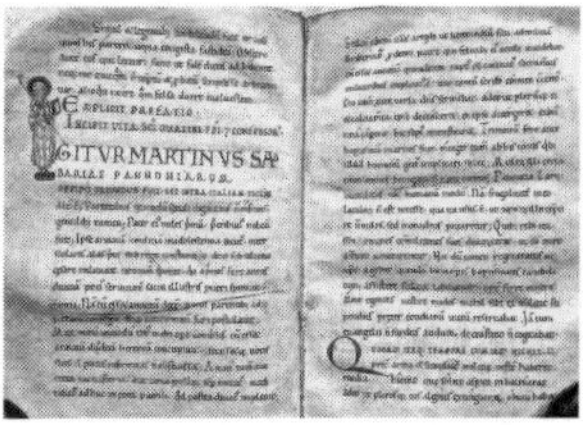
4

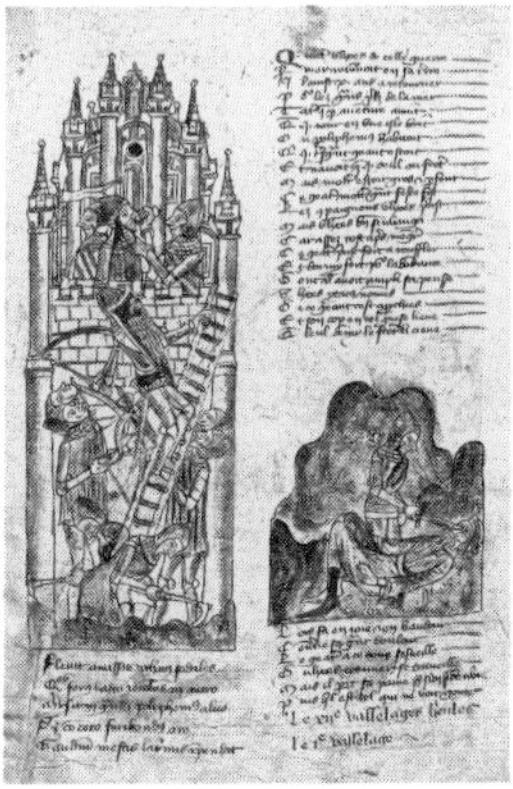
5

世の騎士のいでたちなのが奇観ですね。

　写本は金庫にしまいまして、印刷物に移りましょう。人文主義を支えた縁の下の力持ちは、ベネチアのAldo家とかパリのEstienne家とか、錚々たる出版者たちでした。[6]は後者のHenri, 祖父ではなく孫の方、が出したヘロドトス第二版（一五九二年）です。中の体裁は[7]。ギリシャ語の連字がみずみずしい。第四巻四二——前六〇〇年頃、ファラオ・ネコスの命を受けたフェニキア船が紅海からリビア（＝アフリカ）を三年かけて周航しヘラクレスの柱（＝ジブラルタル）を通過して帰還した、そして「私には信じ難いことであるが」周航中太陽が右手にあったと報告した——というくだりです。歴史の父には信じ難かった、しかし書きとめてくれたこの一句 *τὸν ἥλιον ἔσχον ἐς τὰ δεξιά* のおかげで、二六〇〇年後の我々はフェニキア人の周航を検証できるのです。なぜなら南半球では正午の太陽が右手、すなわち北に位置すると悟っていた人は当時北半球にはいなかったでしょうから。ここは南半球に言及した史上最古の文章だと思います。なお、[6]はギリシャ語原文、ラテン語対訳だけで、criticus apparatus（原文献の綿密な比較考証）はまだ一切ありません。しかるに一〇〇年後になると既に、criticus apparatus が各頁の半分を占める版が出てきます。それだけ人文主義者たちが研鑽を積んだ証左でしょう。

6

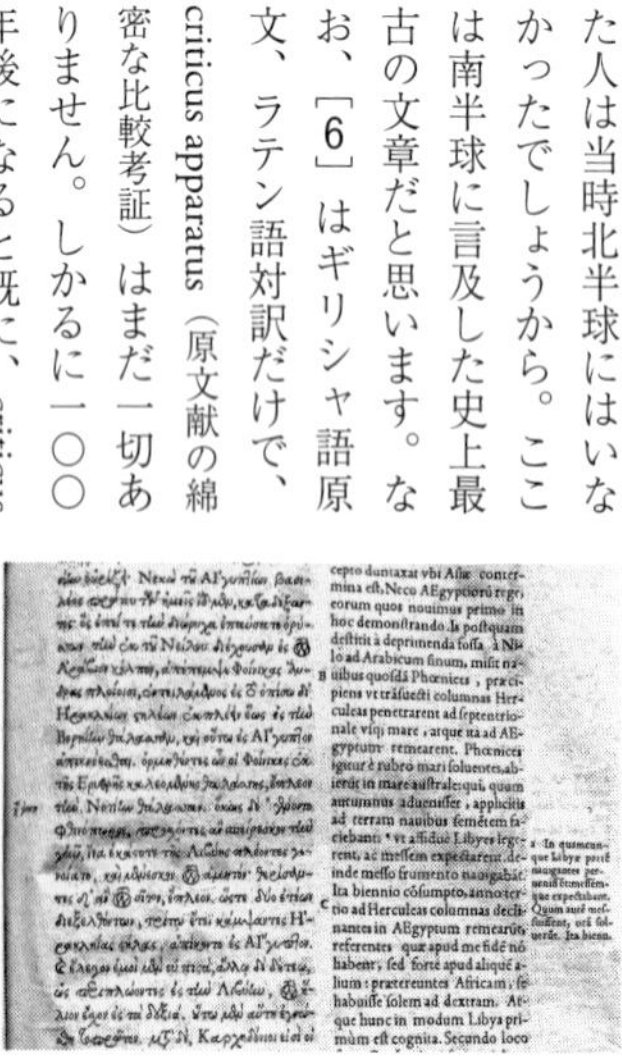
7

　一五〇〇年以前にヨーロッパで印刷された本をincunabulumと称します。その一例、シェーデル『ニュレンベルク年代記』（一四九三年）を開きましょう。incunabulaの中でも現存数最多（約一二五〇冊）、世間で目にする確率が高い品です。ベネチアの挿絵[8]はもと観光案内用に描かれたのを転載したそうです。
　紀元一〇〇年頃アレクサンドリアで活躍した天文学者プトレマイオスは地理学者でもありました。その大作『地理』は、イスラム経由で一三〇〇年頃欧州へ逆輸入され、改訂・増補を重ね流布しましたが、大航海時代に至って科学的な地図帳にとってかわられました。［9］は最終に近い版、一五一三年版のイギリス諸島の頁です。海岸線がずいぶんいいかげんですな。それに、アイルランドの西の沖をよく見ると、ちょこんと、当時「発見」されたばかりの「島」ブラジルが載っています。

ハパクス・レゴメノン *ἅπαξ λεγόμενον* という概念を耳にされたことおありですか？ ある言語の文献全体に一度しか現われない単語のことです。ギリシャ・ラテンにも幾つかありますが、数奇な運命を辿った例が古典ヘブライ語にございます。それは『ヨブ記』第十章一〇に出てくる「gvinah」、

9

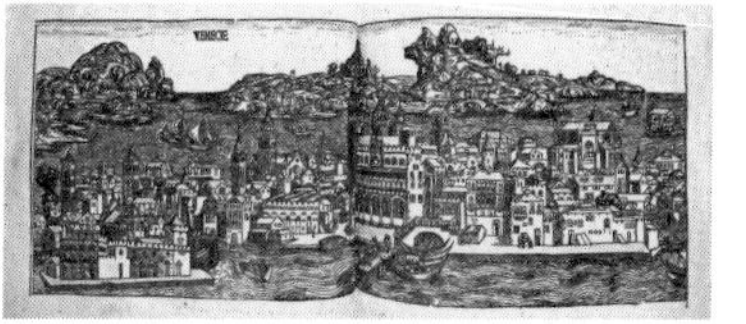
8

［10］の左段、10と番号のふられた行の右から数えて四語目です（ヘブライ語は右から左へ書く。ギリシャ語にも古くは犂耕式 *βουστροφηδόν* なんて書き方があった）。意味は「チーズ」で、*ἅπαξ* なのですが、十九世紀末ヘブライ語が口語として復活した際採用され、現代ヘブライ語ではありふれた単語になりおおせました。なお、写真［10］は一五六八年の Complutum 系統の多言語聖書 (polyglot) で、右段は *Vulgata*, 下段はいわゆる targum, アラム語での通釈です。

私は、この小さな図書館を見回る度に、先人がそれぞれの時代に於いて学問を継承してきた、その *τέχνη μακρή* (ars longa) への意欲にうたれずにはいられません。日本において西洋古典に携わる皆様は、かけがえのない継承の一環を担っていらっしゃるのです。

（トリニティ・ホール図書館長）

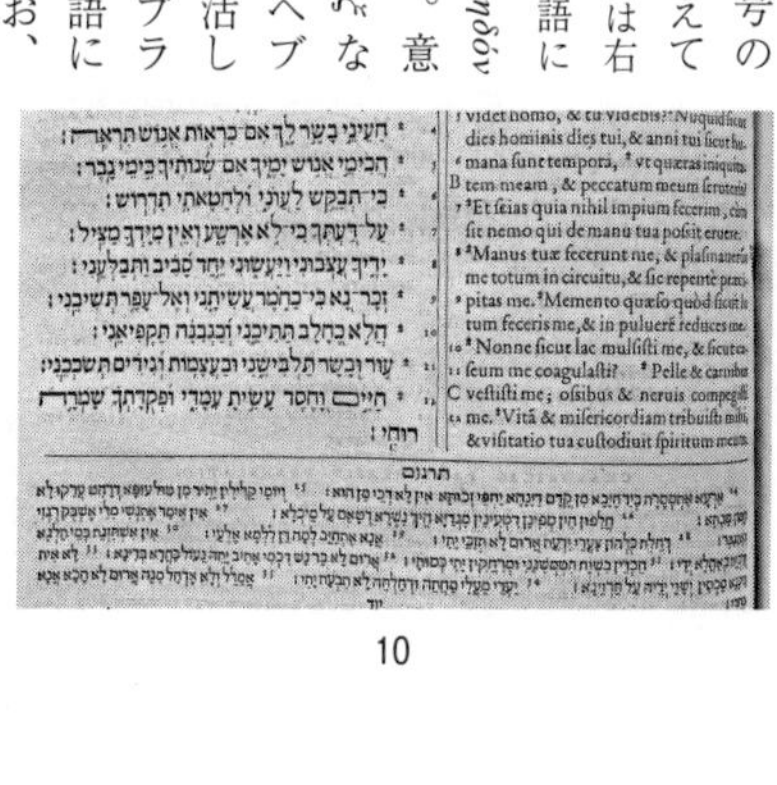
videt homo, & tu videbis? Nunquid sicut
dies hominis dies tui, & anni tui sicut hu-
mana sunt tempora, vt quæras iniquita-
tem meam, & peccatum meum scruteris?
Et scias quia nihil impium fecerim, cum
sit nemo qui de manu tua possit eruere.
Manus tuæ fecerunt me, & plasmauerunt
me totum in circuitu, & sic repente præci-
pitas me. Memento quæso quòd sicut lu-
tum feceris me, & in puluerē reduces me.
Nonne sicut lac mulsisti me, & sicut ca-
seum me coagulasti? Pelle & carnibus
vestisti me; ossibus & neruis compegisti
me. Vitā & misericordiam tribuisti mihi,
& visitatio tua custodiuit spiritum meum.

תרגום

10

連載

西洋古典名言集 (19)

怒りと戦うことはむずかしい

怒りを扱うことにむずかしさについては、昔から多くの著作家が言及し、古くはホメロスに「怒りは思慮ある者でも煽って逆上させ、したたり落ちる蜂蜜よりもはるかに甘く、人びとの胸の内で煙のごとく充満する」(『イリアス』第十八歌一〇八以下)という言葉がある。前四—三世紀頃に活躍した喜劇作家ピレモンの現存断片には、「腹を立てている時はみんな気が狂っているのさ。だって、怒りを抑えるのはひと苦労だからな」(「断片」一五六、一五七)というくだりがある。これはストバイオスが『精華集』(第三巻二〇-四)において引用している。「怒っている人と狂っている人の違いは、時間の長さだ」(プルタルコス『王と将軍の格言集』一九九A)というのは大カトーの言葉である。冒頭の言葉は、哲学者ヘラクレイトスのもので、「怒りと戦うことはむずかしい。それが何を欲するにせよ、魂とひき換えにあがなうからだ」(「断片」八五DK)とある。もっとも、ここで「怒り」と訳されたテューモスについては議論があって、哲学史家のJ・バーネットは「怒り」ではなく「欲望」の意味だと主張しており、これに同調する研究者が多い。しかし、この断片を引用しているプルタルコス『怒りを抑えることについて』(四五七D)やアリストテレス『政治学』(一三一五a二九)、『ニコマコス倫理学』(一一〇五a七)は「怒り」の意味で理解している。普通「怒り」を表わすギリシア語はオルゲーであり、テューモスはこれと区別するためにしばしば激情と訳される。また、右のホメロスの例ではコロスが用いられている。『初期ストア派断片集』が収録するクリュシッポスの倫理断片には、怒りを表わす類似表現が列記されていて、オルゲーは不正を犯したと考えられる人に対する報復の欲求、テューモスは始まったばかりの怒り(オルゲー)、コロスは膨れあがる怒りと説明されている(断片三九七)。ほかにもよく似た表現があるが、こうした細かいニュアンスの違いがそれぞれの文脈で正確に反映されているのかどうかは分からない。それはともかく、プルタルコスの『怒りを抑えることについて』やセネカの『怒りについて』を繙読すると、怒りを制御するのがいかに困難であるかについて語られている。メナンドロスに帰せられる『一行格言集(モノスティカ)』には、「人間であるならば、怒りに克つことを覚えよ」(二〇）という格言がある。人間以外のものが怒ることはないのだろう。「腹を立てているときは、なにも語るな、なにもするな」（ディオゲネス・ラエルティオス『哲学者列伝』第八巻二三）というピュタゴラスの言葉もある。

怒るべき時には怒れ

セネカの右の書物を読むと、怒りにはよいところがなにもないように思えてくるが、プラトンやアリストテレスを見るとそうでもないことが分かる。プラトンの晩年の著作『法律』では、「だれでもひとは怒ることができねばならない。しかし、できるだけ温和でもなければならない」（七三一B）と言われる。「怒ることができる」のもとの言葉はテューモエイデースという形容詞である。「気概がある」とか訳されたりするが、「怒った」「激しやすい」といった意味をもっている。矯正のむずかしい不正行為には怒ることも必要で、「高貴な怒り」が不可欠だという（『法律』同箇所）。もっと若い頃に書かれた『国家』にも同様の思想が出現する。理想国家の守護者は、「心の性質としては、怒ることができねばならない」（三七五B）と言われ、ここでもテューモエイデースという語が用いられている。そして、同時に温和な性格をもった人間が求められる点でも同じである。これはキケロが「賢者はけっして怒ることがない」（『ムレナ弁護』三〇-六二）と言っているのとまったく対照的な見方である。キケロの場合には、ストア派的な理想が論じられているのであろう。ストア派のクリュシッポスによると、「怒りは盲目であり、しばしば明白なものを見えなくさせ、しばしば把握されたこと覆い隠すものでしかない」（『初期ストア派断片集4』断片三九〇）からである。セネカが『怒りについて』においてやり玉にあげているアリストテレスも、どちらかと言えば、プラトン的な立場にたっている。『ニコマコス倫理学』では、「しかるべき事柄に、しかるべき相手に、しかるべき仕方で、しかるべき時に、しかるべき間だけ怒る人は称賛される。このような人が温和な人間であろう」（一一二五b三一以下）と語られている。逆に、怒るべき時に怒らないような人は愚かだと考えられている。しかし、そのアリストテレスも過度な怒りは「怒りっぽい（オルギロス）」とか「短気な（アクロコロス）」とか言って、ふさわしくないものだと主張する。なにごとであれ不足と超過は悪徳であり、中庸が求められるのである。「とりわけ心が乱れているときには、思慮ある人は不条理な怒りを抑えよ」（メナンドロス「断片」二一五）という言葉があるように、理にかなわない怒りは諫められるわけである。

（文／國方栄二）

西洋古典叢書

［2013］全８冊

★印既刊　☆印次回配本

●ギリシア古典篇

エウリピデス　悲劇全集　2★　丹下和彦 訳

エウリピデス　悲劇全集　3　丹下和彦 訳

ピロストラトス　テュアナのアポロニオス伝　2　秦　剛平 訳

プルタルコス　モラリア　10★　伊藤照夫 訳

プルタルコス他　古代ホメロス論集★　内田次信 訳

ヘシオドス　全作品★　中務哲郎 訳

リバニオス　書簡集　1☆　田中　創 訳

●ラテン古典篇

リウィウス　ローマ建国以来の歴史　4　毛利　晶 訳

●月報表紙写真——カルキディケからエーゲ海に突き出た三本の半島の西側二本に抱かれた湾奥に位置するオリュントスは、古来係争の絶えぬ要衝の地であった。ペルシア戦争後にはエウボイア島のカルキスからの移住者による植民都市となり、やがてカルキディケの同胞を糾合して強大なポリスに発展した。前五世紀末には周辺ポリスとともにカルキディケ同盟を結成して独立勢力を維持していたが、前四世紀半ばマケドニアとギリシアの軋轢が高まる中で、デモステネスらの活動により後者との融和を図ったことでマケドニア王ピリッポス二世の攻撃を受け、町全体がまさに跡形もないほどに徹底破壊された（前三四八年）。広大な丘陵地に広がる廃墟は、無数の建物の基台部だけが整然としたヒッポダモス式都市景観の痕跡を今に伝えている。（一九九五年六月撮影　高野義郎氏提供）

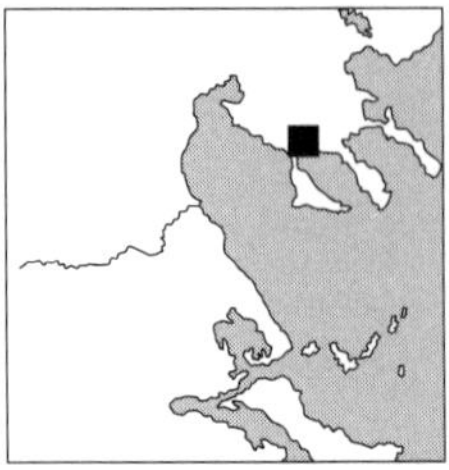

モイラたちは、人間の心を忍耐強いものにしているので。(5)

他の箇所ではこう言う。

いや、死者をわれわれは、一日だけ嘆いてから、
冷徹な心で埋葬せねばならない。(6)

埋葬に関する習慣

一九〇　また今日でも埋葬において慣わしになっていることを認識していたという点を、とくに次の箇所で記している。

そこで彼［サルペドン］を、兄弟や一族が、墓と墓標を作ってから埋葬するだろう。

(1)『イリアス』第二十四歌七四三行以下。臨終間際のそういう例として、ソクラテスが死の直前、鶏をアスクレピオスに捧げてくれという依頼をクリトンに言い残す、というのが有名（プラトン『パイドン』一一八B）。
(2)『オデュッセイア』第十八歌二六五―二七〇行。
(3)『オデュッセイア』第二歌二二六行以下。管理者（epitropos）の仕事について、クセノポン『家政論』一二―一五参照。
(4) ペリパトス派的な metriopatheia（ほどほどの情動）論に沿った捉え方。一三五節参照。
(5)『イリアス』第二十四歌四八行以下。それなのにアキレウスはパトロクロスへの悲嘆（およびヘクトルへの陵辱を）いつまでも止めない、というアポロンの言葉。
(6)『イリアス』第十九歌二二八行以下。やはりアキレウスに対して、この場合はオデュッセウスが諫めている。

それが死者の受ける誉れだから。(1)

また、ヘクトルの裸の死体が横たわっているのに向かって、アンドロマケがこう言う箇所である。

犬どもが食い飽きたら、うごめく蛆たちが、その裸の体を
食らうことでしょう。でもわたしのもとには、館の中に、
女たちの手で作られた上等の美しい衣装が置いてあります。
そう、それらすべてを燃える火で焼いてしまいましょう。
あなたには何の足しにもならないけれど――その中にあなたが横たわるわけではないから――、
でも、トロイアの男と女たちから、誉れを受けることにはなりましょう。(2)

同様にペネロペも［死者用の］衣装を準備する。

英雄ラエルテスのためのかたびらを……(3)

こういうのは適度な行為である。しかしそれ以上のことをして、アキレウスが、他の動物や人間もパトロクロスの薪山の上で焼くという点については、詩人は、肯定的に述べてはいない。それで、後でこういう言葉を付け足すのである。

そして彼［アキレウス］は、おぞましい業《わざ》を思いついた。(4)

共同墓、葬式競技

一九一　また、共同墓を最初に建てる［ことに関する知識を示している］のも詩人である。

塚を一つ、誰のためと区別せずに、平野から
築き上げて……[5]

また、葬式競技を初めて書き表わしたの[6]も詩人である。これは、平和のなかにある人々にも、戦争中の者

(1)『イリアス』第十六歌四五六行以下。死者が家族から受ける埋葬の誉れについて、プラトン『ヒッピアス(大)』二九一D—E参照。

(2)『イリアス』第二十二歌五〇九—五一四行。アキレウスに倒され、その戦車に縛り付けられて、ギリシア陣地まで引きずってゆかれるのをアンドロマケが城壁から眺めながら言う言葉。平常の場合は、死者を薪山の上に横たわらせ、副葬品として衣料等をいっしょに焼くが、今は遺骸がないので、形の上だけでも衣装を焼こうということ。

(3)『オデュッセイア』第二歌九九行、その他。

(4)『イリアス』第二十三歌一七六行(第二十一歌一九行参照)。馬や犬たちの他、一二人のトロイア人をほふる。一四五節でも触れられているこの行為について、古註家は、「詩人はあたかも憤激しているように「おぞましい業を思いついた」と述べる」と記している(『イリアス』第二十三歌一七四—一七六行古註bT)。キュプロスの英雄時代の墓で、馬、戦車の副葬、そして人身御供の痕跡が発掘されている(W. Burkert, *Griechische Religion*, Stuttgart 1977, 297)。アキレウスの行為はとくに例外的ではなかったかもしれない。

(5)『イリアス』第七歌三三六行以下。ネストルの提案(ギリシア船隊を守る囲壁の建設とともに)。ホメロスの写本と一部異なる。「平野から、うんぬん」の部分は意味不明確。後代の例として、ペルシア戦時の戦死者の共同墓(ストラボン『地誌』九-四-二)等がある。

(6)戦死したパトロクロスのために戦車競技などが行なわれる『イリアス』第二十三歌二六二行以下。後代の例として、ヘロドトス『歴史』第六巻第三十八章一(ミルティアデス)等参照。

たちにも、共通に行なわれる。

戦争に関する知識

戦術について、戦列配置

一九二　戦争に関する知識は「戦術（タクティケー）」とも呼ばれるが、それをホメロスの詩は、歩兵戦や、囲壁戦や[1]、船隊の傍らの戦いや、［スカマンドロス］河畔での戦闘や、果し合いやらを多様に描きながら、明らかにしている。[2]将軍の知識に関わることもいろいろと含んでいる。それらの僅かの例だけを挙げるべきである。

戦列配置に関しては、馬の隊列が先頭に置かれ、それに歩兵が従うべきことを[3]以下のように示す。

馬の隊を、馬と戦車とともに先頭にし、
その後に、たくさんの優れた歩兵を置くこと。[4]

指揮官

一九三　また、軍には、隊ごとに指揮官がいるということが述べられる。

警備隊の指揮官は七人いて、それぞれに一〇〇人の
若者が、長い槍を手にして付き従って行った。[5]

また、指揮官のうち、一部は最前線の列に配されて先頭で戦うこと、一部は後方にいて、ぐずぐずする者たちを戦闘へ駆り立てるということを記す。

(1) ギリシア船隊を守る囲壁前での戦闘。『イリアス』第十二歌で描かれる。その後（第十二歌四六二行以下から第十三歌にかけて）、門から押し入ったヘクトルおよびトロイア軍とギリシア軍との間で、ギリシア船隊の傍らにおける戦闘となる。

(2) ホメロスに戦争技術の指南者を見る伝統について、アイリアノス『ギリシア奇談集』一三-一九（前六―五世紀のスパルタ王クレオメネスの言）、アリストパネス『蛙』一〇三四行以下、プラトン『イオン』五四一B等参照。アレクサンドロス大王は、『イリアス』を戦術の教科書と見なして、アリストテレスによるその校訂本を枕の下に置いていた（プルタルコス『アレクサンドロス伝』八）、ポンペイウスは、戦に出る前に、必ず『イリアス』第十一歌を読んだ（ポティオス『ビブリオテーケー』一九〇）、等。

(3) ホメロスにおいては、後世におけるような騎馬隊はまだなく、戦車隊を表わす。後世の騎馬隊も先頭に立つことはあったが（前三七一年のレウクトラ戦で、スパルタ軍もテバイ軍もそれぞれ自軍の先頭に騎馬隊を置いた、クセノポン『ギリシア史』第六巻第四章一〇）、むしろ重装歩兵隊（パランクス）を先に進ませ激突させることがふつうで、後代の人々はホメロスのその箇所（次出）に違和感を覚えることがあった。たとえばアリストテレスは、馬の隊は先頭というよりも、両翼に配されるということだ、と解した（「断片」一五二（Rose））。ホメロスでは、戦場に着いたら戦士は車から降りて闘う、という点がよく理解されていなかったことによる。

(4) 『イリアス』第四歌二九七行以下。ネストルの指示。

(5) 『イリアス』第九歌八五行以下。

彼ら［クレタ兵］は、戦に熱心なイドメネウスの周りで武装を整えていた。
猪に似た力を持つイドメネウスは先頭列におり、
メリオネスが最後方の隊列を励ましていた。(1)

軍陣での配置

一九四　また、力に優る者たちが、陣地の縁に、あたかも他の軍兵の城壁のように、ぐるりを囲む形で野営する一方、王は安全な場所に、つまり真ん中に営舎を置くということを示して、最も立派な勇士たちであるアキレウスとアイアスとの営舎を、船陣のいちばん外側に、他方でアガメムノンと他の領主たちを真ん中に、位置させる。(2)

濠などのこと

一九五　軍営の周囲には柵を張り、濠を広く深く掘り、一定間隔で杭を打ち巡らす、そしてそれによって幅の広さのゆえに飛び越えることもできないように、また深さのゆえに底へ降りることもできないようにする、という方法が戦争において取られるが、ホメロスにおいてもこう言われる。

そして囲壁を［アガメムノンは］築き、それに面して濠を
広く大きく巡らした。その中には杭を打ち込んだ。(3)

また、こうも言う。

広い濠が［ヘクトルの馬たちには］恐れられたのだ。
飛び越えられる狭さではなく、渡るのも
困難だった。全体に、両側の崖が
切り立っていた。上には、鋭い杭が
打ち込んであった。アカイア人の子たちが、
堅く大きいのを、敵軍の防御に立て並べていたのだ[4]。

名誉の戦死

一九六　そして、彼ら[5]に従う者たちは、戦闘のなかで気高い死を遂げる。

（1）『イリアス』第四歌二五二―二五四行。
（2）『イリアス』第八歌二二二行以下の記述では、アキレウスとアイアスについてはこのとおりだが、真ん中を占めるのはオデュッセウスである。最後の点についてエウスタティオス『ホメロス註解』（七〇九）は、「真ん中にオデュッセウスの船が位置するのは、臆病のためではなく――彼を非難する者たちがそう言ったのだが――、むしろ軍にとって心臓のように働き、真ん中から軍全体に、その思慮による生命維持力でもって、援助を与えるためだった」と述べる。
（3）『イリアス』第九歌三四九行以下。
（4）『イリアス』第十二歌五二―五七行。
（5）一九三節の指揮官たちを受けるか。何らかの語句が落ちているとも解される。

闘わないまま不名誉に死にたくはない。
いや、後の世の人々にも知られるような、立派なことをし遂げておきたいもの。[1]
また、こうも言われる。
お前たちのうちで、
当てられたり突かれたりして死と運命に従う者は、
死ぬがよい。祖国のために防戦して死ぬことは、
恥ずべきことではない。[2]

褒賞とその逆と
一九七　そして勇者たちには褒賞が与えられる。
他の褒賞は勇士や領主たちに与えた。[3]
他方、戦列を離れる者たちはこう脅される。
［ギリシア軍の］船隊から離れようとする者を見つけたら、
その場で死ぬようにしてやろう。[4]
戦傷、武具略奪のこと
一九八　戦闘において英雄たちが、どういう仕方で、いかに多種多様に傷を与え、与えられるか、という点

に関する描写については、語る必要はあるまい。しかし、以下の点は述べるに価する、すなわち、身体の前方を傷つけられる者は、敵に交わりながらその場に踏みとどまることによって戦闘の熱意を示すがゆえに、より誉れの高い戦士と見なされること、他方で、背中や背の中央部を打たれる者は、逃げるさなかにそういう目に会うということで、より不名誉な者と見られる、という点である。そして、両方の点がホメロスにおいて記述される。[5]

きみが戦闘中に当てられたり打たれたりするときは、
首の後ろや背中に武器が当たることはないだろう。
いやむしろ、最前列の群れに突き進むきみの
胸や腹に、それは当たることだろう。[6]

また、こう言われる。

(1)『イリアス』第二十二歌三〇四行以下。アキレウスと闘うヘクトルの言葉。
(2)『イリアス』第十五歌四九四—四九七行。
(3)『イリアス』第九歌三三四行。そのようにアガメムノンは与えてそのまま持たせている、だが自分からはそれを奪った、というアキレウスの言葉。
(4)『イリアス』第十五歌三四八行以下。ギリシア船陣を攻撃中のヘクトルの言葉。
(5) ギリシア軍でそうなるのは、デイオコス(『イリアス』第十五歌三四一行)とエイオネウス(『イリアス』第七歌一一行以下)との二人だけ。
(6)『イリアス』第十三歌二八八—二九一行。クレタの将軍イドメネウスのメリオネスへの言葉。

逃げるわたしの背にお前が槍を突き刺すことはないだろう。
いや、まっすぐ突き進むわたしの胸を貫くがよい。(1)
また、敵軍の背走にさいして有益な忠告をする。略奪にかかりきりになって逃走の時間を与えるということはせずに、追撃をして攻め続けよ、という。
今は誰も、［倒れた敵の］武具に取り掛かって――できるだけ
船に持ち帰ろうという魂胆で――後に居残る、ということのないようにせよ。
いや［まず］敵たちを倒そう、それから、平地に死んで横たわっている
遺骸から、それをゆっくり剝ぎ取ればよい。(2)

年齢に応じた模範

一九九　また詩人は、誰もがそれによって鼓舞される模範を、すべての年齢に応じて提示している。盛りの者はアキレウスとアイアスとディオメデスによって、より若い者はアンティロコスとメリオネスによって、中年の者はイドメネウスとオデュッセウスによって、老人はネストルによって、また領主は、誰でも、これらすべての人物とアガメムノンとによって、鼓舞される。(3)
以上が、ホメロスにおける政治的言説また実践的事柄に関わる諸主題である。

医術

ホメロスの医術に関する認識

二〇〇　では、医術についても考察をし、これに関してもホメロスは通じていたのではないか、見てみよう。この技術が大いに価値を持つと詩人が考えていたことは、以下から明らかである。

　医者は、他の多くの人間たちに価する。(4)

また、医術は、病と健康に関する知識と思われていることは、次の箇所から学びうる。それが知識であるという点については、こうである。

　医者は、おのおのが、誰にも優って知識を有する。(5)

---

(1)『イリアス』第二十二歌二八三行以下。ヘクトルのアキレウスへの言葉。

(2)『イリアス』第六歌六八—七一行。ネストルの言葉。

(3)年齢の三区分法「若者、盛りの者（壮年）、老年」が一般的である（アリストテレス『弁論術』一三八八b三一—一三九〇b一三等）。ここでは老年を中年と老人とに細分し、四区分にする（ガレノスにも見られる）。幼少年はここでは除外される。プルタルコス『デルポイのEについて』三九二C—Dでは、幼年、少年、若者、壮年、老人とに分けられている。ディオメデスやアキレウスは、ホメロスの記述によると年齢的にはむしろ若者とすべきと思われるが、ここの分類では体力的武力的要素を重視しているようである（Hillgruber）。「中年」オデュッセウスについては、『イリアス』第十九歌二一九行、第二十三歌七九〇行以下参照。

(4)『イリアス』第十一歌五一四行。

(5)『オデュッセイア』第四歌二三一行。

また、病と健康に関する知識、という点についてはこうである。

調合すればあるものは良薬に、あるものは毒になる多くの薬草を……[1]

それぞれの箇所が、こういう点を示している。

医術の理論的および実践的部門に関するホメロスの知識

二〇一　医術の理論的部門（テオーレーティコン）[2]とは、普遍的〔原理的〕議論と方法論的なものとによって、下位部門の認識に導くものであり、さらにその下位部門には、症候（セーメイオン）に関するもの〔診断〕と、原因（アイティアー）に関するものとがある。[3]他方、実践的な部門（プラークティコン）〔治療〕とは、この技術の活動を通じて機能するもので、この活動の下位部門には、食餌によるもの（ディアイテーティコン）と、手術によるものと、薬によるものとがある。

では、ホメロスはこれらのおのおのにどのように着目しているだろうか。それが理論的なものであるという点を知っていることは、次の箇所で匂わしている。

そのような企み〔効能〕に富んだ薬をゼウスの娘〔ヘレネ〕は持っていた。[4]

「企みに富んだ[5]」と述べるのは、それが理論的な技術によって製造されたものであるということを言うのである。

二〇二　症候に関わる医術［診断術］については、アキレウスを通じて明瞭に記している。アキレウスはケイロンの弟子として、ギリシア軍を襲っていた病の原因を最初に認識した。伝染病がアポロンに由来することと、彼は太陽と同一と思われることを見て取ったのである。(6) 太陽が一年の諸季節を導いてくるのであり、それらが不順な場合、諸病の原因になるのである。

総じて、人間たちの生と死を、男の場合はアポロンに、女の場合はアルテミスに――太陽と月とに――帰

（1）『オデュッセイア』第四歌二三〇行。「エジプトの地は有していた」という文章。

（2）医術の理論的および実践的（後出）部門への二区分法は、ソラノス（後二世紀の医学者）にも見える（『婦人科学』一-一-一）。

（3）下位部門として、もう一つ「自然学的 physiologikon」なものが挙げられることもあるが、本著者は略す。

（4）『オデュッセイア』第四歌二二七行。

（5）mētioenta ＝憂いや悲しみを忘れさせるすべを有する薬。

（6）アキレウスがケイロンに薬草の知識を伝授されたという点は『イリアス』第十一歌八三二行。病の原因をアポロンの怒りと察し、ギリシア軍で最初に言及するという点は、同第一歌六四行以下。「太陽と同一、うんぬん」についてはホメロスでは記述がないが、ヘラクレイトス『ホメロスの寓意』八参照。アポロンと太陽との同一視そのものは、すでにエウリピデス『パエトン』断片七八一で現われている（一〇二節参照）。

す。[1] 光線を放つことで彼らを射手とするわけであるが、男性と女性とをそのように区別もするわけである。
なぜなら男性は、本性的に、より熱いからである。[2] それでじっさいテレマコスがそのように成長したのは、
アポロンのおかげ[3]
と言われる一方、パンダレオスの娘たちはアルテミスのおかげで大きくなったとされるのである。[4]
また、死を両神に帰する点については、とくに以下の箇所で分けて述べている。
彼らのうち、男の子たちをアポロンが、銀の弓で、
ニオベへの怒りから射殺し、女の子たちは、矢を射放つアルテミスが殺した。[5]
犬星〔シリウス〕の、〔日の出時の〕上昇についても記している。これは、炎症と病の前兆や原因になる。
これがいちばん輝く星で、悪しき前兆ともなる。
そして惨めな人間たちにひどい熱病をもたらす。[6]

病の原因としての飲食物

二〇三 原因論としては、神々に関してこう語る箇所がある。
彼ら〔神々〕は、パンも食べず、泡立つぶどう酒も飲まない。
それで彼らには血はなく、不死なる者たちと呼ばれている。[7]
なぜなら、固体の滋養物と液体のそれとが血を作るからである。それが肉体を養う一方、過剰だったり腐敗

していたりすると、病の原因になる。

（1）二神がそれぞれ太陽と月であること、また射手とされることについて、コルヌトゥス『ギリシア神話提要』三二参照。また、それぞれが男および女の病死を引き起こすという点について、マクロビウス『サトゥルナリア』一七-一一以下では、（男）Apollōnoblētoi「アポロンに射（当て）られた者」、hēlioblētoi「太陽に射られた者」、（女）selēnoblētoi「月に射られた者」、Artemidoblētoi「アルテミスに射られた者」という用語があったことを記している。

（2）アリストテレスによると、エンペドクレスがこの意見だったが、パルメニデスは逆に女性の方が熱いとしたという（『動物部分論』六四八a二五以下）。

（3）『オデュッセイア』第十九歌八六行。

（4）『オデュッセイア』第二十歌六六行以下。パンダレオスはある伝承では、クレタのゼウス神殿から黄金製の犬を盗んだという。その娘たちは、両親の（懲罰的な）死の後、アルテミスのみならず（「聖いアルテミスは彼女たちに高い背たけを与えた」）、ヘラやアプロディテやアテナによっても養育・教育されたが、適齢期になってハルピュイアイ（嵐）にさらわれ、冥界のエリニュエスの侍女にされたという。

（5）『イリアス』第二十四歌六〇五行以下。子だくさんのニオベ（テバイ王アンピオンの妻）が、アポロンらの母親レトよりもこの点で優っていると誇ったので彼らの怒りを招いた。

（6）『イリアス』第二十二歌三〇行以下。「犬星（キュオーン）」、シリウスは、オリオンの犬、大犬座のアルファ星、最も輝度の高い恒星。盛夏（英語で dog days）、日の出の頃に昇り、暑熱の予告や原因と見なされた。ローマなどで赤犬を犠牲にささげた。エジプトでは、むしろナイルの氾濫（と豊穣）をもたらす女神（ソティス）として崇められたという。

（7）『イリアス』第五歌三四一行以下。神々は、不死的な（athanatos, ambrotos）飲食物である ambrosia や nektar を摂っているがゆえに不死なる存在であるという考えによる。血は可死性とつながっているが、その血の代わりに神々には ikhōr という液体が体内を流れている。人間の血はパンやぶどう酒などの飲食物から生じると、ガレノス（『自然の機能について』第二巻第八章）ら医学者たちは唱えた（本文後出）。

慢性病と急病

二〇四　医術の実践的な部門――食餌的なことも含まれる――については、以下のように詳しく述べる。まず、慢性的な病と、急病的なものと［の区別］を詩人は知っている。こういった箇所である。

悲しい死のどういう定めがあなたを滅ぼしたのか。
長い病か、それとも矢を射放つアルテミスが、
あなたに優しくそれを見舞って、命を取ったのか。(1)

食餌法

二〇五　質素な食事が健康的であると考えていたことは明らかである。英雄たちにあぶった肉を摂らせて、食べ物に関わる余分な事柄は除いているからである。(2)

また、胃はつねに満たされることを要求する――すでに摂った食物が消化されると、肉体にふさわしいものは心臓や血管に送り込むが、余分なものは排出する――、それでこういうことを述べる。

だが、悲しんでいるわたしだが、食べることを許してほしい。
うとましい胃ほどに恥知らずのものはなく、
否応なしに自分のことを思い出すよう命じるのだから。(3)

またこう言う。

それ［胃袋］はいつも

食べることと飲むことを命じ、これまで経験したことをすべて忘れさせて、満腹になるよう強いるのだ。(4)

ぶどう酒

二〇六　また詩人は、ぶどう酒の飲み方で、たくさん飲めば有害だが、ほどほどなら有益である、という違いがあることを知っている。一方についてはこう言う。

甘美なぶどう酒がお前を害している——他の、がぶがぶ飲み、適度にやることをしないので、害を蒙る者と同様に。(5)

他方についてはこう述べる。

疲れた男に、ぶどう酒は、大いなる力を回復させる。(6)

---

(1)『オデュッセイア』第十一歌一七一行以下。冥界を訪れたオデュッセウスが、母のアンティクレイアの霊に訊いている。

(2)「余分な事柄」は、ぜいたくなこと、の意。たとえばディオスクリデス（ディオスコリデス、後一世紀の医学者）も、ホメロスの描写では、あぶった肉（多くは牛）が食され、求婚者たちすら、魚や鳥や蜂蜜ケーキは口にしない、詩人は余計な料理術は排除している、と述べている（アテナイオス『食卓の賢人たち』第一巻八f、九b—c）。

(3)『オデュッセイア』第七歌二一五行以下。オデュッセウスの言葉（次の箇所も）。

(4)『オデュッセイア』第七歌二一九行以下。

(5)『オデュッセイア』第二十一歌二九三行以下。

(6)『イリアス』第六歌二六一行。

また、それが活力を生み出すことについて、こう言う。

ぶどう酒と食べ物を腹いっぱい摂った上なら、
敵とたとえ一日中戦っても
心のなかに勇気を保ち、敵のすべてを戦場から追い払うまで
手足が疲れることはない[1]。

また、甘いぶどう酒は友好的な気分に導くために用いる。

こう［アルキノオスは］言った。するとポントノオスは甘い心のぶどう酒を混ぜた[2]。

他方、強烈で深い酔いをもたらすぶどう酒を、オデュッセウスは、キュクロプスに与える[3]。しかし、収斂性のものは、詩人は、治療のために用いる。そういうのが、負傷したマカオンに与えるプラムネイオス酒なのである[4]。

運動、眠り

二〇七　詩人が、運動をどのようにするかという点を教えていることは、多くの箇所から明らかになる。人々をいつも活動させながら、あるときはほんらいの仕事［戦闘］を行なわせ、あるときはそれ自体のための運動をさせるのである。ある場合には、享楽的なパイアケスや、ならず者の求婚者たちが運動をするという描写も行なう[5]。

このように、十分な鍛錬が健康の元であると考える一方、身体を重くさせる疲労を癒すのは眠りであるということを述べる。海から救われて疲れきっているオデュッセウスに、眠りが訪れたと語るのである。

彼の、つらい疲労を
すぐに和らげさせるために。[6]

自然が、疲れた身体の休息を求めるからである。そして、体に僅かに残っている温かみは、全体に行き渡ることができないので、奥のほうに留まっている。[7]では、身体はどのように休むのか。魂の緊張が解かれ、体の各部が緩むのである。この点も詩人は生き生

(1)『イリアス』第十九歌一六七―一七〇行。オデュッセウスがアキレウスを諭して述べる言葉。
(2)『オデュッセイア』第七歌一八二行＝第十三歌五三行。ポントノオスは、スケリア王アルキノオスの家僕。
(3)『オデュッセイア』第九歌三四六行以下。
(4)『イリアス』第十一歌六三八行以下でネストルが彼に飲ませるぶどう酒。『イリアス』第十一歌六二四行古註bTで、プラムネイオス酒（銘酒だが、産地については、レスボス、イカロス、あるいはスミュルナという諸説がある）という「黒いぶどう酒」について、「それは傷口に流れ出てくる血を固めて止める。それで、消化器の病に対しても、液体が流れるのを防ぐために、それを用いる者もいる」とある。
(5)それぞれ、『オデュッセイア』第八歌一〇〇行以下、第四歌六二五行以下。
(6)『オデュッセイア』第五歌四九二行以下。アテナが彼を眠らせた。
(7)医学者たちによって、眠っている間は、血液が体の深部に行き、そこで温かさを司っているとされた（ヒッポクラテス『疫病』六-四-一二等）。

きと述べている。

彼女［ペネロペ］は［椅子に］もたれて眠った。関節はすべて緩んだ。(1)

また、他の諸点同様、ほどほどがためになるということが眠りにも当てはまることを言い表わして、あるときは、

長すぎる眠りは苦痛になる(2)

と言い、あるときはまた、

一晩じゅう起き続けているのは
苦痛になる(3)

と述べる。

温暖な気候

二〇八　また詩人は、温暖な気候が健康をもたらすことを知っている。こういう箇所である。

いやお前を、地の果てのエリュシオンの野へと
神々は送ることだろう。そこは金髪のラダマンテュスが［治めて］いて、
人間にとり最も快適な暮らしができる処だ。
雪も降らず、ひどい嵐も、雨もない。

いや、鋭く吹く西風をオケアノスが
いつも送ってよこし、人間を涼ませるのだ。[4]

この箇所で、詩人が二つの点を認識していることが明らかである。風の元は湿気にあるということ、[5] 生き物が生来持つ熱は涼を求めるということである。[6]

失神、冷え、疲労に対して

二〇九　また、諸病の癒し方も知っている。失神に対しては涼気がよい。この点は、サルペドンに関して描写する。

ふたたび彼は息を取り戻した。北風の息吹が
吹き付けて、死にかけていた彼を目覚めさせたのだ。[7]

（1）『オデュッセイア』第四歌七九四行＝第十八歌一八九行。
（2）『オデュッセイア』第十五歌三九四行。豚飼いエウマイオスの言葉（夜長の季節）。
（3）『オデュッセイア』第二十歌五二行以下。アテナのオデュッセウスへの言葉。
（4）『オデュッセイア』第四歌五六三―五六八行。
（5）一〇九節参照。
（6）ここの「涼（冷却、anapsȳxis）」は呼吸のことを意味するらしい。ガレノスは、他の医学者を引用しながら、呼吸 anapnoē は涼（冷却）のためにあると述べている（『呼吸の役割について』一-二）。
（7）『イリアス』第五歌六九七行以下。

また、身体の冷えに対しては温めるのがよい。たとえば、オデュッセウスが嵐で苦しめられた後に藪に隠れ、風も雨も防いでくれるその場所で、そこにあった材料[1]で身を覆うように。

疲労に対しては入浴と塗油がよい。ディオメデスとオデュッセウスが、夜間作戦[2]から帰還したときのように。入浴がどれほどの効果を持つかという点を、次の箇所で示している。

適温に混ぜた湯を、わたしの頭と肩へ［注いだ］[3]。

この部位から神経は始まるので[4]、疲労の癒しも当然そこから得られるということは明らかである[5]。温め、湿りを与えることによる治療はこのようである。疲労とは、［身体を］乾かすものであるから。

手術

二〇　残る考察点は、詩人が手術についてどう認識していたか、ということである。メネラオスをマカオンが治療するが[6]、まず矢じりを抜き出し、それから傷を調べ、血を押し出し、乾いた薬を振りかける。医術的にこれを行なっていることは明らかである。また、エウリュピュロスが腿を負傷したときは[7]、パトロクロスが、まず短剣をよく操って処理し、それから、痛みを和らげるためにぬるま湯で傷を洗い、薬草の根を［すり潰して］当てる。どこでも、傷の治療に役立ついろいろな薬草が生えているのである。にがい薬は傷を乾かすのに適していることも知っている。傷は乾かせることが必要なのである。また、パトロクロスは、治療してすぐ立ち去るのではなく、

［そばに］坐って彼［エウリュピュロス］を言葉で楽しませていた。(8)痛がっている者には慰めが要るからである。

マカオンが肩に受けた傷はたいしたものではなく、急所に当たったものでもなかったので、強制的な治療法を用いないようにしているのは当然である。(9)またたぶん、マカオン自身の医術を示しているのだろう。そのときどきで他人の手当てをした者は、自分を治療することもできたのである。

（1）落ち葉のこと。『オデュッセイア』第五歌四八七、四九一行。

（2）nyktegersia.『イリアス』第十歌で、二人が夜間にトロイア陣の探索に出かけ、ドロンやレソスを殺し、後者の馬を奪って戻る。その後、体を洗い、オリーブを塗油してから食事した。

（3）『オデュッセイア』第十歌三六二行（キルケの侍女がオデュッセウスに）。

（4）神経組織は頭と脊髄に始まるというのが、ガレノス『ヒッポクラテスとプラトンの学説』第一巻第六章一六等に見られる見解。

（5）神経と疲労（回復）との関係については古代では定説がない。

（6）『イリアス』第四歌二一三行以下。

（7）『イリアス』第十一歌八四四行以下。

（8）『イリアス』第十五歌三九三行。

（9）マカオンはパリスの矢に肩を射られ、ネストルにギリシア陣地まで連れて行かれて、そこでプラムネイオス酒を供される（二〇六節参照）。手術を受けるほどの傷ではなかったと古代の学者たちは解している。

薬の知識

二二　詩人が、医薬の、あるものは膏薬的なものを、あるものは振り掛けるものを知っているということも分かる。たとえばこう言う。

優しい薬を……
振り掛けた。(1)

また、飲み薬については、ヘレネが混酒器に薬を混ぜる箇所がある。

悲しみや不満を無くさせ、あらゆる禍いを忘れさせる薬を……(2)

同様に、有毒の薬についても、あるものは塗り薬であることを知っている。こういう箇所である。

青銅を嵌めた矢にそれを塗るため、
人を殺める薬を求めて……(3)

また、［毒の］飲み薬については以下の箇所で述べている。

［毒を］混酒器に投げ入れ、われわれ［求婚者たち］を全員殺すために……(4)

以上が、ホメロスに見出される医術関係の知識である。

予言術

二一二　人間は、医術によってそうされるように、ときには予言術によっても利益を受ける。ストア派は、この予言術のうちのあるものは技能的であるという(5)——たとえば犠牲獣の〔内臓の〕検証(6)、鳥の様子(7)、ふとした言葉や叫び声(8)、前兆(9)に関わるものである。それら〔最後の三つ〕は、総称して「オッタ(10)」と呼ばれる。他方、もう一種は非技能的で、教えがたいものである。夢占いと神がかりのことである。

さて、以上のこともホメロスは知っていた。予言者、神官や、夢占い師、さらには鳥占い師のことを述べる。イタケでは、ある賢者が、

---

(1)『イリアス』第四歌二一八行以下。パンダロスによって射られたメネラオスを、マカオンが治療する。
(2)『オデュッセイア』第四歌二二一行。
(3)『オデュッセイア』第一歌二六一行以下。主語はオデュッセウス。
(4)『オデュッセイア』第二歌三三〇行。主語はテレマコス。
(5)予言術の技能的および非技能的（啓示的）種類への二分法は、じっさいははるか古くから行なわれている（キケロ『占いについて』一-一一参照）。ただストア派が占い術を熱心に研究したことは確かである。
(6)肝臓などの内臓が正常の状態であるかを見る。
(7)飛び方や鳴き方に注目する。
(8)phēmē および klēdōn. いずれも、誰か不特定の者による、偶然的な、何げない、縁起の良い（悪い）発声、発言。
(9)symbolon. くしゃみや、つまずくことなどが含まれる。
(10)otta（ossa),「（吉凶的な）発声」の意。

鳥たちの様子を認識し、定めに合ったことを語る[1]すべを知っていたと言う。また、オデュッセウスは祈りながらこう述べる。

誰か、中で起きている者で、縁起のよい言葉を言ってくれ、また外では、ゼウスからの予兆が他にも現われてほしい[2]。

くしゃみも、詩人において、よい前兆として起きるとされる[3]。他方、求婚者たちのそばに神がかりの予言者が立ち、ある霊感によって将来のことを告げる[4]。また、ヘレノスも、自分で神的な声を聴く者になったという。

そのようにわたしは、永久《とわ》にいる神々の声を聴いたのだ[5]。

だから、ソクラテスが、神霊の声によって予言を行なったということも信じられるのである。

(1)『オデュッセイア』第二歌一五九行。
(2)『オデュッセイア』第二十歌一〇〇行以下。
(3)『オデュッセイア』第十七歌五四一行以下での、テレマコスのくしゃみを言う。
(4)『オデュッセイア』第二十歌三五〇行以下でのテオクリュメノスの予言を言う。
(5)『イリアス』第七歌五三行。「そのように」とは、彼の兄ヘクトルにまだ死の定めは来ない、ということ。

第三部　他のジャンルの詩や絵画への影響

悲劇とホメロス

二一三　理知的な技術や知識で、(1) さらにどういうものが［ホメロスの詩の考察において］残っているだろうか？

悲劇もまたホメロスに源を得ている(2)——ただそれは、話の内容と文辞において大仰《おおぎょう》に膨れ上がっているが(3)。なぜなら彼［ホメロスの詩］には、悲劇のあらゆる種類の要素が含まれているのである。すなわち、偉

（1）六節参照。
（2）プラトン『国家』第十巻五九五C（ホメロスは悲劇詩人たちの教師・指導者）、アリストテレス『詩学』一四四八b三八―一四四九a一等参照。
（3）伝ロンギノス『崇高について』第三章一参照。とくにアイスキュロスの悲劇について、アリストパネス『蛙』九四〇行（エウリピデスからの批評という形で）、プルタルコス『いかにしてみずからの徳の進歩に気づきうるか』七九B（ソポクレスから見て）。

大な行為、また意想外の行ない[1]、神々の顕現、思慮に満ちた言葉、また、各種の性格を模倣した言辞である。要約して言えば、彼の詩作品は、ドラマに他ならないのである[2]。表現や思想や内容においては荘重で気高い。しかし、不敬な行ないを見せびらかすことはしない。すなわち、許されざる結婚とか、子供また親の殺害とかいった、より新しい悲劇が人を驚愕させるためにするような描写は含まない[3]。いや、そういうことに言及するときでも、あやまちを非難するよりは、隠蔽しようと試みる。クリュタイムネストラに関する記述がそうである。こう述べるのである。それ以前は彼女は、

　よい心を保っていた[4]、

――アガメムノンが、よい忠言を彼女にするよう任じておいた歌人、すなわち彼女の教育者が、そばに居た間は。しかし彼を遠ざけてしまったアイギストスが[5]、彼女を言いくるめて、あやまちを犯させたのである。また、オレステスは、アイギストスを殺して、父のために正当な復讐を果たしたが、母［クリュタイムネストラ］の殺害のことは［詩人は］沈黙している[6]。

　他にも同様のことが詩人［ホメロス］において確かめられる。荘重な、そして反人間的ではない悲劇を彼は書いている。

喜劇とホメロス

二一四　同様に喜劇も、ここ［ホメロスの作品］から手がかりを得ている[7]。つまり、最も荘重で崇高な事柄を

（1）『イリアス』第二歌七三行古註AbT「(ホメロスは)意想外な喜びと悲しみで詩を悲劇的にしている」参照。また、悲劇のペリペテイア（急転）と関連づけられる（アリストテレス『詩学』一四五九b一〇で、叙事詩にも悲劇にも共通する要素としてペリペテイアも挙がっている）。『イリアス』第二十一歌三四行古註bT「(ホメロスは)最初にペリペテイアの種類の要素も示した」。

（2）ホメロスの作品を「ドラマ」と呼ぶ習慣は古くからある。アリストテレス『詩学』一四四八b三五以下、デメトリオス『文体論』六二参照。

（3）アリストパネス『蛙』八四〇行以下で、アイスキュロスが、不倫事件などを扱うエウリピデスを批評する箇所参照（近親結婚については八五〇行）。子供の殺害はエウリピデス『ヘラクレス』で、親のそれはソポクレス『オイディプス』等で描かれる。ただし、原則として舞台の上ではそういう悲惨な事件は演じられない。

（4）『オデュッセイア』第三歌二六六行。

（5）『オデュッセイア』第三歌二七〇行以下で、アイギストスはその歌人を寂しい島に拉致し、鳥どもの餌食にした（そしてクリュタイムネストラを、本人の積極的な同意の上で、自分の館に連れて行った）、と言われている。

（6）復讐後、アイギストスと母との葬儀をオレステスが行なったということは記されるが（『オデュッセイア』第三歌三〇九―三一〇行）、母をも手掛けたという直接的な表現は見られない。『オデュッセイア』三巻三一〇行古註EQVでも、「オレステスの行為を目こぼしして（記述して）いる。母を埋葬したという体裁の良いことは述べるが、その死（殺害）のことは沈黙している」とある。オイディプスについても、ソポクレス『オイディプス王』で描かれるような悲惨な運命は、『オデュッセイア』第十一歌二七一行以下では触れられないという点を、故意の沈黙と見ることもできる。

（7）ホメロスに喜劇の祖、代表者を見ることはツェッツェスも行なっているが（『詩人たちの相違点について』九五）、多くは『オデュッセイア』によりその傾向があるとされる。エウスタティオス『ホメロス註解』一八三七では、ホメロスは『イリアス』全体において厳粛（skythrōpos）だが、『オデュッセイア』では無数の陽気な場面（hilarotēs）を工夫している、とある。『崇高について』の著者は、『オデュッセイア』を、「性格叙述的な喜劇」と評する（九-一五）。なおアリストテレス（『詩学』一四四九b三八―一四四九a二）は、『イリアス』および『オデュッセイア』を悲劇と関連づける一方、喜劇には『マルギテス』が呼応すると述べている。

記述する詩人においても、笑いを引き起こす諸エピソードがあることを見出したのである。
たとえば『イリアス』において、足を引くヘパイストスが、神々に酒をついで回るという描写である。

すると止《とど》めがたい笑いが、至福の神々の間で沸き起こった(1)。

また、身体も最高に醜く、心も最悪の男テルシテスが(2)、騒動を起こし、人の悪口を言い、有力者の誰も自慢しないようなことで誇る(3)ということから、さらには、こういう行ないのゆえに懲らしめられる(4)ということから、自分に対する笑いを引き招く。

兵たちは、重い心を抱えながらも、彼の姿に快く笑った(5)。

『オデュッセイア』では、享楽的なパイアケスのもとで、歌人が、アレスとアプロディテとの不倫を歌いながら、二神がヘパイストスの罠に陥って現場を捕まえられたこと、他の神々に笑いを引き起こしたこと、彼らがお互いに愉快な冗談まで言い合ったことを叙述する(6)。
また、ならず者の求婚者たちのもとに乞食のイロスが導き入れられ、高貴なオデュッセウスと格闘に及び、その闘いにおいて笑うべきさまを呈する(7)。
総じて言って、人間の本性には、緊張するばかりではなく、弛緩することもふさわしいのであり、それによって人生における労苦に耐えられるようにするのである。詩人［ホメロス］において見出される愉快な要素もそういうものである。
しかし彼の後に喜劇を導入した人々が、笑いの仕掛けのために悪罵的であけすけな言葉を用いる(8)ことにしたとしたら、よりよい方法を見つけたとは主張できないだろう。恋愛の状態や表現についても、ホメロスは、抑制的な言及をしているのである。たとえばゼウスはこう言う。

今まで愛欲がこれほどわたしの心を覆ったことはない。(9)

そしてそれに続く箇所である。またヘレネに関してこう言われる。

(1)『イリアス』第一歌五九九行。『イリアス』第二歌二一二行古註Dで、テルシテス場面の関連で、それは厳粛さから陽気なほうへ聴衆の心を転換させるためである、へパイストス場面も同様に笑いのために取りこまれていると述べられている。プラトンは、笑い好きな神々という描写は受け入れられないとして、この場面を批判した(『国家』第三巻三八九A)。

(2)以下の論は、『イリアス』第二歌二一二行以下による。『イリアス』第二歌四七八行以下古註AbTや、エウスタティオス『ホメロス註解』九三八でも、テルシテス場面の喜劇性に言及されている。

(3)『イリアス』第二歌二三一行等で、兵卒的なテルシテスは、トロイアの男女を捕えて来る手柄を自分が立てているように言っている。

(4)オデュッセウスによって打擲され、涙を流して押し黙るという結末になる(『イリアス』第二歌二六五行以下)。

(5)『イリアス』第二歌二七〇行。

(6)『オデュッセイア』第八歌二六六行以下。

(7)『オデュッセイア』第十八歌一行以下。デメトリオス(『文体論』一六三)や、クインティリアヌス(『弁論家の教育』第三巻第七章一九)も、イロスを、テルシテスと並べながら、滑稽な人物として挙げている。

(8)ここは、アリストパネスらの古喜劇を粗野だとする伝統的批判に従っている。プルタルコスの『アリストパネスとメナンドロスの比較論概要』(随処)では、新喜劇が比べられているが、ここはホメロス対古喜劇という視点が採られている。

(9)『イリアス』第三歌四四二行。じっさいはパリスの(ヘレネへの)言葉。第十四歌三一五行以下(ゼウスのヘラへの言葉)との混同がある。

トロイア人と、脛当てよろしきアカイア人とが、これほどの女性をめぐって、
長い年月［の戦で］苦しみ続けるのは、咎むべきことではない(1)。

その他の例である。他の詩人［喜劇作家たち］は、情動によって非抑制的に度を越えて捉えられている人々を描いたのである。この点は以上のようである。

エピグラム

二二五　エピグラム(2)も、言辞の優美な種類のものである。像や墓の上に記すために発明されたものであり、それによって顕彰を受ける者を簡潔に表記している。しかしこれもホメロス起源のものである。こう言っている。

この墓は、昔、命果てた男のもの。
勇士たる彼を、かつて、輝かしいヘクトルが倒した(3)。

またこう言う。

これはヘクトルの妻、イリオスをめぐって戦いがあったとき、
馬をならすトロイア人の間で勇名をはせたあの男の(4)。

絵　画

ホメロスは絵画術の師

二一六　また、ホメロスを絵画術の師と称したとしても、間違いではなかろう[5]。ある賢者も、詩は話す絵画、絵画は沈黙せる詩と言った[6]。誰が最初に、あるいは誰がホメロス以上に、思考的想像力[7]によって、神々や、人間たちや、諸処や、さまざまな行為を描写したであろうか、あるいはそれらを響きのよい詩句で飾ったろ

(1)『イリアス』第三歌一五六行以下。ヘレネの美しさを、欲望的な眼からではなく（エウリピデスのサテュロス劇『キュクロプス』一七九行以下参照）、トロイア老人の視点から、非性愛的に客観的に称賛させている。

(2) epigramma は、あるものの上に（epi）、刻まれた、書かれた（gramma）詩句の意で、古くは墓石や奉納物などに、ヘクサメトロン（長短短格六脚）の、しかしたいていはエレゲイオン（一行目はヘクサメトロン、二行目はペンタメトロンというその短縮形が二行セットになって繰り返される）の形式で記され、そこに葬られている者や、奉納者の名を簡潔に語った。後には文学ジャンルとなった。

(3)『イリアス』第七歌八九行以下。

(4)『イリアス』第六歌四六〇行以下。これはエピグラムそのものではなく、想像上のトロイア陥落後ギリシアに捕虜として連れて行かれたアンドロマケに人が浴びせる陰口という形だが、表現的にエピグラム的性格を持つと評された（『イリアス』第六歌四六〇行古註bT）。ヘクトルの英名を、妻が生きながら表わしている。

(5) ルキアノス『肖像』八参照（ホメロスは最大の絵師、と）。

(6) シモニデスの言葉（プルタルコス『アテナイ人の栄光について』三四六F等）。

(7) 盲目の詩人ホメロスは、この表象能力によって、聴衆の目に見えるように絵画的に描出した（その手段は言辞である）。キケロ『トゥスクルム荘対談集』五-一一四参照。

うか。また彼は、言辞という材料を用いて、あらゆる種類の生き物を、とくに最も力の強いものたち、つまりライオンや、猪や、ヒョウを形作った[1]。それらの姿や性向を描き、人間的な事象になぞらえて、それぞれの本性を示した。人間の姿を神々に譬えることもあえてした[2]。また、アキレウスのために盾を造ったヘパイストス[3]は——黄金で[4]大地や天や海や、さらに大きな太陽や美しい月や、宇宙を取り巻く多くの星や、暮らしぶりと境遇を持つ町々や、動いたり声を発したりする生き物やらを象《かたど》ってゆく彼は——、そういう技術を駆使する職人の誰よりも巧みであることが明らかではないか[5]。

視覚的、心象的効果

二七　また、多くの例のなかから一つだけを取り上げ、それに即して、彼の詩作品［の場面］は、聴かれることよりも見られるもののほうにより似ている[6]という点を考察することにしよう。たとえば、オデュッセウスの傷跡のことを述べてから、［彼の館の老婆］エウリュクレイアの反応を記す以下の箇所である。

老婆は、手の平の中で撫でているうち、それ［傷跡］に
気づいた。そして彼の脚を手放すと、
脛は盥《たらい》の中に落ち、その銅の器がからりと鳴った。
そして一方に傾いて、水が地面にこぼれ出た。
彼女の心を、喜びと苦痛とが同時に捉え、両目は
涙でいっぱいになった。声はつかえて十分出なかった。

しかしオデュッセウスの顎を摑むと、話しかけた。

「ほんとうにあなたはオデュッセウスでいらっしゃる、いとしい子よ。わたしの主人の全身を撫でるまでは、あなただとは気づかなかった」。

そう言って、このことを知らせようと、
ペネロペのほうを見た。(7)

そしてそれに続く部分である。

ここでは、目に触れるものが描かれる絵板におけるように、視覚ではもはや捉えられず、精神によってのみ把握されるそれ以上のものも示される。(8) すなわち、驚いて脚を離すということや、青銅器具の音とか、こ

(1)「材料」や「形作った」は、絵画術や彫塑術からの比喩。ただし本篇では、彫刻との比較(ディオン・クリュソストモス『弁論集』第十二篇参照)は行なわれない。
(2) たとえばペネロペがアルテミスとアプロディテに譬えられる、といった箇所参照(『オデュッセイア』第十七歌三七行等)。神々の姿を擬人的に考えていることを意味する。
(3) 以下の論は、『イリアス』第十八歌四六八行以下による。
(4) 材料として、黄金のみならず、銅、錫、銀もその箇所で挙げられている(『イリアス』第十八歌四七四—四七五行)。
(5) そのようなヘパイストスの制作を写し取る(エクプラシスの文学手法)ホメロスの「絵画的」技量を称賛する。
(6) 単なる朗誦詩(ホメロスの叙事詩は吟唱詩人によって口演された)を越えて、その光景を聴衆に現前させる力を持つ。後記で絵板になぞらえられる。ただし、肉体の目に見えるものだけに限定されずに、より想像的心象的なものも含められる(後出)。
(7)『オデュッセイア』第十九歌四六七—四七七行(本篇の写本では四六九行が落ちている)。
(8) 絵画で、描かれているもの以上のことを想像で補って解させるように(動的行為、物音、内的心理等)。

ぼれる水とか、老婆が苦痛といっしょに味わう喜びとか、オデュッセウスへの言葉とか、ペネロペのほうを見て言おうとしたこととかである。

他にも多くのことが、詩人において、絵画的に示されている。それは［各人が］読めば見て取れることである。

結部

結語

二八　今はこの議論を止《や》める頃合いである。この論を、われわれは、あたかも、各様の花が数多く咲く［ホメロスという］草地から摘んで編んだ冠のように、ムーサイに捧げるのである。

ホメロスの詩は良からぬ事柄を主題として含んでいるのに、その彼に、自然学的な、政治的な、また倫理的な言説があれこれ認められるとするのは問題だと批判する人がいたとしても、(1) われわれは気にかけないだろう。詩人には、意想外の行為や、情動や、さまざまな性格を主題にすることが必然的だったからである。なぜなら、善なるものがそれ自体である場合は、単純で、一種類の要素からなり、複雑なものにはなっていない。ところが、それが悪なるものと混じると、多くの性質や状態を持つようになる。それらが、話の材料となるのである。より劣ったものが並べられると、より良いものの認識と選択は容易になる。総じて言って、

(1) 上記五節参照。

こういう［多様な］主題が詩人に、あらゆる種類の言説を――あるものは自分自身の口から、あるものは登場人物から――行なわせるきっかけを提供した。それによって、後代の読者たちを裨益することになった。ホメロス自身は意図しなかったことでも、後世の者が彼の詩作品のなかで認識したことがあるのであれば、彼にすべての徳を帰してもよいであろう。ある者は、彼の詩句を、神の託宣のように、予言として用いることもある。(1) またある者は、異なる主題を企図した上で、詩人の詩句を［元の文脈から］移し、つなぎ合わせたものを適用するのである。(2)

（1）Homēromanteion「ホメロス占い」とも称される方法で、ホメロスのある詩句で、何かの占いをする。アリストパネス『平和』一〇八八行以下が古い例。ウェルギリウス『アエネイス』やキリスト教の『聖書』も同様に用いられた。

（2）テルトゥリアヌスがHomerocento「ホメロスつぎはぎ詩」と呼んでいる詩作法で（『異端の教義について』三九-五）、ホメロスの詩の諸箇所から抜き出した詩句を合わせて一つの作品にする。「ホメロス占い」同様、比較的新しくはやり出した現象。

ヘラクレイトス　ホメロスの寓意

序部

一　天空からホメロスに対し、神々に関する非礼のとがで、強い激しい弾劾が向けられている。(1)　あらゆる点で彼は、もし寓意を用いていないのであれば、不敬を犯しているのである。(2)　そして冒瀆的な、神を蔑《なみ》する愚かしさに充ちた物語が、両方の叙事詩篇のいたるところで狂い回っている。したがって、もしそれらが哲学的な理論なしに、その下に何ら寓意的転化(3)が含まれないまま、詩的伝統に基づいて語られているのだと解されるなら(4)、ホメロスは、サルモネウスやタンタロス(5)だということになるであろう。後者は、

　　抑《おさ》えのきかぬ舌を持っていた――それは最も恥ずべき病(6)

という人物だった。

だから、わたしとしてはとても不思議に思わざるをえない、どうして世の中の、神々を畏れる人々は、神殿や聖域や毎年の祭式に注意を払っているのに、ホメロスの不敬な作品をあれほどに愛着をもって抱擁し、その汚れた物語をそらで歌うほどなのか、と。いとけない年頃から早々に学習を始める子供の稚《おさな》い心は、

詩人の作品に拠る教育で養われる。ほとんど彼の詩句に産着《うぶぎ》にくるまれるようになりながら、あたかも新鮮なミルクで魂を潤すわれらなのである。だんだん成長する一人ひとりの傍らに詩人は付き添っている。そして成人した者において彼の力は頂点に達し、老年にいたるまでけっして飽きられることはない。むしろ、詩人との交流を止めれば、ふたたびそれに渇《かつ》えるわれらである。人々がホメロスとの関係を終わらせるときとは、ほとんど生の終わりのときである。

二　これによって、わたしの思うに、不浄な神話の汚点がその詩句にまったく混じっていないことは誰にも明らかである。まず『イリアス』が、次いで『オデュッセイア』が、声を合わせてそれぞれに、自分たち

---

(1)「天空から」というのは神々（自身）から、ということ。ここの文は、権威の高いプラトンら、哲学者たちによるホメロス批判の観点から言っている。
(2) 伝ロンギノス『崇高について』第九巻七にも同様の発言がある。寓意＝アレゴリー（allēgoria）の語の意義は、下記五節で説明される。
(3) 転化（法）＝tropos については、『ホメロスについて Ⅱ』一五等参照。
(4)「神話（作り話）的」に語られていることはそのまま詩的なものとして受け入れよ、という、アリスタルコス（前三―二世紀、アレクサンドリア時代の学者）のホメロス釈義方法論を思わせる（『イリアス』第五歌三八五行古註D、cf. Pfeiffer 226 sq.）。
(5) サルモネウスはエリス（ギリシア、ペロポネソス半島）の王で、ゼウスを僭称する振舞いをしていたが、やがてゼウスの雷電に打たれて死んだ。またタンタロスは小アジア、シピュロスの王で、（次のエウリピデスの引用句によると）神々の秘密を人間たちに漏らしたことで罰せられ、地獄で刑罰を受けている。
(6) エウリピデス『オレステス』一〇行。

の敬虔さについて、あらゆる汚れから免れた清らかな無垢な声を叫び上げている。

わたしは天上の神々と戦いたくはない。[1]

ゼウスと張り合おうとするわれらは愚かである。[2]

その詩句を通じていかにゼウスは、天上において、目に見えない頷《うなず》きでそれ［天］を揺することにより、聖なる姿に高められていることか。ポセイドンがいきなり突進すると、いかに

高山や森林は震えた[4]

ことか。同じことをヘラについても言うことができる。

女神は座席でわが身を揺すった、そして高いオリュンポスを震わせた。[5]

アテナの現われ方についても同様である。

アキレウスは驚き、振り向いた。ただちに

パラス・アテナの姿を認めた。女神の両目が恐ろしげに輝いた。[6]

［アルテミスも同様である。］

それはちょうど、矢を射放つアルテミスが、

高峰タユゲトスの、あるいはエリュマントスの山中を、

猪や敏捷な鹿に喜びを覚えつつ行くようである。[7]

神々全体について、その聖性にふさわしい仕方で、一様に共通に語られていることは述べる必要があるまい。

至福の、永遠《とわ》に存する神々(8)

とか、

不滅の思慮を持つ(9)

とか、言うまでもなく

幸せの贈り手(10)

という句とか、

楽々と生きるものたち(11)

といった詩句である。

彼らは穀物を食べず、燃える色のぶどう酒を飲まない。

---

(1)『イリアス』第六歌一二九行。

(2)『イリアス』第十五歌一〇四行。

(3)『イリアス』第一巻五二八―五三〇行参照。

(4)『イリアス』第十三歌一八行。

(5)『イリアス』第八歌一九九行。

(6)『イリアス』第一歌一九九行以下。

(7)『オデュッセイア』第六歌一〇二―一〇四行。

(8)『オデュッセイア』第八歌三〇六行。

(9)『イリアス』第二十四歌八八行で単数形で言われているのを、ここでは複数にしている。

(10)『オデュッセイア』第八歌三二五行。

(11)『オデュッセイア』第四歌八〇五行。

だから彼らは血を持たず、不死のものたちと呼ばれている。[1]

三　だから、こういう点に鑑《かんが》み、誰があえてホメロスを不敬な者と称するだろうか。

誉れ高きゼウスよ、偉大な、黒雲の、天空に住む神よ、
またすべてを見、すべてを聞く太陽よ、
そして河々に大地よ、また地下で、
偽誓を犯した死者たち[2]を罰する二神よ、
あなたたちは証言したまえ、[3]

ホメロスの敬虔な企図に関して、彼がかくべつの情熱をもって神的なものを崇めているということを[4]。彼自身が神的な人なのであるから。

しかしもし誰かが無知なあまりホメロスの寓意を識ることができず、彼の知恵の奥底に降ってゆく[5]ことができないなら、そしてそれらをよく吟味せずに真偽の判定を下し、哲学的に言われていることを了解することなく、神話的な創作がされているように見えることにこだわるなら、そういう人は立ち去ってほしい。だが、聖なる手水盤から奥に入って清められたわれわれは、両作品の歌の底にある厳粛な真理を追究することにしよう。

四　へつらい者でありホメロスの中傷者であるプラトンは投げ出されるべし――詩人に白い羊毛［のリボン］を被らせ[6]、高価な香油をその頭に振り注いだ上で、名誉ある亡命者として自分の国家から追放する彼[7]は。

またエピクロスのこともわれわれは相手にしない——自分の庭園(8)で尊くない快楽を栽培し、詩作品を、作り物語による有害な餌として、一括《ひとくく》りに忌み嫌う(9)彼のことは。彼らに対して、わたしが大きく嘆息してこう言ったとしても、理に適っているだろう。

ああ、何たることか。いかに人間どもは神々を責めることか(10)。

いちばんひどいのは、両人ともホメロスを自分たちの教義の源にしており、彼から知識の大部分を得ているのに、彼に感謝を示さず、不敬な態度でいることである(11)。しかし、エピクロスとプラトンについてはまた

---

(1)『イリアス』第五歌三四一行以下。

(2)「死者たちを kamontas」は、ラッセル・コンスタン版による。

(3)『イリアス』第二歌四一二行と、第三歌二七七—二八〇行の合成。

(4)前の引用文の「証言したまえ」とつながる。

(5)低くなっている神殿の奥陣（聖なる部分）に降る。

(6)競技優勝者は、頭にタイニアーというリボンを被る習慣があった。ホメロスを第一人者と認めた上で追放する、の意（ギリシアの競技大会には詩や音楽の競技も含まれる）。

(7)プラトン『国家』第三巻三九八A参照。

(8)エピクロスはサモスの生まれ（前三四一年）。ミュティレネやランプサコスで教えていた時期があったが、のち（前三〇七年）アテナイに移住して、小さな庭園を購入し、拠点とした。そこで彼の学派を「庭園」と称する。

(9)エピクロス「断片」二二九（Usener）参照。

(10)『オデュッセイア』第一歌三二行。

(11)エピクロスがホメロスを剽窃しているという点については、セクストス・エンペイリコス『学者たちへの論駁』第一巻二七三参照。プラトンによる剽窃という点は、『ホメロスについてⅡ』一二二参照。

述べる機会があるだろう[1]。

五　今はおそらく、寓意について専門的な説明を簡要にすべきであろう。おおよそこの名称自体が、語の謂れをよく示してその意義を明らかにしているのである。すなわち、何か他のこと（アッラ）を語り（アゴレウエイン）つつ、その話していることとは別のことを表わそうとする転化法が、この事情にちなんで寓意（アッレーゴリアー）と称される。

たとえばアルキロコスは、トラキア人との恐るべき争いに巻きこまれて、その戦争を海の荒波に喩えつつこう述べる。

見ろ、グラウコスよ。深い海はすでに波にかき乱され、
ギュライの頂きには雲がまっすぐ立っている。
それは嵐の前触れだ。そして恐怖は不意に襲ってくる[2]。

またあのミュティレネの抒情詩人［アルカイオス］もよく寓意を用いていることをわれわれは見出すだろう。彼も同様に、僭主政のもたらす騒乱を海の荒れた状態に喩えるのである。

風たちがどう争っているかわたしには理解できない。
ある波はこちらから、またある波はあちらから
うねって来るのだ。われわれはその真ん中で
黒い船に乗って漂いつつ、
とても大きな嵐に苦しめられている。

船底の水は帆柱受けの上まで増し、
帆はもう全体が透けすけで、
大きな裂け目があちこちにある。
そして錨《いかり》は緩《ゆる》んでゆく。(3)

人は、初めに来る海の比喩から、即座にこの詩を、航海する人間が海上で味わう恐怖を表わしたものと解するだろう。だがそうではないのだ。ここで示されているのはミュルシロス(4)であり、ミュティレネ人に対して企らまれている僭主政の陰謀なのである。同様に、この男の画策を暗示して、ある他の箇所でもこう言っている。

そこに、前のより大きな波が
やって来る。船に浸水すれば、
汲み出すのに多くの労苦をわれわれにもたらすことだろう。(5)

島人の彼は、寓意の海にどっぷり漬《つ》かっていて、僭主政のゆえにはびこっている禍いの大部分を海上の嵐に

---

(1) 結部、七六節以下参照。
(2) アルキロコス「断片」一〇五（West）。グラウコスは友人の名。ギュライはエーゲ海・エウボイア島の断崖（難所）。
(3) アルカイオス「断片」三二六（Lobel/ Page）。最後の行の「錨（ankyrai）は緩んでゆく」は意味不明瞭なので、「ロープはankonnai = ankoinai」と書き換える案がある。
(4) レスボス島ミュティレネの僭主（前六世紀）。
(5) アルカイオス「断片」六（Lobel/ Page）。

喩えるのである。
さらにテオス人のアナクレオンも、高慢な女の遊女的な気位や思い上がりを非難しながら、彼女の気随さを馬の寓意によってこう表わしている。

トラキアの子馬よ、どうしてわたしを横目で睨みつつ
無情にも逃げてゆくのか。わたしが賢いことを何も知らないと思っているのか?
よく知るがよい、わたしはお前に巧みにはみを付け、
手綱を振って走路を折り返させてやるから。
今はお前は牧場で草をはみ、軽やかに跳《は》ねては遊んでいる。
それは、馬を操る巧みな乗り手をお前が載せていないから。(1)

総じて、詩人や作家たちの寓意を一つひとつ見て行ったらあまりにも長くなってしまうだろう。この喩えの例を少しだけ挙げて、この問題の性質を明らかにすれば十分である。ホメロス自身が、ときには、あいまいでもなく議論する余地もない寓意を用いていることが見出される。この転化法を彼が明瞭に示しているのは次の例である。ここでオデュッセウスは、戦と戦闘の禍いを述べながらこう言う。

そこ〔戦闘〕において青銅の道具がたくさんの麦わらを地に切り倒しても、
ゼウスが〔勝敗の〕秤を傾ければ、
収穫は僅かなのだ。(2)

言われているのは農業のことだが、意味されているのは戦である。しかしわれわれは、相反する物事を通じ

て、この文の意義を説明した。

（1）アナクレオン「断片」四一七（Page）。

（2）『イリアス』第九歌二二二―二二四行。

第一部　『イリアス』における寓意

アポロンの矢（『イリアス』第一歌）

六　寓意の転化法は他のどの詩人にもなじみのものであり、ホメロスにも知られているのだから、神々に関して好ましからざる点があると思われる箇所も、こういう弁護によって癒さない手はあるまい。わたしの議論の配列は、ホメロスの作品の配列に従う。そしておのおのの巻において、神々についての寓意的な表現を、洗練された学識(1)に基づき解説してゆく。

さて、いつも汚らわしい悪意的な態度を見せる嫉妬は、『イリアス』の最初の歌の第一行すら容赦してはいない。アポロンの怒りに関してそれはくどくどと述べたてる――何の責任もないギリシア人たちを、でたらめに放たれた矢が滅ぼしてゆく、神の怒りはあまりにも不正で、クリュセスを侮辱したアガメムノンは、もし罪を犯しているなら彼が懲らしめられるべきなのに、かくべつな目に会わない一方、

神官を敬って輝かしい贈り物を受け取る(2)

よう彼に呼びかけたギリシア人たちの方が、その忠告に従わなかった彼の愚かさの犠牲になってしまうとは、と。

しかしわたしは、これらの詩句の底に潜む真理を精《くわ》しく探ってみた。そして思うに、それはアポロンの怒りのことではなく、悪疫のもたらす禍いを言っているのである。それは神が送ったものではなく、自然に発生する災禍であり、その時もそうであるが他のいろいろな機会にも生じるものなので、今日にいたるまで人間の生活を蝕んでいるのである。

さて、アポロンが太陽と同一であり、一体の神が二つの名で敬われているということは、次のことから明らかである。一つは、口外無用の入信式で神々について語られる秘儀的な教説から、また一つは、巷《ちまた》のあちこちで繰り返される

太陽はアポロン、アポロンは太陽(3)

という句からである。

(1) 本著者の自負を表わす。
(2)『イリアス』第一歌一三行。
(3) この句の出処は不明。両者の同一視は、少なくともエウリピデス『パエトン』断片七八一(Nauck) =二二四―二二六(Diggle) に見えるが、より古くにさかのぼると考えられている(『ホメロスについて II』一〇二参照。)。

アポロンと太陽

七　これに関する精しい論証が、あらゆる研究領域において畏敬すべきアポロドロス[1]により行なわれている。

だからわたしは、それをさらに敷衍し無用の論を行なうことであまりに長くすることは避けることにしよう。しかし、われわれの解釈の関連上述べるべきことはなおざりにしないつもりである。わたしが示そうとするのは、ホメロスにおいてもアポロンは太陽と同一であるということである。これは、もし人が細密に見る気さえ起こせば、詩人の用いるあらゆる形容句から知られることであると了解されるだろう。

たとえば詩人は神をいつもポイボスと呼ぶ慣わしである。これはけっしてレトの母と言われるポイベから来た名ではない[2]。なぜならホメロスの習慣は、父方に由来する形容句を用いることであり、母方からのものは彼においてはまったく見出されないであろう[3]。したがってポイボス〔「輝く」〕というのは、光線で輝く神を呼ぶ名であり、太陽だけにある性質をアポロンにも共有させているわけである。

また、この神のヘカエルゴスという名称も、ヒュペルボレオイ国からデロスに初穂をもたらす乙女ヘカエルゲの名と結びつくわけではない[4]。いや、神はまさしくヘカエルゴス、遠く（ヘカ）から働き（エルゴン）かける存在なのである。すなわち太陽は、われわれの大地から離れた位置にありながら、地上の諸季節を時候にふさわしく作り出す。熱暑を寒気と釣り合わせ、耕耘や種まきや穫り入れやその他の農作の仕事を人間がするきっかけを与えるのである。

またリュケーゲネテースと神を呼んだのは、彼がリュキアで生まれた（ゲゲネーメノス）からということではない。この比較的新しい神話はホメロスの知識にはないのである。(5) いや、わたしの思うに、ちょうどエールすなわち早朝を生む(ゲンノーサ)日をエーリゲネイアと称したように、(6) 太陽をリュケーゲネースと呼んだのは、大気が澄む時季に見られる薄明かり(リュカウゲス)を生じさせるからである。あるいはリュカバースすなわち年を生むからである。なぜなら太陽は、十二宮を順番に経巡って、一年という期間を区切るのであるから。

(1) 前二世紀の博学な学者。アレクサンドリア生まれで、アテナイで活動した。

(2) アイスキュロス『エウメニデス』七行以下で、レトの母ポイベが、孫アポロンの誕生祝いにデルポイの地を与えた、祖母にちなんで彼は「ポイボス」と呼ばれるようになった、とある。その説を本著者は採らない、という。「ポイボス phoibos」の語は形容詞としては「輝く」、「清らな」の意(後記参照)。

(3) 父方の祖先にちなむ父称辞、たとえば Atreidēs「アトレウスの子」(アガメムノンら)は、戦士世界を描くホメロスの叙事詩では頻出するが、母称辞、たとえば Lētoidēs「レトの子」(アポロンら)はホメロスでは見出されない(『ヘルメスへのホメロス風讃歌』やピンダロス等では用いられる)。

(4) アリマスポイ(北方の神話的民族)のもとからデロスへ初穂をもたらしたボレアスの娘たちの一人(カリマコス『デロス讃歌』二九一―二九三行)。パノディコス(Phanodikos)という歴史家が、アポロンの「ヘカエルゴス」という称号と彼女とを結びつけたという。

(5) アポロンとリュキア(小アジア南部)とのつながりは、『イリアス』第十六歌五一四行で言及される。本著者の言う「比較的新しい神話」というのは、「アポロンのリュキア生まれ」という説(話)を指すか。なお、「リュケーゲネテース」は後出の「リュケーゲネース」と同じ。

(6)「エーリゲネイア」は、ホメロスにおいて、「曙(エオス)」の女神の形容句として用いられ、ふつうは、「朝早くに生まれる」(曙)の意とされる。

さらに神をクリューサーオロスと呼んだのは、黄金の（クリューソス）剣（アオル）を腰帯に吊るしているからではない。弓矢の神たるアポロンにはこの武器はふさわしくない。いやむしろ、日の出の時に見られる（ホラーテン）光がとりわけ黄金に似ているので、太陽には、この光線のゆえに、クリューサーオルという形容句が似つかわしいと見なされたのである[1]。

ここから、思うに、神々の戦いにおいても、彼と戦おうとして「ポセイドンが対峙する[2]」ことになった。信じがたいほどの敵意が火と水という、お互い正反対の性質を得ている二つの要素の間にはいつも存するからである。このゆえにポセイドンは、液体の物質として、また飲み物（ポシス）からこう名づけられたものとして、太陽の燃える光線と敵対し戦い合う。アポロンに対して彼が反目するかくべつな理由が他にあるだろうか。

太陽が悪疫をもたらしたということ、時季は夏

八　以上で、なぜわたしが太陽をアポロンと同一視したかという点は述べられたことにしよう。ではわたしは何を主張しようとしているのか？　悪疫が及ぼす禍いの最大の原因は太陽だということである。それがもたらす夏の季節が、程よい陽気にゆったり暖められ、穏やかな優しいものとなるときは、人間にとって救いとなる光を微笑みかけてくる。しかしそれが、乾燥したぎらぎら燃える夏であれば、大地から不健康な気息を立ち昇らせ、われわれの肉体は疲弊して、還境の変化に馴れられずに病み、悪疫にかかって滅んでゆく。しかし苛酷な禍いの原因をホメロスはアポロンに帰し、はっきりした言い方で、急死は神のせいとしている。

こう述べるのである。

黄金の弓のアポロンが、アルテミスとともにやって来て、
その優しい矢を射かけ、命を奪った。(3)

それで、アポロンを太陽と同一のものとホメロスは見なしているし、太陽からそういう禍害は生じてくるので、自然の理の観点からアポロンを悪疫の原因者にしたのである。

また、ギリシア人たちが悪疫に病むことになった時季は夏だったことを、今はわたしははっきり示すことにしよう。そうして、起こった出来事はアポロンの怒りの表われではなく、空気の腐敗の自然に発生したものであることが明らかになるはずである。

まずは日の長さである。それは［作中の描写によると］とても長く続いていて、夏の盛りであることを明示している。

日が長いときに(4)

という状況である。つまりアガメムノンの武勲から、アキレウスが武具なしで現われるまで、たった一日し

---

(1)「クリューサーオル khrȳsáor」での -or を「見る（h）orân」と関連づける。これらの語釈論はアポロドロスに由来するらしい。彼は、アポロンという名そのものも論じたようである（cf. Buffière（ed.）p. 94）。

(2)『イリアス』第二十歌六七行以下参照。

(3)『オデュッセイア』第十五歌四一〇行以下。

(4)『オデュッセイア』第十八歌三六七行。

か経過しない。それも一日全部ではなく、その大部分が経つだけである。

疲れ知らずの太陽を、牛の眼のヘラ女王は
オケアノスの流れまで送りやった——還《かえ》ることに不本意な彼ではあったが。(1)

女神は、残っている時間の少なからざる部分をくすねとったのだとわたしは考える。

夜も夏のそれである

九　その間の活動の数々は八巻に分けられている。初めの部分は平原での戦いで、両軍の多くの武勇談が含まれており、その次がギリシア軍の防壁の前での戦いである。三つ目の戦いとして、パトロクロス殺害とそれをきっかけとするアキレウスの［再］出現にいたる、［停泊中の］船々の前での戦いが加わる。とはいえ、戦闘の数はこれほどに多いが、夏の時季なので無理とは思わせないのである。

夜もまったく冬のそれではない。凍てつく時にヘクトルがわざわざアカイア軍の船隊のそばで夜を過ごすということがあるだろうか。また、

縦笛やアシ笛の音が(2)

夷狄《いてき》の陣営じゅうに賑やかに聞えるということもなかっただろう。冬に戦を行なう兵には暖かい寝床や宿営が用意されるものであり、野天《のてん》での戦闘は免れているのである。だからヘクトルが、そこに入っていれば安全に時を過ごせたはずのトロイア市を後にして、無防備な軍を海ぎわに留まらせることはしなかったであろ

う。

また同盟軍としてやって来た者たちが、皆、時季はずれに敵に対峙するほど無謀であったはずもない。とくに、イダ山という荒らあらしい山がそばにそびえ、無数の河の流れを湧き出させているのである。なぜなら山のそれぞれの側面から

レソスが、ヘプタポロスが、カレソスが、ロディオスが、
グレニコスが、アイセポスが、神々しいスカマンドロスが、
またシモエイスが、(3)

奔出してくるのであり、天から落ちる雨がなくてもそれらだけで平原を水びたしにするのに十分だったのである。

では、夷狄が、思わず知らず、不利益なことを始めてしまったと仮定しよう。しかし、思慮においてすべての点で優るギリシア人が、いちばん優れた者たちを選び、夜間に偵察に送り出した(4)のはどういうつもりなのか? それが成功したとして、失敗した場合に蒙る被害に見合うどんな利益があったというのか? なぜなら、一度雪が降り暴風雨があれば、二人を容易に埋《うず》めていたはずなのだから。

(1)『イリアス』第十八歌二三九行以下。
(2)『イリアス』第十歌一三行。
(3)『イリアス』第十二歌二〇―二二行。
(4)『イリアス』第十歌で、オデュッセウスとディオメデスが選ばれてトロイア陣地の探察に出かける(出発そのものは二七四行以下)。

わたしの考えでは、市内から戦闘へ打って出ることそのものがまさしく夏の時季を示している。なぜなら冬にはすべての戦闘は止むのであり、お互いに休戦状態になる。兵たちは武器を持つこともできないし、戦役に従事することもできない。追ったり逃げたりすることがたやすくできようか？ 寒気に縛られた両手が、武器を、狙いあやまたず放《ほう》ることができようか？ しかし、真夏には、兵隊は戦闘に向かうのである。ことはこのようであることを、推測によってではなく明瞭な仕方で考察せねばならない。

海、大地などの状態

一〇 アガメムノンが軍の士気を試すと、ギリシア人たちは立ち上がって船のほうへ走り下《お》り、

船の下から台を取り除《の》けていった[1]。

船首に逆風も吹いていないし、海も恐ろしい状態ではないのである。なぜなら、目に見える危険のなかに出て行こうとする者たちのために舵取りをする者がいただろうか——もともと彼らの渡ろうとするのは小さな海ではないのに？ 彼らが行こうとしたのはテネドスでもないし、レスボスやキオスへの航海を準備したわけでもないのである。ギリシアははるか遠くにあるし、この海は危険であり、夏に航行しても憂き目に会うことがあるのである[2]。さらに、集会場から彼らが船のほうへ向かうとき、大量の土ぼこりが舞い上がる。

そして彼らはわめきつつ

船に向かって突進した。足の下から土ぼこりが

上がり、空中を漂った[3]。

大地の表面が［冬季の湿りで］まだ濡れていたとしたら、どうしてこうなるだろう。また、その後に次々と続く戦闘でも詩人は絶えずこう言うならいである。

彼らの上半身は、馬どもの脚が彼らの間から
青銅多き天に向かって打ち上げるほこりのために白くなった[4]。

では負傷したサルペドンについてはどうか？　北風の息吹きが、

失神した彼に吹きつけ蘇らせた[5]

のは、炎熱の大気の中で彼の身体が疲労回復を求めていたからこそではないか。また他の箇所でも、渇きによって兵たちが

のどをからからにし、平原の土ぼこりを被って[6]

というありさまになり、また

(1)『イリアス』第二歌一五四行。
(2) 盛夏にエテーシアイという北からの強い季節風が吹くことがある。
(3)『イリアス』第二歌一四九―一五一行。
(4)『イリアス』第五歌五〇三行以下。
(5)『イリアス』第五歌六九八行。
(6)『イリアス』第二十一歌五四一行。

汗を乾かし、水を飲んで渇きを癒した(1)

とある。こういうことは冬には起こりえない。夏に戦う者たちが一息ついたということなのである。長々と議論する必要はない。一年のどの時期なのか明らかにするのに、今述べた事柄のうちの一つだけを論証に引いたとしてもおおよそ十分である。

にれの木も柳もタマリスクも焼けた、
クローバーもイグサも葦も焼けた。(2)

悪疫がギリシア軍に生じた経緯（要約）

一一　あの［トロイアでの戦闘の］時季は夏であったことが同意され、また、夏の季節に疫病は生じるものであり、悪疫を司るのはアポロンである、ということなら、くだんの出来事は神の怒りではなく、大気の状況によるものと考えるしかあるまい。ヘロディコス(3)は、きわめて説得的に、まるまる一〇年間ギリシア人はトロイアにとどまったわけでもなく、むしろ陥落のために定まっていた時が満ちてからやって来たのであることを明らかにしている。カルカスの予言から、

十年目に道広き［トロイア］市を落とすだろう(4)

と分かっていた彼らが、何の意味もなくあれほどの年月を無為に費やすというのは不合理である。むしろ、その間彼らは［小］アジアのあちこちに船を着けては戦闘の［実地］訓錬をやり、戦利品で軍営を充たして

いった、そして、陥落の成就が定まっていた十年目の年が来ると、一斉に［トロイアに］上陸した、というほうがありそうなことである。だが、彼らを受け入れたのはくぼんだ湿潤地だった。それで夏になると悪疫が彼らを襲ったのである。

アポロンの矢の音と天の音楽

一二　さて今は、この疫病について言われている個々の点を考察することにしよう。ほぼすべての事柄が、われわれの述べたことと合致するはずだ。まず、［神の］矢から出てくる音を詩人は物理的なものと見なしている。けっして神話的に、声を発する矢という驚異を語るのではない。次の行には哲学的な理論が含まれているのである。

怒る神の肩の上で矢は、
彼が動くにつれて、からから鳴った。(5)

なぜなら、じっさいに天には、［天球の］永遠の運動によって奏《かな》でられる和声に満ちた音楽が響いているの

(1)『イリアス』第二十二歌二行。
(2)『イリアス』第二十一歌三五〇―三五一行。
(3) バビュロン出身の学者（前二世紀）。
(4)『イリアス』第二歌三二九行（一部のギリシア語は、間接話法として変更されている）。
(5)『イリアス』第一歌四六―四七行。

だ。それはとくに、太陽の回転円が引き締められた状態のときにそうである。(1) 人が、しなやかな杖で目的もなく空気を打ったり、投石具で石を放《ほう》っても、あれほどに轟《とどろ》く唸り声や風切り音を発するではないか。そしてあれほど巨大な天体が勢いをこめて、東から西まで車駕を駆りつつ巡りながら、静かに、しかし激しい走行で、(2) 旅しているのである。だが、天で絶えず鳴らされているこれらの音をわれわれは知らない。生まれたときからずっとわれわれが持っている習い性のせいか、隔たっている距離がとてつもないので途中の空間でその音が消滅してしまうからである。ことはこのようであることを、自分の国家からホメロスを追放するプラトンも認めてこう言っている。「さらに、その〔世界の紡錘の〕上方にある天球のそれぞれの上にはセイレンが立っていて、いっしょに〔球と〕回りつつ、一つの声を一つの調子で発している。そして、八箇からなるこれら〔球の〕全体がいっしょに一つの和声を鳴らしている」(3)。

同様に、エペソスの人アレクサンドロスも、(4) どうして惑星たちが整然と進んでゆくのか説明するさいに、それぞれが出す音についてこういう言葉を付け足す。

その〔諸天球の〕全体が、七弦琴の諸音調に通じる、音《ね》を合わせた
和声を、それぞれは隔たり合いつつ、奏《かな》でている。(5)

これから、宇宙は唖でもなく無音でもないことが知られるであろう。

アポロンの行動

一三　この理論の源はホメロスである。彼は、太陽の光線を寓意的に矢と称しつつ、それらが大気中を

走って独特の神々しい音を発すると付け加えている。

これらの音の一般的な性質を提示した詩人は、その言葉のすぐ後で、その独特の要素に話を移してこう言う。

　神は夜のごとく進んでいった。(6)

太陽の光を、汚れた、黒い靄《もや》の交じったものとして提示する。夜によって混濁させているのだ。悪疫のときは、そういう夜が昼間の光輝を覆って遮るのがおよそ通例である。いったい、矢を射ようと心をこめるアポロンが、

　次いで船隊から離れて坐り、矢を射かけた、
　白銀の弓が恐ろしげに鳴った、(7)

(1) 夏には、地上により近くなる太陽の回転円が、直径的により小さくなる（引き締まる）、それとともにその（天の）音楽も（弦楽器における場合のように）甲高くなる、ということ。
(2) ラッセル・コンスタン版の dromon という読みに従う。
(3) プラトン『国家』第十巻六一七B。
(4) 前一世紀の叙事詩人。
(5) アレクサンドロス『星辰譜』断片二一－一九行以下（Lloyd-Jones/ Parsons）。
(6)『イリアス』第一歌四七行。
(7)『イリアス』第一歌四八行以下。

ということがどうしてあるだろう？　怒りに駆られて弓を引くのなら、射手は的《まと》の近くに立たねばならないのだ。しかしじっさいは詩人は寓意的に太陽のことを述べながら、悪疫をもたらすその光線がそこから遠くに進んでゆくことを表わしたのである。

まずラバたちが倒れるということ、悪疫のはびこる日数

一四　さらにその後で、とても明瞭なしるしを詩人は持ち出してこう言っている。

まず神はラバや速い犬たちを襲った(1)。

なぜなら、理性なき動物たちがアポロンの怒りの無差別な犠牲になったというわけでもないし、神の憤怒がラバや犬たちに対し無思慮にも猛《たけ》り狂ったということでもないのだ——あのトラキアの奴隷がホメロスにそのような難くせをつけてはいるが。わたしが言うのは、あちこちでそのようなたわ言をしゃべりまくるアンピポリス人ゾイロス(2)のことである。

ホメロスは、きわめて自然学的な観点から、悪疫に関連する状況をこういう仕方で表わしているのだ。疫病においては四足動物から恐るべき症状が始まることを、精密な観察を通じた医術と哲学の経験が認識している。そして二つの点で、こういう動物たちが病いにかかりやすいもっともな理由が認められる。まず、彼らはきっちりした養生を追い求めず(3)、無節制に飲み食いして腹を充たしては体を壊す。過度な衝動を抑える理性がないからである。次に、こちらがより真実の事情だが、人間のほうは高い位置で呼吸をするので浄ら

かな空気を吸いこむ、それで病いにかかるのはもっと遅くなるのであるが、地面に投げつけられている動物たちは、そこから昇る不健康な気息をより容易《たやす》く吸うのである。

また、まったく真実に合致して詩人は、悪疫が終焉したのは偶数の日が経ってからではなく、奇数の日々が過ぎてからであることを示している。

九日間にわたって神の矢は軍隊じゅうを襲った。(4)

個別の症例での経験から、肉体の病いで決定的な日々は、奇数のそれであることがよく知られている。(5)

悪疫からの解放（アキレウスとヘラ）

一五　この病いから解放するのはアキレウスである。ケイロン、すなわち

ケンタウロイのうち最も正しい者(6)

(1)『イリアス』第一歌五〇行。
(2) 前四―三世紀のソフィスト。トラキアのアンピポリス市出身。イソクラテス派。ホメロス攻撃で知られ、「ホメロスの鞭」というあだ名があった。そのホメロス批評の書は九巻を成したという。プラトンの哲学的観点からのホメロス批判に対し、修辞的・文学的立場から批評した。
(3) ラッセル・コンスタン版に従い、οὐ「（せ）ず」を入れる。
(4)『イリアス』第一歌五三行。
(5) しかし、ヒッポクラテス『悪疫』一-二六では、ある病は偶数日に、ある病は奇数日に危機を迎えると言われている。
(6)『イリアス』第十一歌八三二行。

が彼を教えたからである。ケイロンはあらゆる智恵に優れ、とりわけ医術に長けていた。この面では、言い伝えによると、アスクレピオスも彼の知己となった。(1) 癒《いや》し手アキレウスに詩人は、自然学的な寓意として、女神ヘラを配する。

彼［アキレウス］の心に、白い腕《かいな》の女神ヘラが、［集会を呼ぼうと］思いつかせた。(2)

自然学者の論では、気息に関わる元素には二種類がある。アイテルと空気であり、ゼウスとわれわれが呼んでいるのは火焔的な実体［アイテル］のほうだが、ヘラとはその後に来る空気のことで、こちらはより柔らかな元素であってそのゆえに女性である。これに関する詳しいことは少しのちに話すことにしよう。今はこれだけ述べれば十分である、すなわち、以前から濁っていた空気が澄むと、くだんの禍いは急激に切り離されたのである、と。ヘラを「白い腕の」と呼んだのも不合理ではない。夜に似た靄《もや》を白い空気が照らして浄めたという経過からそう言ったのだ。それから、悪疫から解放されると、ギリシア軍は、禍いから逃れた者たちの慣わしになっている行ないに向かった。わたしが言うのは、祓《はら》い清めと称される行為である。

彼らはお祓いをして、海に汚れを投げ捨てた。(3)

オデュッセウスの供犠

一六　オデュッセウスが、神の心を引きつけようとした供犠で祈りなだめた相手も、太陽に他ならないとわたしには思える。たとえばこうである。

彼らは一日中、歌いながら、神をなだめた。

……………

しかし太陽が沈み、闇が訪れると、
そのとき彼らは艫《とも》づなのそばで休んだ。(4)

神への敬いは日没とともに終わる。それまでは、自分たちを見、聞いている神を、彼らは崇めた。しかし、神がもう儀式に臨んでいることができなくなったときに、祭りごとは終えられる。しかし明け方になって船出するとき、

彼らに、遠くから働きかけるアポロンは、好ましい(イクメノス)風を送った(5)

と詩人は述べ、太陽の独特な性質を示そうとしている。つまり、まだ火焔に燃えていない状態で太陽が中天まで走向する間は、露っぽい湿気(イクマス)が、水分を含んだ大気を放っているので、あかつきの風を弱い微風にして送り出すのである。このゆえに太陽は明け方(6)に彼らを船に乗らせ、湿気を含む風を十分送って航行させた。

---

(1) ケイロン(ペリオン山に住む半人半馬の賢者)は、アキレウスやアスクレピオスらを養い、教えた。
(2)『イリアス』第一歌五五行。
(3)『イリアス』第一歌三一四行。
(4)『イリアス』第一歌四七二行および四七五—四七六行。
(5)『イリアス』第一歌四七九行。
(6) ラッセル・コンスタン版により orthrion と読む。

最初の寓意では、ゆえなく怒るアポロンの憤怒ではなく、自然学的な理論に関わる哲学的な思考があることをわれわれは明らかにした。

アキレウスとアテナのエピソード

魂の三部分についてのプラトンの説

一七　続いて、アキレウスのそばに立つアテナについてわれわれは考察しないといけない。

彼が鞘から大きな剣を抜こうとすると、アテナが
天からやって来た。白い腕の女神ヘラが送り出したのだ。

両人［アキレウスとアガメムノン］を心の内で同様に愛し、気にかけていたからである。

彼女は後ろに立ち、ペレウスの子［アキレウス］の金髪を引っぱった。

彼にだけその姿は見え、他の者の目には入らなかった。

アキレウスは驚き、振り返った。そしてただちに
パラス・アテナを認めた。その両目が恐ろしげに輝いた。(1)

この詩句からすぐ言えることはこうである。鉄剣が引き抜かれようとするさなかに女神が、どんな速さのものよりも敏捷に天の住まいを去って、殺人の防止に下り立った。絵に見るような所作で女神は、アキレウスの後ろから髪をしっかりと握った、と。しかし、寓意的に、こういう意味合いの語の底には、とても哲学

的な素晴らしい知識が宿されているのである。またしてもプラトンは、『国家』において、ホメロスへの感謝も表わさずに、人間の魂の教義を彼から剽窃しているい[2]ことが、これらの詩句から明らかにされてしまう。

プラトンは魂の全体を二種に分けている。理知的なものと、非理性的と彼が称するものとである。そして非理性的部分を彼はより細分して二つにし、一方を欲望的部分、他方を気概の部分と名づける。そしてそれぞれに家のようなものをふり分け、身体における住み処《か》を割り当てる。彼の考えでは、魂の理性的部分は一種のアクロポリスとして頭の最上部を当てがわれており、周囲の感覚的な部分が守備をしている。他方、非理性的なもののうち気概の部分は心臓の回りに、欲望的衝動は肝臓の中に、住まいを持つという。[3]

これらのものをプラトンは『パイドロス』のなかで寓意的に馬どもと御者とに喩え、こう明瞭に述べている。

これらの〔馬の〕うち、より優れた状態にあるものは、姿勢が正しく均衡のとれた肢体を持ち、首は高く伸び、鼻づらはやや曲がり、色は白く、眼は黒く、自制と慎しさを保ちつつ名誉を愛し、〔真の〕名声の友であり、鞭打ちは要らず、命令と言葉だけで御することができる。[4]

（1）『イリアス』第一歌一九四—二〇〇行。

（2）一般にプラトンが多くの点でホメロスに負うているということを、テュロス人マクシモス（『弁論』二六-四）、伝ロンギノス（『崇高について』第十三巻三）等が述べている。

（3）プラトン『ティマイオス』七〇B—七一D参照。

（4）プラトン『パイドロス』二五三D。

このように、魂の片一方の部分について語り、残りの部分についてはこう述べる。

もう一方は、体は曲がり、でっぷりしていて、でたらめに寄せ集めたという肉体であり、頑丈なうなじと太い首を持ち、顔は扁平、肌は黒く、灰色の眼をしていて、血気にはやりやすく、乱暴と空いばりの友で、耳のあたりが毛深く、あまりものも言えず、鞭と突き棒をいっしょに使われてやっと服従する。(1)

他方、魂の理性的部分は頭の中に位置づけられているが、それを全体の御者になしてこう語っている。

われわれの魂のうちで最も支配者的な種類の部分についてはこのように考えないといけない、すなわち、それを神は各人に神霊として与えているのである、と。それは、わたしたちの主張において、われわれの身体の頂上に住んでいるとしたあの種類のものであり、天における同族のものにわれわれを引き上げてくれる——われわれは地上の生物ではなく天のものなのだ——と唱えているあのものなのである。(2)

ホメロスがその源泉、非理性的部分の位置

一八　こういうことをプラトンは、いわばホメロスの詩句の泉から自分の対話作品のなかに注ぎ入れた。(3)では、まず魂の非理性的な部分について考察しないといけない。気概が心臓の下の領域を得ていることは、オデュッセウスが、求婚者たちへの怒りにおいて、不正への憎悪が住まう家であるかのように、自分の心臓の扉を叩くことから明らかであろう。
彼は自分の胸を打ち、心に向かってこう話しながら諫めた。

「耐えろ、わが心よ、もっとひどいこともお前は耐えたではないか(4)」。

激情[5]の流れが出てくる源に彼の言葉は向けられているのである。また、ゼウスの結婚相手に懸想したティテュオスが、そういう考えを抱いた元たる部位で懲らしめられているように詩人は描く。

二匹のはげわしが、彼の両側に坐って、肝臓を食い裂いていた。[6]

それはなぜか、ホメロスよ？

というのはレトを彼は引きずってゆこうとしたのだ、ゼウスの立派な妻を。[7]

ちょうど立法家が、父をなぐった者の手を断ち切って[8]、不敬を働いた部分をとくに切除するように、ホメロスも、肝臓を通じて不埒《らち》な行為に及んだ者を、肝臓において懲罰する。魂の非理性的な部分について詩人の記述はこのように哲学的である。

(1)プラトン『パイドロス』二五三E。
(2)プラトン『ティマイオス』九〇A。
(3)『ホメロスについてⅡ』一二九参照。
(4)『オデュッセイア』第二十歌一七行以下。
(5)「気概（テューモス）」はしばしば「激情」や「怒り」を表わす。
(6)『オデュッセイア』第十一歌五七八行。
(7)『オデュッセイア』第十一歌五八〇行。
(8)テオン『予備練習』一三〇（Spengel II）に、「父をなぐった者は、その手を切り取るべし」とあるが、より詳しいことは分からない。

理性的部分の位置

一九　さて、理性的な部分はどの位置にあるのかという考察が残っている。それは頭であり(1)、ホメロスにおいて身体の中で最も支配的な地位を得ている箇所である。だから彼は、いちばん重要なこの部分を選《よ》り出し、それで残りも表わすことによって、一人の男の全体を示す。

それら［アキレウスの武具］のゆえに大地はそれほどの頭［＝勇士］を覆い隠した(2)。

つまりアイアスを、ということである。またもっとはっきりと、ネストルの馬に関して、この部位が最も大切であることを明らかにする。

いちばん前の髪の毛が馬の
頭蓋骨に生える箇所、最も致命的な処に(3)。

そしてその見解を寓意によって補強しつつ、アテナの箇所をわれわれに提示している。すなわちアキレウスが、怒りに充たされ、頭にある理性を胸の回りの激情によって昏《くら》まされて、鉄剣に手を伸ばしたとき、少しずつ理知が怒りの酔いをさまさせ穏やかにしたのである。思慮とともに思い直すことは、ホメロスの作において、正当にもアテナと同一視されている。

なぜならこの女神の呼称は、ほぼ、他ならぬ知性にちなんだものと言ってよい。それは観察するもの（アトレーナー）であり、理知の働きの繊細な眼によってすべてを見通す（ディアトルーサ）ものなのである(4)。これゆえに人々は女神を処女のままにもしてきたし——思慮はつねに犯されざるものであり、どんな汚点によってもけがされることはできない――、ゼウスの頭から生まれたとも考えるのである。この部位がとくに理知の働きの母胎であることをわれわれは示した。

アテナの出現の心理学的説明

二〇　しかし長々と論じる必要はあるまい。女神は完き知性に他ならない。それで彼女は、アキレウスを激情が燃え上がらせたとき、禍いを癒すもののように彼のそばに立ち、

　ペレウスの子の金髪を引いた(5)

のである。

すなわち、彼が怒っているとき、胸の中には激情が動いていた。剣を抜きつつ、

　毛深い胸中で思い迷った(6)

というのだから。しかし怒りが和らいできて、もう思い直しかけているような状態の彼を理知の働きが捉え

（1）ストア派はそれを心臓付近に置いた（『ホメロスについてⅡ』一三〇参照）。

（2）『オデュッセイア』第一歌五四九行。

（3）『イリアス』第七歌八三行以下。

（4）Athēnā の名に、athrēnā（athrein「見る」から作られた語）および di-athrūsa（diathrein「見通す」の現在分詞形）を掛ける。コルヌトゥス『ギリシア神話提要』二〇参照。なお athrēnā の -nā は、直前で用いられた語 metanoia（思い直し［直す］）の -noia（noos）「知性」と関係づけているか。二八節も参照。

（5）『イリアス』第一歌一九七行。

（6）『イリアス』第一歌一八九行。

ると、その頭を思慮がしっかりと摑んだ。

そしてアキレウスは驚いた(1)。

どんな危険に対しても平然と不動でいる彼の気性が、理知の力による思い直しには恐怖を覚えた。そしてどれほどの禍いに落ちこむところだったかということを悟ると、そばに立つ知性に、御者に対するように注意を向けたというわけである。それだから、怒りから完全に離れたのではない。たとえばこう言われる。

だが言葉で、どんなことになるかとなじるがよい(2)。

女神が援けに来ているなら、この事件を完全に平和裏に治めることができたはずだ。しかし理知は人間の働きなので、剣を抜くことは強制的に押しとどめ、実行に走るまでの大胆さを除きはしても、怒りの残余はまだ心の底に留まっている。激情の強い憤怒が、いちどきにまとめて取り除かれることはないのである。

詩人が、アガメムノンに対する憤怒のなだめ役として示したアテナに関する段には、このような寓意を認めるべきである(3)。

ゼウスに対する神々の陰謀の話

ゼウスへの陰謀

二一　しかし、ホメロスに対してきわめて重大な非難が向けられている箇所がある。もし、先の例に続く

詩句で見出されるとおりに彼が創作しているなら、詩人はあらゆる懲罰に価することになる。すべての存在の指導者［ゼウス］を、

他のオリュンポス神たちが
――ヘラにポセイドンにパラス・アテナが――縛り上げようとした［ときのことだ］。
だがあなた［テティス］が、女神よ、やってきて彼の縛《いまし》めを解いた、
一〇〇の手を持つ者を高いオリュンポスに呼び寄せて。
彼を神々はブリアレオスと呼ぶが、人間はこぞって
アイガイオンと称する。力においてその父［ウラノス］にも優る者だった。(4)

これらの詩句においてはホメロスは、ただプラトンの国家からのみならず、ヘラクレスの柱と称される最果ての柱や、オケアノスの未踏の海よりも向こうにまで追い払われるに価する。なぜならゼウスは捕縛を受けんばかりになったし、彼に陰謀を仕掛けるのはティタン族ではなく、パレネで大胆な敵対者となったギガス族でもない。いや、それは、生まれと共同生活との点から二重の名称［妹かつ妻の名］を持つヘラと、完全に公平な分け前を得ているので、自分のものになるべきだった名誉を奪った

（1）『イリアス』第一歌一九九行。
（2）『イリアス』第一歌二一一行。
（3）写本Oに従い tautēs tēs と読む。
（4）『イリアス』第一歌三九九―四〇四行。

欲張りな者［ゼウス］に憤激しているわけではない兄弟ポセイドンと、三番目に、一度の陰謀で父かつ母［ゼウス］に不敬を犯すことになるアテナなのである。わたしの思うに、ゼウスに対する陰謀よりも、彼の救助に関わることのほうがもっと不適当である。テティスとブリアレオスが彼を縛めから解いたという。そのような形の救助を期待し、そういう合力者を求めるとは不適当である。[1]

その元素論的釈義

二二　こういう不敬を癒して正す方法は一つしかない。この話は寓意的であると示すことである。これらの詩句では、すべての大本《おおもと》たる最古の元素が神として語られているのだ。

自然学者たちの諸元素に関わる教えの唯一の創始者はホメロスである。彼以降の者たち一人ひとりに、彼らが考えついたと思われている理論を彼は教示しているのである。

まずミレトス人タレスが、全宇宙を成さしめている元素は水とした最初の人だと一般に認められている。湿った原物質は容易に個々のものに変形されるので、種々の姿になるのがならいである。それが蒸発すれば空気となる。そして空気の最も微細なものはアイテルとして燃え上がる。また沈下して泥に変わった水は大地になる。このゆえにタレスは、水を、四元素のうちの始原の元素としたのだ。

では誰がこの教義を生んだのか。それはホメロスではないか？　彼は言う。

すべてのものの祖たるオケアノス。[2]

湿った原物質が速やかに（オーケオース）流れることにちなんで「オ（ー）ケアノス」と呼ぶわけだが、それはまたすべてのものの元祖であるとしたのである。

しかしクラゾメナイの人アナクサゴラス(3)は、学的伝統ではタレスの弟子であるが、第二の元素たる土を水と結合した。乾いたものと湿ったものが交じり合って、対照的な性質のもの同士が一つの協和的な状態に混合するようにしたのである。

この考えもホメロスが初めに開拓したものである。アナクサゴラスに、次のような詩句で、着想の種を与えているのだ。

お前たちは、皆、水と土になるがよい。(4)

なぜならすべてのものは、滅びるときは、それが生じてきた元のものに分解されるからである。あたかも、自然が、初めに貸しつけたものを最後に取り立てるがごときである。

それで、クラゾメナイ人の教義に従ってエウリピデスが言うのである。

地から生まれたものは地へと、
アイテルを起源に生じたものは

（1）アテナの母はメティスだが、後者を飲み込んだゼウスの頭からアテナが飛び出し（て生まれ）たという神話から、ゼウスもその母と呼ばれうる。

（2）『イリアス』第一四歌二四六行。

（3）コロポン人クセノパネスの間違い。

（4）『イリアス』第七歌九九行。

アイテルへと
戻ってゆく。(1)

だからホメロスも、ギリシア人に対する呪いを記すとき、一つの哲学的な呪いを考えついたのである——彼らが合わさり生まれる元になったのと同じものへ分解して、ふたたび水と土になるがよい、と。

そして、最大の哲学者たちにより、諸要素のなかで四個のものの完き組合せが、窮極の存在とされた。彼らの言うには、二つのもの、地と水は物質的である一方、他の二つ、アイテルと空気は気息的である、そしてこれらの原質は互いに反対の心を持つが、一つのものに混じり合うと協和する、と。

承前（五元素論とホメロス）

二三　では、真実を検証すれば、これらの元素もホメロスの哲学の対象になっていることが分かるのではないか？　四元素の配置について寓意的に語られているヘラの縛《いまし》めの箇所については、もっとよい折に述べることにしよう。今は、［『イリアス』の］第三歌にある誓いの詩句が、われわれの主張を裏づけるのに十分である。

誉れ高きゼウスよ、最大の神にして黒雲に覆われ、アイテルに住むお方よ、
またすべてを見そなわしすべてを聞いている太陽よ、
そして河の数々に大地よ、また下の方で、
偽誓を犯した者たちを死後に罰する神々よ。(2)

まず、まばゆいばかりのアイテルに、最も高い位置にあるものとして、呼びかけている。火の純粋な性質が、思うに非常に軽いがゆえに、最高度の領域を割り当てられているのである。そしてそれがゼウスと名づけられているのは、思うに、人間の生（ゼーン）をもたらすものであることから、あるいは炎上した沸騰（ゼシス）の状態であることから、そう呼ばれたのである。

じっさい、エウリピデスも、上方に拡がっているアイテルのことをこう言っている。

上空のあの広大な、
しなやかな腕で大地を取り巻いているアイテルを、お前は見ているか？
これをゼウスと見なすがよい、これを神と考えよ。(3)

誓いを保証する最初のものがアイテルと呼ばれ、物質的元素たる河川と大地が、最初の原質アイテルに続いている。また、「下の方」にあるハデスとは、寓意的に空気のことを言っている。(4)なぜならこの要素は、より密な、湿った質を配分させているからと思うが、黒いからである。じっさい、光を放つことのできる他のものとは異なり、それは輝きを持たない。それで合理的にそれをハデス［見えざるもの］と詩人は呼んだ

（1）エウリピデス『クリュシッポス』断片八三九（Nauck）。
（2）『イリアス』第二歌四一二行および第三歌二七七―二七九行。
（3）エウリピデス「断片」九四一（Nauck）。
（4）『ホメロスについて II』九七等参照。

のである。(1)

では五番目のもの、太陽がなぜあるのか？　それは、ペリパトス派の哲学者たちをも喜ばせるためにホメロスが呼びかけの対象に入れたのである。(2)　彼らは、この原質は火とは異なるという主張もしているのであり、それを周回性のものと名づけて、第五の元素とすることに合意している。なぜならアイテルは、その軽さのゆえに最高度の領域に進むのであるが、太陽や月やこれらと連動して走る星のおのおのは、周回的な運行を巡らせ続けており、火焔的な実体とは異なる力を有するのである。

こういうもろもろのものを通じて詩人は、自然の原初の要素を表わしたのだ。

承前（ヘラクレイトス、エンペドクレスの自然学）

二四　また彼のことでこう言う人があってはならない――どうしてアイテルがゼウスと称されているのか、どうして空気をハデスと呼び、象徴的な名称で自分の哲学をあいまいにしているのか、と。指導的な哲学者たちですらこの転化法を用いているのだから、詩人たる者が寓意を使うのは何ら奇妙ではないのである。たとえば「暗い人」ヘラクレイトスは、印象的に意味を推測するしかない(3)不明瞭な言葉を述べながら、自然に関する神学的な考えをこう表わしている。

神々は死すべき者であり、人間は不死なる者である。一方の死を生き、他方の生を死んでいる。(4)

また彼は言う。

われわれは同じ川に足を踏み入れ、また踏み入れない。われわれは存在し、また存在しない[5]。

そして、自然について、全体に謎めいた寓意を用いている。

ではアクラガスの人エンペドクレスはどうか？　四つの元素をわれわれに示そうとして、ホメロスの寓意を模倣しているではないか。

輝けるゼウス、命をもたらすヘラにアイドネウス、
また死すべき者の泉を涙で潤すネスティス[6]。

彼は、アイテルをゼウスと呼び、大地をヘラ、空気をアイドネウス［ハデス］、また水を、涙で潤された死すべき者の泉と称したのである。指導的な立場で哲学を広言する者たちが寓意的な名称を用いているのなら、詩の技を標榜する者が哲学者と同様に寓意を使うのはまったく奇異ではない。

---

(1) プラトン『ゴルギアス』四九三B等参照。a（否定辞）+ idein（「見る」）という語源とされている。
(2) 伝アリストテレス『世界について』三九二a五―九（b三五―三六参照）などでは、天と星の成分はアイテルと言われている。ここでは、太陽の成分とアイテルを区別する。
(3)「しかない……述べながら」はラッセル・コンスタン版の補いによる。
(4) ヘラクレイトス「断片」六二（Diels-Kranz）。
(5) ヘラクレイトス「断片」四九a（Diels-Kranz）。
(6) エンペドクレス「断片」六（Diels-Kranz）。

承前（ゼウスへの陰謀の話と元素論）

二五　残る点として、ゼウスに対する陰謀は元素を数え上げたものであり、自然学の考察を試みたものではないかということを考えることにしよう。

名だたる哲学者たちは、宇宙の存続の仕方について次のように言う。四つの元素が反目のない調和によって統御され、どの一つとして卓越した力を持つことはなく、おのおのが得た自分の地位を節度をもって守っている間は、すべては変わらずにいる。しかし、そのうちの一つが優勢になり、暴君的に自己の領域以上にはばを利かせるようになると、他のものは攪乱されて、その優位者の力に否応なく屈することになる。火が突然起これば、すべてのものはいっしょに炎上するだろう。また水が一斉に迸《ほとばし》り出ると、宇宙は洪水によって滅びることだろう。

だから、あれらの詩句によってホメロスは、宇宙に将来生起するであろう混乱を暗示しているのである。つまり、最も力ある原質たるゼウスが、他の元素によって――空気たるヘラや、湿った原質たるポセイドンや、すべてを製造する労働者的な神という点から大地に相当するアテナによって――陰謀を受けるということである。

これらの元素は、初めは、互いの混交のゆえに親族同士だった。それから彼らの間に紛糾が生じそうになると、その救い手として摂理が見出された。それを詩人は合理的にテティスと名づけた。なぜならそれは、各元素をその固有の領域に置いて、宇宙の諸物の引き離し（アポテシス）を行なったのである。その加勢者になったのは、多くの手を持つ逞しい力である。[1] それほどの諸物が病に陥っているときは、大きな力でもって健全ならしめる他にしようがないではないか。

ゼウスに対する不敬な緊縛の話に関する反論しがたい弾劾は、このようにして、寓意の観点からの自然学的考察を返答に受けるのである。

ヘパイストスの天からの投げ落し

二六　また人々は、ヘパイストスの投げ落しの件《くだ》りのことでホメロスを非難する。まず神を足なえのさまで提示し、神的な原質を不具者にしているということ、次に神が危うい状態に陥ったという点である。つまり詩人はこう言うのである。

わたし［ヘパイストス］は終日落下してゆき、日が没するとき
レムノスに落ちた。気息奄々だった。(2)

この詩句にも、哲学的な意味がホメロスによって隠されている。たとえば詩的な虚構で聴衆を喜ばせようとして、足なえのヘパイストスをわれわれに提示しているのではない。それは、ヘラとゼウスの子として語られる神の話ではない。そういうことを神々について語るのは、じっさい不適切なのである。いや、火の存在のありようには二種類あるのであり、一方は先ほど述べたようにアイテルのそれであって、宇宙の最上部

(1) 百手の巨人ブリアレオス Briareōs（上記二一節）の名を briaros「逞しい」と関連づける。

(2)『イリアス』第一歌五九二行以下。

に掛かり、至らざるところなき完璧さを有しているが、われわれのもとにある火の素材のほうは、大地に接しているがゆえに滅びやすく、それを養うもの(1)によってその折々に燃え上がらせられねばならないのである(2)。こういう理由で、強烈な焔のほうを詩人はつねに太陽またゼウスと呼び、地上の、容易に点《つ》き、消される火のほうはヘパイストスと称する。それで正当にも、あの完璧な火との比較で、こちらの火は足なえであると見なされている。そもそも、足の不具はいつも支えてくれる杖を必要とする。そしてわれわれのもとの火は、材木をくべられないと長くは持続しないので、象徴的に足なえと言われるわけである。じっさいそういう火のことをホメロスは、他の箇所で、寓意によってではなく明瞭な仕方で、ヘパイストスのことだと言っている。

獣の内臓を串に突き刺すと、ヘパイストスの上にかざした(3)。

比喩的(4)に、内臓がヘパイストスによってあぶられると言っている。

そしてまた、彼が天から投げ落とされると表現する。自然学の観点で言うと、初めはまだ火の使用が行き渡っていなかった時代、人々は時あって、青銅製の器具で、天体からやって来る火花を捉えるにいたった。真昼どきにその器具を太陽に向けて置いたのである。プロメテウスが天から火を盗んだというのも、ここから来た話だと思われる。技術の先見力（プロメーテイア）が、天からの火の流出に思いいたったのである。

神によって投げ出された火をレムノスが最初に受け入れたと物語っているのも不合理ではない。この島では、大地から生じる(5)火の自然発生的な焔が燃え上がっているからである。また、この火は神のもとから流れ来る[6]ものであるということを詩人は、追加の句で明らかにしている。

気息奄々《えんえん》だった[7]。

なぜならそれは、それを保持する力のある先慮を得られないと、すぐに弱まって消えるのであるから。

承前（クラテスの議論に対して）

二七　ヘパイストスに関してはこのように哲学的に考えるべきである。

---

(1) ラッセル・コンスタン版の読みによる。
(2) 天上の火と地上の火との区別についてコルヌトゥス『ギリシア神話提要』一九も参照。
(3) 『イリアス』第二歌四二六行。
(4) 原文では metalēptikōs「メタレープシス的に」とある。こういう比喩的用法（ヘパイストス＝火）はふつうメトニミ（メトーニュミアー）と呼ばれる（Venus「ウェヌス」と coitus「情交」との関係など、『ホメロスについて II』二三、クインティリアヌス『弁論家の教育』第八巻第六章二四（Lausberg p. 294））。ただ「メタレープシス」はいろいろな意義で用いられるようである（Lausberg p. 295）。より多く挙げられる「メタレープシス＝取り替え法」の例について、四五節および『ホメロスについて II』二一参照。
(5) ラッセル・コンスタン版の読みに従う（gēgenūs）。なおレムノス島は火山地域。
(6) ホメロス古註（本篇からの引用文）に従い、theōrryton と読む。
(7) 『イリアス』第一歌五九三行。

クラテス(1)の考えについては、荒唐無稽であるから、今は論じないことにしよう。彼によると、ゼウスが、世界の測量を企て、同じ速さで走る松明により、つまりヘパイストスと太陽とによって、宇宙の拡がりを見極めた。一方［ヘパイストス］は、敷居と称されるところから下に投げ、他方［太陽］は、東から西まで行くよう放ったのである、と。両方はこのためにまた進む時間も同じで、「日没とともにヘパイストスはレムノスに落ちた」のだと。くだんの話が、宇宙的な測量のことであろうと、また、こちらの方が真実であるが、われわれに火がもたらされたことの寓意であろうと、ヘパイストスについてホメロスは何も不敬なことは語っていないのである。

第二および第三歌でのアテナ、イリス、アプロディテ

二八　また第二巻では、ギリシア人たちが帰ってしまおうとするのでオデュッセウスが途方にくれているところへ現われたのは、他ならぬ神的な思慮（ヘー・テイアー・プロネーシス）であり、それを詩人はアテナ（アテーナー）と名づけている。

またゼウスから使者の役で派遣されるイリス（イーリス）として表わされるのは、彼の言葉を伝えようとする（エイローン）者であり、ちょうど説明する（ヘルメーネウオーン）者をヘルメス（ヘルメース）と称する類いである。神々の使いになる二体であり、言葉による説明をその名が表わしているのに他ならない。

だが、アプロディテがヘレネをアレクサンドロスに取り持つのは不適当だ。そう唱える人々は、詩人がここで語っているのは、恋に陥っている状態での無分別（アプロシュネー）のことなのだということを知らない。

それはいつも若者の欲望の仲介者であり、召使いなのである。これが、ヘレネの椅子を据えるのに適切な場所も見つけたし、両人の恋情をさまざまな媚薬でかき立てるわけでもある。アレクサンドロスの方はまだ愛している状態だが、ヘレネは後悔し始めていた。それで、初めは抗《あら》がった彼女だが、最後は屈することになる。アレクサンドロスへの愛と、メネラオスへの恥の気持ちとの二つの感情の間で揺れ動いたのである。

ヘベについて（第四歌）

二九　宴を行なう神々に最初に給仕するヘベ［青春］とは、つねに歓楽のなかで過ごす若さに他ならない。天には老いは存在しないのであり、神々の本質にとって生の限定となる病いはまったく見られない。もろもろの妙《たえ》なる愉楽をつなぎ留めておく道具のような役割を、歓楽の席に集った者たちの盛んな若さが果たしている。

エリスについて（同歌）

エリス［争闘］に関しては詩人は寓意を晦《くら》ましはせず、精妙な推論を必要とするような表現もしていない。いや、明瞭な仕方でこれに関する言葉を並べ立てる。

（1）小アジア・マロス（Mallos）出身、ペルガモン学派（アレクサンドリア学派のライバル）の領袖。本著者の論は、一部彼に依拠するが、ここでは反対的立場を示す。

それが初めにこうべを擡《もた》げるときは小さいが、後には
天にまで頭を突き上げ、地上をのし歩く。(1)

こういう詩句でホメロスが形造ったのは、両極端の肉体に信じがたく変身しながら、あるときは地を低く這い、あるときは無限に高大なアイテルにまで伸長するというほどに、まったくもって奇怪な女神なのではない。いや、彼がこの寓意で描写したのは、争いに身を任せる者たちにつねに生じる状況なのである。つまり争闘は、ささいな原因から始まっても、あおり立てられると、大きな禍いに膨れ上がるものなのである。

アプロディテがディオメデスに傷つけられる話(第五歌)

三〇　こういうのはまだ穏やかなほうであろう。だが、ホメロスを不見識にも誹謗しようとする者たちが、彼を批判しつつ大仰にわめき立てる点がある、すなわち第五巻において彼が、傷つけられる神々を示している――ディオメデスによってまずアプロディテが、次いでアレスが、傷を負うという事件を、作中で描いている、ということである。さらに、ディオネが〔娘アプロディテへの〕慰めとして、それ以前に難儀な目に会った神々のことを述べ上げるという点も批判の対象に加えている。これらの一つひとつのことについてわれわれは、順番に、哲学的見地から説明することにしよう。

ディオメデスは、アテナすなわち思慮を合力者として、アプロディテすなわち無分別を傷つけたのである。これはけっして女神ではない。戦闘相手の夷狄《いてき》の愚かさのことである。つまり彼のほうは、あらゆる戦争体験を経てきて、テバイで、またトロイアでも一〇年間にわたり、賢明に、率先して戦ってきているので、夷

狄の軍を容易に敗走させ追撃することができる。だが相手のほうは、無思慮で、理性には僅かしか与《あずか》っていないので、彼に追われてゆくことになる。それはちょうど、

豊かな男の中庭にいる羊たち(2)

のようである。だから、多くの者が殺される中で、ホメロスは、寓意的に、夷狄の無分別がディオメデスによって傷つけられる様子を描くのである。

アレスが同様に傷つけられる話（同歌）

三一　同様にアレス（アレース）は戦のことに他ならない。アレー、つまり「禍害」の語にちなんでいる。これは、彼のことをこう呼ぶ言葉から明らかになるだろう。

頭の狂った完全なごろつき、気まぐれ者。(3)

神によりも戦のほうにふさわしい形容句を詩人は用いている。戦う者は皆狂気に充たされ、互いの殺害に熱中し、興奮しているのである。また気まぐれという点も、他の箇所でより詳しく説いている。

エニュアリオス「アレス」は、分けへだてなしに、殺す者を殺害する。(4)

（1）『イリアス』第四歌四四二行以下。
（2）『イリアス』第四歌四三三行。
（3）『イリアス』第五歌八三一行。
（4）『イリアス』第十八歌三〇九行。

戦の流れは、両陣営に、仕返しの応酬を行なわせるものであり、敗れた側が、正面から手向かうこともしないのに、突然相手を負かしてしまうのである。だから、帰趨定かならぬ戦の勝敗がそのときどきで移り変わるので、戦争のことを詩人は字義正しく「気まぐれな悪者」と称したわけである。

またアレスはディオメデスによって、他ならぬ

　脇腹の底(1)

を傷つけられたが、これは納得できる。つまりディオメデスは、敵の戦列の手薄な部分に攻め込んで、夷狄《いてき》を容易に敗走せしめたのである。

さらにアレスを「青銅の」と呼ぶのは、戦士の武具全体のことを表わしている。その当時は鉄は珍しく、総じて青銅で身を覆っていたからである。それで詩人はこう言う。

　輝くかぶとから、また磨いた胸甲から
　発するきらめきが
　目をくらませた(2)。

傷つけられたアレスは、

　九〇〇〇人あるいは一万人がわめくほどに(3)

叫んだ。これも、追撃される敵の多さを示す証拠である。一体の神がこれほどに叫ぶことはあるまい。敗走する何万もの夷狄の戦隊がそうしたのだとわたしは思う。

こうして、明らかな証拠を用い、細かい点を説明しつつ、われわれは、ディオメデスによって傷つけられたのはアレスではなく戦争だということを示した。

アレスが縛られた話（同歌）

三二　また、こういう詩句がそれまでの寓意のついでに出てくるが、それによってそれ〔寓意〕は一層精妙な智恵を有するにいたっている。

アレスは耐えた、アロエウスの子供オトスと力持ちのエピアルテスが
彼を強い縛めで縛り上げたとき。(4)

これら高貴な力ある若者たちは、人生が騒乱と戦に充ちていることを知った。そして、その折々に苦労を重ねる人々を仲裁し解放する平和と休息が現われてこないので、自分たちの兵力で討って出て、世にはびこる禍いを追い払ったのである。さて、一三ヵ月(5)の間は彼らの家は落ち着き、内紛もなく、協調のなかで平和を保っていた。ところがそこへ継母が、そして家をそこなう争い好きな害毒が割り込んできて、それまでの

(1)『イリアス』第五歌八五七行。
(2)『イリアス』第十三歌三四〇―三四二行。
(3)『イリアス』第五歌八六〇行。
(4)『イリアス』第五歌三八五行以下。
(5) 同三八七行で、アレスの捕縛は一三ヵ月続いたとある。

安定をくつがえしてしまった。そして、ふたたび似たような騒乱が湧き起こったので、アレスが、つまり戦が、縛めから解き放たれたと思われたのである。

ヘラクレスの十二の試練

三三　さて、ヘラクレスについては、肉体の能力によって傑出していた結果、あの当時あれほどの強者になったのだと考えるべきではない。いや、彼は思慮を持ち、天の智の秘儀に通じた男であったのであり、あたかも深い靄《もや》に沈んでいた哲学に光を照らしたのである。(1) これは、ストア派の名だたる人々が認めるとおりである。(2)

ホメロスの記述に洩れている他の試練の数々については、専門家ぶって不適切に話を長くすべきではあるまい。猪を平らげたというのは、世にはびこる放縦をそうしたということであるし、彼が倒したライオンとは、向かうべきではないものに見境いなく突き進む衝動のことである。同様に、非理性的な激情に枷《かせ》をつけたということから、暴《あば》れる雄牛を縛ったと見なされている。さらに、人の生から臆病さを追い出した。これがケリュネイアの鹿である。また「試練」と呼ぶには不適切な仕事も果たしているが、彼が掃除したという大量の糞とは、世の中を覆っていた不快な腐敗のことである。そして鳥どもを追い散らしたが、それはわれわれの生を養う、風任せの、当てにならない希望のことを指す。また多頭のヒュドラ、つまり快楽を(3)——断ち切られてもまた成長し始める質《たち》のものだが——、あたかも火のように勧告の力を用いて焼き滅ぼした。他方、日の下にさらされた三頭のケルベロスは、適切にも、三部から成る哲学のことを指すだろう。各部分は、論理学、自然学、そして倫理学と呼ばれている。(4) これらは、あたかも一つの首から生え出て三つの頭に分かれているのである。

ヘラクレスがヘラとハデスを傷つける話（第五歌）

三四　他の諸試練については、上述のように簡略に記した。一方ホメロスが、傷つけられたヘラのことを叙述したのは、こういうことを明確に示したかったのである。つまり、各人の知性に靄《もや》を掛ける濁った空気を、ヘラクレスが最初に、神的な理性を用いることにより、各人の無知を多くの忠告によって傷つけ破壊して、透かした、ということである。

それで彼は、地から天に矢を放つ。哲学者は、誰でも、地上にある死すべき肉体の中に、矢のような翼ある知性を持っていて、それを宙空の中に飛ばすのである。また、詩人が専門的に

---

(1)「哲学者」ヘラクレスについて、ヘロドトス「断片」一三(Jacoby)、プルタルコス『デルポイのEについて』三八七D参照。

(2) エピクテトスの『談論』（アリアノス編）で、ヘラクレスはゼウスから与えられた試練（難業、アートロイ）を果たしながら、父ゼウスを思いつつ、すべてに満足しながら幸福に一生を過ごした、という旨の倫理学的議論がなされている（三-二二-五七以下、-二四-一三以下、-二六-三一以下）。

(3)「多頭のヒュドラ、つまり快楽を」の部分はラッセル・コンスタン版の読みに従う。

(4) 哲学三分野について、『ホメロスについて Ⅱ』九二参照。

三箇のあごを持つ矢を射て(1)

と言い足したのは、三部から成る哲学を、簡明に、三箇のあごの矢で表わすためだったのだ。ヘラクレスはまたヘラの後に(2)ハデスをも射た。哲学にとって踏み入れられない場所はないのであり、天の後にはそれは最低位の自然をも探求して、下の世界の秘儀にも通じようとしたのである。それで、光がなく、誰にも踏み入れられないハデスを、智恵の矢が狙いあやまたず射当てて解明したのであった。

かくて、ヘラクレスの手はオリュンポスに対する汚れから完全に浄らかである。あらゆる智の先導者となったホメロス(3)は、後世の人々に、自分が初めて哲学的に解明したもろもろの知識を一つひとつ汲み上げるよう、寓意の形で伝えたのである。

迫害されるディオニュソス（第六歌）

三五　さて、ある人々の考えによると、ディオニュソスもホメロスにおいては神ではない、なぜなら彼はリュクルゴスに追われ、テティスが援けにきてやっと救われたらしいからだ、と。しかしこれは、農夫たちの間のぶどう酒の収穫の寓意なのである。以下の詩句を用いている。

彼〔リュクルゴス王〕は、かつて、狂えるディオニュソスの乳母たちを
神々しいニュセイオンで追い回した。彼女たちは皆いっせいに
杖を地に投げ捨てた――人を殺すリュクルゴスの
牛突き棒に攻められて。そしてディオニュソスは恐怖にとらわれ

海の波間にもぐって行ったが、脅《おび》える彼をテティスが
懐に迎え入れた(4)。

「狂える」というのは、ディオニュソスの名を出して、ぶどう酒のことを言っている。飲み過ぎる者は理性を失くすからである。ちょうど、恐怖を「青ざめた」と称したり、戦を「苦《にが》い」と言う類いである。結果的に生じる状態を、その元の原因のものに帰している。

リュクルゴスは、ぶどうのよく採れる土地の領主として、晩夏の後に、ディオニュソスの果実の収穫が行なわれるとき、とても肥沃なニュサにやって来たのである。また乳母たちとは、ぶどうの木のことと考えるべきである。その後、ぶどうの房がまだ摘まれているさなかに、「ディオニュソスは恐怖にとらわれ」と詩人は言う。恐怖が心を変えてしまうように、ぶどうの果実は圧搾されてぶどう酒に変えられる。また、多くの民の間で、それが悪くならないようにするため、ぶどう酒に海水を混ぜる慣わしがある(5)。そういうことからディオニュソスは、「海の波間にもぐって行った。テティスが懐に迎え入れた」と言われる。後者は、搾

(1)『イリアス』第五歌三九三行。
(2)「ヘラの後に」はラッセル・コンスタン版の読みによる。
(3)「ホメロスは」の読みはラッセル・コンスタン版による。それを記さないビュデ版に従えば、漠然と「彼は」で、詩人ともヘラクレスともとりうる。
(4)『イリアス』第六歌一三二―一三七行。
(5) 酸化（酢酸発酵）して酢になることを防ぐため、樹脂や海水を加えた。ただし、アテナイオス『食卓の賢人たち』第一巻三二d―eでは、海水混入を健康の観点から言っている。風味を加えるためとも言われる（プリニウス『博物誌』一四―一二六）。

り出しの後の最後の処置（テシス）を表わす。ぶどう酒の最終的な受け手なのである。「脅える彼を」というのは、搾ったばかりの新酒がたぎり立ち、状態を変化させてゆく動きを指す。脅えとは震動のことだからである。このようにホメロスは、寓意を用いつつ、哲学のみならず農業のことも語ることができる。

ゼウスの脅しと黄金のロープ（第八歌）

三六　ゼウスが神々全員を同じ場所に集め、
峰多きオリュンポスの最高部の頂きで(1)

強烈な脅しを始めるときの件りでも、詩人は、自然学的な理論を扱っている。ゼウスが最初に立って発言する。上で示したように、アイテルの原質が最高部の位置を占めるからである。また彼は、黄金のロープをアイテルから他のよろずのものに向けて吊り下げた。こういう点に通じている哲学者たちは、星々の軌道は火の連なりであると考えている(2)。

また宇宙の球形を測って、次の一行の詩句でわれわれに示してみせる。

［タルタロスは、］天が地から離れているほどに、ハデスの下方にある(3)。

大地は、全宇宙の真ん中にある炉のようなものとして中心の役割を果たしつつ、不動の位置を占めている。そしてその上で天空が、絶え間ない回転をして巡りながら、東から西へ永遠の運行をしており、恒星の天球がいっしょに引きずられている。最上部を取り巻く圏からこの中心に引かれる直線と、反対側からの直線とは、互いに同じ長さである。それで、幾何学的な理論によって宇宙の球形を測り、「天が地から離れているほどに、ハデスの下方にある」と言ったのだ。

「嘆願」の外見について（第九歌）

三七　ある人々は、無知なあまり、「嘆願」に関する詩句についてもホメロスを非難する。彼女らに不様《ぶざま》な醜い姿を付与して、ゼウスの娘たちをとても侮辱しているという。

「嘆願」は大神ゼウスの娘たち。
びっこで、しわが寄り、目はやぶ睨み。(4)

この詩句では、嘆願者のありさまが表現されている。罪を犯した人間のやましい心は、どんな場合でも、歩みを鈍らせるものであり、懇願者は一歩ごとに(5)自分の恥じる気持ちを測るようにして進む。その視線はびくびくして、後ろを何ども見やろうとする。そして初めのうちは嘆願者の心は、血の気のある喜色を顔にまとわせることをけっして許さず、蒼ざめたうつむいた面持ちで、最初のまなざしから憐愍を呼び起こそうと

（1）『イリアス』第八歌三一行。
（2）ディオゲネス・ラエルティオス『哲学者列伝』第七巻四五に、「太陽は炎上している物」というストア派ゼノンの説が紹介されているが、星（々）の（周回）軌道をそのように言うのは独特。
（3）『イリアス』第八歌一六行。
（4）『イリアス』第九歌五〇二―五〇三行。
（5）ラッセル・コンスタン版に従う（kata bēma）。

する。

このことから詩人は、正当にも、ゼウスの娘たちをではなく、嘆願者を、「しわが寄り、目はやぶ睨み」の者と表現し、他方では「迷妄」を

屈強で、健脚のもの(1)

としたのである。「迷妄」の無思慮さは強力だからである。それは非理性的な衝動に充たされながら、あらゆる不正へ疾駆するごとく向かって行く。だから、ホメロスは、あたかも人間の情動の絵師であり、われわれの心に生じる状態に神々の名称を付すのである。

ギリシア軍の防壁の破壊（第十二歌）

三八　またわたしには、ギリシア人が状勢に合わせて自軍の安全のために築いた防壁が、彼らを援けるポセイドンによって破壊されたとは考えられない。いや、大量の雨が降り、イダ山から下る河々が氾濫した結果それは壊されたのである。それで、湿った原質の司としてのポセイドンが、この顛末を引き起こした者として名を使われたのである。

また、この構造物が地震に揺すられて崩れたということもありそうである。ポセイドンは、そういう現象の原因者にされる結果、「大地の震動者」、「地を揺する者」とされているようである。じっさい詩人はこう言う。

大地の震動者自ら、手に三叉ほこを持って
先導し、アカイア軍が苦労して据えた
木石を基礎ごと波によって運び去った。(2)

地震の衝撃によって神は、防壁を基礎ごと根元から揺すって崩した。

こういうことを細かく検討すると、それによって防壁の石組みが崩されたという三叉ほこに関することも、哲学に無関係ではないと思われる。地震の現象はさまざまであり、自然学者たちは、根は同じものと語りつつ、個々に独得の名称を付けて、「突き上げ的」な、「地割れ的」な、「地すべり的」な地震と呼んでいる。(3)そこで詩人は、地震の原因者たる神に、三重の先端を持つ武器を持たせたのである。言うまでもなく、神が少し動いただけで

高い山々や森は震えた。(4)

地震の特性を詩人はわれわれに示している。

(1)『イリアス』第九歌五〇五行。
(2)『イリアス』第十二歌二七―二九行。
(3) 地震の種類について、それぞれ原語で brasmatiās, khasmatiās, klimatiās と言われている。伝アリストテレス『世界について』三九六aではより詳しく分類されている。また、ポセイドニオスの説というのがディオゲネス・ラエルティオス『哲学者列伝』第七巻一五四で紹介されている。
(4)『イリアス』第十三歌一八行。

ゼウスとヘラの情交（第十四歌）

三九　さらに、ゼウスがイダ山で時も弁えず眠ることや、山上で、理性のない動物のためのように彼に臥所が敷かれるという話を、人々は、大いなる悪ふざけ、愚弄と見なしている。この臥所でゼウスは、愛欲と眠りという、二つの最も愚かな欲求のとりこになってしまうのである。わたしのほうは、まさしくこの話を寓意的にとって、春の季節のことと解する。あらゆる植物、草が、凍てつく寒気の徐々な緩みに応じて、地面から生長してくる季節である。

詩人はヘラを、つまり大気を、冬が終わったばかりでまだ不機嫌な憂鬱な様子に描く。それで、わたしの思うに、「彼女の心は不機嫌だった」ことは納得できるのだ(1)。しかしすぐ後で彼女は、この不快なもやもやを払い去る。

女神は体の汚れをすべて洗い清め、神々しい快い、
香りのよいオリーブをたっぷり塗った(2)。

豊かで生産的な、花々のよい香りを伴う季節が、ヘラのそのような塗油の描写で暗示される。また詩人は、彼女が、

美しい神々しい髪の毛を神の頭に編み上げた(3)

という句で、植物の成長のことを暗に述べる。あらゆる樹木が髪を生やし、毛髪のような葉を枝から垂らすからである。また大気(4)の懐中に、刺繍した帯を与える。

その中には愛情が、欲望が、むつみ言《こと》があった。(5)

なぜなら、一年でこの季節が最も多くの快楽を充たしてくれるからだ。寒気で凍てついてしまうこともないし、ひどい暑気にさらされるわけでもない。中間の、両方がよく混ぜられた状態が、われわれの身体に恵まれる。

この大気をホメロスは、少し後で、アイテルと交わらせる。それでゼウスは、

大気を貫いてアイテルに達する(6)

高峰で見つかるわけである。この場所で大気はアイテルと混じり合う。それで詩人は明瞭な詩句で次のように述べる。

こうクロノスの子［ゼウス］は言って、自分の妻を腕に抱いた。(7)

アイテルは、自分の下に拡がる大気をぐるりと覆い、腕に抱くのである。

彼らの逢引きと交わりの結果として、春の季節を詩人はこう示す。

彼らの下に、聖なる大地は、若々しい草を、

（1）『イリアス』第十四歌一五八行参照。
（2）『イリアス』第十四歌一七一行以下。
（3）『イリアス』第十四歌一七七行。
（4）ラッセル・コンスタン版の読みに従う。
（5）『イリアス』第十四歌二一六行。
（6）『イリアス』第十四歌二八七行。
（7）『イリアス』第十四歌三四六行。

また露多きクローバーやサフランやヒヤシンスを、
密に、柔らかく生え出させ、それが二人を地面から高く持ち上げた。(1)

栄え始めたばかりの季節にこれは固有の花冠である。凍てついた冬期から、それまでは不毛に閉ざされていた大地が脱して、胎内に宿していた子種を出現させるのである。こういう意味をより確かにしようとして、詩人は、クローバーを「露多き」と言った。露を含んでいることを、春の時節の特徴として示している。

彼らは、美しい黄金の雲をわが身に
まとった。露がきらきらと垂れ落ちた。(2)

誰しも知っているように、冬には雲が積み重なって黒雲の塊となり、濁った靄《もや》とともに全天が暗鬱な様子になるが、いったん大気がそれに割け目を作ると、雲は太陽の光線に抱かれその光が柔らかく拡がって白色を帯び、黄金のきらめきのようなもので輝くことになる。こういう雲を、春の季節を作り出す詩人は、イダの山頂に掛けたのである。

ヘラが宙に吊るされる話（第十五歌）

四〇　しかし、詩人に食らい付く彼ら［ホメロス批評者］の鉄面皮な批判は、引き続いて、ヘラの縛《いまし》めを槍玉にあげようとする。ホメロス攻撃の不敬な狂暴さを発揮する十分な材料をそこに見出せると、彼らは考えるのである。

お前［ヘラ］は覚えていないのか、自分が高みから吊るされ、その両足からわたし［ゼウス］が
鉄床《かなとこ》を二つぶら下げ、両手には黄金の切れない
鎖を結びつけてやった日のことを？　お前はアイテルと雲の中に
吊り下がっていたよな。(3)

しかし、これらの詩句では世界の創成のことが神々の話によって語られているのであり、こういう詩行の配置を通じて、つねに人々が口に唱える四元素が ―― 上述のように ―― 言い表わされているのだということを批判者たちは気づいていない。はじめにアイテル、その後に大気、それから水と地とである。すべてを形成する窮極の元素たちである。これらが互いに混じると生き物に化し、無生物の元ともなる。それで、第一のものたるゼウスが、自分に従属する大気を吊り下げた。大気のいちばん足元には、堅い鉄床どもが、つまり水と地がある。こういう意味であることを人は、それぞれの句によって正確に考察すれば、見出すであろう。「お前は覚えていないのか、自分が高みから吊るされたときのことを？」最高処の宙の場所から彼女［ヘラ］は吊るされたと言われる。「両手には黄金の切れない鎖を結びつけてやった」。懲罰に関するこの珍奇な謎は何を表わすのか。なぜゼウスは、怒りのなかで、懲らしめる相手に対して、高価な鎖を用いるのか。もっと強い鉄の代わりに、黄金の鎖を思いつくのはなぜなのか。だが、アイテルと大気との中間部が、その

（1）『イリアス』第十四歌三四七―三四九行。
（2）『イリアス』第十四歌三五〇行以下。
（3）『イリアス』第十五歌一八―二一行。

色において黄金にとても似ているとするのは正当である。それで、きわめて納得できる仕方で詩人は、両方が合わさる箇所は——アイテルが終わり、それから大気が始まる所は——黄金の鎖であると描写したのである。「お前はアイテルと雲の中に吊り下がっていた」と続けられる。大気の拡がりを、雲のあるかぎりまでとしているのである。そして、大気の終わりの部分、つまり「足」と呼ばれている所から、どっしりとした塊をぶら下げた——大地と水である。「両足から鉄床を二つぶら下げた」。

鎖のことをなぜ「切れない」と言ったのか。神話に従うと、ヘラはすぐ後で解放されたわけだが？　しかし、世界の調和は切りがたい鎖によって保たれており、全体が逆の状態に変わるのは困難であるがゆえに、引き離すことのできぬものを詩人は適切にも「切れない」と称したのである。

四元素とヘラの誓い、および世界分割の話（同歌）

四一　この四つの元素を、少し後で、ヘラが、誓いのなかで明らかにしてもいる。

さあ、このことについて大地、広い上空、
また、流れ落ちるステュクスの水が、証人となるがよい(1)。

三つの誓いの言で、女神は、同族の親縁の原質の名を呼ぶ。つまり水、大地、上空つまりアイテルである。四つ目の元素「大気」は誓いをする彼女なのであった。才に富み、こういう諸元素を壮麗な場面で寓意的に提示しようとして、詩人は、少し後で、イリスに対するポセイドンの言葉のなかでも、こう語ってそれを言い表わす。

われわれがくじを引いたとき、わたし［ポセイドン］は、住まいとして灰色の海を
得、ハデスは靄《もや》に覆われた闇を得た。
他方ゼウスは、アイテルと雲の中の広天を得た。
だが、大地と高いオリュンポスは、まだ皆の共有のものであり続けている。(2)

断じてこれは、シキュオン(3)で行なわれたと語られるくじ引きを――兄弟の間で、天空を、海およびタルタロスと等しくするほどに不釣り合いな分割をした、という話を言うのではない。この神話は、全体が、原初の四つの元素についての寓意なのである。

詩人は時間（クロノス）のことを、一文字だけ変換して、［神の］クロノスと呼んでいる。(4)ところで時間は世界の父であり、世界の中の何事も時間なしに生じることは不可能である。それでこれが、四元素の根源な

---

(1)『イリアス』第十五歌三六行以下。
(2)『イリアス』第十五歌一九〇―一九三行。
(3)ペロポネソス半島北東部シキュオンのメコネで、神々が世界の分け前を決めたというローカルな伝承があったらしい。カリマコス「断片」一一九（Pfeiffer）で、「そこ（メコネ）で、神々がギガンテス（巨人族）戦のあとに、くじを用いて、どういう栄誉を得るか最初に決め合った」とある。ヘシオドス『神統記』五三五行以下参照。
(4)『イリアス』第十五歌一八七行（神クロノスの子で、三人兄弟のゼウス、ポセイドン、ハデスについて）。時間 Χρόνος を神クロノス Κρόνος にしているのだ、と。両者の同一視については、キケロ『神々の本性について』第二巻六四、コルヌトゥス『ギリシア神話提要』六などにも見える。

のである。また母としてレアをこれらに当てがったのは、永遠に動く流れ［リュシス］のようなものに宇宙は司られているからだ[1]。

時間と流れとの子供として、詩人は、大地と水を、またアイテルとそれにつき従う大気を挙げた。そして火焔的な原質には天空の場所を割り当て、湿った元素はポセイドンに帰し、三番目のハデスは光のない大気[2]とした。そして大地を全員の共有物として、また最も安定した要素として言い表わした。それは、宇宙が製作をなす炉のようなものである。「大地と高いオリュンポスは皆の共有のものである」。

詩人が、これらのことに関して絶えず寓意を用いるのは、わたしの思うに、その詩句につきまとっているように思える不明瞭な点が、教示の繰り返しによって、それだけ理解されるようにするためである。

四二　サルペドンのためにゼウスが涙を流す話（第十六歌）

サルペドンのための［ゼウスの］涙は、人間においても禍いである苦悩を神が味わっていると誹謗すべきものではない。正確な真実を探求する詩人が、寓意的に真理を語る方法を思いつくのである。

重大な事態の変化が起きるときには、異常な前兆が人の世にもたらされることが、しばしば記録される。昔の神話がアソポスとディルケ[3]について伝えるように、河や泉の流れが、血に染まった水で汚されるとか、ある話にあるように、血のりの色がついた雨滴が雲から降るとかいったことである。

それで、戦の成り行きの変化が、夷狄《いてき》たちに総敗走をもたらすことになったとき、そして勇士サルペドンの死が近くに迫ったとき、この不運を告げる異常現象らしきものが出現したのである。

そして彼［ゼウス］は、血にまみれた雫を地に注いだ。(4)

この、血の交じった雨を詩人は、寓意的に、アイテルの涙と言った。ゼウスの、ではない。なぜなら神が泣くことはないから。いや、高処から豪雨が、嘆きを伴うように降り注いだのだ。

ヘパイストスとアキレウスの盾（第十八歌）

四三　これらはたぶん、寓意的表現についての些少な例証だろう。だが、盾作りの場面では詩人は、宇宙の創成に関わる壮大な構想で、世界の起源のことを凝縮的に表わしている。宇宙の始まりがどこから生じたのか、その製作者は誰なのか、一つひとつのものがどのようにして形成され互いから分かたれたのか、ということを、宇宙の円形の模像として鍛造されたアキレウスの盾により、明瞭なしるしとともに提示しているのだ。

まず、全世界の創造の時期を夜としている。なぜなら夜は、父たる「時」の特権(5)を相続していて、今見え

（1）Rheā を rhysis（rhein「流れる」の派生名詞）と関連づける。
（2）ハデスを、神話的に地下界ではなく、大気のこととする（『ホメロスについて Ⅱ』九七等参照）。ヘラを空気と見なすのとは別の考え方。
（3）テバイ女ディルケは、アンティオペ（テバイ建国者ゼトスとアンピオンの母）を虐待したが、のちにゼトスらに殺され、泉に投げ込まれ、それがディルケの泉と称された。アソポスはボイオティアの河（アンティオペの父ともいう）だが、「血に染まった」という話は未詳。
（4）『イリアス』第十六歌四五九行。
（5）ビュデ版の ptera「翼」の語は、ラッセル・コンスタン版に従い削除する。

ている諸物に分けられる前は、全体は夜であった、そしてそれを詩人の一族は混沌と呼んでいる。

手を用いる仕事の休息を、夜間すら得られないほど惨めな不幸な神として、ヘパイストスを登場させているわけではない。惨めな人間においても、夜すら労働の手を休めることができないとなったら奇妙に思えるだろう。いや、アキレウスのため武具一式をこしらえるヘパイストス、というのは、そういう［文字どおりの］ことを言うのではないのだ。また、天上に、青銅や、スズや、銀や、黄金の山があるわけでもない。地上に見られる不愉快な、強欲な病が天に昇ることは不可能である。

詩人は、自然学的に、かつて素材がまだ形を成さず、分かたれていないときの時期を夜と表わしつつ、世界が形を得ることになったときのその製作者をヘパイストスとした。それはすなわち熱い素因である。自然学者ヘラクレイトスの言うごとく、「世界は火の交替に[1]」生じるのだ。

それで、宇宙の建築者の伴侶としてカリスを挙げるのは納得できる。彼は今や世界（コスモス）に、それ固有の飾り（コスモス）を贈らん（カリエイスタイ）としたのであるから。

では、盾の製作の材料は何であったか？

彼［ヘパイストス］は、磨滅せざる青銅とスズを火に入れた[2]。

もしアキレウスに武具一式を作ったのであれば、そのすべてが黄金であるべきだったろう。なぜなら、アキレウスが、グラウコス[3]と比較しても、武具の価において劣るというのは惨めなことなのだから。

しかしじっさいは、四つの元素がここで交じるのである。黄金と詩人が称したのはアイテル的原質のことであり、銀というのは色合いで似る大気である。また青銅とスズと呼ばれているのは、水と地のことであり、両者の重さによっている。

彼によって最初に盾が、こういう元素から作られる。それは球状の形をしているが、このことを通じて詩人がわれわれに宇宙を表わしていることは明瞭である。それが円状である事実を詩人が知っていることは、盾作りの箇所のみならず、他の証拠によっても明かされているのだ。

ついでの議論（太陽の形容句）

四四　ついでの話に、簡略ながらこれらの点についての証明を専門的に示すことにしよう。

詩人は、いつも、太陽のことを「アカマース」とか、「エーレクトール」とか、「ヒュペリーオーン」とか呼ぶが、こういう形容句はそういう球状を表わしているのである。

「アカマース」(4)、つまり疲れざる者、というのは、日の出と日没とで彼の行動が限られるのではなく、むしろつねに走り巡っていなければならぬ必然性にあることを言うようである。

「エーレクトール」(5)とは二つの意味のうちのどちらかである。エーレクトロス［レクトロン（臥所）無し］の

（1）哲学者ヘラクレイトス、「断片」九〇（Diels-Kranz）。
（2）『イリアス』第十八歌四七八行。
（3）『イリアス』第六歌二三六行参照（自分の黄金の武具をディオメデスに与えたトロイア人）。
（4）akamās ＝ a（否定辞）＋ kamnein（「疲れる」）。
（5）以下の原語は、順に、Ēlektōr, ēlektros, epiēliktōr.

者という名で、眠りにつくことがないということか、あるいは、たぶんこちらのほうがより納得できる解だが、エピエリクトール［上方をエリッセイン（巡る）者］として、円状の運行によって、昼も夜も宇宙の中を行くという意味である。

また彼は、「ヒュペリーオーン」と見なされるべきである。つねに大地の上を行く（ヒュペリーエメノス）者であるからであり、これはコロポン出身のクセノパネスもたしか次のように言っているとおりである。[1]

また、上を行きつつ大地を暖める太陽。[2]

もし、父称的に彼を呼ぶつもりだったなら、「ヒュペリーオニデース［ヒュペリーオーンの子］」と言ったであろう。ちょうど、状況しだいで、アガメムノンを「アトレイデース」としたり、アキレウスを「ペーレイデース」と称するように。

承前（夜の形容句）

四五　また「速い［尖った］夜」とは、全天の球状を表わすものに他ならない。太陽と同じ走路を夜は行くのであり、前者が去った場所はすぐ後者によって暗くされるのである。詩人ははっきりと、他の箇所で、この点を明らかにしつつこう述べる。

そして太陽の輝く光はオケアノスに沈んだ、
暗い夜を、麦もたらす大地の上に引きずりながら。[3]

自分の後ろに夜をつないで牽引しているかのように、太陽と同じ速度でそれを引いているのである。それで、適切に、ホメロスは夜を「速い（トエー）」と言った。

だが人は、もっと説得的な解を試み、それを取り替え法（メタレープシス）的に(4)、動きの鋭さに基づくのではなく、形状の鋭さの観点で、夜を「尖った（トエー）」ものと呼ぶことができる。つまり、他の箇所で詩人はこう言う。

それからわたしは、尖った（トエー）島々に、へさきを向けた(5)。

彼は、愚かしくも、底に根を張っている島々の速度を言い表わそうとしているのではない。いや、その形状が、鋭角の線からなる先端に終わっていることを示そうとしているのだ。それで、適切にも、夜は「尖った」ものと語られる(6)。末端の影が、鋭角の極に終わるのである。

---

(1) Hyperīon を、hyperiemenos（hyperienai の分詞）「上を行く者」と関連づける。

(2) クセノパネス「断片」三二（Diels-Kranz）。

(3)『イリアス』第八歌四八五行以下。

(4) metalēptikōs. thoos（ほんらいは「速い」）を同義の oxys と関連づけつつ、後者が、(1)「速い」、(2)「尖った」、の二義を有する中で、(2)の方に thoos の意を「取り替え」る技法だ、と。『ホメロスについてⅡ』二一参照。

(5)『オデュッセイア』第十五歌二九九行。

(6)『イリアス』第十歌三九四行。

同（影の形）

四六　自然学的に、この点についての叙述は、世界が球状であることを示している。数学者たちの説では、影の形は三とおりに落ちる。光源が、照らされるものより小さければ、影は、籠《かご》のように、頭部の細い口から始まって、端の底部に向け、広がってゆくことになる。他方、光源が、照らされる場所より大きければ、その影は、円錐形に、広いものから始まり、細い極へと狭まってゆく。だが、照らされるものと光源とが同じ大きさなら、円筒のように影は、両側の線において同等の幅を保つ。

それでホメロスは、もともと、大多数の哲学者の理論のとおりに、大地より太陽のほうが大きいことを示したいと思っていたので、夜を合理的に「尖って」いると称した。影の形が先端で鋭角に終わるのである。それは思うに、その影が円筒形や籠形に落ちることはありえず、いわゆる円錐の形を作り上げるからである。(1)ホメロスが最初に、ただ一つの句でこういう点を匂わしており、哲学者たちの無数の論争に片をつけている。

同（風たちのこと）

四七　また、反対同士の風たちの動きが、世界の球状を示している。北風は北方から吹きつけ、高空から

　大きな波をころがす。(2)

この行は、ただ一句で、高空から低所に吹きおろす動きを、あたかもころがりおろすように描く。(3)逆に、低

位から吹いてくる南風のことをこう述べる。

　そこでは南風が、左側の岬に、大きな波を押し寄せさせる。(4)

これは、低所から高空への動きを、あたかもころがり上げるように記す句である。

　さらに詩人は、他の表現とともに、「無限の大地」という呼称も用い、ヘラに関しても

　わたしは、生命《いのち》を養う大地の涯を見るため、出かけるつもり(5)

と言う。これは、相反する意見を述べて自己矛盾を犯しているのではない。球状のものは、すべて、無限でもあり、限られてもいるのだ。ある種の境界として外周を持つということから、それは、合理的に、限られたものと見なすことができる。他方、円の中に何か限界点を示すことは不可能だから、それを無限と称する

（1）『イリアス』第十歌三九四行古註TやAで、thoēn …… nykta に関して、「速い夜」の意味だという趣旨で、日没後に影がすぐ生じる（大地がすぐ陰る）から（G. Autenrieth, *An Homeric Dictionary*, London 1877 [thoos] で、「地中海の国々の夜は、われわれ（ドイツ人等）におけるよりも、より速やかに日没に続いて来る」参照）、とか、眠りのせいでそれがより短く感じられるせいだ、とかいった説明の他に、本篇のこの論のように、大地の（投げる）影のゆえに「（夜が）尖って円錐形になる」ことだとある（太陽が大地よりも大きいから、という説明を含む）。前者の解釈では thoos は「速い」、後者の説では「尖った」とされる。今日では後者の意味は、前出「島」等への修飾句としてはともかく、「尖った夜」説は認められない。

（2）『オデュッセイア』第五歌二九六行。

（3）北半球をより高く、南半球をより低く考える。『ホメロスについてII』一一〇参照。

（4）『オデュッセイア』第三歌二九五行。

（5）『イリアス』第十四歌二〇〇行。

ことも正当だろう。終極と思われる点は、同様に始点ともなりうるのである。

アキレウスの盾の象徴性

四八　これらは、ホメロスにおいて世界は球状とされていることを示す一連の証拠である。しかし、いちばんはっきりしているのは、アキレウスの盾の作りに見られる象徴性なのである。なぜならヘパイストスは、あたかも世界の丸い輪郭を象《かたど》るように、その武具を円状に製造したのだ。物語の一環としてこの盾の製造を提示しているのだから、その叙述の展開をあらゆる点でアキレウスに適合させるべきだったろう。それはどういうものになるはずだったか？

彼らは降り立つと、河岸で戦闘を始めた。
両軍は、互いに、青銅の刃先の槍を投げ合った。
そこには「争い」が、「乱戦」が交じっていた。また呪わしい「破滅」がいて、
負傷したばかりの者を、あるいは無傷の者を、生きたまま捕えたり、
死んだ者の両足を摑んで、戦場の中を引いてゆこうとしていた。(1)

これはまさに、アキレウスがずっと送ってきている人生である。

だが、じっさいはホメロスは、自分固有の哲学に従って世界を形作りながら、未分化の渾然とした物質の状態の後に、摂理によって行なわれた壮大な業をすぐ造り表わす。

その［盾の］中に彼［ヘパイストス］は、大地を、また天を、海を、

また疲れ知らずの太陽を、満月を造った。(2)

世界の誕生をもたらす宿命は、まず大地を基台として打ち出した。そして、神的な屋根のようなものとして、天をその上の覆いとし、大地の開かれたくぼみに、海をどっと注ぎ入れた。そしてすぐに、太古の混沌から諸元素が分化した状態になったときに、それを太陽と月で照らした。

またその中に、天の冠になっている星々をすべて(3)〔造った〕。

とくにこれによって詩人は、世界(コスモス)が球状であることをわれわれに教えている。なぜなら、円形の冠が頭の飾り(コスモス)であるように、天の穹窿を取り巻いて、球状の形に散りばめられているものが、適切にも、天の冠と称されているのだ。

盾の中の二つの都市

四九　星全体のことをこう正確に述べたあと、個々に、かくべつ明瞭な星々〔だけ〕を示してもいる。なぜなら、エウドクソスやアラトスのように(4)、すべての星をその神学で扱うことはできなかったのである。『星辰譜』の代わりに、『イリアス』の執筆を自らに課しているからである。

(1)『イリアス』第十八歌五三三—五三七行。
(2)『イリアス』第十八歌四八三行以下。
(3)『イリアス』第十八歌四八五行。
(4)エウドクソスは、前四世紀クニドス出身の数学者、天文学者。その天文暦に基づいて、アラトス(前三世紀)の『星辰譜』が書かれた。

それで彼は、二つの都市の寓意に移り、平和の、および戦の都市を導入する。これによってアクラガス人のエンペドクレスも、そのシケリア派の理論を、他ならぬホメロスから吸収したのだということになるのである。エンペドクレスは、自然学的理論において、四元素とともに、「争い」と「親和」というものを教えた。(1) しかしホメロスは、両方のおのおのを示唆しながら、盾の中に、一つは平和の、つまり親和の都市を、一つは戦の、つまり争いの都市を、造ったのである。

盾の五層は気候帯の五種

五〇　また、盾を五層としたが、これは、世界の中に［いわば］縫いこまれている［気候］帯をほのめかしているに他ならないだろう。(2) いちばん上方の帯は北風の極を巡っており、北極と呼ばれる。それに続くものは温和な帯で、その次の三番目のは、焦熱の帯と称される。四番目のは、前の二番目のと同様、温和な帯と呼ばれ、五番目のは、南風の領域にちなんで、南風の、南極の帯と言う。(3)

このうち、二つの帯は、その冷気のせいで完全に無人である。つまり、北風の極と、その反対の南風の極にある帯である。同様に、焦熱の帯は、火の原質の過剰のゆえに、どんな生き物にも立ち入ることができない。しかし二つの温和な帯は、［寒熱］おのおのの帯の中間の、混合された状態を享受しているので、人の住む地といわれる。エラトステネスが、強烈な表現を用いながら、その『ヘルメス』のなかでこう精しく述べている。

五つの帯がそれ［世界］の周囲を取り巻いている。

その二つは、青いエナメルより暗く、
一つは乾いて、火焔に打たれ焼かれているように赤い。
それは犬星に向かって
位置しており、つねに照りつける光線に燃やされているからだ。
しかし二つの、両極の周りに凍てついている帯は、
いつも寒冷で、いつも雨水に悩まされている。(4)

五一　これらの層をホメロスは、こういう言葉で名づけている。というのは、五つの層を、足のなえた神は打ち延ばしていたのだ

——二層は青銅で、内側には二層のスズ、
そして一つだけ黄金の層だった。(5)

上方で、宇宙の暗い隅に横たわる二つの帯を、詩人は、青銅になぞらえる。この素材は冷たく、冷気に充ち

(1) エンペドクレス「断片」一七 (Diels-Kranz) (Philotēs および Neikos, ekthos)。本箇所では neikos および philia と言われている。
(2) テキストはラッセル・コンスタン版による。
(3) 五気候帯の説はすでに初期ピュタゴラス派やタレスらが唱えた (ビュデ版一二〇頁参照)。
(4) エラトステネス「断片」一六 (Powell) だが、六行目は欠落。エラトステネス (前三世紀) はキュレネ出身、アレクサンドリアで研究に従事、多方面で傑出した学識を誇った学者。
(5) 『イリアス』第二十歌二七〇—二七二行。

ているからだ。他の箇所で、じっさいこう言っている。

冷たい青銅を彼は歯でかんでいた(1)。

「そして一つだけ黄金の層だった」というのは、焦熱帯のことである。火の原質は、色合いにおいて、黄金によく似ているからである。「内側には二層のスズ」は、温和な帯を暗に言う。このスズの素材は柔らかく、鍛えやすい。そのことによって、こういう帯がわれわれになじみやすく穏やかであることを示している。天空にあるヘパイストスの厳かな鍛冶場は、このようにして、聖なる自然を造り上げた。

神々の戦闘について

五二　だが、ホメロスを誹謗する恐ろしい厳しい嫉妬が、神々の戦闘の件りに関して、時を置かず起ち上がる。なぜなら、彼の作中で今や始まるのは、もはや、

アカイア軍とギリシア軍の恐るべき戦(2)

ではない。天上の騒乱と内紛が、神々の存在を捉えるのである。

じつにポセイドンの尊《みこと》に対しては
ポイボス・アポロンが有翼の矢を手にして立ち向かい、
エニュアリオス［アレス］に対しては灰色の眼のアテナが、
ヘラに向かっては、黄金の矢を持つ弓の使い手、

かまびすしい[3]アルテミスが――遠矢の神の姉妹が――相対し、
レトには力の強い援護者ヘルメスが、
ヘパイストスには深い渦の大いなる河〔クサントス〕が立ち向かった。[4]

これはもはやヘクトルがアイアスに闘いを仕掛けるとか、アキレウスがヘクトルに、サルペドンがパトロクロスにそうするとかいうものではない。ホメロスは、天の大いなる戦をお膳立てし、あわやという際まで禍いの準備を進めるというのではなく、じっさいに神々を互いに激突させるのである。アレスが

倒れた体は七ペレトロンを覆い、髪はほこりまみれになった[5]

というし、その後でアプロディテの

膝とその心は力をなくした[6]

のだ。

またアルテミスは、聞き分けのない子供が諭されるという態《てい》で、自分の弓によって侮辱されることにもなり、クサントスは、ヘパイストスのせいで、ほとんど河として流れることすらできなくなりそうになる。

(1)『イリアス』第五歌七五行。
(2)『イリアス』第六歌一行。
(3) keladeinē. 狩りのさいの獲物を追う騒がしさを表わすか。
(4)『イリアス』第二十歌六七―七三行。
(5)『イリアス』第二十一歌四〇七行。
(6)『イリアス』第二十一歌四二五行。

承前（その占星学的説明について）

五三　だが、これらはすべて、そもそもとうてい大多数の人間を納得させられない話である。もし人が、ホメロスの密儀の奥深くに下りていって、その秘儀的な智を観じようと欲するなら、不敬な話と思われることがどれほどの哲学に充たされていることか、認識するであろう。ある人々の意見では、七つの惑星が同一の宮で合《ごう》することが、これらの詩句でホメロスによって語られているのだという。この現象が起きるときは、全面的な滅亡が生ずるものである。だから彼は、宇宙の崩壊を暗示しながら、アポロンすなわち太陽と、月のこととわれわれが見なすアルテミスと、アプロディテの星［金星］と、アレスのそれ［火星］と、さらにヘルメスの星［水星］、またゼウスの星［木星］とを一箇所に集めるのである。

この寓意論は、真理の領域に属するというより、もっともらしいという質のものであり(1)、ここの記述に含めたのは、それについて筆者が無知と思われないようにするためという程度である。もっと明白であり、ホメロスの智にふさわしいことを、以下のように考量せねばならない。

承前（その倫理学的解釈）

五四　じっさい彼は、悪徳に対し徳を対置し、敵対する原質同士を向かい合わせたのである。現に、神々の戦闘の組合せはうまく哲学的に行なわれている。アテナとアレス、というのは、無分別と思慮ということである。一方は、上述のように(2)、「頭の狂った完全なごろつき、気まぐれ者」であるが、他方は、神々全部の間でその知と策略を謳われている[3]のである。

最も優れた判断を下す理性にとって、何も見ることのできぬ無思慮に対する敵対関係は解消しがたいものである。それは、人生に大変な利益をもたらすように、戦のことでもよい判断をなす。狂った、常軌を逸した無分別が、思慮に優ることはないのである。アテナはアレスに勝ち、彼は地上に倒れて延びてしまった。なぜなら、あらゆる悪は地に倒れて、深い底にある奈落に投げ込まれるのであり、人々に踏みしだかれもろもろの侮辱を受ける病いなのである。彼といっしょに、もちろんのこと、アプロディテも延ばされてしまった。これはすなわち放縦のことである。

両者とも、肥沃な大地の上に横たわった[4]。これらの禍いは近縁であり、状態において相似している。

承前（その心理学的説明、レトとヘルメス）

五五　レトにはヘルメスが相対した。なぜなら後者はわれわれの心の内の状態を解き明かす[5]言葉に他なら

（1）プルタルコス『どのようにして若者は詩を学ぶべきか』一九E—Fにも占星学的な寓意で詩を読む方法への批判がある。

（2）三一節。

（3）『オデュッセイア』第十三歌二九八—二九九行による。

（4）『イリアス』第二十一歌四二六行。

（5）ラッセル・コンスタン版により hermēneus と読む。

ないのであり、言葉に対しては、あらゆる場合において、レト——一文字を置き換えるとすなわち忘却[1]——が敵対するからである。覚えていないことはもう伝えることはできない。だから、ムーサイの母はムネモシュネ〔記憶〕であると伝承し、言葉を司る女神たちは記憶によって生まれたと語られるのである。したがって忘却が敵対者との戦いに向かったのは当然である。そして、正当にも、ヘルメスはそれに勝ちを譲った。忘却とは、言葉の敗北であり、明らかなことも、失念によって、唖者の沈黙のうちに打ち負かされるのだから。

承前（その自然学的説明、ポセイドンとアポロン）

五六　残りの神々の間の戦闘は、もっと自然学的なものである。「じつにポセイドンの尊に対しては、ポイボス・アポロンが立ち向かった」。詩人は、水に火を対立させた。太陽をアポロン、濡れた原質をポセイドンと呼んでいる。これらのおのおのが反対し合う力を持つことを語る必要はあるまい。一方が他方を支配すると、必ず相手を破壊する。それでも、真理を精密に観察すると、両者の戦いを解決することができる。つまり、太陽の糧は湿った元素、とくに塩水的なそれであることをわれわれは示した[2]。それは、われわれは気づかないが、大地から湿った蒸気を吸い上げ、もっぱらそれによって自分の火焔的な原質をかき立てるのである。だから、養うものに養われるものが相対するのは困難なことだった。それで両者は互いから身を引いたのである。

承前（自然学的説明の続き、ヘラとアルテミス）

五七　「ヘラに向かっては、黄金の矢を持つ弓の使い手、かまびすしいアルテミスが相対した」。ホメロスによるこの場面の導入も不合理なものではない。上述のように、ヘラは大気であり、月は彼によってアルテミスと称される。切られるもの（テムノメノン）は、すべて、切るもの（テムノン）にいつも敵対的である(3)。それで詩人は、大気に対する月の敵意を表現して、大気中のその運行と走行を暗示するのである。

また、月がすぐ打ち負かされるものはもっともなことである。なぜなら大気は大量で、いたるところに行き渡っているが、他方はより小さな存在で、大気の諸現象によって――あるときは月食に、あるときは靄《もや》に、あるときは下方を流れる雲によって――絶えず隠されるのであるから。それで勝利の印を詩人は、より大きな存在で、いつも害を与える側のほうに授けたわけである。

承前（さらなる自然学的説明、ヘパイストスとクサントス）

五八　「ヘパイストスには深い渦の大いなる河が立ち向かった」。アポロンとポセイドンについての話では詩人は、天空のアイテルと太陽の清浄な焔とをわれわれに示したが、今は彼は死すべき火のほうに話題を移

(1) 女神レト（レートー）Λητώ に、「忘却」の原語 ληθώ（レートー）を掛けている。

(2) 上記八および三六節。

(3) アルテミス（Artemis）の名を、空気（āēr）と、「切る」（temnein）とに関連づける（ヘラ＝空気、アルテミス＝月）。月の領域まで空気は拡がっているとされた。

し、これを河と対決させて、おのおの相異なる原質を戦闘に向け駆り立てる。先には太陽がポセイドンに対して引きさがる旨を描いたが、今は湿った要素が火焔的なそれに負かされるとする。後者のほうが、他方よりも力があるからである。

だから、お互いに戦い合う神々を描くほどに狂っている者がいようか。ホメロスは、自然の理の観点から、こういう神々の話を寓意を用いて語ったのである。

ヘルメスがプリアモスを導く話（第二十四歌）

五九　さて、『イリアス』の最後では詩人は、ヘルメスがプリアモスに現《うつ》し身であらわれ、付き添って行くという様子を寓意的に描写している。［アキレウスのように］怒っている人間を説き伏せる力を十分にもつものは、銀にせよ、黄金にせよ、高価な贈り物にせよ、何もない。だが、言葉による説得は、嘆願者にとり、なだめすかして好意をかちえる武器なのである。じっさい、エウリピデスの句は真実である。

「説得」の神殿は、言葉以外にはない(1)。

そしてプリアモスもこれを、堅固な武具のように身にまとっている。もっぱらこれによって彼は、アキレウスの怒りの矛《ほこ》先を折るのだ。初めは、「十二の上衣や、十二の単《ひとえ》の外套(2)」とか、他の持参の贈り物を彼に見せてはいなかったのだ。いや、彼の嘆願の最初の発声が、アキレウスの男性的憤怒を柔弱にするのである。

あなたの父のことを憶い出してくれ、神々に等しいアキレウスよ、わたしと同じ年頃で、老年の惨めな敷居に立っている彼のことを。[3]

短い前置きの言葉で彼はアキレウスを捕え、プリアモスの代わりにほとんどペレウス〔アキレウスの父〕となった。それで、食事を供しようというほどまでに彼から憐れみを受け、ヘクトルの遺骸の方は洗い清められて返されるのである。

それほどに、人の感情を説き明かす（ヘルメーネウス）言葉の力は大きいのであり、プリアモスの嘆願の援助者として、言葉を、ホメロスは遣わしたのだ。

（1）エウリピデス「断片」一七〇（Nauck）。
（2）『イリアス』第二十四歌二二九行。
（3）『イリアス』第二十四歌四八六行以下。

第二部　『オデュッセイア』における寓意

序

六〇　『イリアス』全体を通じ、神々について寓意を用いながら提示されるホメロスの哲学が、互いに協和し一貫しているということだけでわれわれには十分ではなかろうか？　われわれはそれ以上のことを追求し、これほどの証明の数々のあとで、なお『オデュッセイア』に関する説明が必要であると考えるべきだろうか？　だが、美的なものが飽きられることはないのだから、争いに充ちた戦闘的な『イリアス』から、性格描写的な(1)『オデュッセイア』に議論を移すことにしよう。こちらもけっして哲学に乏しくはない。いや、両方の作品に、同様のホメロスをわれわれは見出すのである。神々にふさわしくないことは述べず、そのような慣わしとは無縁に、暗示的な表現を取る彼なのである。

アテナの顕現とテレマコス（『オデュッセイア』第一歌）

六一　かくてわれわれは、たとえば冒頭で、アテナがゼウスによってテレマコス［オデュッセウスの子］のもとに派遣されてくるのは合理的だと認めるのである。彼は、まったく子供だった時期から、今や二〇の年齢にさしかかり、壮年に移行してきたのであり、物事を考える力がついてきて、求婚者たちの四年にわたる狼藉をもう我慢すべきではないと感じ始めているのだ。

テレマコスの内部で発達しつつあるこういう理性の力を、詩人は、アテナの顕《あら》われとして寓意にしたのだ。というのは女神は、ある老人に姿を似せてやって来るのだが――じっさいそのメンテスという者は、オデュッセウスの古くからの知友であることを自ら認める――、白髪や老年は人生の終盤の聖なる港であり、人間にとって安全な停泊所であって、身体の力が衰えると同程度に、思考の活力は増すのである。

アテナ（メンテス）の忠言は理性の諭し（同歌）

六二　では、知性が生じ始め――彼がサイコロ遊びをしているときそばに坐り、[2]忠告の言葉を与えたのは［彼の知性であって］女神ではない――、テレマコスを訓育したとき、彼はどういう男だったか？

さあ――と、それは言う――、テレマコスよ、お前にはもう、子供以上の分別があるのだから、

いちばん良い船に二〇人の漕ぎ手を乗せ、
長いこと行ったままの父の消息をたずねに出発しなさい。[3]

（1）伝ロンギノス『崇高について』第九章一五参照。

（2）『オデュッセイア』第一歌一〇六行以下参照（サイコロ遊びをしているのはじっさいは求婚者たち）。

（3）『オデュッセイア』第一歌二八〇行以下。

まず、親孝行で、正義をかえりみる理性が、弱齢のゆえに深い無思慮にあった状態から脱して彼の中にきざし始めた――イタケで、親のことを忘れて、無為な時間を費やすべきではない、いや、もう今は、父思いの船を仕立て、彼の噂を求めて海を渡り、オデュッセウスの国外での知られざる足跡をたどるべきである、と。

次に彼は、父の運命をとくにどこで探索すべきか考えた。すると、彼の分別がそばに坐り、こうささやいた。

まずピュロスに行き、神々しいネストルに尋ねなさい。
それからスパルタのメネラオスのもとに行くこと。(1)

前者は、老年に基づく経験を有し、後者は、八年間の放浪ののち、最近帰国したのである。

青銅の鎖かたびらを着たアカイア人のうち、彼が最後に帰ってきた。(2)

だから、ネストルは彼に忠告を与えて助けてくれそうだったし、メネラオスはオデュッセウスの放浪について真実を述べられそうだったのである。

承前(第一歌から第二歌)

六三　こういうことを思い巡らしつつ、彼はあたかも自分を励ますように言う。

またあなたは、子供っぽい態度をいつまでも

続けてはいけない、もうそういう年齢《とし》ではないのだから。(3)
あたかも付き添い人か父親のように、彼の理性が、思慮に与る部分を呼びさます。それから、同年配の者の武徳にならい、同様の思慮に立ちいたるよう彼を激励する。

それともあなたは聞いていないのか、父の殺害者を討った神々しいオレステスが、
どれほどの名声を万人の間で得たか、ということを。(4)

こういう理性的働きに鼓舞された彼が、自分の知性を軽やかに舞い上がらせるのは当然である。ホメロスはそれを鳥になぞらえて言う。

それは鳥のように上方へ飛び去った。(5)

思慮が、あたかもわが身の中に、誇るべき力量を宿していたかのように、高く立ち上がった。かくて、すぐに民会が召集され、父に関する弁説を彼が行なう。

また彼の出航を準備するのは、この寓意にちなむ名前のプロニオスの子ノエモンである。(6) この両者によって、彼が手元に有する理性の力がまさに暗示される。彼が乗船すると、アテナも、今度はメントルに姿を似

(1)『オデュッセイア』第一歌二八四—二八五行。
(2)『オデュッセイア』第一歌二八六行。
(3)『オデュッセイア』第一歌二九六行以下。
(4)『オデュッセイア』第一歌二九八行以下。
(5)『オデュッセイア』第一歌三二〇行。
(6)『オデュッセイア』第二歌三八六行。イタケ人 Phronios の名は phrēn「心、思慮」に、その子 Noēmōn の名は noos「知性」に由来。

せて、乗り合わせる。この男は、思慮に知性も合わせ持つ。後者は思慮の母である。こういうもろもろのことを通じて、テレマコスの中で少しずつ養われてゆく理知が、これらの詩句で記述される。

プロテウスの話（第四歌）

六四　また、メネラオスが長々と開陳するプロテウスの物語は、一見すると人を欺く空想的な性質を示す。エジプトの小島の惨めな滞在者として、いつまでも神罰の下にある状態を引きずりながら、陸と海の二重生活をしつつ、アザラシたちといっしょに寝るという不幸な目に会って、喜ばしい眠りすら懲罰の対象になる、というのは、とても作り話めいている。

また、娘のエイドテアは、父〔プロテウス〕に不正を加えるため、よそ人〔メネラオス〕に親切にしてやって、父を裏切る。それから彼の捕縛と、メネラオスの待ち伏せがあり、次いで、望むものに何でもなれるというプロテウスの多様な変身の段となる。これらは、詩的な奇怪な物語に思える——もし人が、天のことに通じる魂をもって、ホメロスのオリュンポス的秘儀を解き明かしてくれなければ。

宇宙の混沌と秩序化

六五　詩人は、宇宙の太源となる創成を提示する。そこに根を持った万物が、今日われわれの目にする状態へと発展する。かつて、形を成さぬ素材だけ(1)が存在し、まだ完全な姿に達せずに、未分化のままだった時があったのである。宇宙の炉たる大地には、まだ、不動の中心が定まっておらず、天も、永遠の運行を安定的に巡らしてはいなかった。すべては、陽のない静けさ、陰鬱たる沈黙だったのであり、混沌とした素材の他には何もなかったのだ。形のない不活性の状態だったのであり、その後にやっと、万物を造り世界を創造する始源が、生を保護する型をそれに被せ、世界（コスモス）に秩序（コスモス）を与えた。天を地から離し、陸と海を分けた。万物の根であり源である四元素は、本性に従ってそれぞれ固有の形を得た。それらを摂理をもって混ぜ合わせた神は、それまでは未分化だった、形のない素材に「秩序を与えた」(2)。

プロテウスの変身などについて

六六　プロテウスの娘がエイドテアというのは正当である。一つひとつの形（エイドス）の形成を眺める女神（テアー）となったのである(3)。それで、以前は自然は一つのものだったが、摂理によって造形を受けたプロテウス(4)「太初のもの」は、多くの形姿に分かたれたのである。

　まず「プロテウスは」、たてがみ見事なライオンになり、
　次に蛇、また豹《ひょう》、そして大きな猪に変わり、

---

(1) テキストはラッセル・コンスタン版に従う（hylē monon）。
(2) 最後の括弧部分は欠落。ラッセル・コンスタン版の案をとりあえず訳出する。
(3) Eidotheā の後半部 theā を、theaomai「眺める」および theā「女神」に掛ける。
(4) Prōteus の名は、prōtos「最初の」と関連づけうる。

それから水に、また葉先を高く繁らせる樹になった。(1)

ライオンという、熱烈な性質の動物によって、アイテルのことを表わしている。また蛇は大地［土］である。大地そのものに発し、そこから生まれるというその特徴が、まさにこの点を示している。他方、樹は、全体が成長してゆき、上方に向かう勢いを大地からつねに受け取るものであるから、象徴的に大気のことを言っている。水のことは、すでにほのめかした点をより確実にするため、明瞭な形でこう言う――「それから水になった」、と。

だから、合理的に、形のない素材がプロテウスと、また、おのおののものの形姿（エイドーロン）を造る摂理がエイドテアと呼ばれるのである。そして両方の働きによって万物が分けられ、密なるものに、そして全体を構成するものに、分別される。

また、このような形成を生じさせる場所たる島のことをパロスと呼ぶのも納得できる。「ペルサイ(2)」という語は生産のことだからである。そして不毛の地をカリマコスは「アパロートス(3)」と言った。

うまずめの女のように。(4)

それで自然学的に、万物の父たるこの地をパロスと呼んで、生産に関係する名称を通じ、いちばん言いたいことを表わしたのである。

プロテウスの形容句

六七　では今は、どういう形容句で詩人がプロテウスを修飾しているか、見てみることにしよう。

　こちらへ一人の老人が、「ハリオス」にして、あやまち無き者が、よくやって来る。(5)

思うに、始源の最初の原質は老いている［古い］ことが特徴であり、それで、年の経過による白髪によって、形のない素材を荘厳にしているのである。また「ハリオス」と呼んだのは、けっして、波の下に住む海神［ハルス＝塩（水）］ということではない。多くの多様なものが「シュン・ヘーリスメノン(6)」されたもの、つまり集められたものということなのだ。あやまち無き者、というのは適切な表現である。この原質ほどに真実を作り出すものはあるまい。それからすべてのものが生まれたと考えるべきなのだから。

（1）『オデュッセイア』第四歌四五六—四五八行。
（2）phersai という語は他には出てこない。pharōsai「耕すこと」（次註参照）に書き換える案がある。
（3）apharōtos の語は、否定辞 a- と pharoō「耕す」から出来ている。
（4）カリマコス「断片」五五五（Pfeiffer）。
（5）『オデュッセイア』第四歌三八四行。
（6）「ハリオス halios」を「ハルス hals」からではなく、「シュン・ヘーリスメノン syn (h)ēlismenon」(hēlizein「集める」の合成動詞）と結びつける。

カリュプソとヘルメス（第五歌）

またカリュプソは、オデュッセウスの巧妙な言葉の説得力を、ヘルメスと呼んだ。(1)彼が、努力の末にであるが、とにかく、このニンフの愛情ある心を籠絡し、自分をイタケに送り出すようにさせたからである。このゆえにヘルメスは、鳥に似た姿でオリュンポスからやって来た。ホメロスによると言葉は「翼を有」する。人間の世界で言語ほど速いものはないのである。

オリュオンとイアシオン（同歌）

六八　われわれはまた、些細なものも等閑視せず、それもまた、ホメロスの精妙な思考を調べる手段にしないといけない。

「日［曙］」とオリオンの愛は、人間においても体裁のよい恋愛ではないが、それを詩人は寓意的に言う。

ちょうど、ばらの指持つ曙が、オリオンを捕えたときのよう。(2)

彼は、まだ若く、身体の盛りにあるのに、必然によって、定めの時より早く奪い去られる者として示される。ところで、昔の慣習では、病人が生を終えたとき、そのなきがらを埋葬のために運び出すのは、夜でもなく、昼の暖気が地上に広がるときでもなかった。昇る陽が、熱のない光線を注ぐ未明のときに行なわれたのだ。それで、家柄のよい、また秀でた美を持つ若者が亡くなるときのことを、未明の運び出しに婉曲な表現を与えながら、死者としてではなく、「日」によって愛欲ゆえに拉致される男の話として述べたのである。

そしてホメロスに従って人々はそのように語っている。

イアシオンは、農業に励み、自分の畑から作物をたっぷり収穫していた男なので、デメテル［穀物神］から愛されていた人と思われたのは当然である。

これらの話によってホメロスが述べているのは、神々の淫らな愛でもないし、放埓な行ないでもない。汚れのない「日」とデメテルを表わそうとしているのである。敬虔な心で究明しようとする者に、詩人は、自然に関する考察を正しく行なうきっかけを提供している。

アレスとアプロディテの愛（第八歌）

六九　では今は、他のことはすべて脇に措いて、中傷者たちにより、いつも厳しい口調で唱えられる非難のほうに目を向けることにしよう。すなわち彼らは、アレスとアプロディテに関する話が不敬な形に創られていると言って、上を下への大騒ぎをするのだ。詩人は、「放縦」を天の一員となし、人の世では死をもって罰せられる犯行が――姦通のことだが――、神々の間でなされるという話をして恥じるところがない［という］。

アレスと、冠うるわしきアプロディテの愛について、
両者が、ヘパイストスの館で初めて交わったいきさつを[3]［語った］。

（1）ヘルメスの名に、herměneus「解説者」という語を関連づける。

（2）『オデュッセイア』第五歌一二一行。

（3）『オデュッセイア』第八歌二六七行以下。

その次には、彼らの緊縛と、神々の笑いと、ポセイドンがヘパイストスに対して行なった嘆願となる。神々がなす病的な振舞いを不正な人間が犯しても、懲罰を受けるべきではない［ことになる、と］。

しかし、わたしの考えでは、快楽の奴隷たるパイアケス人の間で歌われるこういう話でも、哲学的な知と関連しているのである。つまり、シケリア派の教義やエンペドクレスの理論をこういう話によって確証しつつ、「争い」をアレスと、「親和」をアプロディテと呼ぶのである。この二つが、初めは離ればなれになっていたのが、それ以前の敵対関係から混じり合って和合した状態になるということをホメロスは描いたのだ。そこで、適切にも、両者から「調和」が生まれた。世界が、揺るぎない協調関係のなかで和合したからである。これに神々が笑い、いっしょになって喜ぶのはもっともなことである。彼ら固有の喜び(1)が、分離して滅ぼし合う代わりに、協調的な平和の状態にある、というのであるから。

しかしながら、詩人は、鍛冶の術について寓意を行なっているという可能性もある。すなわち、アレスが鉄と表わされるのは正当であろうし、これをヘパイストスが制するのは容易である。火は、思うに鉄より強い力を有するがゆえに、その硬さを自分の中であっさりと軟化させるからである。また鍛冶師は、物を造り上げるために、アプロディテをも必要とする。それで、思うに、火の中で鉄を軟らかくしてから、魅力的な（エプ・アプロディートス）(2)技で、製造を完成するわけである。また、アレスをヘパイストスから守るのがポセイドンという点も納得できる。鉄塊が焼かれ、溶鉱炉から引き出されて水につけられると、焔は、それ独自の性質に従って、消えうせるのだ。

オデュッセウスの放浪（概論）

七〇　またオデュッセウスの放浪について、人が精《くわ》しい考察を行なう気になれば、それが総じて寓意になっていることを見出すだろう。詩人は、オデュッセウスを、あたかもあらゆる徳の道具のように描き、それを通じて哲学的な教示を行なった。人間の生にはびこっている悪の数々を憎んでいたからである。

まず快楽を、つまり奇妙な愉悦を育てているロトパゴイの国を(3)、オデュッセウスは克己心をもって通り過ぎた。

また、一人ひとりの野蛮な激情を、ちょうど焼きごてを当てるように言葉で諭し、不具にした。理性を奪い去る（ヒュポ・クローポーン）それは、キュクロプスと呼ばれている(4)。

ではどうか。初めて天文学の知識を用い、航海によい日和《ひより》を予見して、風を吹かせる力を示したのが彼だと思われたのではないか(5)？

また彼は、キルケの魔薬より強かった。大いなる智によって、異境の産の邪まな飲食物を解毒することが

（1）ここは諸写本やビュデ版に従うが（tōn idiōn kharitōn）、意味不明瞭。ラッセル・コンスタン版の tōn eidōn 〈tōn〉 arkhikōn「太初の諸原型」という書き換えはやや大胆すぎる。

（2）epaphroditos.

（3）テキストはラッセル・コンスタン版による。

（4）hypoklōpōn.「盗む」と kyklōps とを関連づける。

（5）「風を吹かせる力、うんぬん」は、風どもを袋に閉じこめ、西風だけを吹かせたアイオロスの行為を、寓意的にオデュッセウスに結び付けたか？　ただし次節参照。

できたのだ。

またその思慮は、地下界のことも探索するため、ハデスにまで下っていった。

セイレンたちの歌声を聞いて、あらゆる時代のさまざまな経験に関わる歴史を学んだのは誰か？

またカリュブディスとは、救いがたい濫費や、飽くことのない飲酒癖を、適切にもそう名づけたものである。

さらにスキュラは、多様な相を持つ無恥の寓意であり、そのゆえに、犬たちの顔が下のほうを取り巻き、掠奪や厚かましさや貪欲がそれを防護している[1]というのは妥当である。

太陽の雌牛たちは、食欲の抑制を表わす。飢えも、不正を犯させる強制力を、彼に対して発揮しなかった、というのだから。

これらは聴衆に神話めいて話されているが、寓意的に提示される智恵に、人が深く入ってゆけば、それを範とする者たちにとても役立つことだろう。

アイオロスとその一族（第十歌）

七一　アイオロスは、一二ヵ月から成る時の巡りに結びついた一年のこと[2]とするのがとりわけふさわしいだろう。じつにそれはアイオロス、すなわち「多様なるもの」と名づけられている。なぜならそれは、どの季節においても同じ長さで単一の様相を見せる、という性質を示してはいない。それぞれの時季のさまざまな変化が、それを多様にしているのである。辛い寒気から、春には、心地よい穏やかな気象へ和らぐと思えば、春の時季の湿った要素を、猛烈な夏の力が凝縮させ、年毎の収穫をもたらす衰微の季節たる秋は、夏の暑気を引きずりつつ、冬の時節の序となる。こういう多様さの父として、一年は適切にもアイオロスと名づけられているのだ。

彼は、ヒッポテス［ヒッポス＝馬、による名］の子と呼ばれている。時ほどに素速いものがあろうか？　つねに進み、流れてゆくその速さによって、あらゆる時代を計測する時より敏捷なものがあろうか？

また彼の一二人の子供とは、もろもろの月のことである。

　六人の娘と、若盛りの六人の息子がいた。(3)

夏をなす月の数々の豊穣と生産力を、詩人は、女の子供のほうになぞらえ、冬期の固く凍てついた性質を男性にする。彼ら［近親間］の結婚に関する神話も不敬なものではない。兄弟を姉妹とめあわせたのは、諸季節が、両者相互［の組合せ］によって進んで行くことになるからだ。

そしてアイオロスは風の司である。

　自分がそうさせたいと思う風を、抑えたり吹かせたりする。(4)

風どもの動きはおのおの月によるのであり、決まったときに吹く。すべての風を支配しているのが一年である。

（1）テキストはラッセル・コンスタン版の読みによる。
（2）アイオロスの一二人の子供に関連して（次出）。
（3）『オデュッセイア』第十歌六行。
（4）『オデュッセイア』第十歌二二行。

キルケおよびヘルメス（同歌）

七二　アイオロスをめぐる話については、このような自然学的な議論をするのがふさわしい。

また、キルケの［出す飲物］キュケオンは、快楽の容れ物である。それを放縦な者は飲みつつ、その日その日の満足のために、豚より惨めな生を送る。このゆえにオデュッセウスの仲間は、愚かな一団なので、意地きたない食欲に負けてしまうが、オデュッセウスの思慮深さは、キルケの館での逸楽に勝ったのである。

もちろん、初めに彼が陸へ上がって行き、彼女の館の玄関に近づいたときに、ヘルメスが立ち現われる。これはすなわち、思慮ある言葉のことである。じっさいわれわれは、それがヘルメスと称されるのは妥当であると考える。心の中で考えられることすべての、一種の解釈者（ヘルメーネウス）であるからである。また絵描《か》きや彫刻家は、その手で、彼を四角の柱に仕立てるが、それは、正しい言葉というものは、すべて、どっしりした基盤を持っていて、右や左へ不安定にころがるものではないからである。また彼が翼で飾られているのは、すべての言葉が持つ速さを暗に表わす。そして平和を喜ぶ。戦争においてはとりわけ言葉［のやり取り］が不足し、腕力がいちばん幅をきかすからである。

ホメロスは、さらに形容句によって、このことをもっとはっきりさせているようだ。この神を詩人は「アルゲイポンテース」と呼ぶが、それは、イオの［監視役の］牛飼い［アルゴス］を神が殺す（ポネウエイン）にいたったという、ヘシオドス的な神話の知識に拠っているからではない。いやむしろ、あらゆる言葉に共通する一つの性質は、人の思考を明瞭に（エン・アルゴース）示現する（エク・パイネイン）ということであるから、これにちなんで神を「アルゲイポンテース」と言ったのだ。(1)「エリウーニオス」、「ソーコス」、また「アカケータ」の語は、思慮ある言葉が意味されていることを示す完璧な証拠である。理知は悪（カキアー）の埒外にあるし、それを用いる者すべてを救《たす》け（ソーゼイン）、大いに裨益するからである。(2)

では、なぜこの神に二重の、別々の時［の活動］にまたがる名誉を与え、あるときは「地下の」、あるときは「天上の」神としたのか？(3) それは、言葉が二重だからである。そのうち、一方は「内在の」言葉と、他方は「表出される」それと、哲学者たちに称される。後者は、内部の理知の働きを告げ知らすものであるが、前者は胸の奥に閉じ込められている。内在の言葉を神々も用いているといわれる。彼らは何事も必要としないので、自分たちの内部において有用な言葉で満足しているからである。こういうことでホメロスは、内在の言葉を「地下の」と呼び――知性の深みにそれは隠され覆われている――、他方の表出される言葉を、外へ顕われているということから、天の中に住まわせたのだ。

この神には舌が供物にされる。言葉に関わる唯一の部位である。また人々が、眠りにつくとき、最後にヘルメスに酒注《そそ》ぎの式を行なうのは、あらゆる発言を終わらせるのが眠りだからである。

(1) Argeiphontēs の前半部を enargōs（argos「明白な」）と、その後半部を ekphainein の後半部 -phainein「表わす」と結びつける。

(2) ヘルメスの他の形容句について、「悪（カキアー）の埒外」は形容句「アカケータ」の、「救け（ソーゼイン）」は「ソーコス」の、「裨益する」は「エリウーニオス」の説明。

(3) ヘルメスは天上のオリュンポス神だが、「黄泉の神（クトニオス）」とも称され、死者の魂を地下に導いたりする。

ヘルメスについて（続き）

七三　こういうものが、キルケの館へ歩いて行くオデュッセウスの傍らに、助言者として立った。そして初めは［オデュッセウスは］、聞き知った出来事のことで怒りと悲しみに捉われ、分別をなくして興奮していたが、少しずつそういう激情がおさまってゆくと、有益な方策を慮る理知的考えが解き放たれてくる。それで、

黄金のラピス［杖］のヘルメスが彼と出会った(1)

のだ。黄金の語は、うるわしいものの代わりに採られ、縫う（ラプテイン）の部分は、比喩的に、理解し思考するということの代わりである。じっさい他の句でもこう言われている。

われわれ［ギリシア軍］は、手を尽くしながら、［トロイアに］禍いを縫い［＝企らみ］続けた。(2)

このゆえに、絡み合わされた話、という表現もしている。なぜなら言葉はその前の言葉から生じ、互いに縫い合わされて、有益な結果を見出すのである。それで詩人は、熟慮してものごとを縫う［企図する］能力を持つということから、言葉を「黄金のラピス［裁縫］の」と称した。

かくて、こういう理知が、むやみに急ごうとする彼を叱責し、無自制な怒りから我に帰らせる。

どうして、惨めな男よ、そんな風に一人きりで峰を歩いて行くのか、この土地のことを知らないのに？(3)

この言葉は、理知の考え直しによってそれまでの怒りを抑えたオデュッセウスが、自分に向かって話したのだ。

また思慮のことをモーリュ［薬草の一種］と呼ぶのは納得できる。それは人間だけ（モノス）に、あるいはその少数の者だけにやっと（モリス）、訪れるものなのだから。そしてその特質はというと、根は黒いが、

花は乳のようである。(4)

なぜなら、こういう種類の幸いは、総じて、初めは辛く厳しい面を示すが、最初の労苦に勇敢に耐え辛抱していると、甘美な成果が日の目を見るのである。

オデュッセウスは、こういう理知によって守護され、キルケの魔薬に打ち克った。

黄泉の国（第十一歌）

七四　ホメロスは、地上に関する考察から移って、目に見えない死者の国の自然も寓意の下に置くことを怠らず、黄泉の世界についての哲学的な解明を象徴によって行なった。

じっさい、最初の［黄泉の］河は、人間の不幸にちなむ禍いとして、コキュトス［嘆き］と名づけられている。死者のために生者から哀悼が行なわれるのだ。次のはピュリプレゲトン［火焔河］と称する。涙の後に

（1）『オデュッセイア』第十歌二七七行。
（2）『オデュッセイア』第三歌一一八行。
（3）『オデュッセイア』第十歌二八一行以下。
（4）『オデュッセイア』第十歌三〇四行。

は埋葬と、われわれの中の死すべき肉体に属する部分を消滅する火（ピュール）とが来る。そして両方の河が一つの河、アケロンに合流する（シュッ・レイン）ことを詩人は知っている。初めの嘆きと、死者へのつとめたる埋葬とが行なわれたのちには、悲痛（アケー）と懊悩が、少しの憶い出で苦しみをかき立てるのである(1)。また、ステュクスからこれらの河が流れ出ているというのは、死の憎らしさ（ステュグノテース）と、それによる沈鬱感のゆえである。

ハデス［見えざるもの(2)］とは、目に見えない場所のことを相応に名づけている。さらにペルセポネは、すべてのものを滅ぼす（ディア・プテイレイン）性質を持つ者(3)である。その中では、

一つの梨が、他の梨の後に熟し、りんごも次々と成熟する(4)

ということがないし、その実に根づいている樹といえば、

黒ポプラに、実をすぐ落とす柳(5)

なのである。

また供儀をその場所に適合させ……

……［写本欠文］……

テオクリュメノスの幻視（第二十歌）

七五　月との［合《ごう》に入ると（?・）(6)］太陽の球体は暗くされ、おぼろになる。また、しばしば星々が明るくきら

めくのが見られる。それで、テオクリュメノスのこういう言葉には理があるのだ――彼は「神的（テイア）な予兆を聞き分ける（クリュオーン）」人物であるが、これも詩人の自然学的考察にかなった命名である――、

お前たちの頭も、顔も、下の方の膝も、
夜の闇に覆われている。(7)

さらに、日食にさいして、目に見えるものは血に似た色を呈する。赤く染まるのである。それで彼は、次のような言葉を加えた。

そして壁も、うつばりも血に塗《まみ》れている。(8)

日食が起きる時期は、ヒッパルコスが究明したように、いわゆる第三十日の新月のとき、アテナイ人たちが「古くて新しい日」と呼ぶときである。(9) 他に日食が起きる日は見つからないだろう。さて、テオクリュメノスがこのように語っているのはいつだったのか、という点は、ホメロスの句そのものから知ることができる。

（1）「アケロン Akherōn」を「アケー akhē（悲痛）」と「レイン rhein（流れる）」の合成とする。
（2）ハデス Hādēs（Aidēs）の名を、否定辞 a- および idein「見る」に関連づける説による。
（3）Phersephonē と phtheirein「滅ぼす」。女神の名は、perthein「滅ぼす」や、phonē「殺害」を想わせる。
（4）『オデュッセイア』第七歌一二〇行。
（5）『オデュッセイア』第十歌五一〇行。
（6）括弧部は諸校訂者の補いによる。
（7）『オデュッセイア』第二十歌三五一行以下。
（8）『オデュッセイア』第二十歌三五四行。
（9）『ホメロスについて Ⅱ』一〇八参照。

一方の月が欠け、他方の月が満ちてくるときに。(1)

日食のさいに付随して起きることとその時期に関して、これほどに正確な記述がされている。

求婚者たちの殺害とアテナ（同歌）

こういうもろもろの事柄に、求婚者殺しの段の最後で、オデュッセウスの傍らに立つアテナのことも付け加える必要があるだろうか？　アテナとは思慮のことである。もし彼が、公然と、力ずくで、自分を害している者たち［求婚者たち］に復讐しようとしたのなら、「戦」が加勢者であるというのがいちばんよいはずだ。しかし、じっさいは、自分の正体を知られないよう欺《あざむ》き、企んで、彼らの裏をかき、そういう知恵で成功を収めたのだ。

こういうもろもろの証拠を一つひとつ集めてゆくと、この作品が寓意に充ちていることをわれわれは見出すのである。

（1）『オデュッセイア』第十四歌一六二行。

結部

ホメロスとプラトン

七六　だから、こういう点に鑑《かんが》み、天と神々の聖なる意味を解き明かす偉大な導師（ヒエロパンテース）たるホメロスを──人間の魂に対して閉ざされていた未踏の道を天まで開拓したこの人を──不敬のとがで断罪するのは、ふさわしいことではあるまい。そのように汚れたいまわしい判決がなされ、詩人の作品が破棄されることになったら、ものも言えない無知が世界に広まることになるだろう。そして幼い子たちの群れが、初めに、ホメロスから智恵を、ちょうど乳母からミルクを吸うように、得ることもなくなるし、少年や若者やすでに盛りを過ぎた老人が、それによって喜びを味わうこともなくなるだろう。全人生が、弁舌の力を奪われ、口のきけない状態で過ごされることになるのではないか？

だから、プラトンは、自分の国家からホメロスを追放するがよい、ちょうど自分自身がアテナイからシケリアに亡命したように(1)。しかし、その国家からは、僭主のクリティアス(2)こそ排斥されるべきだった。あるいは、子供のときにはすまじき女性的振舞いをし、少年のときには一人前の男のようにし、宴ではエレウシスの儀式をからかい、シケリアから逃亡してデケレイアの建設者となったアルキビアデス(3)こそ排除すべきだったのだ。

だがプラトンが自分の国家からホメロスを追い出す一方で、全世界［の都市］は、自分のところだけがホメロスの祖国であると主張する。じっさい、

ホメロスをどの祖国の市民と記録すべきだろう、
すべての都市が腕を差し伸べ掛けるかの人を？(4)

しかしとくに、ソクラテスをその市民にあらずとし、毒まであおがせたアテナイが、ホメロスの祖国と見なされたいという願望だけは持っている。

だが、どうしてホメロスが、プラトンの法に服する市民となるのを我慢できよう——二人は、かくも相反する敵対的な立場に分かれているというのに？　後者は結婚の相手と子供を共有するように忠告するが、前者の両方の作品は、分別ある結婚によって清浄なものになっている。なぜならギリシア人たちが遠征したのはヘレネのためであるし、オデュッセウスが放浪を続けるのはペネロペ［との再会］のためである。そしてホメロスの両篇では、人間の生全般に関わる正しい掟の数々が、人々の社会を律しているが、プラトンの対話篇はいたるところで少年愛に汚されている。かの男は、男性への欲望に充たされているのだ。

ムーサイという処女神たちに対し、ホメロスは、きわめて輝かしい成果を歌おうとするさいに呼びかける。高貴な、ホメロスの神々しさにふさわしい課題を取り上げる場合にである。国ごとに配置されている軍隊に

ついても、偉大な英雄たちの武勲を歌うためにも、そうしている。

ホメロスとプラトンにおけるムーサイへの呼びかけ

七七　それで彼は、あたかも自分になじみの土地であるかのように、絶えずヘリコンの地に立って話しかける。

さて、オリュンポスに館を持つムーサイよ、わたしに語りたまえ、

---

(1) プラトンは三回シケリアに行ったことがある（ディオゲネス・ラエルティオス『哲学者列伝』第三巻一八）。それを悪意的に言っている。七八節参照。

(2) アテナイ人、三十人僭主政（前四〇四—四〇三年）のリーダーの一人。四〇三年に、民主派による反乱において殺された。

(3) アテナイ人（前四五〇—四〇四年）、名門の出身で、早くから将軍に選ばれ、母国の政治に大きく関与。ソクラテスの知人。少年時のエピソードとして、レスリング訓練中に相手の指にかみつき、「女のようにかみつく奴だ」と言われたとか（プルタルコス『アルキビアデス』二）、ある学校教師がホメロスの書を持っていないことで憤り、「一人前の男のように」平手打ちをくらわせたとか（同七）伝える（cf. Buffière ad loc.）。第三の点は、シケリア遠征軍の将軍に選ばれたときの話で、艦隊出発直前にヘルメス柱像破壊事件が起き、その共犯者として彼が疑われ、あまつさえエレウシス秘儀を酒席で愚弄した嫌疑が掛けられたということ（前四一五年）。第四の点は、シケリアで従軍中に、この件の審議のためアテナイに召喚されようとしたさいに逃亡し、敵国スパルタに亡命して、アッティカ北部デケレイアに砦を築くよう入れ知恵したという振舞いを言う。

(4)『ギリシア詞華集』第十六巻第二百九十四歌。

誰がダナオイ人の指揮者であり領主であったかを。[1]

あるいはまた、アガメムノンの武勇を叙述し始め、三体の神々[2]に姿の似るこの英雄を讃えようとするとき、こう述べる。

さて、オリュンポスに館を持つムーサイよ、わたしに語りたまえ、
誰が最初にアガメムノンに向かってきたかを。[3]

ところが、驚嘆すべきプラトンは、とても美しい作品『パイドロス』で、エロスに関する思慮深い分類を始めるにさいし、鉄面皮にも——ちょうどロクリス人のアイアスが、最大に神聖な女神［アテナ］の奥殿でした行ないに似て——汚らわしい供え物をムーサイに注ぎかけながら、この思慮深い女神たちに、ふしだらな行為の援助者として呼びかけた。「さあ、ムーサイよ、あなた方が、その歌の性質から朗々たる声の、と言われるにせよ、音楽の種類からこの名称を得ているにせよ、わたしのこの物語に力を貸したまえ[4]」。何についての物語を、とわたしは言いたい、讃嘆すべきプラトンよ。天と宇宙の本性についてか、あるいは大地や海についてか？［そういう話のことではない。］また太陽や月についてでもなく、恒星や惑星の動きに関する物語でもない。その祈願の行き着くところが何であるか、話すのもはばかられる。「かつて、とても美しい少年が、というより若者がいた。彼を愛する者がたくさんいたが、一人の言葉巧みな男が、ほんとうは彼を愛しているのに愛してはいないと信じこませていた。そしてある時、彼の心を得ようとして言うには……[5]」。

このように彼はむき出しの言葉で、[6]あたかも屋根の上に置くかのように、ふしだらな話を展開し、くだんの事柄の恥ずべき性質を、体裁よく隠すことさえしなかった。

ホメロスの徳と、プラトンが受けた罰

七八　したがって、当然のことながら、ホメロスの話の内容は英雄たちの生であるのに対し、プラトンの対話篇は少年たちへの恋である。そしてホメロスにおいては全体が高貴な徳に充ちている。思慮あるオデュッセウスに、勇敢なアイアス、貞節なペネロペ、どんな時でも正しいネストル、父に孝行なテレマコス、友情において誠実なアキレウス――プラトンにこういうものの何があるだろう？　ただし、イデアに関するものものしい――弟子アリストテレスに笑われた――囀《さえず》りが、人生に利益をもたらすと言うなら別であるが。このゆえに彼は、ホメロスを批判した言葉の正当な罰を受けたのだろう。
抑えのきかぬ舌を持っていた――それは最も恥ずべき病[8]――

(1)『イリアス』第二歌四八四、四八七行。
(2) ゼウス、アレス、ポセイドンのこと（『イリアス』第二歌四七八行以下）。
(3)『イリアス』第十一歌二一八行以下。
(4) プラトン『パイドロス』二三七A。
(5) 前註のと同箇所。
(6) ラッセル・コンスタン版による（onomasi）。ビュデ版では ommasi「眼に」。
(7) 写本Oの読みによる。
(8) エウリピデス『オレステス』一〇行。

という男だったのであり、タンタロスや、カパネウスや、その他の、舌の締まりのなさのゆえにいっぱい禍いを経験した者たちの通りだったのだ。

しばしば彼は、僭主の館の戸口に零落して赴き、自由人の身で奴隷の境遇に売られることにまで耐えた(1)。スパルタ人ポリス(2)に関すること、またあるリビア人の憐憫のゆえに救われたが、安い奴隷のようにその値段は二〇ムナだった、ということに関してはよく知られている。そしてこれは、ホメロスに対する不敬のとがで、無抑制な締まりのない舌のゆえに、当然受けるべき罰だったのだ。

エピクロスとホメロス

七九　プラトンに対してはもっと言うこともできるが、ソクラテスの派の知恵をはばかって、止《や》めることにする。

他方、［享楽者］パイアケス人的な哲学者エピクロス、自分の庭園で快楽を栽培するこの男は、とくに、ホメロスだけではなくすべての詩を星々によって推し量る(3)この人物は、自分がこの世に伝えた唯一の教えすら、恥知らずにも、それと意識しないまま、ホメロスから盗んだのではないか？　すなわち、［パイアケス王］アルキノオスのもとでオデュッセウスが、偽って、分別を捨てて、虚言として語ったことを、彼［エピクロス］は、真実を述べるという態《てい》で、人生の目的だと教えたのだ。

すべての民が悦楽を享受し、
宴会者たちは館で歌人に聴き入る

――これが、わたしの心には、最も素晴らしいことと思われます。(4)

こう語るオデュッセウスは、トロイアで武勲を挙げる彼でもないし、トラキアを略奪し、ロトパゴイの快楽をやり過ごして航行する彼でもなく、巨大なキュクロプスよりさらに偉大な男でもない。すべての土地を踏破し、オケアノスの海を渡航し、生きたままハデスを見た男でもない。くだんの句を語るのはそういうオデュッセウスではなく、むしろ、ポセイドンの怒りを逃れた僅かな残骸であり、ひどい嵐によって、パイアケスの憐れみを得るべく、打ち寄せられた男である。自分を受け入れてくれた人々の間で価値ありと認められている事柄に、必要上、調子を合わせて、称讃を捧げるのである。不遇の彼が祈る願い事はただ一つである。

(1) 以下、プラトンが、シュラクサイの僭主ディオニュシオス一世によって奴隷として売られた、といった話については、ディオゲネス・ラエルティオス『哲学者列伝』第三巻一九―二〇参照。

(2) ディオニュシオスから、プラトンを売り飛ばすよう託されたスパルタ人。

(3) 夜天の下で星だけに頼って進み、位置の正確な知識を持たない船乗りのように（諺的表現。ディオゲニアノス『俚諺集成』二-六六［Leutsch-Schneidewin］参照）、詩の世界のことを無知な仕方で取り扱っている、という趣旨らしい。エピクロス派が教養一般を軽視したということが、プルタルコス『エピクロスに従っては、快く生きることは不可能であること』一〇九四D―Eに見える。エピクロスの弟子メトロドロスは、『イリアス』の出だしなどを知らずとも構わない、と述べた、等。

(4) 『オデュッセイア』第九歌六―七、九行。

わたしが、パイエケス人に、親愛なる者として、憐れむべき男として、受け入れられますように[1]！

彼らのよからぬ行動を、教えを通じて正すことはできなかった彼であり、むしろそれを、立場上、是認せざるをえなかったのだ。

ところがエピクロスは、無知から、その時の情況に強いられたオデュッセウスの言葉を、人生に関する考え方の基礎に用い、パイアケス人のもとで彼が「最も素晴らしい」とした事柄を、自分の厳かな庭園に植えこんだ。

エピクロスには立ち去ってもらおう。おそらく彼の身体よりも魂のほうがもっと病に冒されているだろう。だがホメロスの知恵は、すべての時代にわたって神的と崇められ、時が進むにつれてその魅力は若々しくなる。彼のために称讃的な口舌を陳《の》べない者はいない。われわれは皆、一様に、彼の神的な詩句の神官であり、しもべなのだ。

だがあの一人か二人の者たちは滅び果てるにまかせよ、アカイア軍から離れて
はかりごとをするあの男たちは——彼らの目論見は成就しないだろう[2]。

（1）『オデュッセイア』第六歌三二七行。

（2）『イリアス』第二歌三四六行以下。

解説

ホメロスあるいはその作品に関する論評や考察は、古くは、前六世紀のクセノパネスあたりから確認され、その後、さまざまな視点・目的に従って盛んに行なわれるようになる。ホメロス論に特定した著書もいくつか出た。しかし、それらはほぼ失なわれる一方、プラトンらの批評や、古註の解釈論等は、副次的議論であったり、分散状態の論述となっている。例外的にほぼまとまったホメロス論として完全な形で伝わるのが、本訳書収録の『ホメロスについてⅡ』および『ホメロスの寓意』である（後者は一部欠落）。『ホメロスについてⅠ』は短い伝記叙述を主とする。その他に、ディオン・クリュソストモスの『弁論集』第五十三篇「ホメロスについて」も、簡略ながら、ホメロス概論を示しており、近代のホメロス刊本で、『ホメロスについてⅠ』や、『同Ⅱ』とセットにして、導入文的に載録することがかつては行なわれた。さらに、ホメロス諸伝記や、ポルピュリオスの特異な「ニンフの洞窟」論（『オデュッセイア』第十三歌について）がある。本書に収めた三篇は、ローマ帝政期のホメロス学の見本を提示する。

一、(伝) プルタルコス『ホメロスについてⅠ』と『ホメロスについてⅡ』

一、『ホメロスについてⅠ』と『ホメロスについてⅡ』との関係

プルタルコスの諸作品を伝える写本群に収録されている『ホメロスについてⅠ』および『ホメロスについてⅡ』——以下それぞれ『Ⅰ』および『Ⅱ』——は、写本の多くでは、互いに明瞭に区別されてはいない。しかし、*Γ*系(*Codex Riccardianus graecus* 30等)の写本では、『Ⅱ』の冒頭で、「さらにホメロスの生まれと詩について[述べる]」という導入文が(本文中または欄外に)記され、両篇が別々の作品であることが示されようとする。十六世紀の活字本(共に一五六六年に刊行されたG. XylanderとH. Stephanusの版)以降は、両篇を分けて印刷するのが慣わしとなっている。近代の学者で、なおそれらを一作品と見る者もいるが、ごく少数である。

二、内容と書名のこと

じっさい、『Ⅰ』と『Ⅱ』とが、全体として異なる性格を持ち、異なる出自を有することは確かと思われる。『Ⅰ』では、多くの部分がホメロスの生涯に関する記述で占められ、簡便な伝記となっている一方、終わりのほうでは、『イリアス』の梗概が述べられる(『オデュッセイア』の具体的内容には触れられない)。他方、『Ⅱ』では、伝記的記述も含まれるものの、それは序論的な位置づけを超えず、むしろホメロスの詩作技術や、そこから窺われるとされる彼の思想に関する議論が本題となる。梗概の類いは含まない。『Ⅰ』は、より基本的情報に関連する一方、『Ⅱ』は、全体に、より専門的である。

書名は、近代の古い刊本では、『ホメロスの生涯と詩について *Περὶ τοῦ βίου καὶ τῆς ποιήσεως Ὁμήρου*（*De vita et poesi Homeri*）』と慣例的に銘打たれるが、上記 Stephanus 版に初めて見出されるこの題名は「純然たる拵えごと」（Kindstrand XI）であり、手写本では用いられていない。*o* 本（*Codex Parisinus graecus* 2697）では、作者名も書名も記されていない。他方、ビザンツ時代のプラヌデス（Planudes, 一三〇〇年前後）の校訂に基づく写本系統 *Π*（*Codex Ambrosianus graecus* 859 等）では、『ホメロスについて *Περὶ Ὁμήρου*』とされ、さらにもう一つの系統の *Γ* 系写本では、『ホメロスの生涯に関して *Εἰς τὸν βίον τοῦ Ὁμήρου*』と記されている（ギリシア字は正確にはすべて小文字）。最後の題名は、『Ⅰ』はともかく、『Ⅱ』には、内容的観点から明らかに狭すぎる。Stephanus 版以来の書名は、古写本に根拠を持たない。それで Kindstrand は、プラヌデス系写本の伝統に従い、『ホメロスについて *De Homero*』という、より広い題名を採択している。

三、作者の問題または真偽論争と成立年代にかかわる推論

真偽問題であるが、写本では、それらを収録していないものも多く、プルタルコス関係の代表的な写本の一つ、*o* 本では、載せてはいるものの、作者名は記していない。すでに古代の後期から、両篇とも、プルタルコスの真作であるか疑われていたらしい。三ないし四世紀の成立かと言われる「ランプリアスのカタログ」（Sandbach 3 sqq. 参照）にもそれは載っていない（ただし『ホメロス論考』について後記参照）。しかし、ビザンツ時代には、とくに疑問視はされなかったようである。テオドロス・メトキテス（Theodoros Metochites, 十三から十四世紀）は、本両篇を、プルタルコスの学識の最大の記念碑と見なした（Hillgruber 77 参照)。ホメロスが後世に及ぼした諸影響を解明する書として讃えている。

近代以降では、すでにXylanderがその一五六六年の刊本で疑問の声を挙げているが、当初はまだそれほど大勢的意見というわけではない。たとえばチャップマン(G. Chapman)は、一六一一年発行の『イリアス』訳序文で、「われわれの、最大に威厳あり賢明なプルタルコスによると、彼[ホメロス]にすべての学芸は由来し、確立され、あるいは例示されている」と述べて、前提的に両篇をプルタルコス作として扱っている(Hillgruber 79 参照)。

しかし、その後は、真作ではないという意見が支配的になってくる。Th. Galeが、その一六八八年の刊本で、『I』をプルタルコスの作とする一方、『II』はハリカルナッソス人ディオニュシオス(前一から後一世紀)の手によるものと唱えた(Hillgruber 2 n. 6 参照)のは、まだ妥協的である。今日では、否定的見方が大勢を占める。最も端的な発言として、K. Ziegler (240)は、全体の「半頁もプルタルコスによって書かれえたはずがない。[彼をよく知る]読者は、一頁、一頁に、プルタルコス独特の口調がないことを見て取るだろう」と切って捨てている。

こういう否定的判断の根拠として、全体的な「口調」の点で、プルタルコスほんらいの、濃密に蘊蓄を盛り込んだ文体とは異なる、むしろ素朴なスタイルの感触を両篇、とくに『II』が有するということの他、具体的に、プルタルコスが注意して回避しているはずの母音連続(ヒアトゥス)にこちらは無頓着である、等の点が挙げられる(Kindstrand VI 参照)。スタイルというのはある程度主観的な観点ではあるが、やはりわれわれ読者の判断には重みを持つ。

ただ、プルタルコスには、『ホメロスについて *De Homero*』という書があったとアウルス・ゲリウスが伝え（『アッティカの夜』第二巻第八章、第九章、第四巻第十一章）、さらに、それと同一かもしれないが『ホメロス論考 Ὁμηρικαὶ μελέται』（四巻）という著作に言及する証言がいくつかある（Sandbach 238-242, 『ランプリアスのカタログ』第四十二番）。それらはほとんど失われたが、とにかくプルタルコスがそういう関連の著作をものしたことは確認され、それが本篇と何らかのつながりがあるのではないかと考える学者がいる。たとえば、十九世紀末にプルタルコス『モラリア』の全集を刊行したG. N. Bernardakisは、プルタルコス真作のホメロス論（『ホメロス論考』）からの（他者による）抜書きが『II』であるとした（v. 7, IX sqq.）。文体はともかく、内容的には、プルタルコスの作とそのホメロス論に負うている部分がある可能性は否定されない。プルタルコス著作集の写本の中にとにかく収まっているという事情は、彼との何らかのつながりを示唆するとも言える。しかし、かりにプルタルコス由来の部分があるとしても、どの程度の範囲にわたるか、学者によって見解はいろいろである。ミニマムに言えば、ほんらいまったく関係はなく、偶然によって、あるいは誤解されて、プルタルコス著作集の中に入ったのだ、とも考えうる。プルタルコスが、興味の広い雑学者的で、しかもホメロスに関心が深い人であったことが、本二篇の著者という連想を誘ったかもしれない。すでに名声を博していたプルタルコスの作品集の中へ、意図的に紛れ込ませようとした偽作という可能性は少ないであろう。ルキアノスのような半ば遊戯的作風は模倣創作を刺激しえたが、しち真面目な本書の作者にそういう遊び心は想像できない。憶測を超えないが、内容面でプルタルコスの所説あるいはその抜書きも一部は含まれうるものの（Hillgruber 56 sqq., 74 等参照）、基本的にはプルタルコス著作集へ偶然的に収まった書と見てよいのではないか。Kindstrand（X）は、一つの可能性として、当初は著者名なしで流布していたのが、おそらくはプルタルコスの『ホメロス論考』が失われていたので、その代わりにされたのかもしれない、と述べている。

成立年代については、哲学関連の内容も考慮に入れられる。もしプルタルコス（後四六から一二〇年頃）の後とすると、それが上限となる一方、下限としては、Kindstrand の指摘するように（X）、やがてギリシア思想界において花咲くことになる新プラトン主義的な説（プロティノスの死は二七〇年頃）が、ここでは表に出てこない点が参考になる（『II』をポルピュリオスに帰する見解もあったが、今は支持されない）。プラトン派（中期を含む）、ストア派、ペリパトス派、ピュタゴラス派の説が混淆的に盛り込まれているが、こういう混合傾向はすでに新プラトン主義以前から起きている。二から三世紀の成立と見るのが妥当であろう。プルタルコス死後比較的早く、二世紀後半とされることが多い（Kindstrand VIII 等参照）。

なお、『I』をビザンツ時代の作とする説も唱えられ、Kindstrand も Hillgruber も賛同している（Hillgruber 2 n. 7 参照）。初歩的性格を含み、学校の教科書的なものだという理屈である。しかし、一般に作品梗概はアレクサンドリア時代にもよく書かれたし、ホメロス伝を試みるのはすでに古くから流行のようになっていたので、それが強い論拠になるとは思えない。現存のホメロス諸伝記は、ローマ帝政期の成立と見られる（ハドリアヌス帝への言及について、Allen 227 参照）。『I』も、『II』と同様に、帝政期由来の作と見ることは妨げられないであろう。

四、内容概観、その特徴と価値

最後に、もっぱら『Ⅱ』の内容を概観・整理し、その特徴を見るとともに、そこにどういう価値を認めうるか、考えることにする。一部で『Ⅰ』にも触れる。なお、典拠等、より詳しい点は註釈部に記してある。

序部と伝記・ホメロス詩総論（『Ⅱ』一以下）――『Ⅱ』では、まず、あらゆる詩の第一人者という評価をホメロスに捧げた後、伝記的記述に移る。ホメロスの実在を否定しない研究者は今日でもいるが、いずれにせよ、『Ⅱ』および『Ⅰ』における伝記的記述のほとんどは、後世の人々が、確かな情報のないなかで、彼について憶測をめぐらし、既存の書の細部を継ぎはぎ細工的に利用し、「わが同郷人」とするなど自分の立場に引きつける論を立てる試みのなかで、発展させられていった説話に属する。その出所の多くが、彼の末裔を標榜したホメリダイ（「ホメロス一族」）に求められるであろう。しかし、そこにさらに、歴史学、言語学などに関心を持つ学者たちが、それぞれ自説を付加していった。そのさいに、ローカルな伝承も取り込まれた。われわれの書では、それら諸説の一部を紹介しているが、『Ⅱ』では、生地・出自や年代だけを、しかもごく簡略に扱うだけであるのに対し、『Ⅰ』ではより詳しく、ホメロスの生地、時代、名の由来、死亡地などの論を記す。しかし、体系的あるいは網羅的な記述ではない。諸家をさらに多く挙げ、「ローマ人」説や「エジプト人」説にまで言及する「ホメロス伝 Ⅵ」（Allen）のほうが、列挙的ではあるが、出自に関する諸説の情報という点ではより詳しい。また、伝ヘロドトス版の伝記や、「ホメロスとヘシオドスの歌くらべ」は、小説的な伝記を作り上げている。そういう他例と比べて、『Ⅱ』はもちろん『Ⅰ』も、この面において詳しくもなく、独特の記述というわけでもない。『Ⅱ』の著者は、そもそもこの点には、あまり関心がなかったのだろう。それには前置き的に触れるだけである。

『Ⅱ』では、その後に、ホメロスの詩を総論的に短く述べながら、『イリアス』と『オデュッセイア』の特徴などを記し、叙述の性質に触れる。これは、『Ⅰ』で、伝記の後に、トロイア戦争の経緯、実質的には『イリアス』の梗概を記してから、その叙述法に言い及ぶのと呼応し、こういう種類のハンドブックの大きなパターンに従っているとも見うる。なお、『Ⅰ』では『オデュッセイア』論がないので、写本の末尾で抜け落ちた可能性もある。

『Ⅱ』のその、叙述の性質論では、ホメロスの詩の神話性をことさら述べ立てているが、これはその後で、ホメロスが詩的・知的卓越性を有し、そのことによって後代の人々に——詩人たちのみならず歴史や哲学の散文著作家たちにも——、「あらゆる種類の言説と行ないに関する種子とも言うべき手がかりを」(六節)提供して、多大な影響を与えてきた、という論旨を引き立てるためである。序部では、このように、「詩の第一人者」という言明に始まって、「理知的な知識と技術」の教え手という、より広い捉え方に発展させる。以下で、この点を総合的議論によって明らかにする、というのが、『Ⅱ』の主意である。

第一部＝表現・修辞技法(六節以下)　まず、ホメロスの「多様な表現法」に関する議論が行なわれる。修辞の技法は弁論術に属すると言うべきだが、より現実的な観点からの弁論術は、著者は、また後で取り扱い、まずここでは、表現技法の面に焦点を絞って、ホメロスが駆使している「多様な表現法」を考究しながら、その「最も完成された韻律」や、多彩な諸方言・古語的表現や、転化・文彩・思考的彩や、文体を論じる。この部分は、総じて、一般読者には馴染みにくいと思われるが、ホメロス古註の各処に散らばっている諸見解・説明をまとめるように提示し、さらには、修辞論に関する各専門書を踏まえた上で（一五節参照）、ローマ帝政期、おそらく二世紀頃までのホメロス学のハンドブック的な概観をこの技術論に関して与えてくれる、なかなか興味深い有益な記述部である。現代の学問の観点から言っても、必ずしも古臭い無用の論ばかりではない。たとえば方言論で――諸方言の混合を、ホメロスが各地を周ったことの証左にするという点は論外として――、アッティカ方言と見なされる要素も挙げているが、これについては、近代において否定的な学者もいる一方、確かにそれもホメロスの詩に認めうるとする議論もされる。

第二部＝「事物に関する知識」と三種の言説（七四節以下）　次いで、修辞技法論から、内容論に移る。こちらは、全体として、「事物に関するホメロスの広い知識」を確認するという趣意であり、彼の詩の知的側面を考察しようという試みである。そしてホメロスは、それを開陳するために、三種類の言説を用いているという。歴史的＝叙述的なそれ、理論的＝哲学的なそれ、政治的＝現実的・実践的なそれである。これは、キケロの『弁論家』一八〇に見られる弁論の三種類論を参考にしていると言われるが、本著者はそれを言説一般に適用し、その内容的性質から、ホメロスの叙述に当てはめる。また、「政治的」＝現実的言説に、弁論術のみならず、戦術や医術なども広く属せしめる。こういう点、本著者の立場はなかなか独特であり、少なくとも弁論術（修辞学）の主流には入らないであろう。

「歴史的」言説（七四節以下）　序部で、後代の歴史家にも影響を与えていると言っているので、この「歴史」的言説では、狭義の歴史記述も念頭に置いているだろうが、比喩のようなより文学的方法も含められるので、ここでは一般的に、叙述的、記述的言説ということである。比喩の論は、修辞技法の部に置いてもよさそうだが、叙述により描写的な迫力を持たせるという観点から考慮している。

「理論的」言説――ホメロスは哲学諸派の祖（九二節以下）　ホメロスにおいて認められるとする哲学的言説に関する論は、本篇で、かなり大きな位置を占める。すでに序部でも、ホメロスの叙述の神話性を、そこに秘められている知性の観点から、弁護するように述べていたが、ここでその具体論が展開される。方法的に、一つには、昔からあるアレゴリー的解釈論を利用し、たとえば、「お前たちは、皆、水と土になるがよい」というホメロスの詩句を、「宇宙の源たる元素への分解」への言及と説明する（九三節）。しかし、これよりもわれわれの注意を引く、または奇異に思わせるのは、ホメロスに、あらゆる学派の、あらゆる理論を帰せしめようとする試みである。著者によると、ホメロスには、後代の自然学的な論も、倫理学的な論もすでにあれこれある。そして、学派としては、ミレトス派タレスによる原質すなわち水の論、シケリア派エンペドクレスによる元素間の「友愛」と「争い」の論、ペリパトス派等による第五元素論、ストア派等による地震論、プラトン派的な「無身体」の神、ストア派的な摂理論かつ他学派の自由意志論、ストア派的な宇宙即一ポリス論、ピュタゴラス派とプラトン派の魂不死論や肉体＝監獄論、等々、自然学（神学を含む）的論点だけでも、あらゆる派の理論が、ごった煮的に、ときには相互矛盾をはばからずに、元はホメロスのアイディアだと主張される。倫理学関連でも同様である。諸学派の教説のみならず、民間的な知恵を表わす格言などもホメロスにさかのぼらせられる。なお論理学の具体例は本篇では取り上げられない。

これは一種の「力技」であり、読者を茫然とさせるだろうが、哲学諸思想の折衷的あるいはごたまぜ的な論法自体は、テュロス人マクシモス（二世紀）等にも見られる当時の傾向である。ここでは、それをホメロス論に徹底的に利用しているという点で独特である。

「政治的」言説（一六一節以下）　これは現実生活に密に関連する言説ということであり、狭義の政治に必要な弁論術の他に、法律論や国政論、社会的義務論、戦争・戦術論、はては医術や予言の術の論もここには含められる。

弁論術――ホメロスは弁論術の祖（一六一節以下）　弁論術は、前五世紀のシケリア人コラクスとテイシアスによって始められたとする説が伝統的であったが、ローマ帝政期には、すでにホメロスがその「最初の発明者」だった、彼こそが「雄弁の父」であり、それをコラクスらが継承したとする説が強まっていった。本篇でもそれに加担し、この点に関して、「祖」ホメロスに認められるとする諸技術を説明する。そういう見方自体は、したがって、新しいものではないが、それを本格的にホメロス論に適用するのは、やはり本著者の本領であろう。『イリアス』におけるアキレウスへの使者派遣場面の、弁論術からの解説は、なかなか興味深い。

法、国政、社会的義務、戦争等々の論――「百科事典」ホメロス（一七五節以下）　他の部分でもそうだが、ホメロスの詩が古代で受けた「百科事典」的な取扱いをよく反映するのが、ここの論である。たとえば、戦術関連でも、古くから、ホメロスにそのお手本が見出されると見なされ、アレクサンドロス等、名だたる将軍たちが、『イリアス』を参照することを怠らなかった。より日常生活的な面で、食餌法などについてもホメロスが教示している、という。ホメロスの「事物に関する広い知識」を如実に証明している側面、ということになる。本篇では、深い扱い方ではないが、それらの点を総合的に論じている。

第三部＝他ジャンルの詩（悲劇、喜劇等）や、絵画への影響（二一三節以下）　序部冒頭での、ホメロスはあらゆる詩の第一人者という宣言は、後世への影響力においても絶大だったという暗黙の主張を含んでいる。そして、本論最後の部分では、悲劇詩人たちの父あるいは教師という、すでにプラトンらに見出される捉え方に沿って、悲劇はホメロスから種々の点で源を得ている、ホメロスの作品もドラマに他ならない、と言う。技術面では、ペリペテイア等の作劇技法を念頭に置いているが、それに留まらず、倫理的側面にも踏みこみ、ホメロスの詩は、悲劇と異なり、「反人間的」ならざる悲劇であるという、注目すべき評言を述べている。ホメロスが、母殺しなどの悲惨な行為について沈黙しているという点には、古註家たちも言及するが、そのようにきっぱりと評するのは独特であろう。

喜劇もホメロスにさかのぼると言う。アリストテレスは、ホメロス偽作『マルギテス』を喜劇の元型とした。より後代の評者たちは、『イリアス』を荘重な作とする一方、『オデュッセイア』に喜劇的要素を認めた。しかし、本篇では、『イリアス』にも喜劇的なものを見出している。この点自体は、『イリアス』中の醜悪な男テルシテスの場面などを、笑いのための描写と見る古註のいくつかに呼応する。しかし、本篇ではそれを、非抑制的という古喜劇との比較に発展させ、やはり倫理的な視点を加味している。

絵画術の師という呼称も、ホメロスにふさわしいと言う。絵画と詩との比較論も古くから行なわれている。この関連で、ホメロス（盲目詩人）の持つ精神的・内的想像力が強調される点も、キケロに先例が見られる。ここは、ごく簡単な議論であるが、『オデュッセイア』でのエウリュクレイア場面で、想像力の諸契機が働かされるという趣旨の説明は面白い。ある意味でゲシュタルト的な、統合的解釈論と言えるだろうか？

結部——ホメロスが与える絶えざるインスピレーション（二一八節）　ホメロスの詩に、「良からぬ事柄」の描写があるという批評については、序部でも言及していたが、あらためて取り上げる。これは、哲学者サイドからの批判というに限らず、詩・文学に、各方面から、いつも投げつけられる悪意的視線を念頭に置いているのだろう。著者は、むしろ、「善なるもの」が「悪なるもの」と混在させられることによって、前者がより明瞭に認識されうるようになる、という議論をするとともに、まさしくこの混合によって、ホメロスの詩の多種多彩な特質が成立するのだと述べる。このことから、後代の多様な人々が、ホメロスにインスピレーションを受け続けてきたのである。「ホメロス占い」等、より新しい現象に言及して、本書を締めくくる。

まとめの評　『Ⅱ』の個々の議論では、深い解釈に踏み込まずに、単にホメロスの箇所のあれこれを引用して終わることが少なくない。しかし、問題にかかわる関心領域が広いことは確かであり、哲学等の諸家の各理論にどの程度通じていたかはともかく、とりあえず豊富な知識を、言語学・修辞学・哲学等において有している。単なる「寄せ集め」的な書だ、そしてその結果全体の構成に不整合性があると、厳しく言う学者も少なからずいるが、細部はともかく、総じて一つのホメロス観に基づいた、一つのホメロス論が展開されているということを、上記の概観で示そうとした。あらゆる時代を通じて第一番の詩人が、散文を含むあらゆる言説の領域にわたって基礎を作ったという信念に貫かれた書である。個別の点で、独特の見解もときに認められる。

ある意味では力作であり、一時はプルタルコスの書と見なされたことも、故なしとは言えないと思われる。

二、ヘラクレイトス『ホメロスの寓意』とアレゴリー論の歴史

一、寓意＝アレゴリーという用語

アレゴリーの語が文献上で確認されるいちばん古い用例は、ギリシア人弁論家デメトリオスが前三世紀の人であるとすれば、その『文体論』においてである (cf. Whitman 263 sqq.)。ただし彼を後一世紀の人とする説もあり、もしそうであれば、ラテン語形で allegoria の語を用いるキケロ (前四三年死去) と近くなる。

そのように、比較的新しく用いられるようになったアレゴリー「寓意」という語は、alla「他のこと」という要素と、agoreuein「語る」という語素との結合から成っていて、後一ないし二世紀の成立と推測される本篇『ホメロスの寓意』(五節) では、この語源から、「何か他のことを語りつつ、その話していることとは別のことを表わそうとする転化法 (トロポス) が、この事情にちなんでアレゴリーと称される」と説かれる。

これは標準的な説明法である(Russell/ Konstan ad loc.)。また修辞術的な分類の観点からキケロは、アレゴリーを、「メタファーの連続した流れ」(『弁論家』二七-九四)と説明し、このような定義も古代においては一般的に行なわれた。

メタファーは、「転移、転用」という原義であり、その語がほんらい属する領域から、別の処へ移して用いるという意味である。アリストテレス『詩学』におけるメタファー論が古来有名であるが、そこでは種と類とに関わる「転用」が説明される(一四五七b七以下)。すなわち、(1)「わたしの船はここに立っている」のように、「立つ」という語を、下位概念の「もやってある」の代わりに用いる、類から種への「転用」。(2)種から類へのそれ。(3)種から種へのそれ。(4)そして類から類へのそれである。最後の種類のものは、たとえば「人生」という類に属する「老年」を、「一日」の類に属する「たそがれ」に準える(類をと取り替える)などであり、これを「類比的」なメタファーと呼んでいる。そういう種と類とにまつわるもののみならず、一般にメタファーは、ほんらい、語の「転用」を広く表わしうる。後の修辞術でいうアレゴリー、メトニミ(メトーニュミアー)、謎(アイニグマ)、アイロニー(エイローネイアー)などはすべてアリストテレス的用法ではメタファーに含まれる。しかし、後代、メタファーの語は狭義には「類比的」なものに当てられることが多くなり(Innes 15)、包括的な意味ではトロポスの語が使われるようになる。この最後の語も、「転じる」の原義に基づく。

アレゴリー等を含めたメタファー(トロポス)は、アリストテレスにおいては、種と類に関わる類比性を通じて、事物の諸関係や本質についての新しい認識を読者に惹起しうる手段になると見られたが、後代ではそういう哲学的認識論的視点はメタファー論において看過され、もっぱら修辞技法の観点から扱われるようになった(Innes 14)。

なお、現代のメタファー論では、「主旨 tenor」と「媒体 vehicle」(Time is money という文では、time が主旨、money が媒体)との「相互作用 interaction」が、新たな認識論的意味をそこに与え、われわれに対象への洞察を可能にする、と説く Max Black の相互作用理論が、一つの有力な説となっている(Silk 118)。

さて、上記キケロらによるアレゴリーの定義によると、それは分類上(広義の)メタファーの一つの特殊形態、拡張されたメタファーである。もともと「アゴレウエイン［語る］」という語要素には、一定の長さの陳述をするという意味合いが含まれている。この拡張的修辞技法には、他のトロポスも併用され包含されうる。たとえば、ギリシア軍に悪疫をもたらすアポロンについて、

神は夜のごとく進んでいった(『イリアス』第一歌四七行)

と記すホメロスの叙述は、『ホメロスの寓意』一三で、悪疫のさいの黒い靄に覆われた太陽の状態を表現するアレゴリーと説明されるが、この解釈が正しいかどうかは別として、このアレゴリーには、「夜のごとく」というメタファー(後代の分類でシミリ「直喩」)が含まれているということが前提されている。

ヘラクレイトスらによるアレゴリーの機能的な説明「何か他のことを語りつつ、その話していることとは別のことを表わそうとする転化法」そのものは、アイロニーにも適用されうる。じっさいアイロニーをアレゴリーに含める論者もいる(『ヘレンニウスに宛てた弁論術』四-四六)。しかしアイロニーは、「皮肉」として、

語表現とは正反対のことを含意するのが多いのに対し、アレゴリーでは字句の表面の底（ヒュポ）に、より深い意味（ノオス）を見ようとする。そのような隠された意味、ヒュポノイアへの関心が、修辞技法というにとどまらず、多かれ少なかれ哲学的な探求の試みに向かわせることになる。「すべての詩は本質的に謎めいている」と、伝プラトン『アルキビアデスⅡ』一四七bで言われるのと呼応するように、近代では、ルースな用法で、すべての（文学）解釈はアレゴリー的な釈義であると唱える人もいるようだが、ほんらいのアレゴリーの伝統には、そういう智への尊敬が基本的にあるといえる。

二、アレゴリー的創作

用語はともかく、アレゴリーの概念が暗黙のうちに古くから存在したことは、それによる作例が、部分的箇所としてではあるが、前八ないし七世紀のホメロスやヘシオドスの作品に含まれていることから分かる。たとえば、アキレウスに対する自分の仕打ちを悔やむアガメムノンが、その原因を、アーテー［迷誤］に帰する箇所である。

その責めはわしにではなく、ゼウスならびに運命の女神、そして闇を行くエリニュスにある。その方々が集会の場でわしの胸中に無残な迷い（アーテー）を打ちこまれたのであった。……アーテーはゼウスの尊い姫君で、いかなる者をも惑わす恐ろしい女神だ。その歩む足は地に触れず、人の頭の上を通りながら人間どもを誑かし、二人［当事者たち］のうちの一人を搦め捕ってしまわれる。

（『イリアス』第十九歌八六行以下、松平千秋訳［一部表記変更］）

「足は地に触れず」等は、迷妄に陥るときの人間の迂闊さやうわの空の状態などを表わそうとしている。この例のように、しばしば擬人化がアレゴリーの特徴となる。

三、アレゴリー解釈の起こりとホメロスの弁護

アレゴリー的創作は、上記のように、古くから行なわれていたが、作品解釈においてそれが多少なりとも方法的に用いられるようになったのは、知られるかぎりでは、前六世紀である。後三から四世紀初頭の新プラトン主義者ポルピュリオスによると、ホメロスの作品に関する「そのような［アレゴリー的な］弁護の仕方はとても古く、レギオン［現レッジョ］のテアゲネスにさかのぼる。彼はホメロスについて著作をあらわした最初の人であった」という（「断片」A二（Diels-Kranz））。今日の文法学や文体論の創始者とも伝えられるこのテアゲネスは、ペルシア王カンビュセスや歴史家ヘロドトスらと同時代人と言われる（同）。カンビュセスの治世は前五二〇年代、またヘロドトスは前五世紀の人なので、テアゲネスの活躍は前六世紀後半から五世紀にわたるということになる。

引用したポルピュリオスの文章は、『イリアス』第二十および二十一歌において、ギリシア軍に加担する神々とトロイア側を援ける神々との間の戦闘を叙述する描写をめぐって行なわれた論争と解釈のいくつかを紹介する件りに属する。親ギリシア的なポセイドンには親トロイア的なアポロンが、アテナにはアレスが、ヘラにはアルテミスが……といった神々同士の敵対、ときにはじっさいの戦闘が、そこでは語られる。このホメロスの叙述に関して、古くから批判的な声が挙がっていたこと、それに対する詩人の弁護として、アレ

ゴリー的な読み方が試みられたことをポルピュリオスは記すのである。

〔『イリアス』第二十歌六七行について〕神々に関するこの話は、総じて、為にならないもの（アシュンポロン）であり、同様に不適切なもの（アプレペス）でもある。〔詩人が？〕神々について述べる神話は適切なものではないのである。このような非難を、ある人々は、詩句〔の読み方〕から論駁し、それらすべては、諸元素の性質に関してアレゴリー的に言われているのだと見なす。たとえば神々の敵対〔の叙述〕においてである。乾いたものは湿ったものと、熱いものは冷たいものと、また軽いものは重いものと戦いあうと人々は言うのである。さらに水は火を消すものである、うんぬん。……同様に詩人が、心的状態のあれこれに神々の名前を与えている場合もあるとする。思慮にはアテナ〔の名〕を、無分別にはアプロディテを……と。この弁護の仕方はとても古く、ホメロスについて最初に著作をあらわしたレギオン人テアゲネスに始まる。そのように、詩句から説く方法である。（テアゲネス「断片」A二）

四、「ホメロスへの鞭」

ホメロスら詩人たちに向けられる非難はそのように古い歴史を持っていた。多くは、その神学（神々に関する言説）に対する哲学者の側からの攻撃である。前六ないし五世紀の哲学者へラクレイトスは、「ホメロスは〔詩の〕競技から追い出され、杖で打たれるべきだ、アルキロコスも同様である」と述べ（ディオゲネス・ラエルティオス『哲学者列伝』第九巻一）、同時期のピュタゴラスは、彼が地獄へ旅をしたさいに、ヘシオドスやホメロスの霊が、神々への〔不敬な〕物言いのゆえに、縛りつけや吊り下げの刑を受けているのを目撃したという（同、第八巻二一）。理想的な国家からの「詩人追放」の論で名高いプラトンの詩論は、こういう批評の伝統の帰結点であり集大成であるが、彼の哲学者としての高い権威からその代表と目され、「異教」を攻撃するキリスト教著作家たちも彼の批評をしばしば援用した（Buffière, *Les Mythes*, 14）。

哲学的、道徳的な観点から、というよりも、主に物語の論理やもっともらしさといった点からホメロス批判を行なう向きもあった。その毒舌のゆえに「ホメロスへの鞭」とあだ名された、またはそういうタイトルの書を著わしたゾイロスという前四世紀の論者が有名である。たとえば、ギリシア軍に怒ったアポロンの懲罰の矛先が、何の罪もないラバや犬にまず向けられる（『イリアス』第一歌五〇行）のは不合理である（『ホメロスの寓意』一四参照）、とか、オデュッセウスの部下たちが魔女キルケの術にかかって獣に変えられた話（『オデュッセイア』第十歌）に関して、「泣きわめく子豚ども」と愚弄的に評した（伝ロンギノス『崇高について』第九章一四）、とか伝えられる（Buffière, *op. cit.*, 24 参照）。

五、アレゴリーの種類

アレゴリー的な読解法は、論者の視点や関心のあり方に応じていくつかの種類に分類される。

自然学的アレゴリー論——この解釈法では、ある詩句や叙述の奥に、自然現象や、その背後にあると推量される原理、あるいは諸物の根源とされる元素とその相互作用などが表現されているとされる。そのさい、しばしばホメロスをタレスら自然哲学者の祖として扱う。自然学は、今日で言う物理学、元素（原子）論、気象学、天文学（占星術）などを包括する。たとえば「神々の戦い」を、『ホメロスの寓意』五二以下で、天文学や元素論などの観点から釈義している。

倫理学的・心理学的アレゴリー論——倫理学（道徳）的アレゴリー論では、ホメロスによる神々や英雄の姿・行動の叙述の底に、知恵や節度などの徳の側と、快楽・欲望や無分別などの側との争い合いが含意されているとする。心のもろもろの現われかたを心的機能や器官に結びつけて考える心理学的方法とも関連し、プラトンの「魂三分説（理性、気概、欲望）」の先駆けとも見なされる。やはり「神々の戦い」に関して『ホメロスの寓意』五四以下ではこの視点から説かれている。

歴史的・地理的・現実的アレゴリー論——神話を歴史に還元する解釈法を始めて組織的に行なったのは、アリストテレスの弟子パライパトス（前四世紀）である。また、エウヘメロスという前四ないし三世紀のメッセネ人による空想的旅行譚『神聖な記録』——今日では断片のみ伝存——には、インド洋のとある島においてエウヘメロスが一つの黄金柱に遭遇した、そこには、ウラノス、クロノス、ゼウスはもともとは偉大な王たちであったが、その後彼らに感謝する民によって神格化され崇められるようになったと刻まれていた、とする記述が含まれていた。これから、神話を歴史に還元して解釈する方法をエウヘメリズムとも称する。ホメロス中の物語で言うと、たとえばオデュッセウスの放浪譚は今日にいたるまでしばしば歴史的に、あるいは現実の地理に当てはめて、解説される。風の神アイオロスは元来はリパリ諸島（別名アイオロス諸島）を治めていた王である、風や潮流や、風とつながりのあると考えられた噴火についてよく知っていた人物だった、と説く類いである（ストラボン『地誌』第一巻第二章九等）。また特定の時や事件よりも、一般的に現実に起こりうることや、よく見られる現象が、神話によって叙述されているとする場合もある。たとえば、ディオニュソス神話に関して『ホメロスの寓意』三五で行なわれる説明である。

秘教的・神秘思想的アレゴリー論——文献的には、ヌメニオス、ポルピュリオス、プロクロスら、中期ないし新プラトニズムの哲学者たちにおいて初めて確認される解釈法である。それによると、『イリアス』では、魂たちのこの下層世界（素材の世界）への下降——ヘレネという現実世界の美の魅惑によって引き起こされる——、あるいはその世界における争闘が描かれ（プロクロス『「国家」註釈』第一巻一七五-一五一二一）、『オデュッセイア』では、素材の「海」における一つの魂の苦闘とその恒星球への帰還が表現される——その成就が、テイレシアスの「海を知らない民」に関する予言で表わされる魂の「乾燥」である——（ポルピュリオス『ニンフの洞窟』三五以下）、などとされる。この種類の釈義法は、『ホメロスの寓意』では見出されない。

こういうアレゴリーの四分法は、少なくとも十六世紀のエラスムスにさかのぼる。彼は、ヘラクレスとアケロオスとの戦い、プロテウスの変身またはアテナのゼウスの額からの誕生、パエトンの話、およびキルケの魔法による男たちの変身の各神話を、歴史的、神学的、科学的そして道徳的なアレゴリーとしている（*De utraque verborum ac rerum copia* lib. ii, 2. 11 [Amsterdam 1645], Lamberton/Keaney 156 参照）。

六、『ホメロスの寓意』と「秘儀的」解釈

ヘラクレイトスの著は、これに関する最も古い写本M（*Mediolanensis Ambrosianus* B-99-sup.）のタイトルを全部記すと、『ホメロスに関する諸問題——神々をめぐるホメロスの寓意（アレゴリー）について』のようになる。

『ホメロスに関する諸問題』という題にされることもあるが、「諸問題」という語は意味的に広すぎるので、本訳書では、ビュデ版に従い、副題のほうを採って、『ホメロスの寓意』とする。

ヘラクレイトスについては、この本の著者という以外は知られない。ホメロス古註で彼の文や解釈が引かれることがあるが、彼自身に関する情報は記されない。有名なエペソス人の哲学者や、その他の同名者（奇談記述家のヘラクレイトス等）と区別するため、アレゴリー論者のヘラクレイトスなどと称することがある。

彼が生きた、ないし本書を執筆した時期を推し量るさいにも、この書を手がかりにするしかない。アレクサンドリア人アポロドロスという学者の、またストア派クラテスの説への言及が七節と二七節とでされており、両者とも前二世紀の人なので、それ以降の執筆ということになる（一一節で触れられるヘロディコスという人物の時期は確定しがたい）。それ以上の時代的絞り込みに関して、一つの有力な印と目されるのは、上記四種類のアレゴリーのうち、魂の浄化や転生をホメロスのテクストから読み取ろうとする神秘主義的、新プラトニズム的方法がそこでは触れられない、また彼がそれを意識している様子も見えない、ということである。ビュフィエールはこれに関して、『ホメロスの寓意』を、後一世紀以降の時期に帰そうとすると、以下の理由に阻まれる。プルタルコス（四六から一二〇年頃）以来、ピュタゴラス派の神秘的釈義が現われてくるのが認められる。ところで、われわれのヘラクレイトスは、もしこれを知っていたなら、ホメロスの栄光のために、それを記していたことだろう。彼がそれについて話すことはまったくないというのであれば、それは、執筆時にはその釈義法はまだ十分に日の目を見ていなかったということである」と論じている（Buffière x）。中期プラトニズムのヌメニオス（後二世紀）や新プラトニズムの哲学者たちの思想――新ピュタゴラス主義はプラトニズムの一形態と見なされる——において初めてそういう神秘主義的解釈法が生み出されたと前提している。しかしランバートンその他の学者はこの前提に異議を唱え、ホメロスの詩をめぐる神秘主義的釈義は、より古いピュタゴラス派の間ですでに——前四、五あるいは六世紀に（上記、ホメロスの死後刑罰に関するピュタゴラスの説など参照）——始まっていたと考える（Lamberton 33 sqq.）。この点は、これに関する現存資料が乏しいので、確実な結論を出すことは難しい。ヘラクレイトスに知られていたら、そういう釈義法に触れていたはずだというビュフィエールの状況証拠に基づく議論もなるほどと思わせる。ヘラクレイトスは、他人の議論に対する言及を——その論者の名を挙げたり、「ある者（ら）」と呼んだりしながら（三七節など）——しばしば行なうのである（ただし、写本伝承上の問題があり、本書の『オデュッセイア』論には大きな欠落がある）。

しかし、ヘラクレイトスが、もしそういう釈義法を知っていたなら、「ホメロスの栄光のために」それを記していただろう、という考え方は疑問である。彼の論には折衷主義的なところがあるが（Buffière XXXIX）、基本的にストア派の思想とストア的アレゴリー法に従っていることは確かであろう（Whitman 38 sqq. 参照）。そして新プラトニズムにおいては英知の原理と、プロティノスによって「悪」とされる素材（物質）との間には、厳然たる存在論的ヒエラルキーの格差、隔絶があるが、他方でストア派は、「物体だけが実在であり実体であると、認め、物質は一つである、といい、物質は諸元素の基礎であり、実在体であるとする。他のすべてのものは、元素さえも物質の様態（pathē）、物質のあり方にすぎない。しかも彼らは神々にまであえて物質を導入し、ついには神そのものがこの物質の一つのあり方にすぎない、という」（プロティノスによるストア派理論の説明、『初期ストア派断片集』Ⅱ三二〇）（ブラン五〇）。連続性を原理とする自然との一体性、神と世界の一致を唱え、「宇宙的共感」を理想とする（ブラン五四）ストア思想的な立場やそれに沿ったホメロス解釈を試みる詩批評にとって、ネオプラトニズム的な物質への呪詛は、たとえこの派の神秘主義的釈義がヘラクレイトスに知られていたとしても、「ホメロスの栄光」に資するものとは認めがたかったであろう。しかしヘラクレイトス自身も、新プラトニズム的なものとは異なるが、自分の解釈法に「秘儀的」な性質があることを隠そうとはしない。むしろ彼のホメロス批評の全体が、そこに秘められた聖なる意味を明らかにすることであると言わんばかりである。

三　もし誰かが無知なあまりホメロスの寓意を識ることができず、彼の知恵の奥底に降ってゆくことができないなら、そしてそれらをよく吟味せずに真偽の判定を下し、哲学的に言われていることを了解することなく、神話的な創作がされているように見えることにこだわるなら、そういう人は立ち去ってほしい。だが、聖なる手水盤から奥に入って清められたわれわれは、両作品の歌の底にある厳粛な真理を追究することにしよう。

七六　天と神々の聖なる意味を解き明かす偉大な導師（ヒエロパンテース＝エレウシス秘儀の神官）たるホメロス——人間の魂に対して閉ざされていた未踏の道を天まで開拓したこの人……。

このように述べながらホメロスの聖性を謳いあげるヘラクレイトスは、たとえば、「神々の戦い」というテーマに関わる一節をめぐる説明で、元素論に基づく自然学的な種類のアレゴリーを用いている（他の箇所で倫理学的な、また現実的な種類の解釈法も試みられる）。神々を元素に還元し、その物語を物質的物理的なプロセスに書き換えることは、われわれがおおかた馴染んでいる文学の受け取り方、読み方とは異なるであろう。創作的自由（ポエティック・ライセンス）という観念はすでにあり、アリストテレスやアレクサンドリアの一部の学者なら、神々の戦いの物語などに、文学的虚構として、それ独自の地位を認めただろう。他方、アレクサンドリアの学者アリスタルコスの流儀とされる「ホメロスからホメロスを明らかにする」（Pfeiffer 226 sq.）という批評法では、解釈者の目にホメロス的とは映じない箇所や文言をテクストから削除することが正当化された。ホメロスの詩一般の卓越性を認め、それを称賛していることはもちろんであるが、詩人にふさわしからぬ要素と判定される部分を見分け、区別（クリーネイン）しようとする批判的、クリティカルな態度、対象からある程度の距離を置く理知的批評が、（ペリパトス派に一部関連する）アレクサンドリア学派の特徴である。

それに対して、文言削除のような試みは夢にも思わないらしいヘラクレイトスは、ホメロスに全面的讃仰の眼を向けつつ、アレクサンドリアの学者たちの枯れたスタイルとは異なる飾った文体にも反映される熱情的な読み方に、哲学的な視点を組み合わせる（Whitman 40 sq. 参照）。やはり偉大な詩への讃美の態度では比較しうる伝ロンギノス（『崇高について』）には、格別の哲学的立場は見出されない。そういう意味のユニークな文学批評が『ホメロスの寓意』で示されている。

文献

テキスト

プルタルコス

J. F. Kindstrand, [Plutarchi] *De Homero*, Leipzig, 1990（トイプナー版）.

ヘラクレイトス

F. Buffière, *Héraclite: Allégories d'Homère*, Paris, 1962（ビュデ版、訳註付き）.

D. A. Russell, D. Konstan, *Heraclitus: Homeric Problems*, Leiden/ Boston, 2005（訳註付き）.

註釈

『ホメロスについて II』に関しては、本訳者は、以下の詳細な註に多くを負っている（その解説での一種「分析論」的作品成立論には、全体としてあまり賛同できない）。

M. Hillgruber, *Die pseudoplutarchische Schrift De Homero*, Teil 1, 2, Leipzig, 1994–99.

ヘラクレイトス関連では、ビュデ版およびラッセル・コンスタン版に簡単な註がある。

その他の文献

T. W. Allen, *Homeri Opera*, V, Oxford 1912 (1946).

G. N. Bernardakis, *Plutarchi Chaeronensis Moralia,* v. 7, Leipzig, 1896.

G. R. Boys-Stones (ed.), *Metaphor, Allegory, and the Classical Tradition*, Oxford, 2003.

ジャン・ブラン (J. Brun)『ストア哲学』、有田潤訳、白水社、一九五九年。

Buffière, *Les Mythes d'Homère et la Pensée Grecque*, Paris, 1956.

D. Innes, "Metaphor, Simile, and Allegory as Ornaments of Style", in: Boys-Stones, 7 ff.

F. Jacoby (et al.), *Fragmente der griechischen Historiker*, Berlin, 1923-.

J. J. Keaney/ R. Lamberton, [Plutarch], *Essay on the Life and Poetry of Homer*, Atlanta (Georgia), 1996.

R. Lamberton, *Homer the Theologian*, Berkeley, 1986.

R. Lamberton/ J. J. Keaney, *Homer's Ancient Readers*, Princeton, 1992.

H. Lausberg, *Handbuch der Literarischen Rhetorik*, Stuttgart, 1990.

S. Matthaios, F. Montanari, A. Rengakos (edd.), *Ancient Scholarship and Grammar*, Berlin/ New York, 2011.

松平千秋訳、ヘーシオドス『仕事と日』(訳・註・解説)、岩波書店、一九八六年(「ホメーロスとヘーシオドスの歌競べ」を含む)。

――――訳、ホメロス『イリアス』(訳・註・解説)、下、岩波書店、一九九二年(伝ヘロドトス「ホメロス伝」を含む)。

F. Montanari, L. Pagani (edd.), *From Scholars to Scholia*, Berlin/ New York, 2011.
西村賀子「魔女のルーツを西洋古典文学にさぐる」、『魔女の文明史』安田喜憲編、八坂書房、二〇〇四年（二七七頁以下、キルケについて）。
R. Nünlist, "Aristarchus and Allegorical Interpretation", in: Matthaios/ Montanari/ Rengakos (edd.), 105–117.
L. Pagani, "Pioneers of Grammar", in: Montanari/ Pagani (edd.), 17–64.
R. Pfeiffer, *History of Classical Scholarship, From the Beginnings to the End of the Hellenistic Age*, Oxford, 1968.
G. W. Raddatz, 'Homeros' *RE* 8 (1913), 2188 sqq.
F. H. Sandbach, *Plutarch's Moralia* XV, Cambridge, Massachusetts/ London, 1969.
M. Silk, "Metaphor and Metonymy: Aristotle, Jakobson, Ricoeur, and Others", in: Boys-Stones, 115 ff.
L. Spengel, *Rhetores Graeci*, I–III, Leipzig, 1853–56.
M. L. West, "Geschichte der Überlieferung", in: J. Latcz/ T. Greub/ P. Blome/ A. Wieczorek (edd.), *Homer*, München, 2008.
J. Whitman, *Allegory*, Cambridge, Massachusetts, 1987.
K. Ziegler, *Plutarchos von Chaironeia*, Stuttgart, 1949.

固有名詞索引

1. アラビア数字は本訳書の頁数である。
2. 本文のみを対象とし、註や解説は考慮しない。
3. ギリシア文字のローマ字転写に関して、κ は k に、χ は kh に、ου は ū に、γγ（γκ, γχ）は ng（nk, nkh）とする。

ア 行

アイアイエ　Aiaiē
キルケの島。 *159, 178*
アイアス　Aiās
トロイア戦争時のギリシア英雄（サラミス島出身）。 *89, 136, 165, 170, 176, 198, 218–219, 242, 246, 308, 355, 386–387*
アイオリス　Aiolis（アイオリス人　Aioleus）
小アジア西北部。 *8, 28, 30*
アイオロス　Aiolos
風神。 *374–376*
アイガイオン　Aigaiōn
ブリアレオスの別名。 *311*
アイギストス　Aigisthos
アガメムノンの従兄弟で、クリュタイムネストラと共謀して彼を殺す。 *230, 264*
アイギナ　Aigīna
アテナイ南方サロニコス湾内の島。 *6*
アイスキュロス　Aiskhylos
前5世紀のギリシア悲劇作家。 *206*
アイセポス　Aisēpos
トロイア地方の河。 *293*
アイドネウス　Aidōneus *317* →ハデス
アイネイアス　Aineiās
トロイア人。 *64*
アウリス　Aulis
ギリシア北部、トロイア遠征のギリシア艦隊が集結した地。 *14, 103*
アカイア人　Akhaioi
トロイア攻めのギリシア軍の総称。 *56–58, 71–72, 74, 77, 84, 93–94, 103, 136, 150, 185, 198, 216, 224, 243, 268, 292, 335, 354, 364, 390*
アガメムノン　Agamemnōn
ミュケナイの王、トロイア遠征軍の総大将。 *14–15, 46, 53, 72, 84, 93–94, 104, 106, 115, 164–166, 210–214, 216–218, 226, 230, 233, 242, 246, 264, 286, 291, 294, 304, 310, 346, 386*
アキレウス　Akhilleus
トロイア戦争時の英雄。 *14–16, 22, 53–54, 58, 84, 86, 88, 93–94, 104, 136, 148, 150, 152, 154, 158, 164–166, 178, 184, 187, 191, 196, 204, 210–212, 216–220, 224–225, 233, 238, 242, 246, 249, 270, 278, 291–292, 301–302, 304, 308–310, 343–344, 346, 350, 355, 360–361, 387*
アグライエ　Aglaiē
ニレウスの母。 *60*

アクラガス　Akragās（アクラガス人　Akragantīnos）
シケリアのギリシア都市。 *317, 352*
曙　Ēōs
女神。 *370*
アケロン　Akherōn
黄泉の河。 *380*
アジア　Asiā
小アジアのこと。 *296*
アスクラ　Askrē
ギリシア・ボイオティアの町、ヘシオドスの故郷。 *6*
アスクレピオス　Asklēpios
男神（医神）。 *302*
アソポス　Āsōpos
ボイオティアの河。 *342*
アッティカ　Attikē（アッティカ人　Attikos，アッティカ方言　Atthis）
アテナイを中心とする地域。 *32, 34-36, 38, 56, 66*
アテナ　Athēnā
女神。 *12, 36, 38, 53, 61, 108, 128, 139, 144, 148, 153, 164, 181, 186, 278, 304, 308, 310-312, 318, 322, 324, 354, 356-357, 362-363, 365, 382, 386*
アテナイ　Athēnai（アテナイ人　Athēnaios）
アテネ市。 *20, 31, 381, 383-384*
アトレウス　Atreus
ミュケナイ王、アガメムノンの父。 *46, 52, 84, 104, 215*
アナクサゴラス　Anaxagorās
前５世紀の哲学者。 *313*
アナクレオン　Anakreōn
前６世紀の叙事詩人、テオス島出身。 *284*
アプロディテ　Aphrodītē
女神。 *12, 68, 108, 126, 266, 322, 324, 355-357, 371-372*
アペレス　Apellēs
キュメ人。 *4, 6*
アポロドロス　Apollodōros
前２世紀、アテナイ出身の学者。 *288*
アポロン　Apollōn
男神。 *8, 12, 14-15, 42, 50, 53, 86, 104, 110, 128, 181, 186, 192, 199, 249-250, 286-288, 290-291, 296, 299-300, 303-304, 354, 356, 358-359*
アラトス　Arātos
前４から３世紀の叙事詩人。 *134, 207-208, 351*
アリスタルコス　Aristarkhos
前４から３世紀にアレクサンドリアで活動した学者。 *20, 22, 224*
アリスティッポス　Aristippos
前４世紀の哲学者。 *200*
アリストテレス　Aristotelēs
前４世紀の哲学者。 *6, 18, 132, 152, 162, 170, 172, 190, 387*
アルカイオス　Alkaios　*282*　→ミュティレネ
アルキノオス　Alkinoos

パイアケス人の王。 *194, 200, 229, 254, 388*
アルキビアデス　Alkibiadēs
前５世紀のアテナイ人。 *384*
アルキロコス　Arkhilokhos
前７世紀の抒情詩人。 *204, 282*
アルゴス　Argos
(1) イオの監視役の牛飼い。 *376*
(2) ギリシア・ペロポネソス半島の都市（またはその地方）。 *20, 57, 76, 84, 115, 166, 184, 196, 215*
アルテミス　Artemis
女神。 *108, 128, 249–250, 252, 278, 291, 355–356, 359*
アレクサンドロス　Alexandros
(1) トロイア王子パリスの別名。 *12–14, 73, 220, 231–232, 322–323*
(2) エペソス出身の学者詩人、前１世紀。 *298*
アレス　Arēs
男神。 *60, 80, 83, 126, 128, 142, 266, 324–328, 354–357, 371–372*
アロエウス　Alōeus
巨人。ポセイドンの子、オトスとエピアルテスの父。 *327*
アンティノオス　Antinoos
『オデュッセイア』中の人物。 *94, 106*
アンティパトロス　Antipatros
前２世紀のエピグラム詩人。 *11*
アンティマコス　Antimakhos
(1) トロイア人。 *232*
(2) 前５世紀頃のギリシア詩人。 *18*
アンティロコス　Antilokhos
ネストルの息子。 *158, 246*
アンテノル　Antēnōr
トロイア人。 *222*
アンドロマケ　Andromakhē
トロイア女性、ヘクトルの妻。 *161, 235, 238*
アンピアラオス　Amphiarāos
アルゴスの占者、テバイ攻めの七将の一人。 *186*
アンピポリス　Amphipolis（アンピポリス人　Amphipolītēs）
ギリシア北部の都市。 *300*
イアシオン　Īasiōn
デメテルに愛された男（農夫）。 *371*
イオス　Ios（イオス人　Iētēs）
エーゲ海の小島、ホメロス終焉の地。 *6, 8, 10–11, 18*
イオニア　Iōniā（イオニア人　Iōn, Iōnikos）
小アジア西海岸の地域（イオニア人＝そこの方言を話す人々で、元ギリシア本土から移住）。 *6, 20, 30, 32*
イダ（イデ）　Īdē
トロイア地方の山。 *46, 120, 122, 293, 334, 336, 338*
イダイオス　Īdaios
トロイア人。 *102*

イタケ　Ithakē
ギリシア本土西方の島。オデュッセウスの故郷。 *86, 152, 229, 231, 261, 364, 370*
イドメネウス　Īdomeneus
クレタの王、トロイア戦争時のギリシア英雄。 *112, 198, 205, 242, 246*
犬星　Kyōn, Maira
シリウス（「犬狼星」「天狼星」とも言う）。 *250, 353*
『イリアス』　*Īlias*
ホメロス作の叙事詩。 *12, 22, 104, 152, 154, 209-210, 266, 277, 286, 314, 351, 360, 362*
イリオス　Īlios
トロイアの別名　*10, 14, 22, 60, 268*　→トロイア
イリス　Īris
虹の女神。 *137, 322, 340*
イロス　Īros
『オデュッセイア』中に出る乞食。 *176, 200, 266*
牛飼い座　Boōtēs
北天の星座。 *134*
ウラノス　Ūranos
ゼウスの祖父神。 *311*
エイドテア　Eidotheā
プロテウスの娘。 *366-368*
エウドクソス　Eudoxos
前4世紀クニドス出身の数学者、天文学者。 *351*
エウポルボス　Euphorbos
トロイア人。 *106*
エウリピデス　Eurīpidēs
前5世紀のギリシア悲劇作家。 *204-205, 313, 315, 360*
エウリュクレイア　Eurykleia
『オデュッセイア』中に出る、オデュッセウスの老侍女。 *270*
エウリュピュロス　Eurypylos
トロイア戦争時のギリシア英雄、テッサリア人。 *258-259*
エケトス　Ekhetos
ギリシア北部の王。 *230*
エジプト　Aigyptos
366
エチオピア　Aithiopiā（エチオピア人　Aithiops）
59, 80
エニュアリオス　Enȳalios
アレスの称号。 *325, 354*
エピアルテス　Epialtēs（Ephialtēs）
巨人。 *192, 327*
エピクロス　Epikūros
前4から3世紀の哲学者。 *200, 281, 388, 390*
エペイオス　Epeios
トロイア攻撃のギリシア人の一人。木馬の制作者。 *54*
エペソス　Ephesos（エペソス人　Ephesios）
小アジアのギリシア都市。 *298*

エポロス　Ephoros
前4世紀の歴史家。 *4, 6*
エラトステネス　Eratosthenēs
前3から2世紀の学者。 *352*
エリス　Eris
「争い」の女神。 *60, 323*
エリュシオンの野　Ēlysion pedion
楽園。 *256*
エリュマントス（山）　Erymanthos
アルカディアの山。 *278*
エルペノル　Elpēnōr
オデュッセウスの部下。 *158*
エレウシス　Eleusīs（その秘儀　Eleusīnia）
アテナイ西方、デメテルの聖地。 *383*
エンペドクレス　Empedoklēs
前5世紀の哲学者。 *124, 126, 317, 352, 372*
大熊座　Arktos
北斗七星を含む星座。 *133*
オケアノス　Ōkeanos
大地を取り巻く大河（大洋）。 *118, 126, 130–131, 207–208, 235, 257, 292, 311–313, 346, 389*
『オデュッセイア』　*Odysseia*
ホメロス作の叙事詩。 *12, 22, 152, 154, 209–210, 266, 277, 362*
オデュッセウス　Odysseus
トロイア戦争時のギリシア英雄、イタケ出身。 *10, 14, 22, 48, 55, 57, 65, 78, 94, 98, 106, 138–140, 142, 148, 152–153, 156–158, 160, 164, 176, 178, 183–184, 186, 191, 198, 200, 209–210, 213–214, 216–217, 219–220, 222, 226, 228–230, 233, 236, 246, 254–255, 258, 262, 266, 270–272, 284, 302, 306, 322, 362–364, 370, 373, 376, 378–379, 382, 384, 387–390*
オトス　Ōtos
巨人。 *192, 327*
オリオン　Ōrīōn
古い英雄、狩人。死後オリオン座となる。 *133, 370*
オリュンピア祭　Olympia（オリュンピア紀　Olympias）
ギリシア・ペロポネソス半島西北部のオリュンピアで四年ごとに開催された競技祭。創始の前776年を含む4年間を第1オリュンピア紀とし、以降第2、第3……と数える。 *20*
オリュンポス　Olympos
ギリシア北部の高山。 *61, 82, 119–120, 124, 130, 146–147, 166, 181, 278, 311, 330, 332, 341–342, 366, 370, 385–386*
オレステス　Orestēs
アガメムノンの息子。 *232, 264, 365*

カ　行

カパネウス　Kapaneus
アルゴスの将。 *388*
カリオペ　Kalliopē
ムーサの一。 *12*

カリテス　Kharites（単数　カリス　Kharis）
優美女神たち。 *106, 344*
カリマコス　Kallimakhos
前3世紀の詩人、学者。 *368*
カリュプソ　Kalypsō
『オデュッセイア』中に出るニンフ。 *102, 178, 200, 370*
カリュブディス　Kharybdis
放浪中のオデュッセウスが遭遇する海の大渦。 *374*
カルカス　Kalkhās
トロイア攻撃のギリシア軍中の占者。 *296*
カレソス　Karēsos
トロイア地方の河。 *293*
カロポス　Kharopos
シュメ王、ニレウスの父。 *60*
キオス　Khios
エーゲ海の島。イオニア地方に属する。 *11, 18, 294*
ギガス族　Gigantes
巨人族。 *311*
キコネス族　Kikones
ギリシア北部の民。 *223*
北風　Boreās
ボレアス。 *137, 139–140, 162, 257, 295, 348, 352*
キュクロプス　Kyklōps
『オデュッセイア』中に出る一つ目の巨人族。 *102, 176, 254, 373, 389*
キュプロス　Kypros
エーゲ海の島（キプロス）。 *20*
キュメ　Kȳmē
小アジア西北部の町、アイオリス地方に属する。 *4, 6*
ギュライ　Gȳrai
エーゲ海の島。 *282*
ギリシア（ギリシア人、ギリシア的、ギリシア語）
原語は「ヘラス」等。 *10, 14–16, 22, 26, 38, 48, 56, 70, 79, 84, 94, 105, 114, 128, 150, 152, 185, 192, 198, 210–211, 213–219, 227, 244, 249, 286–287, 291–294, 296, 302, 314, 322, 334, 354, 378, 384*
キルケ　Kirkē
『オデュッセイア』中の魔女。 *158–159, 178, 373, 376, 378–379*
クサントス　Xanthos
トロイア地方の河、スカマンドロス河の別名。 *355*
クセノパネス　Xenophanēs
前6から5世紀の哲学者。 *118, 346*
グラウコス　Glaukos
アルキロコスの友人。 *204, 282, 344*
クラゾメナイ　Klazomenai（クラゾメナイ人　Klazomenios）
小アジアのギリシア都市。 *313*
クラテス　Kratēs
前2世紀、マロス（小アジア）出身の哲学者、ペルガモン派の指導者。 *20, 322*

クラナエ　Kranaē
小島。 *14*
クリティアス　Kritiās
前5世紀のアテナイ人。専制政治を行なった30人の1人。 *383*
クリテイス　Krithēïs
キュメ人アペレスの娘。 *6, 8, 20*
クリュサ　Khrȳsa
トロイアの同盟市。 *14*
クリューサーオロス　Khrȳsāoros
アポロンの称号の一。 *290*
クリュセイス　Khrȳsēïs
クリュセスの娘。 *14-15*
クリュセス　Khrȳsēs
クリュサのアポロン神官。 *14, 104, 210, 286*
クリュタイムネストラ　Klytaimnēstrā
アガメムノンの妻。 *264*
クレタ　Krētē（クレタ人　Krēs）
エーゲ海南方の島。 *8, 224, 242*
グレニコス　Grēnīkos（Grānīkos）
トロイア地方の河。 *293*
クロノス　Kronos
ゼウスたちの父神。 *9, 122, 144, 146, 181, 337, 341*
ケイロン　Kheirōn
ケンタウロスたちの1人。 *249, 301-302*
ケリュネイア　Keryneia
ギリシア・ペロポネソス半島の地（アカイア地方）。 *328*
ケンタウロスたち　Kentauroi
半人半馬族。 *78, 301*
コキュトス　Kōkȳtos
黄泉の河の一。 *379*
『国家』 *Polīteiā*
プラトン作の対話篇。 *305*
コドロス　Kodros
アテナイの伝説的な王。 *6*
コロポン　Kolophōn（コロポン人　Kolophōnios）
小アジア西海岸の町。イオニア地方に属する。 *10-11, 18, 118, 346*
混沌　Khaos
344, 351

サ　行

サラミス　Salamīs（サラミス人　Salamīnios）
キュプロスの町。 *11, 20*
サルペドン　Sarpēdōn
トロイア戦争時のトロイア方の英雄、リュキア王。 *136, 162, 237, 257, 295, 342, 355*
サルモネウス　Salmōneus
エリスの王。 *276*

シキュオン　Sikyōn
ギリシア・ペロポネソス半島の都市。 *341*
シケリア　Sikeliā（シケリアの　Sikelikos）
シチリア島。 *352, 372, 383–384*
シドン　Sīdōn
フェニキアの都市。テュロスの母市。 *14*
シモエイス　Simoeis
トロイア地方の河。 *293*
シモニデス　Simōnidēs
前６から５世紀の抒情詩人。 *18*
シュメ　Symē
エーゲ海東部の島。 *60*
スカマンドロス　Skamandros
トロイア地方の河。 *128, 141, 240, 293*
スキュラ　Skylla
放浪中のオデュッセウスが遭遇した怪物。 *374*
ステネロス　Sthenelos
ギリシア人、ディオメデスの朋友。 *216*
ステュクス　Styx
黄泉の河の一。 *340, 380*
ストア派　Stōïkos
ゼノン（キュプロス・キティオン出身）の創始になる学派。 *150, 160, 167, 172, 177, 186, 261, 328*
スパルタ　Spartē
ギリシア・ペロポネソス半島の都市。 *14, 94, 364, 388*
スミュルナ　Smyrna（スミュルナ人　Smyrnaios）
小アジアの都市。 *6, 8, 11, 18*
セイレン　Seirēn
『オデュッセイア』中に出る女妖怪たち。歌声で船乗りたちを惑わす。 *194, 298, 374*
ゼウス　Zeus
神々の王。 *15, 42, 72, 76, 82–83, 86, 92, 102–104, 119–120, 122, 132, 136, 141–142, 144, 146–150, 152, 166, 170–172, 178, 181, 186, 203–205, 213, 224, 227–228, 234, 248, 262, 267, 278, 280, 284, 302, 307, 309, 311–312, 314–320, 322, 332–334, 336–337, 339, 341–343, 356, 362*
ゼピュロス　→西風
ゾイロス　Zōïlos
前４から３世紀の学者（ソフィスト）。 *300*
ソクラテス　Sōkratēs
前５から４世紀の哲学者。 *262, 384, 388*
ソポクレス　Sophoklēs
前５世紀のギリシア悲劇作家。 *207*

タ　行

太陽　Hēlios
男神。 *9, 80, 124, 126, 128, 130–132, 136–138, 142, 152, 158–159, 249, 270, 280, 287–292, 298–300, 302–303, 314, 316, 320, 322, 338, 345–348, 351, 356, 358–360, 374, 380, 386*
ダナオイ　Danaoi

トロイア攻めのギリシア軍の総称。 *386*
タピオイ人 Taphioi
ギリシア北西部の民。 *230*
タユゲトス山 Tāÿgetos
スパルタ地方の山脈。 *278*
ダルダノス Dardanos
トロイア人の祖先。 *102*
タレス Thalēs
前6世紀の哲学者。 *118, 312–313*
ダレス Darēs
トロイア人。 *101*
「嘆願」 Litai
擬人化された女神たち。 *333*
タンタロス Tantalos
小アジア・シピュロスの王。 *276, 388*
ディオス Dios
キュメ人。 *6*
ディオニュシオス Dionȳsios
前2世紀、トラキア出身の学者。アリスタルコスの弟子。 *20*
ディオニュソス Dionȳsos
ぶどう酒の神。 *330–331*
ディオネ Diōnē
女神。アプロディテの母。 *68, 324*
ディオメデス Diomēdēs
ギリシア・アルゴス出身の将。 *32, 78, 84, 214, 227, 246, 258, 324–327*
ティタン族 Tītānes
ゼウスら、オリュンポス神族の前の世代の神々。 *311*
ティテュオス Tityos
巨人。 *307*
ディルケ Dirkē
テバイの泉。 *342*
テイレシアス Teiresiās
テバイの占者。 *68, 155, 191*
テオクリトス Theokritos
前3世紀の詩人。 *207*
テオクリュメノス Theoklymenos
『オデュッセイア』中に出る占者。 *138, 381*
テオス Teōs（テオス人 Tēïos）
イオニアの都市。 *284*
テオプラストス Theophrastos
前4から3世紀の哲学者。 *152*
デケレイア Dekeleia
アッティカ（アテナイ北方）の地。 *384*
テスプロトイ人 Thesprōtoi
ギリシア西北部の民。 *230*
テッサリア Thessaliā

ギリシア北部の地域。 *12*
テティス　Thetis
女神。アキレウスの母。 *15, 120, 146, 311-312, 318, 330-331*
テテュス　Tēthȳs
海神オケアノスの妻。 *126*
テバイ　Thēbai
ギリシア中部の都市。 *9, 68, 155, 324*
テミス　Themis
「掟」の女神。 *38, 150*
デメテル　Dēmētēr
女神。 *52, 371*
デモクリトス　Dēmokritos
前5から4世紀の哲学者。 *199*
デモステネス　Dēmosthenēs
前4世紀の弁論家。 *96, 206*
テュエステス　Thyestēs
アトレウスの兄弟。 *72*
テュデウス　Tȳdeus
ディオメデスの父。 *84*
テラモン　Telamōn
アイアスの父。 *170*
テルシテス　Thersītēs
トロイアを攻めるギリシア軍中の男（将軍階級には属さない）。 *102, 197, 266*
テレマコス　Tēlemakhos
オデュッセウスの子。 *72, 94, 209, 228, 232, 250, 362-363, 366, 387*
デロス　Dēlos
エーゲ海の島。 *288*
トゥキュディデス　Thūkȳdidēs
前5世紀の歴史家。 *96*
トラキア　Thrāikē（トラキア人　Thrāix）
ギリシア北部の地域。 *20, 282, 284, 300, 389*
ドリス　Dōris（ドリス人　Dōrieus）
ギリシア中部の地域。スパルタ人等のドリス族の故地。 *26, 28, 30, 38*
ドリュアス　Dryās
リュコエルゴスの父。 *64*
トロイア　Troiā
小アジアの都市。 *12, 14-16, 20, 22, 33, 48, 73, 76-78, 84, 88, 101, 103, 105, 114, 121, 128, 147, 150, 175-176, 186, 191, 193-194, 198, 222, 231-232, 236, 238, 268, 292, 296-297, 324, 378, 389*
ドロン　Dolōn
トロイア人。 *176*

ナ　行

ニオベ　Niobē
タンタロスの娘。 *250*
ニカンドロス　Nīkandros
前2世紀の教訓詩人。 *18*

西風　Zephyros
　ゼピュロス。 *86, 136–140*
ニュサ　Nȳsa
　ディオニュソスの聖地（生育地）。 *331*
ニュセイオン　Nȳsēïon
　ニュサの地域。 *330*
ニレウス　Nīreus
　トロイア攻撃のギリシア人の一人。 *60*
ネスティス　Nēstis
　「水」。 *317*
ネストル　Nestōr
　ギリシア・ピュロスの王。 *15, 165, 183–184, 191–192, 207, 212, 214, 216, 221, 246, 308, 364, 387*
ネレウス　Nēleus
　(1) コドロスの子。 *6*
　(2) ネストルの父。 *72*
ネーレーイデス　Nērēïdes
　テティスら、海神ネレウスの娘たち。 *36*
ノエモン　Noēmōn
　イタケ人。 *365*

ハ　行

パイアケス（パイエケス）／パイアクス人　Phaiākes (Phaiēkes)
　放浪中のオデュッセウスが逗留した地の一つ。 *86, 222, 229, 254, 266, 372, 388–390*
『パイドロス』 *Phaidros*
　プラトン作の対話篇。 *305, 386*
ハデス　Hādēs (Hāïdēs)
　男神、また「黄泉」。 *122, 132, 142, 154, 208, 234, 315–317, 330, 332–333, 341–342, 374, 380, 389*
パトロクロス　Patroklos
　アキレウスの親友。 *15, 107, 114, 136–137, 154, 160, 173, 184, 191, 233, 238, 258, 292, 355*
パラス　Pallas
　アテナの称号。 *278, 304, 311*
パリス　Paris　*12, 104, 220*　→アレクサンドロス (1)
ハルピュイアたち　Harpyia（複数　Harpyiai）
　怪鳥。 *86*
ハルモニア　Harmoniā
　アレスとアプロディテとの娘。 *126*
パレネ　Pallēnē
　神々対巨人族の戦争が行なわれた地（ギリシア北部カルキディケ半島）。 *311*
パロス　Pharos
　エジプト沖合いの島。プロテウスの領地。 *368*
パンダレオス　Pandareos
　タンタロスの友人。 *250*
パンダロス　Pandaros
　トロイア側の小アジア・リュキア人。 *50*

パントオス　Panthoos
トロイアのアポロン神官。 *172*
「日」　Hēmerā　*370-371*　→曙。
東風　Euros, Apēliōtēs
138-140
ヒッパルコス　Hipparkhos
前２世紀の天文学者。 *381*
ヒッポダメイア　Hippodameia
ペイリトオス（ラピタイ王）の妻。 *38, 66*
ヒッポテス　Hippotēs
アイオロス（風神）の父。 *375*
ピュキメデ　Pykimēdē
ヘシオドスの母。 *6*
ピュタゴラス　Pȳthagorās
前６世紀の哲学者。 *154, 158, 188-189, 194, 197, 202-204*
ヒュペリオン　Hyperīōn
太陽神の呼称。 *42, 130, 345-346*
ヒュペルボレオイ　Hyperboreoi
極北の民。 *288*
ピュリプレゲトン　Pyriphlegethōn
黄泉の河の一。 *379*
ピュロス　Pylos
ギリシア・ペロポネソス半島、ネストルの治める地。 *72, 94, 364*
ピンダロス　Pindaros
前６から５世紀の叙事詩人。 *18*
プラトン　Platōn
前４世紀の哲学者。 *36, 152, 154, 162, 224, 280-281, 298, 305-306, 311, 383-384, 386-388*
プラムネイオス酒　Pramneios
銘酒の一。 *254, 388*
プリアモス　Priamos
トロイア王。 *14, 103, 148, 170, 231, 360-361*
ブリアレオス　Briareōs
100の腕と50の頭を持つ巨人。 *311-312*
ブリセイス　Brīsēïs
トロイアにおけるアキレウスの妾。 *15, 88, 216*
プロテウス　Prōteus
老海神。変身能力を持つ。 *366-369*
プロテシラオス　Prōtesilāos
ギリシア・テッサリア出身の将軍。 *14*
プロトオス　Prothoos
テッサリア・マグネシアの王。 *64*
プロニオス　Phronios
イタケ人。 *365*
プロメテウス　Promētheus
ティタン族の神。 *320*
ヘカエルゲ　Hekaergē

ボレアスの娘。 *288*
ヘカエルゴス　Hekaergos
アポロンの称号の一。 *288*
ヘクトル　Hektōr
トロイア王子。 *15, 84, 97, 104, 107, 149–150, 158, 166, 170–171, 176, 218–220, 235, 238, 243, 268, 292, 355, 361*
ペゲウス　Phēgeus
トロイア人。 *102*
ヘシオドス　Hēsiodos
叙事詩人。 *6, 376*
ペーネレオース　Pēneleōs
ギリシア・ボイオティア出身の将軍。 *32*
ペネロペ　Pēnelopē（ペネロペイア　Pēnelopeia）
オデュッセウスの妻。 *108, 198, 233, 236, 238, 256, 271–272, 384, 387*
ヘパイストス　Hēphaistos
男神。 *15, 52, 101, 104, 126, 128, 225, 266, 270, 319–322, 344, 350, 354–355, 359, 371–372*
ヘプタポロス　Heptaporos
トロイア地方の河。 *293*
ヘベ　Hēbē
「青春」の女神。 *323*
ペミオス　Phēmios
スミュルナ人。 *6*
ヘラ　Hērā
女神。 *12, 31, 36, 120–122, 126, 128–129, 136, 234, 278, 292, 302, 304, 311, 314, 317–319, 329–330, 336, 338–340, 349, 354, 359*
ヘラクレイトス　Hērakleitos
前6から5世紀の哲学者、「暗い skoteinos」ヘラクレイトス。 *316, 344*
ヘラクレス　Hēraklēs
英雄。 *56, 156, 311, 328–330*
—の子孫　Hērakleidēs（複数　Hērakleidai）
20
ヘラス　Hellas（ヘラス人　Hellēn，ヘラス的　Hellēnikos，　ヘラス語　Hellēnis）→ギリシア（ギリシア人、ギリシア的、ギリシア語）
ヘリコン山　Helikōn
ギリシア中部の山。 *385*
ペリパトス派　Peripatos
アリストテレス創始の学派。 *174, 179, 316*
ペルセポネ　Phersephonē (Persephonē)
黄泉の女神。 *380*
ヘルメス　Hermēs
男神。 *128, 148, 160, 180, 322, 352, 355–358, 360, 370, 376–378*
ペレウス　Pēleus
ギリシア・テッサリアの人。アキレウスの父。 *52, 69, 84, 92, 217–218, 220, 304, 309, 361*
ヘレネ　Helenē
スパルタ王妃。 *14, 22, 232, 248, 260, 267, 322–323, 384*
ヘレノス　Helenos

トロイア王子。 *262*
ヘロディコス　Hērodikos
バビュロン出身の学者。 *296*
ボイオティア　Boiōtiā（ボイオティア人　Boiōtos）
ギリシア中部の地域。 *6, 14, 193, 229*
ポイニクス　Phoinīx
ギリシア・テッサリア出身の老人。アキレウスの師を務める。 *185, 187, 218–220*
ポイニケ　Phoinīkē
フェニキア。 *14*
ポイベ　Phoibē
女神。 *288*
ポイボス　Phoibos
アポロンの呼称。 *12, 42, 53, 128, 288, 354, 358*
ポセイドン　Poseidōn
男神。 *97, 122, 126, 128, 134, 136, 146–147, 178, 191, 278, 290, 311–312, 318, 334, 340–342, 354, 358–360, 372, 389*
ポダルゲ　Podargē
ハルピュイアの一。 *86*
ホメロス　Homēros
叙事詩人。 *4, 6, 8, 10–12, 14, 18, 26, 28, 32, 36, 40, 54, 62, 91, 93–94, 96, 98, 100, 107–108, 115–116, 118, 124, 126, 128, 130, 132, 134, 137, 142, 144, 147, 154, 156, 158, 160, 162, 164, 169–170, 172, 174, 177, 180, 186, 188, 190–191, 194, 196–200, 202–208, 221–223, 225–228, 240, 242, 245–248, 260–261, 263–264, 266–269, 273–274, 276–277, 280–281, 284, 286, 288–291, 298, 300, 305–308, 310–314, 316–320, 322, 324–325, 328–330, 332–334, 337–338, 347–348, 350, 352–356, 359–362, 365–366, 370–372, 376–377, 379, 381, 383–384, 387–388, 390*
ポリス　Pollis
スパルタ人。 *388*
ポントノオス　Pontonoos
パイアケスの一人。 *254*

マ　行

マイオン　Maiōn
キュメ人。 *6, 20*
マカオン　Makhāōn
アスクレピオスの子。トロイア攻撃のギリシア軍中の医師。 *254, 258–259*
マルギテス　Margītēs
頓馬な男。伝ホメロス作『マルギテス』の主人公。 *12*
南風　Notos
115, 136, 138–140, 349, 352
ミノス　Mīnōs
クレタの伝説的な王。 *8, 224*
ミュケナイ　Mykēnai
ギリシア・ペロポネソス半島の都市。 *230*
ミュティレネ　Mytilēnē（ミュティレネ人　Mytilēnaios）
レスボス島の都市。詩人アルカイオスの出身地。 *282–283*
ミュルシロス　Myrsilos

ミュティレネの僭主。 *283*
ミレトス　Mīlētos（ミレトス人　Mīlēsios）
小アジアの都市。 *118, 312*
ムーサ　Mūsa（複数　Mūsai）
学芸の女神。 *6, 75, 82, 207, 210, 273, 358, 384-386*
ムネモシュネ　Mnēmosynē
ムーサたちの母。 *358*
「迷妄」　Ātē
擬人化した女神。 *334*
メネラオス　Menelāos
スパルタ王。アガメムノンの弟。 *14, 38, 108, 176, 211, 220-221, 230, 232-233, 258, 323, 364, 366*
メノイティオス　Menoitios
パトロクロスの父。 *56*
メランティオス　Melanthios
『オデュッセイア』中に出る、イタケの山羊飼い。 *95, 200*
メリオネス　Mēriones
クレタ出身の将。 *242, 246*
メレアグロス　Meleagros
ギリシア・カリュドンの王子。 *218*
メレシゲネス　Melēsigenēs
ホメロスの元の名。 *6, 8, 218*
メレス　Melēs
スミュルナの河。 *6, 10, 20*
メンテス　Mentēs
オデュッセウスの知己（タポス人）。 *363*
メントル　Mentōr
イタケ人、オデュッセウスの友人。 *236, 365*
モイラたち　Moirai
運命女神たち。 *237*

ラ　行

ラエルテス　Lāertēs
オデュッセウスの父。 *198, 236, 238*
ラダマンテュス　Rhadamanthys
クレタの王。 *256*
ラピタイ人　Lapithai
ギリシア北部の民。 *12*
リノス　Linos
「リノスの歌」と称する歌で哀悼される若者。 *195*
リビア　Libyē（リビア人　Libykos）
388
リュカオン　Lykāōn
トロイアの王子。 *176*
リュキア　Lykiā
小アジア南方の地域。 *192, 288*

リュクルゴス　Lykūrgos
トラキアの王。ディオニュソスの迫害者。 *330–331*
リュケーゲネテース　Lykēgenetēs（リュケーゲネース　Lykēgenēs）
アポロンの称号の一。 *288–289*
リュコエルゴス　Lykoergos
トラキアの王（リュクルゴス）。 *64*
リュシアス　Lysiās
前5から4世紀の弁論家。 *96*
リュディア　Lȳdiā（リュディア人　Lȳdos）
小アジア南方の地域。 *6, 8*
レア　Rheā
女神。ゼウスたちの母。 *122, 342*
レスボス　Lesbos
エーゲ海の島。 *294*
レソス　Rhēsos
トロイア地方の河。 *293*
レト　Lētō
女神。アポロンとアルテミスの母。 *104, 128, 288, 307, 355, 357–358*
レプティネス　Leptinēs
グラウコス（アルキロコスの友人）の父。 *204*
レムノス　Lēmnos
エーゲ海の島。 *319–320, 322*
ロクリス　Lokris（ロクリス人　Lokros）
ギリシア中部の地域。 *386*
ロディオス　Rhodios
トロイア地方の河。 *293*
ロドス　Rhodos（ロドス人　Rhodioi）
エーゲ海の島。 *181*
ロトパゴイ　Lōtophagoi
『オデュッセイア』中に出る民、「蓮食らい族」。 *373, 389*

専門用語（修辞学・文芸学・文法学）日希対照表

1．修辞学、文芸学、文法学関連の専門語の邦語訳語は必ずしも確立していないので、主なものに関して、ここで用いた訳語をギリシア語と対照表にして掲げる。典拠箇所は示さないが、多くは『ホメロスについて II』から採られている。
2．ギリシア文字のローマ字転写に関して、κ は k に、χ は kh に、ου は ū に、γγ（γκ, γχ）は ng（nk, nkh）とする。

ア　行

後戻り　epanodos
彩　→文彩
暗示（暗示する、暗に言う）　ainigmata, ainissesthai　(-ttesthai), hyposēmainein, hypainittesthai　→ほのめかし
暗示的強調　emphasis
生き生き（とした表現）　enargēs (enargeia)　→鮮明な描写
イメージ的譬え　eikōn
入れ替え　enallagē (enalassein), exallagē
迂回語法　periphrasis
音（音声）　phōnē
音節分解　diairesis

カ　行

改変　alloiōsis, exallassein
格（語尾）　ptōsis
格言　gnōmē
拡充　auxēsis
隠れた意味　hyponoia
過去時制　parōikhēmenos, parōikhēkōs (khronos)
活喩法　→人物創造
巻（叙事詩等の）　rhapsōdiā
関係代名詞　→結合詞
簡潔（表現）　brhakhylogiā
冠詞　→結合詞
換称　antonomasiā
感情的（な効果）　pathētikon
換喩　→メトニミ
擬音的造語　onomatopoiiā
希求法　euktikon
技巧志向　philotekhniā
行（詩行）　epē
教訓　paradeigma
強調　→暗示的強調
強度　epitasis
強烈（弁論の力強さ）　deinos, deinotēs, sphodros
曲音　(ta) perispōmena (rhēmata)
緊張　epitasis
緊張の欠如　atonos
均等文節　parison
寓意（を用いる）　allēgoriā, allēgorein (allēgoreisthai)
空想　phantasiā
繰り返し　palillogiā
形容詞　epitheton, onoma
結語　epilogos
結合詞　arthron
原級　haplon
言語　phōnē（ギリシア語諸方言）
現在時制　enestōs (khronos)
言辞　logos
言説　logos（歴史的なもの　historikos, 理論的なもの　theōrētikos, 政治的なもの　polītikos）
合音　synairesis, synairein（二つの母音を一つの複母音にすること）
合成語　syntheta
後置辞　hypotaktikon
構文　synthesis
呼格　klētikē (ptōsis)
語句　lexis
語中省略　hyphairesis, hyphairein
語中約音　synkopē
誇張　hyperbolē

凝った（文体） enkataskeuos
語頭省略 aphairesis
語尾省略 apokopē
固有名詞 kȳrion onoma

サ 行

最上級 hyperthetikon
削除 athetein
散文 pezē lexis
子音 symphōna
字句省略 elleipsis
思考法の彩 dianoia eskhēmatismenē
（skhēmata dianoiās）
時制 khronos
詩篇 sōmation
締めくくりの言 epiphōnēsis →結語
自由（詩的自由） exūsiā
修辞術 rhētorikē（tekhnē）
修飾句 epitheton
主格 eutheia（ptōsis）
受動態 pathētikon
冗語法 pleonasmos, pleonazein
省略 elleipsis
叙述（的方法） diēgēmatikon
女性（形） thēlykon
箴言 apophthegma（apophthegmata）
人物 prosōpon
人物創造 prosōpopoiïā
神話 mȳthos
数（文法的） arithmos
性（文法的） genos（genē）
接続詞 syndesmos
接続法 hypotaktikē
節頭反復 epanaphorā
前置詞 prothesis
前置辞 protaktikon
鮮明な描写 diatypōsis
鮮烈 deinos
荘厳 semnon
双数 dyïkon
想像力 phantasiā
挿入 parembolē
素材 aphormē
属格 genikē（ptōsis）

タ 行

態 diathesis
対応的比喩 parabolē
対応分節 apodosis
対格 aitiātikē（ptōsis）
対照法 antithesis
多様な調べ polyphōniā
単語 onoma, meros logū
単数 henikon
短縮語法 brakhylogiā
男性（形） arsenikon
中性（形） ūdeteron
中動態 meson
聴衆 akroātēs
直説法 horistikon
通常（語法） synēthes（synētheia）
作り物語 mȳthos
定冠詞 →結合詞
提喩法 synekdokhē
出来事 pathos
転化（法） tropos
転換 metabolē →変換
転用 katakhrēsis
同音異義 homōnymiā
同音節末尾 homoioteleuton
同音並列 paronomasiā
同格語尾 homoioptōton
同義 synōnymiā
統語法 syntaxis, taxis
動詞 rhēma
登場人物 prosōpon
倒置 anastrophē
導入部 prooimia
読者たち entynkhanontes
飛び越え hyperbaton
取り替え metalēpsis
頓呼法 →人称切り替え

ナ 行

二重化 diplasiasmos
人称 prosōpon
人称切り替え apostrophē
能動態 energētikon

ハ　行

配列法　oikonomiā
話　mȳthos
華やかな種類の文特徴　anthēron eidos
パラフレーズ（する）　paraphrazein
反対語法　antiphrasis
反復　anadiplōsis
比較　homoiōsis
比較級　synkritikon
皮肉　eirōneiā
皮肉な嘲笑　sarkasmos
比喩　parabolē　→イメージ的譬え、対応的比喩、比較
表現（表現法）　lexis, logoi
表徴　syssēmōn
不一致　asyntakton
付加　prostithenai（prosthesis）
副詞　epirrhēma
複数　plēthyntikon
ふさわしさ　prepon
不定法　aparemphaton
文（総合文）　periodos
文彩、彩り　skhēma（skhēmata, ラテン語　figura）
分詞　metokhē
文節　kōlon
文体　kharaktēr
文様式　plasma（力強い文様式　hadron plasma, 素朴な文様式　iskhnon plasma, 中間的文様式　meson plasma）
変化、変換　metaballein, metabolē
弁論術　rhētorikē（tekhnē）
法　enklisis
方言　dialektos
ほのめかし　hyponoia
ほんらいの（語法）　kȳrios, kȳriōs

マ　行

未完了過去時制　paratatikos（khronos）
未来時制　mellōn（khronos）
無連辞　asyndeton
名詞　onoma
命令法　prostaktikon
メタファー　metaphorā
メトニミ（換喩）　metōnymiā
物語　mȳthos
模倣的（方法）　mīmētikon

ヤ　行

融音　synaliphē, synaleiphein
与格　dotikē（ptōsis）
様態　tropos
要約　anakephalaiōsis
予告の言　proanaphōnēsis

ラ　行

離脱　ektropē
連辞　syndesmos
論点　kephalaion

訳者略歴

内田次信（うちだ　つぐのぶ）

大阪大学大学院文学研究科教授

一九五二年　愛知県生まれ

一九七九年　京都大学大学院文学研究科博士課程修了

二〇〇六年　光華女子大学文学部教授等を経て現職

主な著訳書

『ルキアノス選集』（国文社）

ピンダロス『祝勝歌集／断片選』（京都大学学術出版会）

ディオン・クリュソストモス『トロイア陥落せず――弁論集2』

（京都大学学術出版会）

古代《こだい》ホメロス論集《ろんしゅう》　西洋古典叢書　２０１３　第４回配本

二〇一三年十月三十一日　初版第一刷発行

訳　者　内《うち》田《だ》次《つぐ》信《のぶ》

発行者　檜　山　爲　次　郎

発行所　京都大学学術出版会

606-8315　京都市左京区吉田近衛町六九　京都大学吉田南構内

電　話　〇七五-七六一-六一八二

ＦＡＸ　〇七五-七六一-六一九〇

http://www.kyoto-up.or.jp/

印刷／製本・亜細亜印刷株式会社

ISBN978-4-87698-292-9

定価はカバーに表示してあります

西洋古典叢書［第Ⅰ～Ⅳ期、２０１１～２０１２］既刊全99冊

【ギリシア古典篇】

アイスキネス　弁論集　木曾明子訳　４４１０円
アキレウス・タティオス　レウキッペとクレイトポン　中谷彩一郎訳　３２５５円
アテナイオス　食卓の賢人たち　１　柳沼重剛訳　３９９０円
アテナイオス　食卓の賢人たち　２　柳沼重剛訳　３９９０円
アテナイオス　食卓の賢人たち　３　柳沼重剛訳　４２００円
アテナイオス　食卓の賢人たち　４　柳沼重剛訳　３９９０円
アテナイオス　食卓の賢人たち　５　柳沼重剛訳　４２００円
アラトス／ニカンドロス／オッピアノス　ギリシア教訓叙事詩集　伊藤照夫訳　４５１５円
アリストクセノス／プトレマイオス　古代音楽論集　山本建郎訳　３７８０円
アリストテレス　天について　池田康男訳　３１５０円
アリストテレス　魂について　中畑正志訳　３３６０円
アリストテレス　動物部分論他　坂下浩司訳　４７２５円

アリストテレス　ニコマコス倫理学　朴　一功訳　4935円
アリストテレス　政治学　牛田徳子訳　4410円
アリストテレス　トピカ　池田康男訳　3990円
アリストテレス　生成と消滅について　池田康男訳　3255円
アルクマン他　ギリシア合唱抒情詩集　丹下和彦訳　4725円
アルビノス他　プラトン哲学入門　中畑正志訳　4305円
アンティポン／アンドキデス　弁論集　高畠純夫訳　3885円
イアンブリコス　ピタゴラス的生き方　水地宗明訳　3780円
イソクラテス　弁論集　1　小池澄夫訳　3360円
イソクラテス　弁論集　2　小池澄夫訳　3780円
エウセビオス　コンスタンティヌスの生涯　秦　剛平訳　3885円
エウリピデス　悲劇全集　1　丹下和彦訳　4410円
ガレノス　自然の機能について　種山恭子訳　3150円
ガレノス　ヒッポクラテスとプラトンの学説　1　内山勝利・木原志乃訳　3360円
ガレノス　解剖学論集　坂井建雄・池田黎太郎・澤井　直訳　3255円

クセノポン　ギリシア史　１　根本英世訳　２９４０円
クセノポン　ギリシア史　２　根本英世訳　３１５０円
クセノポン　小品集　松本仁助訳　３３６０円
クセノポン　キュロスの教育　松本仁助訳　３７８０円
クセノポン　ソクラテス言行録　１　内山勝利訳　３３６０円
セクストス・エンペイリコス　ピュロン主義哲学の概要　金山弥平・金山万里子訳　３９９０円
セクストス・エンペイリコス　学者たちへの論駁　１　金山弥平・金山万里子訳　３７８０円
セクストス・エンペイリコス　学者たちへの論駁　２　金山弥平・金山万里子訳　４６２０円
セクストス・エンペイリコス　学者たちへの論駁　３　金山弥平・金山万里子訳　４８３０円
ゼノン他　初期ストア派断片集　１　中川純男訳　３７８０円
クリュシッポス　初期ストア派断片集　２　水落健治・山口義久訳　５０４０円
クリュシッポス　初期ストア派断片集　３　山口義久訳　４４１０円
クリュシッポス　初期ストア派断片集　４　中川純男・山口義久訳　３６７５円
クリュシッポス他　初期ストア派断片集　５　中川純男・山口義久訳　３６７５円
テオクリトス　牧歌　古澤ゆう子訳　３１５０円

テオプラストス　植物誌　1　小川洋子訳　4935円
ディオニュシオス／デメトリオス　修辞学論集　木曾明子・戸高和弘・渡辺浩司訳　4830円
ディオン・クリュソストモス　トロイア陥落せず——弁論集　2　内田次信訳　3465円
デモステネス　弁論集　1　加来彰俊・北嶋美雪・杉山晃太郎・田中美知太郎・北野雅弘訳　5250円
デモステネス　弁論集　2　木曾明子訳　4725円
デモステネス　弁論集　3　北嶋美雪・木曾明子・杉山晃太郎訳　3780円
デモステネス　弁論集　4　木曾明子・杉山晃太郎訳　3780円
トゥキュディデス　歴史　1　藤縄謙三訳　4410円
トゥキュディデス　歴史　2　城江良和訳　4620円
ピロストラトス／エウナピオス　哲学者・ソフィスト列伝　戸塚七郎・金子佳司訳　3885円
ピロストラトス　テュアナのアポロニオス伝　1　秦　剛平訳　3885円
ピンダロス　祝勝歌集／断片選　内田次信訳　4620円
フィロン　フラックスへの反論／ガイウスへの使節　秦　剛平訳　3360円
プラトン　ピレボス　山田道夫訳　3360円
プラトン　饗宴／パイドン　朴　一功訳　4515円

ポリュビオス　歴史 3　城江良和訳　4935円
ポリュビオス　歴史 4　城江良和訳　4515円
マルクス・アウレリウス　自省録　水地宗明訳　3360円
リュシアス　弁論集　細井敦子・桜井万里子・安部素子訳　4410円
ルキアノス　偽預言者アレクサンドロス――全集 4　内田次信・戸田和弘・渡辺浩司訳　3675円

【ローマ古典篇】

ウェルギリウス　アエネーイス　岡 道男・高橋宏幸訳　5145円
ウェルギリウス　牧歌／農耕詩　小川正廣訳　2940円
ウェレイユス・パテルクルス　ローマ世界の歴史　西田卓生・高橋宏幸訳　2940円
オウィディウス　悲しみの歌／黒海からの手紙　木村健治訳　3990円
クインティリアヌス　弁論家の教育 1　森谷宇一・戸高和弘・渡辺浩司・伊達立晶訳　2940円
クインティリアヌス　弁論家の教育 2　森谷宇一・戸高和弘・渡辺浩司・伊達立晶訳　3675円
クインティリアヌス　弁論家の教育 3　森谷宇一・戸田和弘・吉田俊一郎訳　3675円
クルティウス・ルフス　アレクサンドロス大王伝　谷栄一郎・上村健二訳　4410円

スパルティアヌス他　ローマ皇帝群像 1　南川高志訳　3150円
スパルティアヌス他　ローマ皇帝群像 2　桑山由文・井上文則・南川高志訳　3570円
スパルティアヌス他　ローマ皇帝群像 3　桑山由文・井上文則訳　3675円
セネカ　悲劇集 1　小川正廣・高橋宏幸・大西英文・小林　標訳　3990円
セネカ　悲劇集 2　岩崎　務・大西英文・宮城徳也・竹中康雄・木村健治訳　4200円
トログス／ユスティヌス抄録　地中海世界史　合阪　學訳　4200円
プラウトゥス　ローマ喜劇集 1　木村健治・宮城徳也・五之治昌比呂・小川正廣・竹中康雄訳　4725円
プラウトゥス　ローマ喜劇集 2　山下太郎・岩谷　智・小川正廣・五之治昌比呂・岩崎　務訳　4410円
プラウトゥス　ローマ喜劇集 3　木村健治・岩谷　智・竹中康雄・山澤孝至訳　4935円
プラウトゥス　ローマ喜劇集 4　高橋宏幸・小林　標・上村健二・宮城徳也・藤谷道夫訳　4935円
テレンティウス　ローマ喜劇集 5　木村健治・城江良和・谷栄一郎・高橋宏幸・上村健二・山下太郎訳　5145円
リウィウス　ローマ建国以来の歴史 1　岩谷　智訳　3255円
リウィウス　ローマ建国以来の歴史 3　毛利　晶訳　3255円
リウィウス　ローマ建国以来の歴史 9　吉村忠典・小池和子訳　3255円